BIBLIOTHEQUE CONTEMPORAINE

E. TEXIER & C. LE SENNE

TRAIN RAPIDE

PARIS

CALMANN LÉVY, ÉDITEUR

RUE AUBER, 3, ET BOULEVARD DES ITALIENS, 15

A LA LIBRAIRIE NOUVELLE

1883

TRAIN RAPIDE

CALMANN LÉVY, ÉDITEUR

DES MÊMES AUTEURS

Format grand in-18

IMPRIMERIE CHAIX, RUE BERGÈRE, 20, PARIS. — 17268-3.

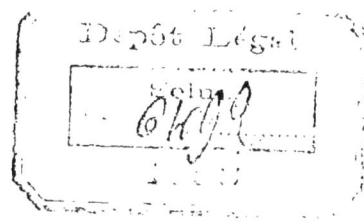

TRAIN RAPIDE

PAR

E. TEXIER ET C. LE SENNE

PARIS

CALMANN LÉVY, ÉDITEUR

ANCIENNE MAISON MICHEL LÉVY FRÈRES

3, RUE AUBER, 3

—

1883

TRAIN RAPIDE

I

LE SECRET DE BLAISETTE

— Ah ! Peyroral ! Peyroral !...

Elle sanglotait à demi renversée dans les bras de son
compagnon. Sa capeline de cachemire brun, à bordure
blanche, avait glissé, et les nattes épaisses de sa chevelure, tordues en demi-cercle de chaque côté du front
apparaissaient librement, tout argentées par le crépuscule, s'arrondissant comme des bracelets d'acier, ou
comme d'énormes boucles d'oreilles. Les cils, mouillés
de larmes, luisaient d'un éclat plus dur, et, sous les
paupières humides, les prunelles, fixes dans l'opacité
nageante des yeux convulsés, semblaient deux diamants
tombés sur des pétales de camélias. Les lèvres rouges et
un peu fortes découvraient des dents rangées comme
des grains de maïs dans la pulpe rose des gencives ; une
atmosphère d'angoisse, voluptueuse et pénétrante, sortait
de ce corps robuste de jeune fille secoué par la douleur,
aussi subtile que le parfum des grandes herbes quand
le soleil de midi boit avidement la rosée.

Peyroral semblait s'y complaire, et, avec une lenteur heureuse, il mirait dans le regard de Blaisette Isaby sa figure fine et hautaine de Béarnais citadin, ses cheveux d'un noir d'encre, son front très blanc, où flottaient déjà de courtes transparences d'ombre et comme des pressentiments de rides.

Il avait pris la main de la jeune fille, et, d'un geste de Méridional lent et souple, il la caressait doucement, ainsi qu'on réchauffe un oiseau frileux, répétant à demi voix :

— Blaisette ! ma chérie !...

Il lui disait « Blaisette » aussi naturellement qu'elle lui disait « Peyroral », tout deux marquant ainsi les distances sociales, lui étant un monsieur de la ville, l'avocat Ludovic Peyroral, du barreau de Pau, fils de bourgeois; elle, une demi-ouvrière, une demi-paysanne, la fille du clerc Isaby, du bourg de Louvie-Juzon.

L'heure était avancée; on ne voyait plus aux alentours du parc que de raides silhouettes d'Anglais regagnant leurs hôtels. Cependant Peyroral ne devait se croire qu'à moitié en sûreté; car il entraîna Blaisette dans un angle écarté, la fit asseoir sur un banc :

— Voyons..., qu'y a-t-il ? Pourquoi désespères-tu ? Je suis là.

Elle leva sur lui un regard ardent, presque extasié; puis, précipitant toutes ses plaintes dans un flux d'amertume, elle recommença l'éternelle histoire de ses rendez-vous derrière le parc, tête-à-tête en plein air que lui disputait la surveillance active de sa tante la couturière. Pendant cette huitaine, Peyroral était venu chaque soir à la même heure, sans qu'elle pût s'échapper sous aucun prétexte. Elle s'excusait avec emportement.

— Tu ne m'en veux pas, Peyroral? tu as bien pensé que ce n'était pas ma faute? Vois-tu, elle me surveille comme si j'étais encore une petite fille... Elle me fait sortir avec la vieille Ursule... Heureusement, elle était malade ce soir... Sans cela, on m'aurait conduite à la voiture de Louvie... et j'aurais pleuré de ne pas te voir, comme j'ai pleuré hier et toute la semaine...

Les paroles irritées sonnaient dans sa voix molle, comme des pierres secouées par l'eau d'un gave. Elle revenait toujours à la même supplication :

— Tu ne m'en veux pas, dis, Peyroral?

Avec une gourmandise amusée, l'avocat continuait à serrer les mains de Blaisette Isaby. Aucun bruit ne descendait de la ville endormie; le vent des derniers jours d'été glissait sur les pentes en traînant aussi peu d'écho qu'un fleuve qui roule dans son lit. Et, dans le silence, Peyroral entendait très distinctement le cœur de la jeune fille battre à coups précipités sous l'étoffe du corsage. C'était une sensation si douce, qu'il n'arrivait pas à partager la douleur de Blaisette; et, malgré toute sa tendresse, des consolations singulièrement banales lui venait aux lèvres.

— Tout s'arrangera... nous trouverons bien un moyen... il y a une providence pour les amoureux...

En même temps, il l'attirait à lui; ses lèvres mettaient déjà l'ombre d'une caresse sur les lèvres de la jeune fille. Mais elle le repoussa assez vivement; et, comme si sa finesse féminine eût pénétré cet égoïsme d'amoureux cherchant à cueillir la fleur du baiser dans la surprise de ses colères, elle insista sur certains torts de sa tante :

— Une mauvaise, mauvaise femme... Si elle me

surveille, ce n'est pas pour l'honneur des Isaby... Il s'agit de sa maison... de son commerce... Elle me laisse maintenant dans la première pièce. Et il vient beaucoup de Parisiens avec leurs dames... Si tu savais comme on me regarde, Peyroral !... J'achalande la boutique...

L'avocat eut un mouvement de colère d'une sincérité évidente. Blaisette Isaby l'avait atteint au point faible. Sa jouissance était gâtée; il s'étranglait presque de fureur.

— Des Parisiens..., des Parisiens... Au moins, il n'y en pas un seul qui t'ait parlé ?...

Elle le regardait, froide et fière, oubliant déjà son propre emportement pour jouir de la jalousie de son compagnon amoureux. Comme elle tardait à lui répondre, il serra ses poignets à la faire crier.

— Voyons, dis-moi...

Sous cette pression brutale, tout son amour lui revint d'un brusque élan, réchauffant son cœur et son regard.

— Oh ! Peyroral... comment peux-tu craindre ?... ils n'auraient pas osé...

Il se calma, mais il restait ému.

Maintenant le couple était à l'unisson.

Peyroral dit d'une voix sourde :

— Pourquoi ne préviens-tu pas ton père ?... Il faut lui dire que ta tante fait de toi un appeau à Parisiens... il faut...

Elle l'arrêta.

— Es-tu fou Peyroral ?... Il me reprendrait. Je resterais toujours, toujours là-bas, à Louvie... Oui, ce serait mon bonheur si tu y étais aussi... Je n'aime pas la ville... C'est si laid, si triste... Mais il y a toi...

Elle ajouta d'une voix assombrie :

— Et puis, ce pauvre père, je ne voudrais pas lui causer un nouveau deuil. . Il est si abattu depuis la mort de ma demi-mère !... Voilà pourtant deux années... Mais il n'oublie pas... On dit qu'il y a comme cela des sorts que les morts laissent derrière eux... des liens qui continuent... A mesure que le mort se consomme et diminue dans la tombe, le vivant dépérit, lui aussi, la vie coule de ses os tous les jours sans qu'il s'en aperçoive...

Elle frissonnait, poursuivie jusque dans les bras de Peyroral par ses superstitions de paysanne. L'avocat voulut la gronder.

— Tu es folle... Ton père vieillit, voilà tout...

Mais elle secouait la tête désespérément.

— Si, si... Je te dis qu'elle l'appelle du fond de sa fosse... Il ne pense qu'à elle... Je ne suis rien pour lui... Il ne me dit pas quatre paroles, le dimanche, quand nous sommes assis face à face dans sa maison de Louvie...

Et, fondant en larmes :

— Il ne m'aime pas... personne ne m'aime...

L'avocat protesta vivement.

— Je suis là, tu le sais bien... Ah ! si tu voulais m'écouter !

— Eh bien ?

Il hésita ; puis, se décidant :

— Eh bien, je suis comme toi... j'étouffe à Pau... La ville est morte depuis la guerre, tandis que, là-bas, à Paris, j'ai des amis, de bons amis. Je ferais vite mon chemin. Ma carrière est là. C'est toi, toi seule, ma Blaisette, qui me retiens ici... Et si tu voulais venir avec moi...

Elle le regarda avec une stupéfaction sincère. Les mots l'étouffaient.

— Alors, tu me proposes de m'enlever, moi, Blaisette Isaby? Ah! c'est lâche, c'est lâche, Peyroral!

Elle était debout; elle partait, il n'eut que le temps de la retenir.

— Tu ne comprends pas! ce que j'en dis, c'est pour toi. Je te sais si malheureuse à Pau...

Elle ne voulut pas se rasseoir; mais elle le regarda comme calmée, et, d'une voix profonde:

— C'est vrai. Et toi aussi, tu es malheureux; tu viens de me l'avouer. Mais je ne veux pas tuer mon père, entends-tu, Peyroral!

Il ne répondit rien; mais ses lèvres, enveloppant une caresse dans un adieu, mendièrent leur pardon sur le front de la jeune fille. La nuit était venue. On entendait un bruit de roues. Blaisette se pencha:

— C'est la voiture. Adieu, Peyroral... Viens tous les soirs, à partir de lundi. Je chercherai un moyen de te voir.

Et, avec une familiarité toute nouvelle, comme, si l'offre où elle avait vu une insulte les avait encore rapprochés:

— Adieu, Ludovic!

II

LE CLERC ISABY

Assise sur une chaise de paille dans la grande chambre du premier étage de la maison de son père, Blaisette réfléchissait, son tricot sur ses genoux. De temps en temps, elle faisait glisser les aiguilles, retenues par l'enchevêtrement des mailles épaisses et, avec une lenteur appuyée, elle serrait ses poignets minces du bout de ses doigts blancs aux phalanges rondes, rajeunissant la trace des meurtrissures laissées par l'étreinte de la veille et les mains irritées de Peyroral. C'était une jouissance qu'elle ranimait ainsi, et en même temps elle se tenait éveillée.

Il lui fallait une attention soutenue, un effort presque douloureux pour ne pas succomber au sommeil dans cette pièce triste, où tout la portait à détendre les bras, à s'abandonner. L'atmosphère était étouffante. Même par ces chauds dimanches de la fin de l'été, le clerc Isaby voulait ses fenêtres closes pendant qu'il écrivait les expéditions de l'étude. Tout bruit l'irritait. Blaisette évitait de remuer sa chaise... Et, tristement, elle se disait que, depuis de longues années, ses dimanches étaient tous les mêmes. Des heures lourdes, assoupies, bercées par le murmure de la plume qu'Isaby faisait courir sur la surface granuleuse du papier timbré.

'Ses après-midi de Louvie se passaient ainsi entre la
fenêtre aux vitres bleuâtres, embuées de poussière, et
le bureau au-dessus duquel se dessinaient la figure
rasée, le profil dur et froid de son père.

Elle se rappelait pourtant d'autres dimanches où elle
sortait, où on la promenait dans le bourg à l'entrée de
la vallée d'Ossau. Elle soupira, murmurant une de ses
phrases favorites :

— C'était le temps où père m'appelait « Blaisette »...

Ah ! ce nom de Blaisette, que de joies et que de
tourments il représentait pour elle !... Elle lui devait
l'amour de Peyroral... Un jour, l'entendant appeler
ainsi, au tournant de la rue du Pont, par la vieille
Ursule, l'avocat s'était arrêté, l'avait regardée attentivement, puis l'avait suivie jusqu'à la maison de sa
tante... Quand il avait enfin trouvé une occasion
favorable pour lui parler, après des semaines de guet,
ç'avait été sa première parole :

— Mademoiselle Blaisette...

Plus tard, il lui avait avoué que ce nom rapide et
chantant était entré dans sa mémoire comme un cri
d'oiseau. Et, avec sa verve de Méridional insensible au
ridicule des madrigaux :

— Blaisette... Alouette... les deux noms vont ensemble.

Oui, certainement, sans ces trois syllabes sifflant
dans l'air, le beau Peyroral aurait passé indifférent ; il
n'eût même pas regardé cette petite fille costumée en
paysanne de la vallée d'Ossau. Ce nom avait donné à
Blaisette tout ce qu'il y avait de bonheur dans son présent... Mais que de tristesses il lui avait causées !... La
seconde femme de maître Isaby était, elle aussi, une

Blaisette... Et l'enfant se rappelait sa terreur émue quand elle avait entendu le clerc de notaire appeler ainsi la femme qui remplaçait sa mère... Elle avait deviné que c'en était fait de son repos. Deux Blaisette dans une maison, c'était trop.

Ses pressentiments ne la trompaient pas. Enfant de la vallée, élevé par ses parents pour être prêtre, devenu clerc de notaire quand ses supérieurs avaient constaté son manque de vocation, Isaby était demeuré paysan par son violent amour des paysannes. Il avait épousé d'abord une fille de Louvie et brisé résolument sa carrière, se condamnant à végéter toujours dans la même étude de canton. Mais, après la naissance de Blaisette, sa femme n'avait cessé de languir, trompant ses appétits passionnels. Son tempérament longtemps contenu prit sa revanche avec la paysanne de Laruns qu'à la fin de son veuvage, il amena sous le toit conjugal. Et celle-ci fut bientôt la seule Blaisette. L'enfant gênait; on l'envoya dans la famille de sa belle-mère, vieilles gens du canton d'Ossau, qui ne la maltraitèrent pas, mais qui la laissèrent grandir à l'aventure, dans un demi-isolement de chaque jour...

Elle était restée très petite fille malgré ses quinze ans sonnés, quand la mort de sa belle-mère la fit rappeler à Louvie. Elle avait gardé les tendresses délicates, les échappées puériles de l'enfance, une facilité extraordinaire à pleurer et à embrasser. Mais cette fraîcheur d'émotion fut subitement glacée dès qu'elle rentra dans la maison de son père.

A peine reconnut-elle Isaby. En quelques mois, il avait pris la physionomie d'un vieillard. Ses cheveux blancs, ses mains longues, son extrême maigreur,

1.

effrayèrent l'enfant. C'était un dimanche matin qu'un voiturier l'avait déposée avec son petit paquet au seuil de la porte. Elle était montée, elle avait vu son père assis devant ce même bureau où elle devait le revoir tant de fois, et, comme il levait la tête, elle lui avait dit:

— Je suis Blaisette...

Mais, sans se déranger, sans l'embrasser, lui montrant du bout de sa plume l'étage supérieur de la maisonnette :

— Votre chambre est là-haut... Montez.

Jamais il ne l'avait tutoyée depuis ce temps, et jamais il ne l'avait appelée Blaisette... Aussi, bien qu'elle l'aimât et bien qu'elle aimât la vallée d'Ossau, n'avait-elle pas résisté quand il l'avait envoyée en apprentissage à Pau, chez sa tante... Mais, là encore, que de tristesses ! Dès le premier jour, elle avait entendu parler mal d'Isaby. La couturière ne pardonnait pas à son frère d'être resté un pauvre clerc de notaire. Et, crûment, elle avait jeté à la face de sa nièce le secret de la déchéance paternelle.

— C'est un paysan... Il aurait pu devenir un monsieur, un homme riche, un notaire... il serait peut-être maire de Louvie... Mais il n'a jamais aimé que les paysannes... Moi qui n'étais qu'une ouvrière, je me suis tirée d'affaire mieux que lui.

En même temps, elle avait un regard dédaigneux pour Blaisette. L'enfant eut le cœur serré. Non que son père fût diminué dans son affection. Elle gardait comme lui le goût de la campagne, du plein air, de la vie libre. Elle l'admirait presque d'être resté paysan et d'aimer toujours ses égales. Mais elle se sentait dépaysée à Pau, dans un milieu hostile. Ses compagnes sou-

riaient en la regardant, et sa tante, pour donner une
couleur locale à la boutique et attirer la clientèle parisienne fort amoureuse d'oripeaux, la forçait à garder
son costume de la vallée d'Ossau, sa coiffure à boucles,
son corsage droit, sa capeline...

Oui, c'était cette vie renfermée qui la rendait malheureuse depuis deux ans; toutes ces tristesses l'a-
vaient décidée à écouter Peyroral quand il la suivait
aux rares heures où elle pouvait échapper à la surveillance de sa tante... Elle trouvait une grande douceur,
un rafraîchissement d'âme à cette passion discrète
mais obstinée, aux entrevues rapidement savourées dans
les coins de rue... Bien vite elle avait su ce qu'était
Peyroral, le fils d'un petit bourgeois, ex-receveur municipal de la ville, qui vivait retiré au fond du passage
Ségur. Le fils avait fait son droit à Toulouse et était
revenu pour exercer à Pau; mais la guerre l'avait
surpris en plein début de carrière. Il plaidait peu. Tout
de même c'était un monsieur; quand il l'appelait
Blaisette de sa voix profonde adoucie et comme mouillée
d'émotion, elle frémissait à la fois d'amour et d'orgueil.

Cependant elle demeurait pure au milieu des ardeurs
de la passion, préservée par son innocence même, par
son extrême ignorance de la vie. La veille, si elle
avait refusé de fuir avec Peyroral, c'était qu'abandonner les siens lui semblait une chose coupable, une
mauvaise action. Mais sa pensée n'allait pas plus loin,
ne creusait pas les conséquences d'un enlèvement...
En revanche, elle gardait le souvenir de la tentation
du départ; si Peyroral avait su, s'il avait insisté,
répété sa demande, peut-être aurait-elle consenti... Et,
une autre fois, elle craignait de n'être plus aussi forte.

Voilà le danger qu'il fallait éviter. Elle rêvait, dans un regain de candeur enfantine, de chercher un point d'appui auprès de son père, de tout lui dire, l'amour de Peyroral comme les mauvais traitements de sa tante. Il était bon, au fond ; il la comprendrait, il ne la blâmerait pas de se laisser aimer innocemment... Comment lui parler ?

Depuis la veille, elle cherchait à surprendre dans son regard une lueur d'attention. Mais les difficultés semblaient grandir à mesure que sa volonté devenait plus forte, prenait la rigidité obsédante d'une idée fixe. Isaby ne cessait pas d'écrire. Vainement Blaisette avait-elle placé près de lui sa chaise et son tricot; depuis midi, il n'avait laisser tomber sa plume que pour s'endormir, la tête penchée sur la poitrine, les joues creusées par la détente des lèvres entr'ouvertes.

L'atmosphère devenait étouffante. Blaisette se sentait défaillir. Elle se leva, alla ouvrir la fenêtre. Et tout à coup des bruits de violon entrèrent dans la chambre. C'était la fête du dimanche, l'écho de la danse sur la grande place. Blaisette eut un mouvement de terreur. Si ce bruit allait réveiller son père! Mais le clerc ne bougea pas. Blaisette se pencha sur la rampe du balcon de bois, rassurée, charmée.

La maisonnette d'Isaby était située derrière les maisons de la grande rue de Louvie, du côté de la sente qui contourne le village comme une route hors de service. Un jardinet planté de charmilles tortueuses, une palissade et les premiers contre-forts de la montagne couleur de rouille, au delà du ravin jaunâtre. Pas un arbre, pas un toit derrière cette masse terne coupant à demi l'horizon.

Blaisette avait toujours aimé ce pauvre décor, son
pan de ciel, la lente ondulation des roches, le gazon
pénétré de poussière comme un tapis mal battu. Elle
y pensait, à Pau, dans l'atelier où la grondait sa tante;
elle en rêvait dans la soupente où elle partageait le lit
de la vieille Ursule. Et, ravie de ce bain de souvenirs,
elle se prit à murmurer :

— Ah! si Peyroral était là!...

Elle tressaillit. On avait marché. Son père était derrière elle. Sa haute silhouette la dominait...

Qu'il eût quitté la table de travail et les papiers entassés sur la basane comme un amas de feuilles sèches;
qu'il fût venu à sa fenêtre ouverte, c'était déjà presque un miracle. Mais Blaisette n'était pas au bout de
ses surprises.

Le clerc Isaby arraché à sa besogne prêtait l'oreille
aux bruits de la fête. Et, avec une douceur inaccou-
tumée, il demanda :

— Qu'y a-t-il?... qu'est-ce donc?

Elle rougit; puis, s'enhardissant :

— Père, c'est la danse... sur la place... Tout le
monde est dehors...

Il sourit, et, inclinant sa haute taille, s'accouda su.
la rampe de la fenêtre près de Blaisette. Cette familiarité soudaine troubla la jeune fille, fit monter des
larmes à ses paupières. D'ailleurs, Isaby ne paraissait
plus faire attention à elle. Les yeux perdus dans la
lumière blonde baignant les maigres arbres du jardin,
la tête un peu basse, il écoutait avec une attention singulière le bruit de la fête. De petites taches roses aux
pommettes faisaient ressortir sa pâleur extraordinaire.
Jamais Blaisette n'avait aussi bien vu sa blancheur de

cire. Mais il gardait sur les lèvres un sourire qui la
rassura. Une flamme montait aussi dans son regard.
Il se mit à parler haut :

— La fête de Louvie. Des tonneaux et des violons
sur la grande place...

— Oui, père, dit timidement Blaisette... et des
tables devant les maisons... et les jeux de boules...
et tout le monde dehors...

Isaby secoua la tête.

— Ah ! oui... j'ai vu tout cela autrefois, du temps
de Blaisette... Mais Blaisette est morte.

Il pensait à la Blaisette, qui reposait dans le cimetière.

L'enfant eut un mouvement de colère, et un cri du
cœur :

— Père, Blaisette vit... C'est moi Blaisette...

Elle avait un emportement plein d'audace juvénile.
Elle tenait les deux mains de son père, les serrait
dans les siennes, l'attirait vers elle pour l'empêcher de
revenir à sa contemplation lointaine. Il se laissa faire,
surpris, la regarda longuement; puis, dans un brusque
élan :

— Blaisette!...

Elle resta longtemps près de son père, les yeux
humides de surprise et comme embarrassée de sa victoire. Lui répétait très doucement :

— Oui, tu es Blaisette... C'est bien toi!...

Il la tutoyait. La voix même avait changé. Elle s'en
aperçut avec un nouvel étonnement. Il avait pris un
parler doux qui rappelait l'accent de Peyroral aux heures
de tendresse. Cependant le bruit de la fête continuait
au dehors; des échos joyeux passaient sur le jardin.

Les yeux d'Isaby se détachaient, revenant à un point idéal dans l'espace, dans le vague.

Blaisette réfléchissait, après le premier mouvement de joie. L'égoïsme des grandes passions s'était réveillé, avait reporté sa pensée à Peyroral. N'était-ce pas le moment de tout dire à son père ? Peut-être ne retrouverait-elle jamais une occasion aussi favorable... Elle murmura à demi voix :

— Père !...

Isaby n'entendait pas. Elle répéta en lui touchant le bras :

— Père !...

Cette fois, il se retourna. Et vivement :

— Pourquoi ne vas-tu pas à la fête, Blaisette ?...

Elle refusait d'un geste, mais il insista :

— Si, si, je le veux... Il ne faut pas que les fillettes rêvent. C'est l'affaire de nous autres vieux...

Elle eut peur de le fâcher en restant. Il serait encore temps de parler le soir :

— Eh bien, dit-elle, je vais faire un tour, et je reviens...

Elle partit doucement, laissant son père retomber dans sa contemplation fixe. Quand elle arriva à la place, la musique faisait rage et le soleil était dans toute son ardeur. Jamais elle n'avait été aussi gaie, aussi heureuse de vivre. Tout s'arrangeait. Dieu était bon. Il n'y avait rien de plus beau que la vallée d'Ossau et le bourg de Louvie-Juson. Des détails qui, la veille encore, auraient choqué sa distinction native ou irrité ses préoccupations nerveuses, les toilettes criardes des femmes, le parler rude, l'écho bruyant des gaietés, tout cela lui paraissait naturel. Puisqu'elle avait retrouvé le cœur de son père, il était juste que ses amies Conception et Espérance fussent habillées de rouge comme des chantres à la procession, que chaque maison de Louvie bourdonnât au soleil comme une ruche trop pleine, et que, sur les tonneaux dressés au milieu de la grande place, la viole des ménétriers se débattît avec une gaieté furieuse.

Elle resta longtemps dans la fête. On lui faisait bon accueil ; elle dut passer de table en table, regardée par les garçons, embrassée par les filles. Ce qui lui plaisait, c'était d'être à peu près traitée en dame. Elle était la fille du clerc Isaby, c'est-à-dire mieux qu'une paysanne. Et puis elle habitait la ville pendant la semaine dans une maison tout en pierre ; elle voyait le beau monde, elle côtoyait les Parisiennes. La curiosité de ses compagnes la chatouillait comme un hommage délicat : elle se sentait plus rapprochée de Peyroral à Louvie qu'à Pau. Cependant elle avait gardé trop de candeur pour faire mentir ses impressions. Elle dit franchement son horreur pour la ville, pour les maisons hautes, pour les rues pavées de galets, pour les petits escaliers et les chambres étroites.

— On se croirait au fond d'un puits... Il y a des jours, où je ne vois pas seulement un petit coin de ciel...

Mais les jeunes filles la regardaient avec des yeux gourmands, incrédules, avides de cette vie renfermée dont elle médisait d'un cœur si franc. La plupart pensaient au gain. Espérance résuma d'un mot leur secrète pensée :

— Il vaut mieux gagner des pièces blanches sous un toit que des sous en plein air.

— Oui, reprit une vieille, l'argent pousse sur le pavé des villes, et il ne s'enracine pas dans nos roches...

Il y avait une tristesse au fond des yeux clairs de Blaisette... Le cruel et terrible argent, ce qui leur manquait à tous trois, à son père, à elle-même, à Peyroral !...

Mais sa bonne humeur lui revint bien vite. L'argent se trouve quand on a du cœur à l'ouvrage. Et elle continuait à se sentir un cœur tout neuf, un cœur qui battait doucement dans sa poitrine, chatouillant sa gorge naissante d'une caresse intérieure.

L'heure s'avançait : son père devait s'impatienter. Elle se leva vivement, et, comme Espérance voulait l'accompagner, en appétit de confidences, respirant le parfum de quelque secret dans cette vie concentrée, elle la remercia, lui dit qu'elle allait courir. Elle rejoignit en effet à pas précipités la sente longeant le revers du village. Partout des maisons vides, et derrière les murs en pierre sèche les gros chiens hurlant à l'abandon plutôt qu'aux maraudeurs.

Elle était essoufflée en arrivant à la porte du jardin ; et elle poussa la palissade pour ne pas faire de bruit. Isaby s'était sans doute remis au travail. Mais elle eut une surprise en levant les yeux sur la fenêtre de la chambre.

Son père était toujours là, assis sur une chaise derrière la rampe : il regardait dans le jardin avec une attention singulière. Isaby l'avait attendue sans doute ; il lui semblait que ses yeux s'attachaient sur elle avec une expression de reproche. Cependant elle n'osa pas lui parler d'en bas, s'excuser... Toutes ses timidités de petite fille lui revenaient devant cette figure au regard fixe...

Elle traversa le jardin, la tête basse, monta rapidement l'escalier, poussa la porte et s'arrêta sur le seuil, attendant que son père se retournât... Mais Isaby ne bougea pas. Sur la profondeur du ciel bleu, son corps légèrement affaissé, ses épaules pointantes, apparaissaient seules avec l'angle aigu des coudes dessiné par la redingote noire. La tête très penchée était masquée par le dos, les genoux infléchis s'appuyaient à la plinthe.

Blaisette frissonna. Un manteau de glace s'était abattu sur ses épaules. Elle appela :

— Mon père !...

Isaby gardait la même immobilité. Alors elle courut à la fenêtre répétant :

— Mon père !...

Brusquement elle comprit, en touchant les mains froides qui s'étaient crispées sur la rampe dans un suprême effort, en suivant la fixité terrible du regard toujours attaché au gazon de la pelouse. Une écume légère frangeait les lèvres entr'ouvertes et avait coulé sur le menton ras aux teintes bleues.

Le clerc Isaby, de Louvie-Juzon, était mort au bruit de la fête, à l'écho de la danse, et Blaisette répétait :

— C'est moi qui l'ai tué !...

Désespérément elle tordait ses bras. Le remords l'accablait. N'était-ce pas elle qui avait arraché son père à la somnolence salutaire du travail, qui l'avait attiré à cette fenêtre ouverte sur la joie du bourg, sur le bonheur et la gaieté des autres? L'ivresse du jour de fête avait été trop forte pour son cerveau; une congestion de grand air et de mémoire l'avaient foudroyé. Pour le reprendre plus vite, pour le ressaisir tout entier, Blaisait venait de le perdre sans retour.

Cependant il fallait appeler. Elle recula jusqu'à la porte en se traînant le long du mur, sans oser se retourner, avec l'idée que le cadavre allait peut-être marcher sur elle...

Puis, au seuil, l'hallucination la saisit, la jeta dans la rue, haletante, affolée, sachant bien que tout était fini et criant au secours comme si elle eût senti sur son épaule la main du malheur.

III

LA FUITE

Quand Blaisette et Peyroral se retrouvèrent, huit jours après la mort du clerc Isaby, aux abords du parc de Pau, l'entrevue fut remplie par les larmes de la jeune fille et les consolations de son compagnon. L'avocat mettait toute sa faconde et aussi toute sa finesse méridionale dans le flux de paroles douces où il essayait de noyer la tristesse de Blaisette.

— C'est un malheur, un grand malheur, ma toute chérie... Dieu l'a rappelé à lui trop tôt pour qu'il pût voir notre bonheur... Mais je te reste...

— Oh! oui, n'est-ce pas? répétait Blaisette, tu me restes... Il faut m'aimer pour deux maintenant, m'aimer pour tout le monde.

Elle s'était presque jetée dans ses bras; elle pleurait sur son épaule, avec l'entier abandon de son innocence renouvelée et comme rajeunie dans un bain de douleur. Mais il resta très calme en apparence. Malgré son violent désir de baiser les lèvres rougies qui s'offraient à lui et les paupières qu'alanguissaient encore les larmes, il se contenta d'embrasser Blaisette sur le front. On eût dit un grand frère consolant une jeune sœur.

Ils demeurèrent longtemps dans une chaste étreinte. Blaisette toute à sa tristesse; Ludovic, répétant qu'il ne fallait rien brusquer. Une pensée fataliste lui communiquait cette extrême prudence. Il se disait que toute passion humaine a ses étapes et que la fin de chaque période est marquée par un symptôme avant-coureur des grandes crises. La mort du clerc Isaby, fort indifférente en elle-même, devait avoir un but particulier, une utilité spéciale dans l'ordre des choses. Elle marquait sans doute la première étape de la passion de Ludovic Peyroral pour Blaisette.

— Quant te reverra-t-on, chérie? lui demanda-t-il en la quittant.

Elle réfléchit.

— Je t'écrirai. Je peux toujours jeter une lettre dans la boîte en sortant avec Ursule.

Peyroral eut un regret quand Blaisette l'eût quitté. Maintenant sa doctrine fataliste lui paraissait moins infaillible. Par la mort d'Isaby, la couturière devenait tutrice et maîtresse de Blaisette. Qu'allait-elle faire?

Il passa une mauvaise nuit et, le lendemain, la journée commença mal. Il apprit qu'une grosse affaire sur laquelle il comptait pour prendre enfin situation à Pau lui échappait complètement. Le client avait transigé et lui envoyait comme honoraires un billet de cinq cents francs. Il eut un mouvement de mauvaise humeur, bouda même devant l'argent, et, jetant le billet dans un tiroir où couraient quelques maigres louis :

— Cinq cents francs... Pour plaider l'affaire, j'en aurais donné cinq mille.

Puis, après cet accès de colère, la vivacité du tempé-

rament méridional reprenant le dessus, il se railla lui-
même.

— Si je les avais!...

Mélancoliquement il ouvrit le tiroir, constata que le
billet y était en sûreté, fit la caisse... Au total huit
cents francs...

— Quelle misère!... pensa-t-il. Et dire qu'ici, à moins
de jouer, je ne pourrais même pas les dépenser! Décidément, il n'y a rien à faire à Pau... Ah! si je n'étais
pas retenu par Blaisette!

Pendant toute l'après-midi, il resta ainsi, savourant
ses humeurs noires, les entremêlant de brillantes échappées sur Paris. Parbleu! tous les habitués du café
Laboullade étaient arrivés aux plus surprenantes destinées. Il les récapitulait sur ses doigts : corrigeant chaque
fois par une épithète désobligeante les exagérations ou
les bévues du sort.

— Saint-Hyrvoix... un vidé... rien que deux phrases
dans le ventre, mais une tête de bois dont pas un trait
ne bouge... Préfet de deuxième classe... il représente!...
Laverdac, un joueur... le roi du jacquet... directeur
au ministère de l'intérieur... Il doit faire la partie avec
ses garçons de bureau...

Mais, dédaignant les titulaires des postes officiels, sa
pensée s'arrêtait avec envie sur les parvenus des pro-
fessions libérales.

— Foré, grand avocat... Et pourquoi? Il grasseye
comme un polichinelle étranglé par sa pratique... Oui,
mais il a eu de la chance. La banqueroute Montrivard
l'a mis hors de pair...

Il eut un sourire amer. Le nom de Foré lui rappelait un souvenir à la fois doux et cruel : son premier,

son seul succès d'avocat, l'affaire Pidorrieux contre Villeségure. C'était en 1870, pour son début au barreau de Pau. L'homme d'affaire de la famille de Villeségure (noblesse orléaniste, grandes propriétés foncières aux environs de Louvie), voulant être agréable au père de Peyroral, avait confié au débutant un petit procès, ou qui du moins lui paraissait tel. Il s'agissait d'une vieille chapelle située sur les confins de la propriété du baron Pidorrieux (noblesse bonapartiste) et depuis longtemps indivise. Le baron la réclamait pour la démolir, les Villeségure contestaient la propriété. Simple affaire de géomètre. Mais la politique s'en était mêlée ; la chapelle avait fini par passionner tout le pays, surtout quand la très belle comtesse de Villeségure s'était dérangée pour venir assister son avocat de sa présence.

La salle d'audience était comble, et Peyroral voyait encore Foré, le bâtonnier du barreau de Pau, promener un regard satisfait sur le prétoire. Il comptait bien gagner sa cause, l'irrésistible Foré, Méridional redoutable et redouté pour son abondance... Il souriait en regardant Peyroral, cet échappé des bancs de la Faculté de Toulouse. Mais Peyroral avait été électrisé le matin même par un regard, un simple regard de la comtesse de Villeségure. Et tout ce qu'il dit ce jour-là, tout ce qu'il évoqua de bons sentiments, de ressouvenirs dévots, de pieux *revenez-y* dans l'âme des trois juges et du président composant le tribunal civil de la bonne cité de Pau, ce n'est rien de le raconter ! Une fine allusion politique, un encouragement à l'indépendance de la magistrature, dernière garantie des justiciables, « quand l'arbitraire dictatorial prétend empiéter sur

les droits imprescriptibles de la conscience », avait
achevé de convaincre le tribunal. Pidorrieux s'était
entendu honteusement débouter de sa demande. Les
Villeségure triomphaient sur toute la ligne. Et, avant
de quitter le pays, la comtesse avait remercié chaleureusement Peyroral. Elle lui avait dit la première :

— Votre avenir est à Paris... Il ne faut pas qu'un
talent comme le vôtre reste étouffé dans la poussière
d'un barreau de province...

La prédiction ne l'avait pas frappé en ce temps-là.
Il aimait son pays et comptait bien y faire fortune.
L'affaire Pidorrieux l'avait rendu presque célèbre.
Oui, mais coup sur coup la guerre, la Commune, le
passé jeté dans l'oubli ; tout à recommencer ! Et,
de la première victoire, il ne lui restait que deux
choses : le souvenir de l'avocat Foré, devenu une des
fortes têtes du barreau de Paris, et la carte de la
comtesse de Villeségure, « 23, rue François-Premier,
Paris ».

De Foré, sa pensée revint à un autre évadé du barreau de Pau, Somberbos :

— Somberbos, éminent spécialiste,—c'est la *Gazette
des Tribunaux* qui le dit... Pas de bonne séparation de
corps s'il n'y plaide... Le procès Michaël l'a lancé.
On ne trouve pas tous les jours un adultère aussi
corsé, poursuite dans l'escalier, fuite sur les toits... et
la femme en chemise ramassée par les pompiers... Encore un hasard... Baste ! le hasard n'est qu'un mot...
Il y a des occasions dans la vie de Paris, comme des
poissons dans la mer. Le tout est d'y jeter le filet ;
on ramène toujours quelque chose.

Ses regrets, si violents qu'ils fussent, revenaient toujours à Blaisette, comme la balle lancée à toute volée contre un mur revient à celui qui l'a jetée.

Ce fut dans ces dispositions qu'il reçut deux mots écrits au hasard sur une feuille d'échantillon :

— Ce soir sans faute... Il faut absolument que je vous parle...

La lettre l'agita sans l'inquiéter. Au point où il était, il ne craignait plus que la stagnation. Cependant, quand il arriva au rendez-vous, la pâleur de Blaisette le troubla et il écouta avec angoisse ses premiers mots :

— Peyroral... c'est fini...

En quelques paroles, elle lui expliqua la situation. Sa tante l'envoyait le surlendemain à Toulouse, chez une de ses amies qui tenait une grande couturerie : Blaisette se désolait, répétant :

— C'est fini, nous ne nous reverrons plus...

Peyroral ne trouvait rien à répondre... Comment aller là-bas, à Toulouse ?... Qu'y ferait-il ? Il n'y a pas d'inconnu ni d'imprévu dans les tribunaux de province. Paris seul est le grand vivier des occasions heureuses. Puis une pensée le mordit au cœur... Là-bas, dans cette ville d'étudiants riches, Blaisette serait plus exposée qu'à Pau... Il la perdrait à jamais s'il la laissait partir sans lui. Alors, avec une entière sincérité, il joua le grand jeu :

— Écoute-moi, Blaisette... M'aimes-tu ?...

— Tu le sais bien, Peyroral !...

Et naïvement elle ajouta :

— Je le jure sur la mémoire de mon père... Je ne serai jamais que la femme de Peyroral...

La phrase n'arrêta pas l'avocat. Mais, attirant Blaisette à lui :

2

— Eh bien, si tu veux que nous soyons l'un à l'autre... il faut partir... mais partir avec moi... Venir à Paris... C'est le seul moyen...

Elle eut un frisson; puis suivant son idée :

— Alors, tu crois que quand nous serons là-bas...

— Oui, là-bas, tous les obstacles s'aplaniront...

— C'est vrai, dit-elle, une fuite, un scandale... Il faudra bien qu'on nous laisse nous marier...

Elle était vaincue, et le parti de Peyroral était pris. Rapidement ils s'entendirent pour leur fuite. Le lendemain la tante de Blaisette allait à Louvie régler les dernières affaires d'intérêt de la succession du clerc Isaby. Blaisette la laisserait monter en diligence, puis elle s'échapperait, irait retrouver Peyroral à la gare. Elle ferait semblant de ne pas le connaître, prendrait toute seule un billet dont il lui remit l'argent. Ce serait seulement à l'une des stations suivantes qu'il monterait dans le même wagon. De son côté, il annoncerait chez lui qu'il faisait un court voyage. Le lendemain seulement, il avertirait par une lettre que son absence se prolongerait.

Le plan était sûr. Peyroral évitait ainsi toute apparence de rapt. La jeune fille partait volontairement. Mais il perdait le bénéfice du voyage. Point d'intimité dès qu'il ne pouvait retenir de coupé. Il dut même s'observer, ne causer avec cette paysanne en capeline que pendant les courts intervalles où le wagon ne contenait pas d'autres voyageurs.

Blaisette était terriblement affichante. Il se consolait en regardant ses yeux brillants, ses lèvres roses, en escomptant toutes les promesses de sa beauté. Une fois dégagée de ce costume ridicule, quelle superbe maîtresse!

— Allons, se disait-il, tous mes bonheurs ne doivent éclore qu'à Paris... C'est à Paris seulement que la fortune me sourira et que j'aurai Blaisette... L'amour et l'ambition... Je ferai de grandes choses...

La jeune fille était très lasse. Cependant elle refusa de s'arrêter. L'idée d'une poursuite, si invraisemblable qu'elle fût, la précipitait vers Paris. Le couple y arriva brisé. Mais, en touchant le pavé, Peyroral retrouva toute sa force. Il aurait volontiers crié victoire. La joie étouffait les mots dans sa gorge.

— Enfin !... murmura-t-il, enfin !

Brusquement le sentiment de la situation lui revint. Avant tout, il fallait habiller Blaisette en dame. Il prit une voiture et se fit conduire à un magasin de nouveautés. Son bel aplomb de Méridional lui permit de traverser sans embarras les rangs pressés de demoiselles de magasin qui dévisageaient cette paysanne.

— Un costume complet pour madame.., un chapeau et un mantelet...

Blaisette mit le chapeau, jeta le mantelet sur ses épaules. Quant à la robe, Peyroral la fit descendre dans la voiture. Ce compte réglé, il lui restait tout juste cinq cents francs.

— Baste ! dit-il, soyons beau joueur...

Maintenant, il fallait se loger. Il donna au cocher l'adresse d'une maison meublée de la rue de Vaugirard dont lui avait parlé son ami Lacaussède, le directeur de *l'Impartial des Gauches,* comme d'un logis fait à souhait pour les enfants du Béarn.

Il eut un mouvement d'hésitation quand la voiture s'arrêta. Une bâtisse décrépite, une allée pauvre, fermée par une grille de bois. Mais il se décida. Où aller ?

D'ailleurs, Blaisette semblait brisée ; à peine avait-elle
répondu quand il lui avait dit :

— Tu as l'air d'une dame, d'une vraie dame...

Ce qu'il y avait de plus exact dans la description de
Lacaussède, c'était l'origine du gérant de la maison
meublée : un Béarnais. Il s'entendit tout de suite avec
Peyroral, lui loua à la quinzaine un petit logement
composé de deux chambres sur la cour, très tranquille.
La cour parut à Peyroral humide et triste ; mais le
gérant lui donna une raison convaincante :

— Monsieur arrive à Paris ?... Monsieur ne sera pas
souvent chez lui ?...

Une demi-heure plus tard, Blaisette dormait sur le
lit banal de la maison meublée. La fatigue l'accablait ;
elle avait refusé de prendre sa part du déjeuner froid
monté par le concierge. Peyroral, déjà reposé, l'avertit
qu'il sortait.

— Je vais me mettre tout de suite en campagne Je
reviendrai tantôt... Ne t'inquiète pas, chérie.

— Tu me laisses seule ?... Alors, enferme-moi, Peyroral...

Il dut donner un coup de clef pour la rassurer. Puis,
gaillardement, il sauta dans un fiacre :

— 20, rue Lepic.

C'était là, sur le pendant de la butte Montmartre,
quartier cher aux Méridionaux de toute provenance, que
demeurait Lacaussède.

En route, Peyroral prépara sa requête. Lacaussède
avait usé avec lui, pendant de longues années, l'inusable
pavé des rues de Pau ; il pouvait lui parler à cœur
ouvert, lui avouer qu'il était près de ses pièces. Il
avait besoin d'entrer au plus vite en relations avec un

homme d'affaires qui eût confiance dans un jeune
homme inconnu et qui lui fît des avances sur quelques
dossiers, quitte à rentrer largement dans ses risques
le jour du règlement total :

— Parbleu ! Il n'y a qu'à faire la part du feu... A
Paris, la part du feu, tout est là...

Lacaussède était dans son cabinet de travail, assis
devant une pile de journaux. Il poussa un cri de joie
que Peyroral entendit à travers la porte quand un
groom lui remit la carte de l'avocat.

— Qu'il entre donc, ce cher ami, qu'il entre !...

Lacaussède paraissait plus grand, plus noir et moins
chevelu que Peyroral. A part ces nuances, aucune
différence entre les deux compatriotes. L'accueil du
journaliste ne démentit pas l'ardeur du premier em-
brassement.

— Dispose de moi, mon cher... Use et abuse... Tous
Béarnais, tous frères... Où niches-tu ?

Peyroral dit son adresse. Lacaussède se mit à rire.

— Rue de Vaugirard ?... quelle idée !...

— Mais, dit timidement l'avocat, c'est toi...

— Ah ! oui, j'ai recommandé la maison ; mais dans le
temps, très dans le temps... C'est le vieux jeu, la rive
gauche. Il n'y a plus que le boulevard extérieur. La butte
Montmartre, c'est l'aire des aiglons. Tabaille, Rapeyrous,
Mongiscard, Castagnède, nous sommes tous par ici.

Peyroral eut une rougeur.

— Je vais te dire, je ne suis pas venu tout seul...

— Ah ! le gaillard !... Une payse... Nous autres, le
cotillon nous rallie toujours quand ce n'est pas le panache
blanc. Nous descendons tous d'Henri IV par les femmes.

Il rit encore, reprit les mains de Peyroral, n'insista

2.

pas sur le logement ; mais, lui voyant une redingote à pans trop longs, un vêtement de prêtre ou de séminariste, il s'écria :

— Tu n'es pas vêtu, mon petit... A Paris, vois-tu, nous sommes plus difficiles que dans les Basses-Pyrénées. L'habit fait l'homme. On peut déjeuner avec deux sous de Brie sans nuire à sa carrière, mais il faut un dorsay convenable.

— Mais, dit Peyroral, c'est que j'en suis aux deux sous de Brie... J'ai emporté très peu d'argent.

— Hé ! reprit Lacaussède, le Béarnais aussi n'en avait guère. Il n'en a pas moins fait son chemin jusqu'au pont Neuf. Va chez mon tailleur en mon nom... Je le préviendrai... Quand il y a de l'œil pour un, il y en a pour deux !

Peyroral rougit encore, esquiva la réponse. Lacaussède continuait, très pressé et très cordial.

— Et que compte-t-il faire, ce cher ami ?

Quand le cher ami eut parlé, Lacaussède mit les deux coudes sur la table, dit carrément à Peyroral qu'il faisait fausse route, Paris n'étant pas la province. A Paris, tous les agents d'affaires à peu près posés avaient leurs avocats en titre, et les plus gros messieurs du palais s'entendaient fort bien avec eux. Mêmes portes fermées du côté des avoués.

— Les avocats prennent hypothèque sur les charges. On leur paye en affaires l'intérêt de leur argent.

Il n'y avait qu'une ressource pour un avocat sans fortune venant de province et pressé de s'affirmer à Paris : entrer chez un maître en renom. Si l'on plaisait au patron, il vous donnait le menu fretin des affaires courantes et, alors, à la grâce de Dieu !

— Tu sais, mon petit, dit Lacaussède à Peyroral, il faut être débrouillard. Dans la cuisine de Paris, il s'agit de faire des anguilles avec des goujons.

Il promit de s'occuper sans retard de Peyroral, lui recommanda de revenir dès le lendemain, peut-être le journaliste aurait-il occasion de voir, le soir même, plusieurs de ces messieurs. Il lui donna l'adresse du tailleur, puis le congédia en lui montrant la copie commencée.

— Je ne te retiens pas, il faut que le courrier parte. A demain.

En sortant de chez Lacaussède, Peyroral frissonna :

— Diantre! il fait frais à Montmartre.

Il n'avait pas senti l'air vif de la butte en arrivant. Ce qui fraîchissait ainsi son atmosphère ambiante, c'était la première désillusion; mais il se secoua énergiquement :

— Allons chez le tailleur. Lacaussède a raison : à Paris, l'habit fait l'homme.

Le tailleur demeurait rue de la Victoire. Il fut très respectueux au vu de la carte de Lacaussède, ne se permit qu'un vague sourire et un compliment à double entente :

— Ah ! monsieur est du Midi... Je suis bien aise de compter monsieur parmi nos nouvelles relations... La maison a la spécialité des Méridionaux.

Il lui prit mesure d'un vêtement du matin, d'un costume de l'après-midi, d'une toilette de soirée, inscrivit l'adresse.

— Monsieur recevra dans huit jours!

Peyroral sortit de meilleure humeur. La confiance lui revenait.

— Baste, par un chemin ou par un autre, j'arriverai
toujours ! J'ai pour moi Lacaussède, un bon tailleur
et Blaisette.

Blaisette, c'était la pensée qui le ragaillardissait...
Il se mit à rire en songeant que, depuis deux jours,
il vivait en tête-à-tête avec la jeune fille et que tout
s'était passé vertueusement. Quel enlèvement chaste, et
comme on se moquerait de lui si on était au courant...
Baste ! dans quelques heures, il aurait sa revanche.

L'enfant était éveillée quand il rentra. Il la mit
au fait de ses premières démarches et la mena dîner
au quartier Latin. Après le repas, il lui montra le
boulevard Saint-Michel, les boutiques ; il s'arrêta
même dans un café de la rue de Médicis, pour qu'elle
vît les femmes qui étaient là, faisant le service. Elle
ne témoigna aucune surprise exagérée, et Peyroral
pensa qu'elle se formerait vite. Seulement elle était
encore lasse, elle voulait rentrer.

Quand une voiture eut déposé le couple devant l'hôtel meublé de la rue de Vaugirard, Peyroral laissa
Blaisette monter devant lui, s'arrêta pour régler un
compte avec le gérant : la porte refermée, il aperçut Blaisette debout devant la glace de la seconde
chambre et arrangeant ses boucles après avoir retiré
son chapeau. Alors son tempérament reprenant le
dessus, il s'avança, la saisit à la taille, l'embrassa
légèrement sur la nuque, à l'endroit où des frisons
noirs moiraient la peau mate.

Elle poussa un cri, s'arracha, s'enfuit dans la première chambre. Il la rejoignit balbutiant :

— Voyons, Blaisette... Est-ce que je te fais peur?..

Elle eut un geste affirmatif.

— Oui... Tu vas manquer à ta promesse, Peyroral. .

Il ne comprenait pas. Elle dut préciser, gardant un certain sang-froid dans son trouble :

— Quand nous serons mariés, nous serons l'un à l'autre.

Il eut un geste de colère.

— Alors tu n'as pas confiance en moi ?...

Ses mains étaient toujours ouvertes ; il ne désespérait pas de la ressaisir. Mais elle lut dans son regard :

— Écoute, Peyroral... Si tu fais encore un pas, c'est fini... fini pour jamais... Je repars...

Il y avait une flamme dans son regard. Elle était femme à tenir parole. D'ailleurs, elle se serait défendue, et comment lutter dans cet hôtel ? L'instinct de prudence et l'amour de Peyroral étaient également troublés... S'il allait la perdre en la prenant !..

Il essaya de lui faire entendre raison.

— Mais Blaisette,.. il faut du temps pour se marier...

— Pourquoi ? le scandale est fait. Toute la ville doit savoir que je me suis enfuie avec toi... On ne peut plus nous refuser l'un à l'autre...

Il chercha un subterfuge :

— Tu ne connais pas mon père... Il faut bien que je le prépare... Une sommation brutale le tuerait... Veux-tu qu'il meure comme Isaby ?...

Cette fois son imagination lui avait fourni une objection triomphante. Les yeux de Blaisette se troublèrent; mais sa défense resta entière.

— Eh bien, attendons...

IV

LA CHUTE

Peyroral dut se rendre. Il passa cette première nuit
dans la pièce d'entrée, sur un divan, et, le lendemain,
fit monter un second lit. Ses idées étaient plus nettes,
sinon plus calmes. Il se sentait furieux contre Blaisette ; cette chaste cohabitation lui semblait le comble
du ridicule. Mais, en même temps, la vertu de la jeune
fille surexcitait son amour. C'était une femme, une
vraie femme qu'il avait près de lui, et non une grisette, l'héroïne banale d'une aventure vulgaire.

Aussi bien, d'autres soins l'occupaient. Il se rendit
chez Lacaussède à l'heure prescrite. Mais le Méridional
était sorti.

— Il n'a rien laissé pour moi ? dit Peyroral...

— Non, monsieur, absolument rien.... Mais peut-
être rentrera-t-il vers trois heures...

Peyroral avait deux heures devant lui... Il prit une
voiture, se fit conduire à l'hôtel Villeségure, aux
Champs-Élysées : une visite qu'il préméditait depuis
son arrivée, mais devant laquelle il avait reculé, sans
savoir pourquoi. Gardait-il un trop vif souvenir des yeux
bleus de la comtesse ? Lui déplaisait-il de se montrer
en solliciteur, en petit garçon, après trois années écou-
lées ?... Cette fois pourtant, il était décidé, et il passa

la tête haute le seuil de l'hôtel Louis XIII, brique et
pierre, d'aspect seigneurial, occupé par sa noble cliente.

— Madame la comtesse est encore à la campagne ;
mais on l'attend d'un jour à l'autre. Si monsieur veut
laisser sa carte...

Il la laissa hardiment après avoir écrit son adresse,
au crayon. Tous les dangers vus face à face le trouvaient brave et même téméraire. Puis, poussé par la
même ardeur, il retourna à la rue Lepic.

Lacaussède n'était pas revenu.

— C'est que monsieur dîne dehors, dit flegmative-
ment le domestique.

Peyroral rentra plus sombre rue de Vaugirard. Cependant il essaya de réagir, se montra très gai pendant le dîner avec Blaisette. Aucune allusion n'avait
été faite de part ni d'autre à la scène de la veille.
Quand on rentra, après la promenade à travers le quartier Latin, Blaisette ne parut pas chercher d'autre défense que le contrat mutuel passé avec Ludovic. Il
l'entendit gagner son lit avant lui, sans pousser le
verrou. Elle se savait gardée par l'amour même de
Peyroral...

Il veilla tard, calculant ses dépenses. Il lui restait
quatre cents francs, juste de quoi vivre dix jours. S'il
ne trouvait pas de ressource nouvelle avant cette date,
il devrait s'adresser à son père, et celui-ci lui enver-
rait le prix du retour, — peut-être même le billet.
Il faudrait en tout cas abandonner Paris, abandonner
Blaisette...

Cette pensée le rendit fort contre les tentations qui
lui criaient de pousser la porte, d'aller droit au lit où
reposait la jeune fille... Ce n'était pas pour une heure

qu'il la voulait, c'était pour toujours... Et il fallait
sortir d'affaire, pour elle comme pour lui. Le lendemain, au petit matin, il arriva chez Lacaussède, s'ima-
ginant le surprendre au réveil. Mais le journaliste était
levé depuis longtemps ; il était même en conférence
avec un des bailleurs de fonds de *l'Impartial des Gauches*. Il entr'ouvrit la porte de son cabinet, jeta deux
mots à Peyroral :

— Je m'occupe, mon bon, je m'occupe... Es-tu allé
chez le tailleur ?.. Oui... Parfait !... Je t'écrirai.

En attendant d'autres nouvelles, Peyroral prit le parti
de se présenter lui-même chez les avocats célèbres ses
compatriotes.

— Après tout, je ne risque jamais que de faire double emploi avec les démarches de Lacaussède.

Il se mit en campagne, après avoir consulté le tableau
de l'Ordre. Ce fut par le Béarnais Foré qu'il commença
ses visites. Foré s'était brillamment marié, avait épousé
une Anglaise déjà sur le retour, mais millionnaire.
L'appartement somptueux, situé à un deuxième étage
de la rue Royale, tendu de tapisseries anciennes et
meublé de vieux chêne, l'impressionna vivement, lui
rappela le château de Pau.

Le cabinet de l'avocat s'ouvrait au bout d'une inter-
minable galerie. Peyroral en franchit le seuil, les yeux
brouillés. A peine reconnaissait-il Foré. Son ancien
bâtonnier du barreau de Pau, le petit homme maigre
qu'il avait jadis brillamment « roulé », au dire de la
presse locale, était devenu un vieillard majestueux,
aux cheveux blancs en forme de nimbe. Seules, les
lunettes d'or rappelaient l'avocat de province à demi
agent d'affaires.

Foré tendit cordialement la main au nouveau venu, félicita le barreau parisien de cette recrue inespérée, plaça une phrase tout à fait dans la couleur de 1872 :

— Cette majorité rurale si calomniée est encore le grenier de la France... Paris est le marché où tout passe ; mais les magasins sont en province...

Il affectait de traiter Peyroral en confrère arrivé, en égal, ne semblant pas se douter qu'il eût devant lui un solliciteur. Quand le jeune homme se fut décidé à parler, Foré rapprocha son fauteuil, et, prenant un air de plus en plus affable, dit confidentiellement à Peyroral — le cœur sur la main ! comme il convient entre compatriotes — qu'il ne se chargeait pas de l'avenir de ses secrétaires, encore moins de leur présent.

— Ah ! les pauvres, je ne leur laisse pas grand'chose à faire... On passe chez moi, pour l'honneur, pour dire : « J'ai été chez Foré... » On reste deux ou trois mois, et c'est tout... Bon pour les poulets de la Faculté, qui traînent encore leur coquille ; mais je ne conseillerai jamais un pareil stage à un garçon de talent qui a déjà fait ses preuves... Que diable ! vous n'avez pas le droit de déroger.

Peyroral, d'abord démonté par cette ironie affectueuse, se consola vite en réfléchissant qu'il était allé au devant d'une rancune.

— Foré a voulu se venger... Il n'a pas encore digéré l'affaire Pidorrieux...

Il n'y avait pas eu d'affaire Pidorrieux entre Peyroral et Me Somberbôs, l'éminent spécialiste pour séparations de corps, qu'il vit après Foré, et cependant la réponse fut la même, avec des formes plus franches. Abordé au palais de justice, dans la salle des Pas-

3

Perdus, Mᵉ Somberbôs s'arrêta un instant, équilibrant sur son gros ventre un paquet de dossiers. Il reconnut Peyroral, mais lui déclara ne pouvoir rien faire.

— J'ai déjà trois secrétaires... tous du Béarn... l'un pour les séparations anodines, l'autre pour les sévices et injures graves, catégorie des maris jaloux..., le dernier pour les adultères, section des... Ça me suffit, les spécialités sont limitées.

Il toisa Peyroral.

— D'ailleurs, vous êtes un gaillard ; vous ferez votre chemin. Ne vous découragez pas.

Peyroral trouva la même fin de non-recevoir chez Lantabat, chez Simacourbe, chez le doyen de l'émigration béarnaise, Arbouët-Cabidos, qui avait lancé tant de jeunes gens. Ce qui rendait son attente plus angoissée, c'était la sollicitude de Blaisette. La jeune fille l'interrogeait, l'écoutait avec une attention recueillie. Et, chaque soir, il avait à lui raconter les mêmes démarches stériles, le même piétinement dans le vide. Encore, si elle l'avait consolé ! Mais elle l'obligeait à soutenir une lutte nouvelle, revenant toujours à son idée fixe, lui disant :

— Pourquoi te donner tant de peine ? Maintenant que l'éclat est fait, nous sommes bien tranquilles... Retournons à Pau ; on sera forcé de nous marier. Tu gagneras moins qu'à Paris ; mais, là-bas, on n'a pas besoin de tant d'argent... Tu le sais bien, Peyroral...

Il fallait ruser, rajeunir les arguments anciens, à défaut de raisons nouvelles.

— Encore un peu de temps, Blaisette. Je ne peux pas rentrer à Pau comme j'en suis sorti... Ce serait indigne de Peyroral... Vienne une affaire, une grande affaire qui retentisse jusque dans le Béarn, et je serai reçu en triomphe... Je m'installerai en maître... Et mon père, Blaisette, mon pauvre père!... il ne pardonnerait pas au petit Peyroral... mais à un Peyroral arrivé, célèbre, il ouvrira ses bras tout grands... Nous nous y jetterons tous deux, Blaisette...

— Oh! oui, Peyroral, tous deux...

Les yeux de la jeune fille se mouillaient devant cette vision ; mais elle ne consentait à retarder le départ, que pour rendre le retour à Pau sûr et définitif. L'ambition de son amant, son rêve de hautes destinées semblaient, pour elle, lettres closes. Peut-être aussi avait-elle peur du mirage flamboyant où s'alanguissait le regard de Peyroral aux heures confiantes, comme d'une frontière infranchissable, seuil ardent d'une terre promise où il entrerait seul.

Ce qui donnait à son refrain du départ la forme obsédante d'une idée fixe, c'était la nostalgie du Béarn. Paris ne l'avait pas conquise... Maintenant Peyroral se rappelait. Dans le temps, à Pau, elle regrettait Louvie... Eh bien, pour elle, le Paris de la rue de Vaugirard était encore plus triste que la rue du Pont et le château de Henri IV. Elle y dépérissait, restant des journées entières dans la petite chambre, ne sortant qu'à la nuit tombée, avec son amant.

Depuis longtemps Peyroral refusait de l'enfermer à clef, quand il partait. L'enfantillage ne lui paraissait plus aussi inoffensif. Il sentait bien que, dans la chambre d'hôtel garni, aux meubles pauvres, au papier sordide, Blaisette se consumait de fièvre, comme lui de désirs et d'attente. Il semblait à l'avocat qu'en

échappant à Paris, la jeune fille lui échappait plus
sûrement.

Il fallait en finir. Un jour, en partant, Peyroral
arrêta longuement son regard sur les transparences
morbides du teint déjà pâli de Blaisette. Et, très doucement, fidèle à son rôle de père :

— Je vais chez Mᵉ Brousset. De là, je passerai m'informer de Lacaussède. Tu as toute ton après-midi, mon
enfant. Il faut en profiter pour sortir un peu, secouer
ta migraine dans le grand air.

Comme elle faisait un signe négatif, répétant sa
phrase habituelle :

— Non... je suis bien ici... je t'attendrai...

Il insista, jouant la comédie d'une fâcherie.

— Je le veux, est-ce promis ?

Elle dit oui, et Ludovic partit, l'air joyeux, comme
s'il eût emporté un heureux présage. Sa nature vigoureuse, sa hardiesse méridionale, soulignaient merveil-
leusement le rendu extérieur des impressions morales;
le masque variait de teintes, s'ombrait de reflets différents; on eût dit un rayonnement de sensations autour
des grands traits durement accentués. Blaisette le
regarda s'en aller avec un soupir, puis elle resta pendant deux longues heures immobile, les mains alan-
guies, la pensée morte. Enfin le souvenir de sa promesse lui revint, très aigu. Elle songea un instant à
ne pas sortir, tout en laissant à Ludovic l'illusion de
cette promenade hygiénique; mais elle renonça vite à
ce projet. Elle ne saurait pas mentir, et surtout elle
défendrait mal son mensonge quand Peyroral l'inter-
rogerait.

Elle se décida, mit le toquet que lui avait acheté

Peyroral, jeta sur ses épaules son mantelet en écharpe
et se trouva dans la rue, d'un brusque élan. Instinc-
tivement elle remonta la rue Lecourbe, dans le sens
des fortifications, fuyant l'entrée du quartier Saint-
Sulpice, saisie d'une pudeur. Ludovic lui avait recommandé de sortir sans lui tracer de chemin. Et elle passait à travers ce quartier ouvrier, elle longeait les
boutiques et les échoppes, les comptoirs de marchand
de vin et les tonneaux d'épiciers sans cacher son malaise, droite, hautaine sous son petit châle, comme
une reine déguisée en femme de chambre. Elle était
très lasse; elle sentait sur ses épaules la fatigue des
jours d'attente, des jours de luttes; le choc des ambitions et des passions l'avait minée intérieurement. Mais
elle gardait son orgueil tout entier. Orgueil volontaire et résistant, qui la défendait contre ses propres
tentations, lui ordonnant de se garder pour Peyroral
contre Peyroral lui-même...

Elle marcha longtemps pour mieux remplir sa promesse, s'exaltant sous le coup d'un bizarre point d'honneur, essuyant les tièdes caresses du vent moite qui
soufflait sur Grenelle. Tout à coup la pluie tomba fine
et serrée. Blaisette était sortie en vraie provinciale, sans
parapluie. Elle revint sur ses pas en hâte. Mais le
nuage crevait, se secouant jusqu'à la dernière goutte
dans une convulsion de giboulée. Blaisette n'eut que
le temps de se réfugier sous une longue voûte déjà
encombrée de passants. Pendant une mortelle demi-
heure, elle resta au milieu des quolibets des grosses
gaietés, des coups d'œil qui s'échangeaient à l'abri de
l'ondée; une odeur fade et complexe flottait, combi-
nant le moisi de la maison, l'humidité de la rue,

les exhalaisons des paletots et des blouses mouillées.
Blaisette se sentait défaillir. Deux trottins de modiste
la regardaient d'un drôle d'air, pendant qu'un clerc
d'huissier, sa serviette sous le bras, son long chapeau
crasseux sur la tête, suant la misère, la convoitise et
le renfermé, lui jetait des coups d'œil obliques. Une
marchande des quatre saisons arriva, rangea brutalement sa voiture, puis sans façon se mit à secouer ses
jupes près de Blaisette, qu'elle éclaboussa d'une poussière d'eau sale. Et, comme la jeune fille reculait,
elle murmura :

— En voilà une princesse !

Les deux trottins se mirent à rire. Blaisette eut une
brusque rougeur. Son orgueil la défendait mal. Elle
remonta au bout de la voûte, et, jusqu'à la fin de l'ondée, fit face à la cour étroite, à la rosée qui s'élevait
des petites flaques clapotantes, insensible au froid, ne
songeant qu'à fuir ces approches ironiquement familières.

Au premier rayon de soleil, la voûte se vida comme
une volière dont la porte s'ouvre. Blaisette eut un
instant d'hésitation devant la boue qui couvrait le trottoir ; puis elle ramassa ses jupes, se lança hardiment
Mais elle glissait à chaque pas sur les dalles grasses,
recevant les éclaboussures des portes où les concierges
lavaient à grande eau.

Ce Paris, nouveau pour elle, ce Paris mouillé qu'une
Parisienne aurait traversé sur la pointe des pieds,
épouvantait sa gaucherie provinciale. Sa jupe noire
était tigrée de petite taches quand elle arriva rue de
Vaugirard. Le portier, qui fumait, retira sa pipe,
regarda cette locataire qu'il connaissait à peine et qui

rentrait faite comme une coureuse; puis philosophi-
quement poussa une bouffée de fumée.

Blaisette jeta ses bottines dans un coin de la chambre, changea de robe, alluma du feu. Mais elle avait
beau promener ses mains sur la flamme, elle n'arrivait
pas à chasser le frisson humide qui l'avait pénétrée
tout entière. Elle se sentait souillée encore et comme
diminuée par sa marche sous le ciel boueux de Paris.
Elle cherchait son orgueil et ne le retrouvait pas. Pendant le reste de l'après-midi, elle demeura sur sa chaise,
vaguement assoupie, sentant son être se dissoudre
dans une lassitude enveloppante. Jamais elle n'avait été
aussi triste, aussi faible, aussi incapable de se ressaisir.
Au dehors, la pluie avait repris ; de petites gouttes
s'abattaient sur les vitres de la croisée, tendant un rideau opaque entre Blaisette et la rue.

Ah ! ce Paris, si grand, si froid, si banal, comme il
lui était odieux maintenant et comme elle avait hâte
de repartir avec Peyroral !

Lui aussi devait souffrir plus qu'il ne l'avouait dans
ces rues tristes, sous ce ciel lourd, au milieu du cou-
doiement des indifférents. Ce n'était pas sa faute s'il
restait si longtemps dans la grande et triste ville. La
mauvaise chance le poursuivait. Et insensiblement,
tout fondant, jusqu'aux méfiances de Blaisette, dans ce
brouillard qui l'enveloppait âme en corps, elle se reprit
à plaindre Peyroral autant qu'elle l'aimait. Pendant
qu'elle était là à l'abri, devant le feu, il errait dehors,
sous la pluie, il courait après la fortune.

Elle se sentait extraordinairement apitoyée; chaque
moment qui s'écoulait retardant la venue de Peyroral
pénétrait sa pensée d'une tendresse plus moite et plus

lourde comme l'eau qui tombe sur une étoffe détendue. L'heure s'avançait... Enfin, à la nuit, Blaisette venait d'allumer les bougies de la cheminée quand Peyroral poussa la porte.

Les pressentiments de la jeune fille ne l'avaient pas trompée. L'avocat rentrait las, portant sur ses épaules tout le poids d'une journée de démarches. Il ne dit pas un mot, alla s'asseoir près de la table, et, s'accoudant, prit sa tête dans ses deux mains. Son geste navré était assez clair. Cependant Blaisette voulait parler. Le silence et la solitude l'écrasaient depuis trop long-temps.

Elle toucha le bras de Peyroral :

— Eh bien?

Il secoua la tête :

— Rien !... Je n'ai pas encore pu trouver Lacaussède.

Une désolation approfondissait son regard, ses mains tremblaient, et déjà il se détournait de la jeune fille.

Blaisette sentit son cœur se serrer. Peyroral la croyait-il donc indifférente à ses peines? pensait-il qu'elle ne l'aimerait que riche, heureux, triomphant? Brusquement ses résolutions s'écroulèrent et, dans un immense besoin de tendresse, elle se pencha sur Peyroral, les yeux cherchant les yeux, les lèvres appelant les lèvres.

Quand elle essaya de se ressaisir, il était trop tard. Elle assistait vivante à la mort de sa pudeur. Sa générosité l'avait perdue. Les deux infinis qui se partagent le cœur de la femme, l'amour et la charité, s'étaient unis pour la livrer.

Elle vit son amant à ses genoux, les yeux éperdus

de reconnaissance. Elle venait de consoler Peyroral;
mais qui la consolerait à son tour? Et, d'une voix profonde elle lui dit :

— Ah! Peyroral... j'avais juré... La faute est à
moi... Mais le parjure tomberait sur nous deux si tu
m'abandonnais.

V

AU BORD DU NID

Ce fut une lune de miel ardente et concentrée. Vingt-quatre heures d'enchantement, d'abandon, une paresse fiévreuse, des tendresses accumulées et haletantes sous la pression de ce formidable inconnu que les deux amants sentaient d'autant plus menaçant qu'ils essayaient de l'oublier.

Il ne fut question ce jour-là ni de Lacaussède, ni des projets d'avenir, ni des démarches à faire. Peyroral eut des caprices d'amoureux fou. Il mena Blaisette à Meudon, lui fit savourer les arrières-délices de l'automne dans les herbes tièdes et sous le voile déjà clairsemé des ombrages jaunissants. Ils ne revinrent qu'à la nuit. Blaisette, très lasse, d'une lassitude heureuse et muette, s'appuyait sur Peyroral, toute suspendue et comme attachée à son bras. Le ciel luisait doucement; les petits clous scintillants des astres sortaient un à un, affleurant l'émail profond. Peyroral s'arrêta, et, montrant l'azur à Blaisette, il lui dit de sa voix grave où un chevrotement passait semblable à l'écho du plaisir :

— Sois tranquille... Mon étoile est là... Je la reconnais bien.

Jamais Blaisette n'avait rêvé un Peyroral aussi tendre, aussi beau, aussi fier. On eût dit qu'il voulait la relever à ses propres yeux et la consoler de sa chute en lui prouvant qu'elle ne s'était pas trompée, que l'homme qu'elle aimait était digne du plus fervent amour. Elle s'endormit ce soir-là dans une atmosphère de félicité, comme doivent s'alanguir les âmes des élus au seuil du paradis dans les ondes flottantes de l'éternelle et immense béatitude.

Le lendemain matin, il faisait grand jour quand une main posée sur son épaule la réveilla :

— Chérie !...

Peyroral était debout près du lit, habillé pour sortir. Elle eut un frisson, non d'inquiétude, mais de surprise en le voyant calme, reposé, l'air doux, aimable et froid. Ce n'était pas du sommeil qu'il la réveillait, c'était du rêve. Il parlait de sa voix ordinaire tranquille et lente. Il disait des choses très raisonnables.

— Écoute, chérie... Il faut que je parte en campagne... Nos vacances sont déjà finies... Il s'agit de relancer les camarades...

Elle l'écoutait stupéfaite, cherchant à bien reprendre ses esprits. Elle souffrait. Mais l'idée ne lui vint pas un seul instant que Peyroral avait fait la veille une expérience et qu'il avait voulu tuer sa faim à force d'aliments. Elle sortait de sa dînette amoureuse, le cœur aussi chaud, les lèvres aussi friandes ? Comment aurait-elle pu supposer que son amant eût cherché le repos dans le rassasiement ? Aussi essaya-t-elle de se convaincre qu'elle avait tort, qu'elle raisonnait comme une enfant. Il était le chef de la maison, le maître de la communauté, le souverain arbitre de leurs destinées à tous deux.

La lune de miel était déjà finie. Il fallait rentrer dans la vie active, dans le devoir. Vaillamment, en courageuse petite femme, elle sauta, les pieds nus, sur le carreau de la chambre. Et, comme son amant voulait la forcer à se recoucher, elle résista d'une façon résolue.

— Non, non, Peyroral... Je suis raisonnable, moi aussi... J'ai des devoirs maintenant que je suis ta femme...

Elle passa un peignoir, mit ses pieds nus dans des pantoufles et voulut prouver sans retard à Peyroral qu'elle entrait dans ses idées.

— Tu as à faire, je veux m'occuper moi, aussi... Il me manque bien des choses ici... Tu comprends: maintenant, nous ne sommes pas près de retourner à Pau... Je n'oserais plus me montrer... Et puis, tu as raison, il faut que tu remportes un grand, grand succès... Alors nous ferons une belle rentrée... Mais, en attendant, nous manquons de linge, d'effets... un tas de petites choses auxquelles les hommes ne pensent pas... Je vais courir les magasins.

Il la regarda, puis sourit :

— Toi, Blaisette... toi... courir les boutiques !... Mais tu y perdras la tête...

Elle fit la moue dédaigneuse d'une grande fille qu'on s'obstine à traiter en baby.

Sois tranquille, Peyroral... Je serai une femme d'ordre... Oh ! je n'ai plus peur de rien, maintenant...

Il cessa de sourire devant ses yeux clairs, ses lèvres résolues, l'expression de décision qui soulignait sa physionomie. Son front se rembrunit. Peut-être était-il troublé de trouver une femme faite où il avait laissé une enfant. Mais ce ne fut qu'un éclair. Il laissa cent francs à Blaisette.

— Achète, monte notre ménage.

Il partit léger d'argent ; six louis au fond de son gousset, c'était le reste des huit cents francs emportés de Pau. Mais il avait sacrifié sans regret le billet laissé à Blaisette. Il rentrait dans son plan de provoquer la fortune, de la mettre au pied du mur. La veille, il était très sincère en montrant à Blaisette l'étoile qu'il venait de se choisir dans le firmament. Il recommençait à vivre depuis que la jeune fille était tombée dans ses bras. Les idées fatalistes l'avaient rassaisi. Blaisette n'était peut-être pas le bonheur définitif ; mais sa possession était le symptôme précurseur de la fortune. Si elle avait résisté plus longtemps, Peyroral se serait cru condamné par le sort. Peut-être aurait-il capitulé, écrit à son père pour lui demander de le rapatrier. Mais l'augure était devenu favorable ; et, l'ambition dominant jusqu'à l'amour, il avait bu la confiance sur les lèvres de Blaisette, il avait cueilli sur son sein la fleur orgueilleuse de la foi.

Il eut cependant une journée pénible. Lacaussède était déjà parti pour Versailles quand l'avocat arriva rue Lepic. Il se décida à prendre le train, voulant en finir. Mais, pendant toute l'après-midi, il erra vainement dans les couloirs de l'Assemblée nationale. Lacaussède n'avait pas paru dans la tribune des journalistes. Enfin Peyroral rencontra un autre Méridional, Jacques Barbaste, qui consentit à lui donner des renseignements plus précis.

— Ecoutez, mon bon, quand Lacaussède fait dire qu'il est à Versailles, c'est qu'il veut rester chez lui et

travailler tranquillement toute la journée... Vous auriez
beau retourner rue Lepic, vous ne forceriez pas la
porte. Mais, si vous avez absolument besoin de le voir,
allez ce soir, à sept heures, au cercle de l'Olivier, rue
Laffitte ; il y dîne, j'en suis sûr, rendez-vous d'affaires...
Faites-le demander, vous le verrez.

A sept heures précises, Peyroral montait l'escalier du
cercle de l'Olivier, ému, se demandant comment Lacaussède allait prendre cette poursuite indiscrète. Mais,
devant la valetaille galonnée, les laquais en bas de
soie et culottes courtes, tout son courage lui revint.
Il donna sa carte et délibérément se mit à arpenter
l'antichambre sans paraître faire attention au luxe de
la grande salle. Lacaussède arriva, pressé et souriant :

— Entre donc. Une bonne pensée d'être venu. Ah !
oui, tu me trouves si peu chez moi... Rien de définitif ;
j'arrive, mais nous avons à causer. Tu dînes avec moi,
on va se mettre à table.

Rapidement, sans que Peyroral songeât à se défendre, il le fit inscrire comme invité, l'entraîna à
travers les salons du cercle. L'avocat cachait son trouble, examinait d'un air froid les vastes tentures des
panneaux, les tapisseries, les pendules. Mais, comme
il longeait la salle du jeu, le bruit des louis le fit tressaillir. Il s'arrêta, un peu pâle. Et, se tournant vers
Lacaussède :

— Alors, c'est là...

— C'est là l'enfer, dit gaiement le journaliste... C'est
là que s'engloutit, tous les soirs, l'argent, le pauvre argent de nos confrères en journalisme et frères en Midi...
Moi, je n'y ai jamais mis les pieds... Mais chut ! n'en
dis pas de mal... Ce Styx abominable, ce Phlégéton

aux ondes noires roule des paillettes... Qu'est-ce que
je dis ! des lingots d'or pour la cagnotte... et la cagnotte alimente la table... Et nous nous alimentons à la
cagnotte, nous autres journalistes et poètes, ouvriers en
principes ou ciseleurs d'idéal qui avons besoin de
soutenir notre pauvre corps...

Le dîner fut long et copieux.

Peyroral mangeait à peine, et même à peine écou-
tait-il Lacaussède. Le journaliste lui parlait cependant
de démarches intéressantes. Il avait vu Me Dulud, un
des grands avocats du barreau, le chef du parti libéral,
l'austère Dulud, qui, sous l'Empire, faisait une si
rude guerre à la dictature césarienne. Et il lui avait
représenté Peyroral comme un vaillant néophyte pouvant rendre les plus grands services dans la crise
prochaine.

— Car il y aura bientôt une crise, Peyroral. Ne t'y
trompes pas. Toute la droite se soulève en ce moment
contre M. Thiers... Nous en verrons de grises avant
peu... Dulud sera un des premiers sur la brèche... Et
cependant il ne veut pas abandonner le palais de justice. Il a des dents de crocodile pour le travail... Mais
enfin l'ubiquité n'est pas de ce monde, même pour les
crocodiles... Il faudra bien que Dulud se décide à
prendre un secrétaire, et ce secrétaire ce sera toi...
Je suis sûr de le tenir. Par exemple, tu auras à trimer,
mon bonhomme... Ces vieux-là, ça ne dort pas et ça
ne comprend pas que les autres dorment... Enfin ne te
monte pas trop la tête d'avance... C'est possible, ce
n'est pas fait...

Lacaussède aurait été bien surpris s'il avait pu deviner combien peu Peyroral se montait la tête. Il était

très loin de la conversation ; l'obsession de la partie
entrevue le poursuivait, il lui semblait entendre à travers les murailles épaisses le tintement des louis et la
voix grêle du croupier. Vainement essayait-il de rompre le charme et de revenir à Lacaussède. Il ne trouvait que des monosyllabes, des paroles entrecoupées...

Un hasard le délivra de ce dialogue, qu'il avait cherché cependant depuis le matin. On demandait Lacaussède au parloir du cercle. Le journaliste se leva précipitamment.

— Finis ton café, mon bon... Je reviens.

Il ne revint pas. Le visiteur l'avait enlevé. Peyroral
en ressentit une joie secrète et sans motif. Puis, allumant un cigare, il entra dans les salons du cercle. La
partie avait repris ; il l'entendait distinctement. Cependant une pudeur l'arrêtait. Il n'osait entrer seul dans
l'enfer, comme l'appelait Lacaussède. Et, pour se dérober
au mirage il s'efforçait de penser à Dulud, à l'austère
Dulud. Après tout, la fortune était de ce côté-là. Mais
la fortune sous les traits de Dulud, avec une peau
parcheminée et des dents de crocodile, lui disait peu...
Et toujours ce bruit de jetons tintant clair sous la
règle de bois du croupier...

La main de Jacques Barbaste se posa sur son épaule.

— Eh bien, ce petit bac... ça ne vous dit pas?...

Il rougit.

— Mais... je ne suis pas du cercle...

— Baste ! vous êtes du Midi... D'ailleurs on, n'y regarde de pas si près ici...

Puis, à demi voix.

— Un vrai tripot... Lacaussède a dû vous le dire...
Ça n'empêche pas ! C'est si amusant, le jeu !

La tentation était trop forte. Peyroral céda et vint s'asseoir devant le tapis vert, à côté de Jacques Barbaste. Son arrivée ne fut pas remarquée ; il avait un air de famille avec tous les gens qui étaient là. Et rien de novice ni de gauche dans ses allures... Il venait d'avoir la révélation du jeu, le coup de foudre... Même il ne jouait pas pour gagner ; malgré la pénurie de ses ressources, il jouait pour jouer...

Ce fut seulement après les premiers bénéfices, quand il eut devant lui un amas de jetons, que la fièvre du gain le saisit. Jacques Barbaste, qui avait perdu le conseillait fort gaiement :

— Vous avez la main heureuse... Je parie que vous nous avez donné votre virginité de joueur... Oui... Eh bien, la soirée tout entière sera bonne. Seulement, prenez garde au lendemain.

Maintenant Peyroral jouait « la prudence », partageant son fonds en petites mises, hasardant toujours comme s'il n'avait rien gagné. A onze heures, il avait quinze cents francs.

— A votre place, dit Jacques Barbaste, je mettrais tout sur un coup.

Il faillit suivre le conseil, puis retira le tas de jetons... Le coup aurait été contre lui... Il sentit que, malgré cet avis de la fortune, il allait se risquer de nouveau. Et ces quinze cents francs dans un pareil moment en valaient pour lui plus de quinze mille !

— Ma foi, dit-il, je fais Charlemagne.

Il changea ses jetons au bureau du garçon de jeu et sortit du cercle sans retourner la tête. Dans le fiacre où il se jeta précipitamment une pensée lui vint, terrible.

— J'étais en veine... Si j'avais continué, j'aurais mille écus maintenant.

Heureusement, il ne pouvait rentrer, n'étant pas du cercle, ayant joué par surprise. D'ailleurs, les quinze cents francs qu'il sentait dans sa poche le consolaient, lui faisaient tout voir en rose :

— Quinze cents francs... Six semaines devant nous!...

Il monta d'un pas assuré l'escalier de la maison meublée, ne songeant pas à l'inquiétude de Blaisette... Un remords lui vint en la voyant toute pâle, debout devant la table où se consumait une bougie. Ses mains tremblaient.

— Que j'ai eu peur!... Au moins, il ne t'est rien arrivé, Peyroral ?...

— Rien, rien. Es-tu peureuse, Blaisette ?

Elle restait attachée à lui, les mains sur ses épaules, le tâtant comme une mère qui retrouve son enfant. Enfin elle consentit à se rasseoir, et tout de suite son cœur s'épancha.

— C'est la première fois que je veille si tard sans toi... J'avais une frayeur! je me figurais toute sorte de choses... Un malheur est si vite arrivé dans cet affreux Paris !

— Oh ! oh ! dit Peyroral en souriant. Cet affreux Paris... Je croyais que mademoiselle Blaisette était devenue courageuse.

Elle eut une moue d'enfant mutine.

— Si..., il est affreux... Mais je suis courageuse tout de même... J'ai couru tous les magasins... et j'ai trouvé des occasions... Je t'attendais avec tant d'impatience pour te les montrer.

Elle voulait se lever, il la retint, en riant, par la taille ; mais, allongeant le bras, elle fit rouler des paquets sur la table.

— Tiens, voilà des mouchoirs, et des bas, des nappes damassées et des serviettes, car je veux faire la cuisine pour nous deux... Ce sera gentil !...

Elle était inquiète, le voyant froid, presque détaché de ce qu'elle lui disait, et croyant qu'il songeait à l'argent.

— Oh ! j'ai marchandé. Devine ce qui me reste encore ? Quarante francs.

Elle atteignit l'argent, le mit sur la table ; mais Peyroral partit d'un éclat de rire, et, ne résistant pas au désir de faire un coup de théâtre :

— Garde tes deux louis, ma pauvre Blaisette ; en voilà d'autres et pour longtemps.

Il avait mis sa main à la poche, il en sortit la pleine poignée de louis. Mais, à son tour, Blaisette resta froide, presque triste.

— Comment, tant d'argent !... tant d'argent !

Les deux louis qu'elle avait économisés avec tant de peine n'étaient plus rien devant ce flot d'or. De son côté, Peyroral regrettait déjà le coup de théâtre. L'origine de cet argent l'embarrassait. Il se mit à le dresser en pile pour se donner une contenance.

— Un bénéfice bien inattendu, ma pauvre Blaisette... Quinze cents francs... C'est égal, tu as raison, il faut être économe.... On ne va pas loin à Paris avec ces trois petites piles.

Blaisette joignit les mains. C'était bien vrai. Une fois dressés, les soixante-quinze louis ne faisaient plus le même effet.

Il y eut un silence. Puis la voix de Blaisette s'éleva, très sérieuse.

— Et Lacaussède ?

— Je l'ai vu, repartit Peyroral. Oh ! il m'a donné de bonnes nouvelles, mais rien de certain encore.

Chose singulière, il lui déplaisait d'évoquer l'image, de prononcer le nom de Dulud, de l'austère Dulud devant cet argent de jeu, « bénéfice » dont il était tenté de rougir. Il changea brusquement de conversation :

— Reposons-nous, chérie ; demain, il fera jour, et dors bien ; nous voilà sauvés pour six grandes semaines.

Le lendemain, il resta couché jusqu'à midi. Les émotions de la veille l'accablaient. Il se leva enfin, déjeuna avec Blaisette, fit longuement sa toilette. La jeune femme, très sérieuse, vaquait à ses devoirs de ménagère, tout à fait entrée dans son rôle. Cependant elle lui dit :

— Est-ce que tu vas chez Lacaussède ?

Il n'avait pas du tout envie d'aller chez Lacaussède, et il l'avoua ingénument :

— Non, rien ne presse. J'ai un autre camarade à voir, Jacques Barbaste... Mais je rentrerai pour le dîner, sans faute...

Il voulait voir Barbaste pour lui demander de le faire inscrire au cercle sans retard. Et puis, sentant de l'argent dans sa poche, il ne lui déplaisait pas de faire le jeune homme, de flâner en Parisien badaud dans la ville qui ne l'avait encore vu qu'en Méridional pressé. Blaisette ne trouva pas d'objection.

— A sept heures, sans faute.

Il se sentit un peu honteux en la quittant :

— Tu vas bien t'ennuyer...

Elle eut un sourire :

— Non, j'ai à travailler... Il faut que je repasse un peu de linge fin.

Elle soupira quand il fut parti, puis résolument se mit à l'ouvrage. Sur une corde, dans un coin de la chambre, elle avait tendu des cols, des manchettes, toute une lingerie de petite fille. Et, pendant que ses fers chauffaient, elle battit l'empois, fit tourner l'amidon en crème bleuâtre. Une inquiétude sans cause la poursuivait. Cependant elle finit par se persuader qu'elle avait tort.

— Puisqu'il a quinze cents francs, nous sommes riches... Et puis Lacaussède ne tardera pas à lui venir en aide...

Malgré tout, elle ne trouva du calme que dans le travail du repassage. La petite buée montant des mousselines et des broderies sous la pression légère du fer chaud, l'enveloppait, la grisait légèrement, l'empêchait de penser. Après ces huit jours d'intime paresse, il lui semblait bon de s'occuper, de rentrer dans son rôle de femme. D'ailleurs, la besogne délicate réclamait toute son attention.

Tout à coup la sonnette s'ébranla.

Elle posa le fer, très émue, hésitant à ouvrir. Peyroral ne lui avait pas laissé d'instructions. Mais elle reconnut la voix du concierge.

— Madame, c'est moi.

Elle ouvrit, l'homme entra.

— Excusez, madame... C'est un domestique en livrée qui vient de déposer cette lettre pour M. Peyroral...

Elle prit la lettre, remercia le portier. Puis, quand

il fut parti, elle regarda l'enveloppe avec une sorte de
curiosité avide. L'écriture, longue et haute, avait une
maigreur très distinguée... Une lettre de femme, assurément. Au revers une couronne de comte et deux
initiales entrelacées, *V* et *S*.

Blaisette posa la lettre, soucieuse, sur la commode
devant la petite tablette qui lui servait à repasser. Et
elle remit ses fers au feu. Mais, pendant qu'elle regardait le réchaud, elle se sentait une envie folle de se
retourner, de reprendre l'enveloppe, de la déchirer...

— Une autre femme... Pourquoi une femme écri-
rait-elle à Peyroral?

Elle se calma cependant, se fit la promesse de ne
plus toucher à l'enveloppe. Mais, comme elle finissait
de repasser une collerette à coins brodés, on sonna
encore.

Un monsieur très correct en jaquette brune avec
un paquet enveloppé de serge verte :

— Monsieur Peyroral?...

— C'est ici...

Muet et grave, le monsieur correct déposa sur les
trois seules chaises que contenait la chambre les trois
costumes commandés par l'avocat. Blaisette le regardait.
Quand il eut fini, il replia sa serge et partit en saluant.

— Madame, c'est le grand complet. J'ai bien l'honneur de vous saluer.

Toutes ces surprises coup sur coup, la lettre, le
tailleur, avaient troublé Blaisette. Elle avait les mains
molles, l'esprit envolé. Si bien qu'elle garda son fer à
la main pour aller ouvrir quand on sonna une troisième fois...

Elle avait ouvert la porte toute grande, comme pour le concierge et le tailleur. Elle ne songeait plus qu'aux fournisseurs. Et elle recula devant un grand jeune homme brun, chevelu, aux moustaches et à la barbe abondantes. Il était moins correct que le tailleur de tout à l'heure. Tout de même elle vit bien que ce n'était ni un chemisier ni un bottier. Son fer la gênait beaucoup. Elle balbutia :

— Vous demandez, monsieur ?...

Il salua.

— Je voulais voir l'ami Peyroral... Je suis l'ami Lacaussède...

Et, saluant encore.

— Madame Peyroral ?...

Elle fit un signe de tête affirmatif, et, rassurée, poussa la porte après avoir posé son fer. Puis ,revenant à Lacaussède :

— Je suis désolée, monsieur; Peyroral est sorti...

— Tant pis, dit Lacaussède; j'avais une bonne nouvelle à lui apprendre... Mais il la trouvera en rentrant... en même temps que ses habits.

Il se mit à rire devant les trois complets qui garnissaient les chaises...

— Ce Frenz!... il lui faut huit jours pour habiller un homme... Et il fait de l'étalage encore!...

Blaisette rougit.

— C'est moi qui ai tout laissé là comme une paresseuse.

Elle avait pris une partie des vêtements à poignée, les portait vers la commode. Lacaussède se chargea du reste.

— La!... le ménage est fait.

La glace était rompue. Lacaussède s'assit. Elle n'osa rester debout.

— Ma foi, dit-il, je n'ai pas tout à fait perdu ma course, puisque je vous ai vue. Oh ! Peyroral m'a raconté les choses... Vous êtes venus ensemble à Paris. Vous avez eu raison: on court mieux après la fortune avec deux paires de jambes. Et, si on ne l'attrape pas, on garde au moins la consolation d'avoir fait la course ensemble. Mais vous l'attraperez, soyez tranquilles.

Blaisette releva les yeux qu'elle avait tenus baissés jusque-là. Et, vivement :

— Vous avez des nouvelles, monsieur Lacaussède?...

— Oui... J'ai revu Dulud... Il demande à causer avec Peyroral, au premier soir ; le plus tôt sera le mieux. Oh ! je l'ai mis au pied du mur, le vieux mangeur de papier timbré... Il faut qu'il prenne Peyroral, il le prendra...

Blaisette joignit les mains.

— Vous êtes bon, monsieur Lacaussède...

— Mais non... On doit s'entr'aider entre pays... et se faire la courte échelle tant qu'on tire le diable par la queue.

— Oh ! dit-elle, vous êtes un homme arrivé.

Il se mit à rire.

— Vous êtes trop bonne... Mon Dieu ! dans la littérature, avec du talent, de la patience, de la fortune et de la chance, on arrive à tout. S'il manque une seule de ces conditions, la plus petite, par exemple, le talent, on se contente de recommencer tous les jours l'escalade de la veille... Satané métier ! Allez, celui de Peyroral vaut mieux...

Elle le regardait de ses grands yeux étrangement attentifs.

— Vous croyez ?

— Eh oui !... La République est à peine fondée... L'ère des crises commence... On va discuter, ergoter, lutter, travailler dans le vide et piétiner sur place pendant cinq, six ans au moins... Et l'ère des crises, c'est le triomphe des avocats. Quand la politique va mal, le barreau va bien... Peyroral réussira. Sans compter qu'il a l'instinct des affaires, le gaillard... Il saura se débrouiller et jouer des coudes... sans se laisser embarrasser par un tas de choses qui nous gênent toujours un peu, nous autres gens de lettres, idéalistes malgré nous. Quand il trouvera un joint, il entrera tout entier, tête et corps, dans la fortune.

Et, très vite, enveloppant un conseil dans une plaisanterie :

— Il aura des ailes ; tenez-le bien au jour du triomphe.

— Oh ! dit-elle simplement... ne m'effrayez pas. Je suis si faible... Je ne peux que l'aimer.

Lacaussède parut très ému. Ses yeux riaient, d'un bon rire de frère aîné qui découvre quelque perfection nouvelle chez une jeune sœur. Son attendrissement jaillit dans un cri :

— Vous êtes une brave petite fille !

Elle ne rougit pas, s'étant raidie dans sa vaillance. Mais, sous la cuirasse qui l'enveloppait, elle se sentait délicieusement caressée. Venant d'un frère d'armes de Peyroral, d'un compatriote, la familiarité de l'éloge se transformait, devenait un hommage délicat. D'ailleurs, le Méridional n'insista pas. Rapidement il avait déchiré

4

une feuille de son carnet après l'avoir couverte d'une grosse écriture.

— Voilà pour Peyroral.

Il s'était levé, elle le conduisit à la porte cérémonieusement, comme une dame. Il la regardait, saisi par une nouvelle émotion. Et sur le seuil il reprit comme malgré lui :

— Oui, une brave petite fille... tout à fait brave... Si jamais vous avez besoin de Lacaussède, disposez de lui...

Elle rougit encore, sourit, lui tendit la main.

— C'est dit...

Quand Peyroral rentra, Blaisette cousait, assise. Il aperçut l'amas de vêtements sur la commode.

— Ah ! dit-il joyeusement, le tailleur est venu...

— Oui... et Lacaussède... Nous avons causé ensemble...

— Tiens, tiens, dit Peyroral. Ce brave Lacaussède. Tu l'as trouvé gentil, n'est-ce pas ?

Elle eut froid au cœur. Elle avait à la fois la crainte et l'espoir que Peyroral montrerait un peu de jalousie à la pensée que Lacaussède l'avait vue. Mais il n'y pensait guère. Il avait pris le papier laissé par le directeur de l'*Impartial*, le lisait avec attention, mais sans enthousiasme :

— Oui ! oui... Dulud... C'est à voir...

Blaisette se leva, lui tendit la lettre armoriée qu'elle avait cachée derrière la pendule.

— Il y a encore cette lettre... Elle a été apportée par un valet de pied.

— Ah ! dit Peyroral avidement, donne, c'est de Madame de Villeségure, bien certainement...

Elle pâlit en voyant avec quelle ardeur il décachetait la lettre.

— Juste... Je t'ai parlé de madame de Villeségure dans le temps... ma plus belle affaire de Pau. L'affaire Pidorrieux. La comtesse est de retour à Paris, et elle reçoit tous les mercredis... Elle ne m'a pas oublié. Elle m'invite...

Il eut un soupir de soulagement.

— C'est très gracieux à elle... Heureusement, Frenz a été de parole. J'aurais été obligé de m'habiller dans un magasin de confections; car j'irai ce soir, certainement.

Blaisette se taisait toujours. Alors il eut le sentiment qu'il s'était un peu emballé. Et, embrassant la jeune femme :

— Va... ce ne sera pas gai... Les soirées dans le grand monde, on y avale sa canne... Seulement il y a des gens bien... qu'on retrouve plus tard... qui peuvent réussir... Je vais m'ennuyer ferme... Mais je penserai tout le temps à ma petite Blaisette...

— Vrai? dit-elle déjà reconquise, bien vrai ?

— Oui, bien vrai...

— Et M. Dulud... tu n'iras pas ce soir ?...

Il fit un geste vague.

— Non... Oh ! il sera temps demain. Tu comprends, il ne faut pas avoir l'air trop pressé... On se fait exploiter.

Le dîner fut court et silencieux... Au dessert, l'avocat parut soucieux. Blaisette se demandait avec angoisse à quoi songeait Peyroral, le front traversé d'une ride. Tout à coup il fit un geste :

— Parbleu!... elles sont dans ma valise...

— Quoi ?...

— Mes cravates blanches...

Elle eut un rire d'enfant ingénu et clair.

— Comment ! c'était à cela que tu pensais?

— Oui... Qu'est-ce que tu croyais donc ?...

Elle se tut, n'osant avouer son trouble. Et, comme pour racheter les torts dont elle s'accusait déjà envers Peyroral, elle l'aida à faire sa toilette, en petite femme soigneuse. Pendant qu'elle attachait la cravate blanche, il l'embrassa à l'improviste. Elle dit :

— Chut !... Soyons sages...

La toilette de Peyroral était finie. Et, dans la petite chambre aux pauvres meubles, au papier sordide faisant repoussoir, son frac sévère, son gilet aux boutons minuscules et le grand cœur blanc de son plastron ressortaient énergiquement, mettaient en relief sa beauté caractéristique, ses traits réguliers et rudes, sa forte face de lutteur. Blaisette le contemplait, toute frissonnante. Il lui paraissait changé, grandi. Il se tenait debout, laissant flotter sur ses lèvres le sourire de l'homme du monde qui se dérobe à sa propre apothéose; mais ses yeux directs et durs semblaient regarder très loin, par delà les murs de l'hôtel meublé, dans ce grand Paris dont Blaisette essayait depuis quelques jours de comprendre le formidable écho. C'était ce regard qui inquiétait la jeune femme. Ce but invincible où tendait Peyroral, y marcheraient-ils tous deux côte à côte? Les conseils de Lacaussède lui revenaient maintenant, l'assaillaient comme des pressentiments. Mais Peyroral fut bon prince. Et, se penchant vers elle :

— En route pour la fortune !... Embrasse-moi, Blaisette, c'est ton amour qui m'a porté bonheur...

Brusquement ses méfiances fondirent sous cette caresse. Toute la tendresse de la femme qui vient de se donner et dont le sacrifice saigne encore comme une blessure voluptueuse monta à ses paupières, baigna ses yeux d'une rosée de larmes.

— Tu m'aimes, n'est-ce pas?...

Il sourit avec complaisance :

— Tu le sais bien!...

— Eh bien, va!... Je ne crains rien...

VI

LA VRAIE FRANCE

Si Blaisette avait pu lire dans le cœur de Peyroral au moment où elle lui disait adieu d'une lèvre émue, elle y aurait fait d'étranges découvertes, et peut-être eût-elle laissé partir son amant avec moins de confiance... Ce qui le remplissait en ce moment, ce cœur d'ambitieux où la jeunesse veillait encore, c'était un mirage poétique et flottant, la vision dorée des années idylliques où l'on ne songe pas à l'avenir tant il serait doux d'éterniser le présent.

Brusquement, en ouvrant la lettre de madame de Villeségure, Peyroral avait retrouvé ses enchantements juvéniles, ses naïfs enthousiasmes des heures les plus délicieuses qu'il eût jamais goûtées... Il avait revu la comtesse le remerciant de son grand air de patricienne lui disant ces paroles simples que savent trouver les grandes dames. Puis, après les compliments en quelque sorte officiels, une récompense plus douce, une intimité courte mais dont la saveur l'attendrissait.

Madame de Villeségure ne connaissait pas le Béarn. Parisienne de naissance et d'origine, fille unique du marquis de Champagney, qui vivait isolé et presque pauvre dans un hôtel de la rue de Varennes, elle avait épousé M. de Villeségure, Béarnais intermittent

artageant son existence entre son pays natal et les
plaisirs parisiens. Peu de semaines après le mariage,
au retour du voyage d'Italie et au moment même où
l'on faisait les préparatifs de la saison, le comte de
Villeségure avait été frappé d'une hémiplégie. Et, pendant ses longues années d'agonie, il s'était toujours
refusé à retourner dans le Béarn, attendant une guéri-
son chimérique, ne voulant pas montrer un vieillard
infirme à ceux qui l'avaient vu jeune homme, plein
de fougue et d'exubérance méridionale.

Madame de Villeségure n'avait pas quitté Paris jusqu'à
la mort du comte, et à cette date même elle n'avait
témoigné aucun empressement à visiter ses lointaines
propriétés, éprouvant à leur égard une sorte d'antipathie
superstitieuse. Il avait fallu l'affaire Pidorrieux et le
retentissement politique du procès pour la décider à
faire ce voyage. Elle l'avait avoué ingénument à Peyroral.

— Eh bien, avait dit l'avocat plus ingénument encore,
madame la comtesse ne regrettera pas d'être venue...
Notre Béarn est le plus beau pays du monde.

La comtesse se mit à rire.

— Quel Béarnais vous faites!

Puis, d'un ton sérieux, elle ajouta, en complétant sa
phrase par un sourire bienveillant :

— Je ne regretterai rien. Mais à condition de tout
connaître... et je compte sur vous. Quand on admire
si bien, on doit bien montrer.

Il avait rougi, délicieusement surpris et en même
temps plein d'angoisses, craignant toujours que cette
buée d'émotion ne perlât à fleur d'épiderme... Mais la
comtesse n'avait pas semblé prendre garde à son trouble. Hors du barreau, dépouillé de la toque et de la

toge, il était et paraissait encore très jeune, la figure
imberbe, le teint rosé, les manières indécises, avec
ce geste humble des Béarnais toujours arrêté dans
l'ébauche d'une caresse sournoise, au demeurant un
patito sans danger et dont la familiarité ne pouvait
compromettre. Aussi avait-il passé des heures très
douces auprès de la jeune veuve. Depuis le château
d'Henri IV jusqu'au Pic du Midi, il ne lui avait rien
épargné, heureux d'être traité sans conséquence et de
revenir petit garçon au sortir de ce premier succès,
payé de sa peine par le subtil parfum de patriciat qui
flottait autour de la comtesse.

Au temps de ce voyage à Pau, madame de Villeségure
devait toucher la trentaine. Grande, svelte, d'un blond
cendré, des yeux ovales dont le bleu humide avait
le ton ému de ces bandes d'horizon qui s'étendent
comme des rubans d'azur mouillé entre le ciel du Béarn
et la ligne montueuse du pays basque. On voyait
qu'ils avaient déjà pleuré; on devinait aussi qu'ils tenaient à leur mélancolie comme à une grâce et qu'il y
avait une coquetterie poétique dans le charme de cette
auréole. Les joues étaient pleines, d'un contour ferme,
les lèvres épaisses, le menton dur et encadré de volonté.
Sous le teint transparent, des ombres chaudes annon-
çaient la maturité prochaine comme les brouillards dorés
des derniers soirs de printemps annoncent les ardeurs
de l'été. La voix lente et bien timbrée rythmait les
paroles comme un chant.

Jamais Peyroral n'avait été plus heureux que pendant
ces quelque jours savourés à la hâte. Il avait vécu dans
une persistante atmosphère d'émotion, s'abreuvant de
son trouble comme u blessé qui boirait son sang pour

apaiser sa soif. Longtemps il avait gardé le souvenir de la comtesse. Puis le grand coup de vent de la guerre était arrivé, tempête si terrible, qu'elle avait tout emporté, rêves et mirages. Mais la mémoire ne faisait que sommeiller. Tout à l'heure, en ouvrant la lettre de la comtesse, Peyroral avait senti une rougeur lui monter au visage, lui brûler l'épiderme, comme le jour où madame de Villeségure lui avait dit : « Monsieur Peyroral, vous serez mon guide... Quand on admire si bien, on doit bien montrer. »

Une congestion de souvenir, un élan bizarre et désintéressé de toute pensée ambitieuse. C'était son imagination qui parlait en ce moment, et qui parlait en maîtresse. Pendant que Blaisette l'admirait, troublée elle-même, l'avocat ne voyait que madame de Villeségure ; sa jeunesse ouvrait les ailes et prenait son vol au seuil de la chambre étroite de la rue de Vaugirard, Blaisette n'était pas oubliée ; mais elle disparaissait dans le rayonnement de la vision subitement évoquée. Aussi Peyroral n'avait-il pas hésité un instant. La lettre ne l'appelait pas le soir même. « Tous les mercredis, écrivait la comtesse, je reçois quelques amis. Je serai heureuse de vous voir du nombre. » N'aurait-il pas été plus convenable de remettre la visite à huitaine et plus prudent d'aller chez Dulud ? Mais il s'agissait bien de convenances, de sagesse et de l'austère Dulud !

A peine sorti, Peyroral sentit tomber son exaltation dans l'air vif de la soirée. Des pensées pratiques, toutes positives, s'imposaient. Comme il cédait vite aux premières impressions ! comme il était encore jeune en dépit de ses projets d'avenir sérieux ! Qu'il était prompt aux folies ! au lieu de venir à Paris les mains libres.

ainsi qu'il sied à un homme dont l'énergie et l'indépendance sont la seule fortune, il s'était embarrassé de
Blaisette. Maintenant, dans la réaction de ses fièvres
qui venaient de s'abattre sur lui, il voyait toute l'étendue de sa faute... Hé ! oui, il aimait beaucoup la fille
du clerc Isaby, et apparemment il l'aimerait toujours.
Mais quelle chaîne ! Un garçon avisé serait parti seul
de Pau et aurait remis les plaisirs après les affaires.
Lui, il avait commencé par une dînette d'amoureux. Et,
ce soir même, au lieu d'aller chercher fortune dans le
cabinet sévère de Dulud, il s'embarquait pour le pays
des chimères rétrospectives. Il jouait à l'homme du
monde, au poète; il faisait joujou avec sa mémoire...

Une colère bizarre l'assaillit. Il était furieux, non
contre lui-même, mais contre Blaisette. C'était elle,
avec ses puérilités, ses enfantillages, ses habitudes de
petite fille, qui lui faisait voir l'azur dans l'implacable
ciel gris qui sert de plafond à la grande bataille parisienne. Elle déteignait sur lui en bleu, en blond, en
rose.

Il s'arrêta au coin du boulevard des Invalides, tout
frissonnant dans la nuit claire. A quelques mètres, les
petites lanternes d'une station de voitures piquaient
d'étoiles le fond terne d'un grand mur nu. Et, malgré
le froid, Peyroral attendit. Quoi? Il n'aurait pu le dire :
moins qu'une intuition, un hasard, la façon dont ses
résolutions tomberaient pile ou face.

Fallait-il aller chez Dulud ou chez la comtesse ? Les
raisons contradictoires se combattaient dans son esprit
à armes égales sans qu'il pût parvenir à se déterminer.
Alors, cédant à une pensée superstitieuse, il voulut
mettre le destin dans son jeu :

— Si la première voiture qui passe a une lanterne verte, j'irai chez la comtesse.

C'était rester sage jusque dans l'absurde, limiter considérablement les charmes de la détermination qui lui tenait le plus au cœur.

Il attendit pendant quelques secondes encore. Tout à coup, au tournant de la rue, une lanterne verte, un reflet d'émeraude jaillit, trouant la nuit.

Peyroral ne put retenir un cri de joie. Il était indemne maintenant, irresponsable de sa fantaisie. Le destin se prononçait pour la continuation de l'idylle. Et le Méridional sauta dans le fiacre en criant :

— 23, rue François-Premier.

Peyroral éprouva une surprise en pénétrant dans l'hôtel Villeségure. Le vestibule, l'escalier conduisant au salon de réception du premier étage, tout lui parut d'une simplicité qui déroutait ses idées sur le luxe aristocratique. La livrée marron avec un étroit filet d'or, les murailles couvertes d'une boiserie noire, la rampe en acier, jusqu'au tapis, d'une nuance si profonde et d'un dessin si uni, qu'il semblait faire corps avec les marches, tout se réunissait pour jeter le trouble dans sa conception méridionale de la grande vie. C'était la seconde impression de froid qu'il éprouvait dans la soirée. La vague exaltation où l'avait jetée son invite superstitieuse au destin et qu'il avait conservée entière dans la voiture était brusquement glacée par ce décor sombre aux teintes sévères.

Son malaise tenait à l'opposition violente entre ses souvenirs et la réalité. A proprement parler, il n'arrivait pas de la rue de Vaugirard. il ne sortait pas de la nuit froide, il revenait en ligne directe à tire-d'ailes

de son Midi ensoleillé, de l'été flamboyant où il avait
vu madame de Villeségure. Pendant une heure entière,
il avait revécu le passé avec ses ardeurs, et tout à coup
il tombait dans une réalité grise, d'aspect terne, dans
une sorte de solennité officielle.

La déception était pénible. Avec la pénétration instinctive qui le servait dans les grandes crises, l'avocat
sentait qu'il faudrait livrer une autre bataille sur un
terrain inconnu. Et, quand il eut passé le seuil du salon
sa conviction fut complète. Une grande pièce froide et
presque nue, des fauteuils Louis XIII disposés en file de
chaque côté des murs couverts de boiseries grisâtres aux
ors passés. Çà et là, quelques consoles de marbre blanc,
et tout au fond le portrait du comte de Villeségure en
costume de chasse, justaucorps de velours serrant à
la taille, guêtres montantes le fouet à la main.

Peyroral n'avait pas connu le comte, mais il le devina
sans peine en voyant sa figure de Béarnais, ses traits
fins et rusés, son profil âpre, et surtout son air de
dépaysement. Vraiment le pauvre homme paraissait
gêné dans ce salon correct, aussi gêné que Peyroral
qui, s'arrachant à cette contemplation bizarre et passablement inopportune, s'inclina devant le fauteuil de
madame de Villeségure.

L'huissier avait annoncé Peyroral, mais la comtesse
n'avait sans doute pas entendu ; car pendant le trajet
assez long entre la porte et l'angle du salon où se
tenait madame de Villeségure, l'avocat ne la vit ni
se retourner ni honorer le nouveau venu d'un coup
d'œil. Elle causait, la tête presque renversée en arrière,
les yeux vagues et un peu myopes abrités sous ses
longs cils, avec un personnage d'une cinquantaine

d'années, aux cheveux gris, aux courts favoris de
même nuance arrêtés au milieu des joues comme sur
les portraits de Berryer, et avec un homme plus jeune
portant sa barbe blonde en éventail.

Peyroral était allé droit à la comtesse, laissant à
droite et à gauche d'autres petits groupes perdus dans
l'immensité du salon. Son émotion était vive; il salua
presque derrière le dos de l'invité aux favoris à la
Berryer. Mais la comtesse ne l'avait pas vu ; elle riait
en ce moment à demi cachée par son éventail de den-
telles blanches, et son autre voisin, le jeune homme à
la barbe blonde, toisa Peyroral avec une froideur si
polie, que l'avocat se sentit rougir.

— Madame la comtesse...

Cette fois, madame de Villeségure leva la tête, regarda
le nouveau venu, mais avec une attention soutenue,
marquée par la palpitation des cils sur le bord doré de
ses paupières. Il y avait une interrogation si précise
dans ses yeux bleus voilés de surprise, que l'avocat dut
se nommer.

— M. Peyroral.

— Comment ! dit la comtesse, comment !...

Puis, très vite :

— Que je suis étourdie... oh! d'une étourderie impardonnable... C'est la faute de ces terribles événements... Nous avons tous vieilli, les uns de cœur, les
autres de mémoire.... N'est-il pas vrai, mon cher
Marverie ?

L'invité auquel s'adressait la comtesse fit un geste de
surprise polie. Et, d'une voix lente, dont le timbre profond s'harmonisait avec ses cheveux blancs, son teint
reposé, l'ensemble tranquille et correct de sa personne :

5

— Parlez pour moi, comtesse. Les années comptent double sur le versant où je suis... Mais vous avez gardé la même jeunesse, le même cœur, la même mémoire pour vos amis...

— Soit! dit madame de Villéségure en riant. Je ne les oublie pas, seulement je ne les reconnais plus. Il est vrai qu'ils se mêlent de grandir au point de n'être pas reconnaissables. Dites-moi, je vous prie, M. Peyroral, êtes-vous bien sûr de ne point vous tromper et de n'avoir pas usurpé la place de votre frère cadet?

Elle riait, d'un rire très léger, qui soulevait ses lèvres roses, mettant en pleine lumière l'émail des dents fines et serrées. Cette nervosité peut-être factice épanouissait le contour ferme des joues, creusait la fossette du menton, mettait en évidence la beauté de la comtesse. Elle n'avait pas vieilli, comme elle le prétendait sans doute par coquetterie; dans le jour savant du salon où les lampes tamisaient leurs rayons derrière le transparent des verres opalisés, sa chair blonde prenait une saveur fondante, le velouté d'un fruit suspendu à l'arbre dans la période critique entre le dernier rayon et la première caresse. Peyroral flottait de l'admiration à l'angoisse, troublé par la réception singulière que venait de lui faire la comtesse, irrité contre elle et contre lui-même, accusant sa propre gaucherie et sentant bien qu'il devait paraître ridicule aux autres invités. Cependant le regard de madame de Villéségure, directement attaché sur lui ne permettait ni faute, ni défaillance. Il n'avait pas quitté un seul instant Peyroral depuis la présentation de l'avocat, ce regard vaguement étonné. Et, tout en parlant, la comtesse semblait détailler le nouveau venu, le graver dans sa mémoire sous cet aspect qui ne lui rappelait qu'à demi ses souvenirs de la vallée d'Ossau.

Une colère envahissait Peyroral, faisant écho, sans qu'il en eût conscience, à la nervosité flottante de madame de Villeségure ; dans son malaise, il ne trouvait que des répliques banales, une ironie sans accent.

— Madame la comtesse, votre mémoire a bien raison de rester jeune... Mais c'est la première fois que je me reproche de vieillir...

Elle eut un léger mouvement des cils, et une expression dure passa sur ses lèvres, comme l'ombre d'une pensée triste :

— Le flot des années sait où il nous porte. Il faut laisser aller la vie. Nous avons, d'ailleurs, pour nous consoler tant de choses qui ne changent pas !... Votre Béarn est toujours aussi beau, Monsieur Peyroral ?...

Elle se tourna, sans attendre la réponse de l'avocat, vers son autre voisin dont la gravité semblait s'être épanouie depuis le début de l'entretien derrière le large éventail de la barbe blonde, et vivement :

— Vous connaissez ce pays, monsieur de Rochefière... Une merveille... la vallée d'Ossau... le pic du Midi...

M. de Rochefière s'inclina avec un empressement plein d'onction.

— Si je le connais... comtesse... le Béarn... la patrie d'Henri IV... Non, je ne l'ai jamais vu... Vous savez que, du vivant de ma regrettée mère, je me suis toujours refusé à quitter Rochefière... Mais je me figure le Béarn, j'en ai l'image dans le cœur...

La comtesse échangea un rapide sourire avec M. de Marverie, puis avec Peyroral.

— Eh bien, duc, voici M. Peyroral qui vous renseignera à merveille. . C'est un Béarnais qui, pour la première fois quitte le Béarn... N'est-il pas vrai, monsieur Peyroral?

— Très vrai, madame... Seulement M. de la Rochefière m'excusera!... Je viens à Paris non pour me souvenir... mais pour oublier.

Il avait cherché à mettre une ironie dans cette réplique, mais la comtesse ne parut pas s'en apercevoir. Et simplement :

— Oh! personne n'est maître de sa mémoire. . Et puis il y a des souvenirs qui tiennent au cœur comme l'arbre à ses racines... Je suis sûre que vous intéresserez vivement M. de Rochefière. Il a le culte d'Henri IV et rien de ce qui le rappelle ne saurait lui être indifférent.

Peyroral n'avait qu'à obéir. Il le fit docilement, regrettant déjà ses allures de mauvaise humeur. A qui en avait-il et pourquoi se plaignait-il d'être traité en visiteur ordinaire dans ce salon où il se présentait pour la première fois? Il connaissait le nom du duc de la Rochefière : un des grands noms de France porté par un descendant dont les fermes convictions et la solennité candide étaient célèbres à l'Assemblée nationale, où il représentait un des départements du Centre. Mais la physionomie bénigne, presque moutonnière de ce petit-fils des croisés le frappa comme une révélation.

Ainsi c'était là un des quatre ou cinq nobles de France ayant vraiment droit à leur titre et possédant des parchemins authentiques! L'aimable nullité du personnage dépassait toutes ses prévisions. Combien différente l'expression de M. de Marverie qui causait en ce moment avec madame de Villeségure à demi voix !...

Ce nom de Marverie, Peyroral le retrouvait aussi dans ses souvenirs historiques. Le nom d'un homme d'État orléaniste frappé en pleine jeunesse politique par la chute de Louis-Philippe. M. de Marverie avait vécu dans la retraite pendant toute la durée du second empire et n'avait accepté de mandat qu'au 8 février. On le disait rallié aux doctrines fusionnistes.

— C'est lui, se disait Peyroral, calculant l'âge du personnage... Ce ne peut être que lui.

En même temps il répondait d'une lèvre distraite aux questions du duc de Rochefière, recommençant, à distance et sans enthousiasme, ce métier de cicérone qu'il avait fait si ardemment avec madame de Villeségure, racontant le château de Pau, la chambre de Jeanne d'Albret, l'écaille de tortue qui avait servi de berceau à Henri IV.

— Et ces trésors sont toujours l'objet d'une vénération profonde, je n'ai pas besoin de vous le demander ?

Peyroral répondit à tout hasard :

— C'est mieux qu'une vénération, monsieur le duc, un culte...

L'atmosphère ambiante commençait à opérer sur lui. La religion des souvenirs ne lui paraissait pas compromettante... Quelle pouvait être la couleur du salon de madame de Villeségure ? A l'absence complète de femmes, au sérieux et à la calvitie des invités, il se sentait réellement dans un salon politique. Mais la nuance lui échappait encore. Qui le renseignerait ?

Il se lança dans les généralités; le château de Pau
étant épuisé, il mit le duc de Rochefière sur le terrain
des débats parlementaires.

— Vous avez de lourdes séances en ce moment,
monsieur le duc ; mais la France vous sera reconnais-
sante de vos efforts.

— Oh ! dit le duc de sa voix profonde, nous ne nous
épargnons pas, et c'est une grande consolation d'avoir
pu rallier aux pures doctrines, à celles qui assureront
seules le relèvement de la France des hommes comme
M. de Marverie. Mais combien d'esprits tièdes et de
cœurs hésitants ! Si tout le monde croyait, les misérables expédients parlementaires, la cuisine dont la
présidence empoisonne le pays seraient bien vite rejetés comme des remèdes empiriques. Hélas ! pour dix
qui savent et qui marchent en avant, il y en a cent
qui croient et qui ne croient pas, qui voudraient et
qui n'osent pas. Tenez, aujourd'hui même, nous avons
eu un scrutin important sur une question qui devait
rallier tous les bons citoyens : le rétablissement des
Facultés libres. Eh bien, il y a eu division, incertitude.
Les uns se sont abstenus, les autres ont voté contre
un projet qui est la base de la régénération du pays...

Et je ne parle pas des rouges, heureusement en
minorité à Versailles, mais de politiques qui sont nos
amis, qui se font honneur de compter parmi les hôtes
de notre chère comtesse.

Peyroral écoutait distraitement. Depuis quelques
secondes, ses yeux revenaient à madame de Villeségure, détaillant son profil avec une complaisance indiscrète.

Comme si un lien magnétique avait attiré la jeune

femme, elle tressaillit à l'écho des derniers mots du
duc de Rochefière, et, s'excusant sans doute auprès de
de M. de Marverie d'interrompre le dialogue, avec un
regard plein d'une familiarité affectueuse, elle se pencha:

— De quoi parlez-vous, mon cher duc ?

Il reprit très grave :

— Des hésitants... des abstentionnistes...

— Oh! dit madame de Villeségure, vous allez faire
des personnalités·.. Tenez, voilà M. Leroux (de Bernay),
votre éminent collègue du centre-droit-centre-gauche,
qui s'approche. Il a l'oreille fine, il a certainement
deviné qu'on s'occupait de lui...

Le duc eut un geste d'évêque pleurant sur les pé-
chés de la terre :

— M. Leroux est un esprit d'élite tout à fait digne
d'être des nôtres... Mais il lui manque la révélation.
Comme vous le dites, comtesse, il s'est abstenu dans
le scrutin d'aujourd'hui...

Peyroral regardait avec une curiosité bien éveillée
cette fois le célèbre Leroux (de Bernay), chef du
groupe Leroux qui, depuis un an, en se portant du
centre droit au centre gauche, équilibrait la majorité.
La figure forte et froide, un peu allongée, le teint
pâle et transparent, les yeux bleus, montraient l'origine normande. Lentement, en homme du monde qui
se promène, en homme considérable qui ne transporte
sa personnalité qu'avec précaution, le député obli-
quait vers le groupe assis près de la cheminée. Il
eut un sourire en arrivant devant la comtesse, et, s'ap-
puyant à un fauteuil, balança son chapeau-claque. Le
silence continuait. Leroux (de Bernay) sourit de nouveau.

— Suis-je de trop dans le dialogue?

— Oh! dit madame de Villésegure, comment pouvez-vous croire?... Nous parlons des abstentionnistes...

Le député du centre soupira, et, d'un ton obligeant :

— Hélas ! le grand parti des indécis, des expectants...
Un parti qui grossit malheureusement tous les jours.

— Mais, dit M. de Marverie avec un sourire de grand
seigneur, voilà une douleur intéressante, mon cher
Leroux. Il me semble que vous-même aujourd'hui...

— Eh! oui... je me suis abstenu... Que voulez-vous !
ce n'est pas ma faute. Qu'est-ce que je veux?... Ce que
veut le pays. Je n'ai pas d'autre politique... Avant de
prendre une décision je prête l'oreille... Je me dis :
« Que demande la France?... la France est-elle à droite
ou à gauche?...»

— Et, en ce moment?...

Leroux (de Bernay) eut un geste découragé :

— Et, en ce moment, la France ne parle pas... je
n'entends rien... Combien de nos collègues tendent également l'oreille dans le silence !

Depuis l'arrivée de Leroux (de Bernay), Peyroral avait
été saisi par une hallucination bizarre. Il contemplait
le portrait du feu comte de Villésegure, et il lui semblait que le feu comte se moquait de lui. Le défunt
avait un regard singulier, et, dans ce regard, Peyroral
lisait une ironie à son adresse : « Que fais-tu ici? lui
disait le chasseur béarnais. Tu y es aussi dépaysé que
moi. » Ce portrait causait à Peyroral une impression
obsédante, et il avait hâte de rompre le charme. La
première occasion serait la meilleure. Aussi, quand
Leroux (de Bernay) eut fini de gémir sur les progrès
de l'abstentionnisme et sur le silence de la France,

fut-il tout étonné d'entendre s'élever derrière lui une voix âpre, d'accent juvénile, modulée par une émotion intérieure dont le léger chevrotement semblait caresser chaque mot.

— Si l'on écoutait bien, on entendrait. La France parle. Mais, pour l'entendre, il faudrait sortir quelquefois du Parlement, ne pas s'enfermer dans les bureaux, dans les commissions...

Peyroral s'était levé. Autour de lui un grand silence, fait de l'embarras des uns, des ménagements des autres, de l'attente de tous. Ce jeune homme, se jetant à corps perdu au milieu d'une conversation politique devait intéresser ceux-là mêmes qui blâmaient son intrusion dans le dialogue. On fait toujours cercle autour d'un chien qui se noie ou d'un discoureur qui s'embourbe. Maintenant Peyroral devait aller jusqu'au bout. Il lui parut d'ailleurs que la comtesse le regardait sans colère derrière la dentelle blanche de son éventail. Il reprit avec une sorte de violence :

— La voix de la France parle haut... Mais justement elle passe par-dessus les compétitions des partis, elle s'en va par delà Versailles, par delà Paris... Elle vole bien au-dessus des expédients de l'heure présente, vers le représentant des traditions glorieuses et des principes inaltérables.

Le député du centre regardait Peyroral avec une fixité ébahie. D'où sortait ce Méridional endiablé, d'une éloquence si juvénile et d'une jeunesse si envahissante? Ses yeux bleus de Normand sagace, mais lent, détaillaient soigneusement l'inconnu. En même temps, ses narines palpitaient, faisaient remonter la peau sèche des lèvres parcheminées, comme pour respirer l'atmosphère

5.

ambiante. Que se passait-il donc ce soir-là? Est-ce que
le salon de madame de Villeségure perdait son caractère éclectique? Leroux prenait le vent. Les opinions
de Peyroral lui importaient fort peu, et il ne se souciait guère d'entamer une discussion générale. Il se décida
à lancer une banalité pour faire repartir le dialogue,
comme on jette une pierre dans un marais pour en
sonder la profondeur.

— Cependant, monsieur, dans un pays assoupli par
tant de révolutions, réduit, si j'ose m'exprimer ainsi, à
l'état atomistique, l'incontestable puissance du fait accompli...

Peyroral obéit à l'interruption aussi vite qu'un cheval
de race à l'éperon que l'effleure :

— L'état atomistique!... Parlez pour Paris, monsieur... Oui, sans doute, cette agglomération d'indivi-
dus venus de partout et sans cohésion n'a et ne peut
avoir qu'une poussière d'opinions. Elle obéit au vent
qui souffle, elle est aussi mobile que les girouettes des
édifices. Le fait accompli exerce sur elle une action
malheureusement trop réelle. Mais, si cette action est
puissante, elle n'est pas durable. La résignation qu'un
jour apporte, un autre jour peut l'emporter. Et puis
Paris n'est que Paris...

Il s'arrêta moins pour reprendre haleine que pour
souligner l'effet de sa phrase. Une voix répéta derrière
lui avec une gravité complaisante :

— C'est vrai... Paris n'est que Paris...

C'était le duc de Rochefière qui apportait à Peyroral
le secours inattendu et un peu embarrassant de son approbation solennelle. Peyroral vit très distinctement sourire M. de Marverie... Oh! presque rien, une ombre, le

dessin rapide des lèvres. L'avocat se sentit atteint
comme si le sourire du gentilhomme se fût adressé à
lui. Et avec une sorte de violence, précipitant les phrases, secouant les mots dans le but de faire jaillir une
formule :

— Paris capitale du fait accompli... forêt de roseaux
que le vent du nord couche vers le midi, que le vent
du midi rejette vers le nord... L'opinion de Paris, au
fond, ce n'est qu'une obéissance bruyante... Mais,
grâce à Dieu, le reste du pays a des sentiments moins
mobiles et garde plus de sang-froid même aux heures
troublées.

— La province? dit Leroux (de Bernay).

— La province, hé! sans doute, la province... Les
Parisiens en parlent avec dédain. Mais les provinciaux
ont une vengeance plus sûre et plus noble que les quolibets. Ils se vengent de Paris en le protégeant. Et,
quand les Parisiens ont fait les révolutions, ils se
chargent, eux, des restaurations. On démolit ici. Là-
bas, ils reconstruisent. La tâche est dure, mais ils ne se
rebutent pas. Ils ont la patience et la force. Et pourquoi? Parce que Paris n'est que Paris, je le répète...
Mais la province est la France... la vraie France.

Il s'arrêta de nouveau, satisfait. Enfin la formule avait
jailli... La vraie France, c'était le mot de la situation,
l'expression qu'il poursuivait en vain depuis dix minutes... Il avait fallu tirer sur la corde pour amener
ce gros poids à la surface. Mais Peyroral était déjà
récompensé de ses peines. Le silence était complet.
Leroux (de Bernay) avait clos hermétiquement ses
lèvres comme pour les fermer sur un secret enfin
découvert. Les autres invités de la comtesse semblaient

se recueillir, les paupières à demi baissées, les mains croisées sur le claque. C'était le mutisme de gens du monde attendant qu'un virtuose eût fini son morceau.

Enfin M. de Marveric ne souriait plus. A vrai dire il ne fixait pas Peyroral. Son regard, teinté d'une émotion vague, allait plus loin que l'avocat, flottait avec une expression indéfinissable jusqu'au fauteuil où madame de Villeségure était assise.

La voix de la comtesse éclata tout à coup derrière Peyroral, vibrante comme une fanfare de triomphe.

— Vous avez raison, monsieur Peyroral... La province est la vraie France, la seule...

L'avocat s'inclina, confus en apparence, mais déjà redevenu maître de lui-même, soignant sa rougeur comme une ingénue de théâtre, voilant sa brutalité, la cachant comme une clef à gage, un passe-partout artistique.

— Il faut me pardonner... Je suis un sauvage. J'arrive, j'ai encore dans les poumons l'air de nos montagnes... Et, vous le savez, cet air-là souffle la franchise.

La comtesse eut un sourire bienveillant :

— Nous n'avons pas à vous pardonner ; nous vous remercions... C'est si bon la jeunesse, c'est si beau la sincérité !... N'est-ce pas, messieurs, nous remercions M. Peyroral ?

Il y eut un mouvement d'approbation, de délicats murmures, de bienveillants coups de tête. Le virtuose avait décidément fini, puisque la maîtresse de la maison le complimentait ; le moment d'applaudir était venu. Peyroral prenait les compliments en bloc, sans distinguer, délicieusement ému. La comtesse ajouta.

— D'ailleurs, M. Peyroral se fait sauvage par coquet-

erie. Il n'a pas une éloquence aussi primitive qu'il
eut bien le dire. C'est lui qui a plaidé pour moi, il y
a deux ans, le procès Pidorrieux... Vous savez avec quel
succès, mon cher de Marverie?

Ainsi interpellé, le vieux gentilhomme tressaillit.
Puis, très galamment :

— Comment aurais-je oublié une des grandes émotions... et des grandes joies de votre existence?... Je
suis vraiment heureux, ma chère comtesse, de pouvoir
féliciter M. Peyroral.

De nouveau, l'avocat se sentit rougir. L'approbation
de M. de Marverie le troublait plus que tout à l'heure
son sourire. Il balbutia :

— Vous êtes trop bon, monsieur, de vous souvenir...

— Oh! monsieur, reprit M. de Marverie avec une
hauteur un peu ironique, à mon âge il y a de l'égoïsme
à ne pas oublier... le passé a plus de saveur que le
présent...

Cependant après un échange de nouveaux regards
avec la comtesse, il s'était levé, il se rapprochait de
Peyroral. L'avocat sentit son trouble s'évanouir, fondre
dans une montée d'orgueil. Et, avec une assurance naïve,
un beau mépris de grand homme pour les convenances,
il ne quitta pas sa place devant la cheminée, son poste
oratoire. Il ne fit qu'un léger mouvement pour per-
mettre à M. de Marverie de s'adosser près de lui. Et
tous deux se mirent à causer à demi-voix, se séparant
de la foule, l'un par sa hauteur aristocratique, l'autre
par sa fausse naïveté.

M. de Marverie félicitait son jeune interlocuteur avec
une condescendance sans effort, tranquillement flatteuse.

— Votre théorie de la vraie France n'est pas seulement fort juste... Elle a le grand avantage d'être claire... La formule frappera tous les esprits...

— Vous me comblez, monsieur, répliquait Peyroral... Vraiment je n'ai aucun mérite... Les opinions de toute ma vie...

Il n'hésitait plus maintenant.

Son instinct l'avait bien servi, lui avait révélé la véritable couleur du salon de la comtesse. L'élément droitier y dominait. Tout s'unissait pour l'en convaincre: l'approbation de M. de Marverie, et surtout la sélection qui venait de s'opérer dans le salon. Quatre ou cinq personnes avaient disparu, à l'anglaise. Les autres devaient être des fidèles, de vrais intimes. Un bouquet de sourires épanouis. Et, ce bouquet, Peyroral le respirait délicieusement, tout en répondant d'une façon presque inconsciente à M. de Maverie.

Par une sorte de coïncidence étrange, les deux causeurs qui semblaient s'entretenir de confidences étaient en réalité très détachés de ce dialogue intime. Le regard de M. de Marverie continuait à glisser vers madame de Villeségure, et c'était aussi de ce côté qu'était suspendue l'attention de l'avocat. Il écoutait le duc de Rochefière disant à la comtesse, de sa voix de chantre à matines :

— Rappelez-moi donc, ma chère comtesse, ce qu'était cette affaire Pidorrieux ?

Et la comtesse reprenait :

— Vous savez bien... le baron Pidorrieux... un chambellan des Tuileries...

Peyroral écoutait.

Décidément il avait eu tort de croire que le premier

sourire de la fortune était resté infructueux. Qui
donc prétendait que les occasions ne se retrouvent
jamais? Celle-ci du moins l'avait attendu fidèlement.
Il faisait sa moisson un peu tard, mais toujours à temps;
es étés avaient passé sur les gerbes sans altérer le
grain.

Tout à coup il eut une surprise. Ce n'était plus M. de
Marverie qui lui parlait. A travers l'auréole de son premier succès il voyait Leroux (de Bernay) près de lui,
adossé à la cheminée, comme tout à l'heure le vieux
gentilhomme.

— Alors, monsieur Peyroral, disait le député du centre
de sa voix lente et pâteuse traversée malgré lui par
une émotion, alors vous croyez que, dans le Midi,
l'opinion...

Peyroral devina le reste de la demande au mouvement
des lèvres de Leroux (de Bernay) plutôt qu'il ne l'entendit. Son triomphe le grisait.

Cet homme politique vivait chaque jour dans l'intimité de collègues apparemment renseignés et sollicitait
l'avis d'un provincial fraîchement débarqué. C'était la
consécration de son succès. Il venait de s'imposer par
un coup de hardiesse, une inconvenance mondaine
nullement préméditée mais d'un effet d'autant plus sûr.

Et, comme il se moquait maintenant du portrait qui
l'agaçait tout à l'heure encore ! Le chasseur béarnais
pouvait sourire. Peyroral ne se sentait plus dépaysé
dans le salon de madame de Villeségure.

Encore un changement à vue. Sur un regard de la
comtesse, M. de Marverie venait délivrer l'avocat de
l'interrogatoire prolongé de Leroux (de Bernay).

— Eh bien, mon cher monsieur Leroux, disait-il de

sa voix aristocratique, timbrée d'une ironie persistante,
vous voulez vous mettre au courant.

Et doucement, rien qu'en fixant avec insistance le
député du centre-gauche-centre-droit, M. de Marverie
l'attirait près de lui, faisant la place vide... C'était
maintenant madame de Villeségure, qui se tenait près de
Peyroral. Elle le regardait de ses yeux bleus dont l'émail
semblait voilé par une buée d'émotion. Elle lui disait :

— Que je suis heureuse de vous voir des nôtres !..,
Je pensais bien qu'un homme de votre valeur, un esprit d'élite ne verserait pas dans l'ornière commune.

Il répondit par un regard chargé de reconnaissance.
La comtesse eut une courte rougeur, et doucement,
sans quitter des yeux la moquette épaisse où se reflé-
taient les dernières lueurs du foyer :

— Vous restez à Paris, n'est-ce pas ?...

— Si je peux...

Ce cri lui avait échappé, mais il ne le regretta pas.
Cette effusion rentrait dans son rôle. Après son triomphe, il lui paraissait habile de se faire petit devant la
comtesse. Il se montrait ainsi sous deux aspects : l'énergie, et la seule grâce qui soit permise à un homme,
l'abdication de sa force entre les mains d'une femme.

— Comment ! dit la comtesse... si vous pouvez ?

— Oui, madame, j'arrive, je ne sais encore ce que
je puis, ce que je dois faire. J'ai reçu diverses propositions, mais j'hésite.

Elle réfléchit, et vivement :

— Ne décidez rien... entendez-vous ? rien avant de
m'avoir revue.

Puis, comme pour atténuer l'élan de ses paroles, elle
ajouta avec un sourire :

— Vous ne vous appartenez plus.

Il fit un léger signe de tête comme pour accepter la prise de possession.

— Alors... Quand ?

Il avait fait cette demande bien simple avec une sorte d'ardeur passionnelle, de la voix harmonieuse et chaude d'un amoureux sollicitant un rendez-vous. La comtesse rougit encore.

— Je ne reçois que le mercredi... Mais je suis chez moi pour mes amis toutes les après-midi de cinq à six... Venez après-demain...

Brusquement elle s'interrompit.

Le salon était vide. Et, agitant son éventail d'un mouvement nerveux :

— Comment ! on nous a laissés seuls ?... Ah ! monsieur de Marverie...

Le vieux gentilhomme était resté le dernier. C'était lui en ce moment qui regardait le portrait du feu comte de Villeségure, en habitué de la maison fait à cette contemplation quotidienne. On eût dit qu'il dialoguait avec le chasseur béarnais. Mais lequel des deux se moquait de l'autre ?

— Monsieur de Marverie, dit tout haut la comtesse.

Le vieux gentilhomme eut un dernier regard pour le portrait, puis arriva, en murmurant :

— Que désirez-vous, ma chère comtesse ?

Elle répondit, avec un rire affecté :

— Mais... peu de chose... Vous me compromettez terriblement, M. Peyroral et vous... Je vous renvoie tous les deux...

Il s'inclina. Elle lui tendit la main :

— A propos, je compte sur vous pour demain... Nous avons à causer, sans faute, n'est-ce pas ?

— Tout à vos ordres.

M. de Marverie s'inclina de nouveau devant la comtesse, embrassa la main droite délicatement à la saignée du poignet. Dans son trouble, elle tendit l'autre à Peyroral. L'avocat la prit sans hésiter, et ce fut seulement dans la rue qu'il se rappela la double erreur, un peu dégrisé.

— Si j'étais superstitieux !... elle m'a tendu la main gauche. Bah ! c'est le côté du cœur.

VI

UNE MAMAN

Quand Peyroral rentra, il trouva Blaisette encore assise. La jeune fille avait veillé pour l'attendre, et son coup d'œil timide interrogeait. L'avocat n'était pas en humeur de confidences. Il répondit vaguement :

— Oui... enchanté... Vu des personnes très utiles... Mais tout cela d'un lugubre !... C'est toi qui te serais rongé les ongles, ma pauvre Blaisette. Aussi comme je vais dormir, ma petite fille...

Il était en effet très las, il sentait une lourde confusion de pensées, ayant dans l'esprit un bagage extraordinairement mêlé ; les souvenirs de l'idylle béarnaise rajeunis par la vision nouvelle, les impressions politiques cueillies à pleines brassées dans le salon de madame de Villeségure, fleurs poétiques et feuillages sévères, l'amour et l'ambition se disputant la même place. Sous le coup des émotions qu'il venait de traverser, dans la réaction de ses audaces heureuses, son propre cœur lui paraissait une énigme indéchiffrable. Peut-être y verrait-il mieux le lendemain.

Aux premières lueurs de l'aube, il ouvrit les yeux. Et tout de suite une idée lui vint, si dominatrice, qu'il n'y eut pas de transition entre ses réflexions et son éveil. Apparemment l'idée avait veillé à son chevet et il la retrouvait au bord de sa mémoire comme on retrouve le matin au pied de son lit le livre qu'a fait glisser la main lourde du sommeil. — Avait-il sa virginité politique ? Pouvait-il apporter à madame de Villeségure et à son parti un passé sans engagement d'aucune sorte ?

Il s'accouda au bord de l'oreiller, et, avec une fièvre lente rythmée par le bruit léger de la respiration de Blaisette, il fit sévèrement son examen de conscience, repassant l'histoire de ses premières années.

—A Toulouse, rien... quelques manifestations contre l'empire, sans autre caractère qu'une opposition anticésarienne...

A Pau, des relations avec la jeunesse libérale **avant** le 4 septembre, mais point de déclaration **publique**, aucune collaboration aux petits journaux, rien **que des** petits discours républicains, des speechs et des **toasts** en comité privé...

Peyroral eut un élan d'orgueil très sincère en termi-nant cette récapitulation rigoureuse.

— En dix ans, pas une ligne imprimée. Je suis **né** pour faire un politique.

Une autre joie l'assaillit, sincère aussi et soudaine Peyroral s'aperçut tout à coup que sa première **pensée,** à son réveil, avait été non pour madame de Villeségure, mais pour son rêve ; non pour la blonde vision que le ciel du Midi enveloppait d'une auréole, mais pour l'avenir dont elle possédait la clef. Le tassement s'était produit ; l'ambition l'emportait sur l'amour :

— Ambitieux... Je suis vraiment ambitieux.

Il se répétait le mot avec délices, savourant **d'une** lèvre avide ce fruit plein de cendres... C'était une **force** nouvelle qu'il ressentait, une vitalité spéciale... Et doucement il revivait toute la soirée de la veille pour bien se convaincre qu'il y avait été un ambitieux, rien qu'un ambitieux. Un coup de maître, sa brusque intrusion dans le dialogue; un acte de victorieuse autorité, sa violente apostrophe à Leroux (de Bernay). Encore une finesse diplomatique, son humilité devant la comtesse. Il eut tour à tour un regard assez dur pour le sommeil de Blaisette et un sourire devant l'image de madame de Villeségure.

— Après tout, dit-il, l'amour ne gâtera rien..

Il n'écartait pas la passion; il se contentait de lui marquer une place et de l'y confiner comme une auxiliaire utile mais modeste.

Ce travail accompli et ces constatations faites, il remit sur l'oreiller sa tête parfaitement calme et ferma les yeux sur le scintillement glacial de ses rêves. Il n'avait plus besoin de repos. Seulement, il ne se souciait ni de se lever, ni d'essuyer les premières questions de Blaisette.

La jeune femme remplissait depuis longtemps la chambre de son va-et-vient de petite ménagère, quand Peyroral consentit à parler.

— Bonjour, chérie. Quelle heure est-il donc? Tu vas, tu viens, tu fais un bruit de tous les diables...

— Mais il est déjà dix heures du matin. Quelle paresse! Tu n'as donc pas à sortir aujourd'hui?

— Non, dit Peyroral résolument; non, je ne sors pas, j'ai à travailler.

Et, comme elle le regardait toute surprise, il allongea le bras, écrivit sur une feuille de son agenda une liste des journaux qu'elle devait acheter en allant faire son

marché : *l'Union*, *la Gazette de France*, *le Monde*, *le
Français*, *l'Univers*.

— Tu trouveras tout cela autour de Saint-Sulpice.
C'est le quartier.

Il allait lâcher quelque ironie ; mais il se retint, déjà
pénétré du sentiment de son rôle, et acheva sur un
tout autre ton :

— C'est le quartier de la bonne presse...

Bons ou mauvais journaux, Blaisette ne s'en souciait
guère. Elle fit docilement la commission. Mais, si inof-
fensive qu'eût été cette velléité de retour aux emballages de la jeunesse, Peyroral en garda l'impression
très vive. Décidément il avait raison de ne pas vouloir
sortir ce jour-là, d'attendre dans le recueillement et à
l'abri de toute rencontre dangereuse, sa nouvelle entrevue avec la comtesse.

— La partie est bien engagée. Ne brouillons pas les
cartes.

Le déjeuner fut silencieux. Blaisette semblait
avoir sur les lèvres des questions brûlantes, mais
sans doute elle n'osait parler. Ce fut seulement
en enlevant le dessert qu'elle eut un accès de courage...

— Alors, Peyroral, tu ne vas pas chez M. Dulud aujourd'hui ?...

— On ne va chez Dulud que le soir, répondit assez
sèchement l'avocat.

Il s'assit près de la fenêtre et mit les journaux sur
une autre chaise, pendant que Blaisette ourlait des
serviettes. Un silence complet, interrompu seulement
par le bruit léger des journaux glissant sous les doigts
de Peyroral.

L'avocat avait bien autre chose à faire que de courir chez Dulud, chez l'austère Dulud. A cheval sur sa chaise, en vrai Méridional, les jambes serrant les barreaux de bois, il faisait à petit trot le chemin de Damas ; il se pénétrait des pures, des saines doctrines ; il se révélait à lui-même sa propre vocation et son opinion définitive.

Aussi bien, l'étude était intéressante.

Depuis qu'il possédait le mot de l'énigme et qu'il avait entr'aperçu le mystérieux reliant toutes les fractions du parti conservateur monarchique, il n'éprouvait aucune peine à lire entre les lignes.

Les malices enfiellées des journaux de teinte libérâtre, les violences préméditées des feuilles ouvertement réactionnaires, prenaient le même sens à ses yeux. Toutes ces baguettes et tous ces gourdins formeraient bientôt un faisceau solide. Il fallait s'y glisser avant qu'une volonté supérieure réunît les éléments épars. Et, rêveur, il se disait :

— L'avenir est là !

Les journaux avaient glissé à terre. La pensée de Peyroral flottait. De temps à autre, Blaisette lui jetait un coup d'œil à la dérobée. Tout à coup Peyroral tressaillit. Il avait reconnu la voix de Lacaussède parlant au concierge au bas de l'escalier :

— M. Peyroral est-il là ?

— Je ne sais pas, monsieur ; je ne l'ai vu ni entrer ni sortir. En tout cas, sa dame y est. Monsieur veut-il que e m'informe ?

— Inutile, dit Lacaussède, j'ai des jambes, mon brave.

Peyroral se leva précipitamment.

— C'est Lacaussède. Vite, vite, je ne veux pas le voir.

Reçois-le... dis-lui que je ne suis pas là; que tu ne sais pas quand je rentrerai.

Il avait pris les journaux à brassée, et, se jetant dans la seconde chambre, il ferma la porte sur lui, à clef. Il était temps. Lacaussède frappait.

Le méridional entra avec sa brusquerie habituelle, et, tendant la main à Blaisette :

— Bonjour, payse! ça va bien? Merci, moi de même. Et Peyroral est-il ici, ce Béarnais-là?

Elle eut une légère rougeur.

— Non, monsieur Lacaussède. Il est sorti. Je ne sais pas quand il rentrera.

— Tant pis, dit Lacaussède. Je ne peux pas l'attendre. J'ai là mon ver rongeur... Pardon, vous ne savez pas, mon fiacre pour la gare Montparnasse... Je voulais l'emmener à Versailles, votre Peyroral... Justement, Dulud doit faire un grand discours. C'était l'occasion d'étudier le bonhomme sur son vrai terrain... Enfin, ça se retrouvera... Dites-lui bien des choses de ma part... Je file, il ne faut pas rater le train...

Il était déjà sur le seuil. Brusquement, il revint sur ses pas.

— A propos, savez-vous s'il y est allé hier soir, chez le bonhomme!...

— Non, répondit ingénument Blaisette... Il n'a pas pu... il allait en soirée chez la comtesse de Villeségure...

Lacaussède s'arrêta, respira largement; puis, coup sur coup, sans expliquer :

— Ah! ah! ah! le gaillard!... Au revoir, payse.

Quand le pas de Lacaussède eut cessé de se faire entendre dans l'escalier, Peyroral ouvrit vivement la porte.

Blaisette était debout, un peu émue et comme troublée de son premier mensonge, égayée cependant par la petite comédie qu'elle venait de jouer.

— Eh bien, dit-elle en souriant à Peyroral, il est parti... le pauvre garçon... Je n'ai pas perdu la tête...

Mais son sourire se glaça sur ses lèvres devant la mine furieuse de Peyroral. L'avocat avait les pommettes en feu, la face congestionnée, les mains tremblantes. Et brusquement sa colère fit explosion :

— Tu es une sotte!... J'ai eu tort de me fier à toi... Tu viens de bavarder à tort et à travers...

Elle le regardait, très pâle, les yeux gros de larmes, le sein gonflé d'émotion, toute bouleversée par cette accusation brutale dont elle ne saisissait pas encore le sens. Mais Peyroral s'attardait aux bagatelles de la mise en scène; il s'était assis et meurtrissait la table boiteuse de coups de poing furibonds, comme pour y pétrir des lieux communs :

— Les femmes ne savent rien garder... Elles ont la rage des confidences... Les secrets leur pèsent, et elles s'en débarrassent au profit du premier venu...

Puis, comme Blaisette le regardait toujours avec la même angoisse naïve, la même candeur ingénue et douloureuse, il lui jeta brutalement le mot de l'énigme :

— Tu avais bien besoin de parler de madame de Villeségure à Lacaussède!

Elle recula d'un pas, les lèvres serrées :

— Ah! c'est pour cela... c'est pour cela? Tu ne m'avais rien dit... Je ne pouvais pas deviner...

Des sanglots montaient entre chaque parole, coupant la phrase en tronçons. Mais Peyroral était encore trop animé pour prendre garde à la douleur de Blaisette.

6

— Il faut savoir, que diable!... Il faut deviner... Mais
c'est ma faute... Je n'aurais pas dû te mettre au courant...

Tout à coup sa colère se régularisa, s'aplanit, comme
les plis d'un rideau tendu. La pensée lui vint qu'il allait
trop loin en cédant à son effervescence méridionale,
qu'il risquait d'inspirer à Blaisette d'étranges soupçons.
Il reprit d'un ton plus mesuré :

— L'affaire n'est rien en elle-même. Je me moque
bien de madame de Villeségure et de son salon... Mais
Lacaussède est un garçon si léger!... Je regrette déjà de
lui avoir des obligations.

— Oh! dit Blaisette d'un ton indigné... Oh ! Peyroral!...

La colère de l'avocat repartit de plus belle.

Mademoiselle Blaisette se mêlait donc de le juger... Elle entendait le diriger, lui donner des conseils
de conduite...

Elle lui répliqua durement, faisant sonner toute la
vigueur de l'accent du Midi dans la révolte de son bon
cœur :

— Ce que j'en dis, Peyroral... c'est pour ton bien...
Cette fois, il éclata :

— En voilà assez, ma chère... Je n'avais pas cru
amener à Paris un confesseur, mais une maîtresse...

Elle se raidit sous la violence du coup, eut un cri terrible :

— Une maîtresse, Peyroral !... une maîtresse !... Je
suis ta femme, entends-tu !

Elle chancelait. Peyroral n'eut que le temps de s'é-
lancer pour la retenir. Elle eut une crise de nerfs dans
les bras de l'avocat. Celui-ci, dégrisé de sa colère, avait

porté Blaisette sur le lit ; à demi couché près d'elle, la
maintenant de ses mains robustes, il la calmait avec
des paroles douces :

— Tu es ma femme... ma petite femme... ma chérie
Blaisette...

Elle ne répondait pas ; mais, à travers ses lèvres serrées de longs soupirs s'échappaient semblables à l'agonie d'une âme. Cependant, sous les caresses de Peyroral, sa nervosité finit par se détendre. Tout se termina
par un déluge de larmes. Et, comme l'avocat s'accusait,
généreux dans sa victoire, voulant racheter largement
son pardon, elle l'interrompit :

— Non... je t'en prie... ne parlons plus de tout cela...
C'est bien fini, n'est-ce pas ?... Notre première brouille,
Peyroral !

Lorsque Peyroral quitta la rue de Vaugirard le lendemain matin, à onze heures, pour se rendre chez
madame de Villeségure, son exaltation était tombée.
Aucun reste de sa colère contre Blaisette ; il avait
à peine dormi pendant cette nuit, et il lui avait semblé que la fille du clerc Isaby ne dormait pas davantage. Sa respiration était inégale et courte. Peyroral
avait même cru l'entendre sangloter sourdement. Pourtant ce n'était pas la pitié qui avait communiqué à l'a-
vocat ce calme subit de pensée. Il avait fait d'étranges
réflexions d'un caractère très spécial.

— A qui en ai-je, et pourquoi brutaliser cette enfant ?... J'ai fait une grosse faute, la plus grosse que
puisse commettre un garçon raisonnable, en l'amenant
à Paris. Mais je ne connaissais pas encore ma vocation. Blaisette m'a aidé à l'apprendre ; c'est l'amour qui
a frayé le chemin de l'ambition... Il est vrai que main-

tenant je suis renseigné. Je n'ai plus le droit de garder
une chaine. Mais le désir de réparer une erreur ne
doit pas me faire tomber dans un piège. A tirer sur les
nœuds coulants, on les resserre. A vouloir rompre violemment les liaisons illégitimes, on se coupe les poignets,
on ne casse pas la corde. Et puis... et puis peut-être
n'ai-je rien à faire par moi-même... Si ma bonne
étoile le veut, ce qui doit être dénoué se dénouera
seul...

Pendant longtemps, il avait mûri cette idée, que le
destin travaillerait pour lui mieux que lui. Son rôle
personnel était une passivité entière, un effacement
continu. La passion de Blaisette ne tarderait pas à se
fatiguer ou à s'exaspérer : deux modifications qui ouvri-
raient la porte à l'imprévu.

— L'imprévu au fond des impasses, c'est le dénouement à la fin des pièces... Tout s'arrange parce que
tout doit s'arranger...

Ce fut sur l'oreiller de cette conviction fataliste
qu'il s'endormit au matin. Et, avant de quitter Blaisette, il voulut mettre en pratique son nouveau plan de
conduite. Gentiment le sourire aux lèvres, il lui apporta
sa cravate.

— Fais-moi beau, ma petite Blaisette. Je vais à un
rendez-vous important.

— Chez Dulud ?

Il ne se fâcha pas de l'insistance de Blaisette à lui
reparler de Dulud. Et, souriant toujours :

— Mais non. Une autre affaire, bien plus belle...
Seulement, il faut garder le secret... C'est pour cela
que je t'ai grondée hier, ma pauvre chérie. Mais c'était
la dernière fois, je te le jure...

Oh! oui, la dernière fois. Peyroral s'en était fait
la promesse formelle. Il tairait à l'avenir la vérité vraie
et amuserait Blaisette avec une fausse vraisemblance :
il ne cacherait rien et cependant ne dirait rien. Plus
d'emportements ni d'emballages.

Fixé désormais, sûr de ses faits et gestes sur ce terrain connu, Peyroral ruminait une autre stratégie du côté
de la comtesse. Il serait ardent, éloquent, pressant et
humble ; il aurait les plus audacieux transports de la re·
connaissance avant même que madame de Villeségure
lui eût fourni de sérieux motifs de gratitude. Il voyait
passer dans ses rêves les héros de Balzac, les Lucien de
Rubempré, les Rastignac, fièrement cambrés dans leurs
redingotes à taille, devant les hommes, et s'abaissant
devant la femme aimée jusqu'à faire craquer les sous-
pieds de leurs pantalons bleu de roi, les beaux jeunes
gens empalés d'orgueil au milieu de leurs égaux, sou-
ples comme des roseaux chevelus dans le cercle des
duchesses bienveillantes et des grandes lorettes fasci-
nées.

Oui, c'étaient là ses maîtres et ses modèles, les
grands vainqueurs dont il devait suivre les éminentes
leçons. Et, dans un coup de vent méridional, il remuait
au fond de sa mémoire les formules ronflantes, les
épithètes à grand orchestre, toute la rhétorique d'une
reconnaissance enfiévrée. Qu'allait lui proposer madame de Villeségure ? Il n'en savait rien. Mais l'alleluia
palpitait déjà dans sa poitrine, tout prêt à jaillir au
dehors et à roucouler amoureusement :

— Allons, bel oiseau bleu, se disait l'avocat en
montant la rue François 1er, chantez la romance à madame.

6

Le bel oiseau bleu sentit une petite pluie fine mouiller ses ailes quand il traversa la cour de l'hôtel. Malgré l'heure avancée pour un provincial, tout indiquait le premier réveil d'une maison parisienne. Les cochers lavaient les voitures à grande eau, au milieu de la cour; les palefreniers étrillaient les chevaux; le concierge, en petite veste, brossait le tapis de l'escalier.

Peyroral fut un peu troublé. Rien ne sentait moins la romance que cet hôtel sévère dans son déshabillé matinal. Cependant il se remit et donna sa carte au valet de pied.

— Si monsieur veut attendre...

Peyroral n'attendit pas. Le valet de pied revint presque aussitôt.

— Madame la comtesse prie monsieur d'entrer.

Il se cambra dans le dorsay à chute droite dû au tailleur de Lacaussède, rejeta la tête en arrière, passa la porte d'un petit salon que le valet de pied tenait entre-bâillée et salua le dos de la comtesse. Madame de Villeségure, assise devant un bureau griffonnait à la hâte. Elle se retourna à demi :

— Asseyez-vous, monsieur Peyroral. Quelques minutes encore, et nous allons causer.

Il s'assit, embarrassé de sa toilette, de ses gants serrés au poignet, de sa cambrure et de sa rhétorique toute prête. Madame de Villeségure écrivait avec une grande attention. Peyroral ne voyait que ses cheveux blonds roulés au-dessus de la nuque et la fraise de sa collerette dépassant le dossier du fauteuil. Le petit salon était sobre et presque nu ; des fauteuils en tapisserie au petit point, de teinte passée ; sur les

murs, du lampas argent et bleu fané; point de ta-
bleaux ni d'objets d'art.

Cette simplicité lui faisait froid au cœur. Distraitement il se mit à battre une mesure imaginaire sur le
tapis, du bout de sa badine. Un coup de timbre sec et
rapide l'interrompit. C'était la comtesse qui avait sonné.

— Cette lettre à son adresse... tout de suite...

Elle avait donné l'ordre d'un ton bref. Et vivement
elle se retourna vers l'avocat quand le domestique fut
sorti.

— Venez ici, monsieur Peyroral... et causons.

Elle lui montrait une chaise près du bureau. Il dut
traverser tout le petit salon sous le regard de madame
de Villeségure, et il fit ce trajet avec une gaucherie
évidente. Mais madame de Villeségure ne parut pas
lui savoir mauvais gré de son trouble. Elle lui tendit la
main à l'anglaise et, tranquillement, elle le dévisagea
quand il fut assis devant elle. Il était en pleine lumière, la comtesse ne se montrait que dans le demi-
jour, le coude posé sur la tablette de marqueterie du
petit bureau, la tête penchée et supportée par sa
main droite dont une tache d'encre marbrait le petit
doigt.

Cette tache, Peyroral la voyait très distinctement. Il
voyait aussi la figure un peu gonflée de la comtesse,
le léger empâtement des joues, la boursouflure des
paupières et, aux coins des lèvres, deux sillons qui
ressemblaient à deux petites rides. Toute cette grâce
voluptueuse qui l'avant-veille flottait autour de madame de Villeségure dans le reflet savant des lampes
prenait au jour une réalité fâcheuse. L'auréole se
figeait, devenait palpable.

— Elle n'est plus toute jeune, se dit ingénument Peyroral...

Cependant le mirage de l'ancienne idylle n'avait pas disparu. L'oiseau bleu se contentait de planer, retenu par le sourire de la comtesse et aussi par sa voix, dont l'écho sonnait aux oreilles de Peyroral.

— Je vous ai fait attendre, monsieur Peyroral... excusez-moi. — Je m'occupais de vous... J'ai beaucoup pensé à vous depuis deux jours. Oh! c'est bien simple... J'aime à tenir mes promesses...

Il se répandit en effusions, éprouvant le besoin de s'animer, de se fouetter le sang dans cette amosphère réfrigérante...

— Comment vous remercier?... Vous êtes donc aussi bonne que belle?...

Elle secoua la tête.

— Mais non, attendez donc un peu... Vous me remercierez plus tard quand nous nous serons entendus... Sérieusement, nous n'avons pas de temps à perdre...

La comtesse souriait toujours, impatientée et maternelle. Peyroral baissa les yeux. Elle reprit vivement :

— Voyons... Si je vous ai bien compris l'autre soir, vous êtes venu à Paris pour y rester, pour y prendre une situation définitive... C'est cela, n'est-ce pas?

— C'est bien cela...

— Et quelle situation?

— Si un avocat célèbre voulait de moi... comme secrétaire...

La comtesse eut un rire vibrant :

— Quel enfant vous faites, monsieur Peyroral... Et,

de plus, quel enfant modeste!... Moi qui vous croyais ambitieux!

Cette fois, le Méridional se cabra sous l'éperon. Et, regardant la comtesse bien en face, il fit jaillir toutes ses aspirations.

— Si je n'étais pas ambitieux, madame, je mentirais à ma destinée. Je sais où je vais, mais j'hésite entre les divers chemins... Si je me trompe, guidez-moi; vous êtes le seul rayon de mon passé. Je sens que vous serez toute la lumière de mon avenir.

— A la bonne heure, dit madame de Villeségure sans paraître troublée par ce choc de métaphores. Cela veut dire que vous n'avez pas de parti pris... C'est fort heureux, car vous faisiez fausse route... Assurément vous êtes un grand ambitieux, mais vous êtes surtout un grand enfant.

Elle avait mis une insistance particulière et comme une caresse dans le dernier mot. Et, pendant quelques secondes, elle se tut, laissant mourir la vibration de cet écho attendri. Puis, dans un brusque élan :

— Un homme comme vous ne peut pas s'enterrer dans le cabinet d'un autre avocat, fût-ce une célébrité du barreau. Vous ne savez pas ce qu'est le secrétariat auprès des maîtres illustres, des bâtonniers, des princes de la partie, comme ces messieurs s'appellent encore entre eux. Au palais de justice, on n'a un peu de gloire qu'à condition de remuer beaucoup de poussière. La gloire est pour les avocats illustres, la poussière pour leurs secrétaires. Dans les gros procès, vous aurez l'honneur de préparer les dossiers de votre patron. Au besoin, vous les porterez jusqu'à la barre, vous mar- querez la place du maître et vous disparaîtrez respec-

tueusement... A vous, par exemple, le soin de plaider
les différends sans éclat, les règlements de compte fasti-
dieux comme une page de grand-livre, les murs
mitoyens...

» Encore faut-il que ce soient de bien petits murs, des
murs modestes. Métier de dupe. Vous le ferez pendant
trois, quatre ans ; vous y userez votre courage, votre
confiance ; vous vous engrisaillerez le cœur et l'esprit.
Et vous commencerez la lutte pour votre propre compte,
les mains molles, le regard fatigué. Vous serez un
cheval de renfort habitué à monter lentement les
côtes au lieu d'un pur-sang qui bondit par dessus les
obstacles...

La comtesse s'animait en parlant. Sa beauté se dégageait dans l'atmosphère d'émotion répandue autour
d'elle. Le reflet d'une flamme intérieure fondait la
boursouflure des paupières, approfondissait le contour
des joues. Et, sous la coulée des phrases précipitées,
les lèvres grasses prenaient un velouté éclatant, Peyroral se sentait ressaisi... Cette maturité ardente ne
valait-elle pas mieux que la jeunesse dont il avait
failli regretter le souvenir ?... Mais la réflexion lui parut
inopportune, et pour s'y soustraire, il se mit à regarder
la main droite de madame de Villeségure...

Elle était tendue vers lui, cette main aux phalanges
rondes, aux ongles roses, et sur le petit doigt la tache
d'encre s'épanouissait... Tache précieuse, et qui ramena
Peyroral à des pensées moins vagabondes. Le moment
était venu de s'expliquer avec franchise.

— Vous avez raison, madame la comtesse... A quoi
bon prendre les chemins de traverse, s'ils ne mènent
à rien ?... Mais où me conduira la ligne droite ?... Vous

connaissez mes opinions, elles ne sont pas de celles qui
peuvent mener à la fortune.

— Et pourquoi donc?

— Je n'ai pas de nom, et je crois à l'aristocratie...
Je suis pauvre... tout à fait pauvre, madame la comtesse... et mon parti est celui des riches qui ne croient
guère qu'à la richesse.

Madame de Villeségure fit un geste de protestation.

— N'est-ce que cela? Nous n'avons de préjugés qu'à
l'égard des gens médiocres... Les hommes de talent
sont nobles de naissance... Grâce à Dieu, la bonne
cause a élevé à elle plus d'un simple bourgeois sans
titre ni particule... Il y a eu le plébéien Berryer;
pourquoi n'y aurait-il pas le plébéien Peyroral?...
Quant à la pauvreté, rien de plus relatif. Ce n'est das
une tare, c'est une lacune qui se comblera un jour...

— Oui, dit Peyroral avec un soupir... oui, vous avez
raison... vous ne pouvez qu'avoir raison... Mais comment vivre en attendant la fortune?

La voix de la comtesse prit une inflexion triomphante.

— J'y ai pensé... Mais ce n'est pas un expédient,
un moyen d'attente que je voudrais mettre entre vos
mains, c'est la fortune même... Et j'ai trouvé un point
d'appui... Nous venons de fonder, quelques-uns de mes
amis et moi, la Solidarité, une entreprise considérable.

— La Solidarité? dit Peyroral.

— Oui... la Solidarité rurale... Une belle œuvre encore à ses débuts, mais qui peut prendre une exten-
sion illimitée... Vous savez, monsieur Peyroral, quelles
ruines ont laissées derrière eux les derniers événements... la guerre... l'invasion... Les villes ont peu
souffert relativement... Mais nos coreligionnaires poli-

tiques, cette partie de la France qui a gardé en même temps les hautes traditions monarchiques et les saines traditions financières, les ruraux, pour les nommer de ce nom dont ils sont fiers, les propriétaires fonciers, ont été cruellement éprouvés... Sans doute le dernier étranger vient de passer nos frontières; mais les desseins de Dieu sont insondables... On peut toujours revoir ce qu'on a vu, et les ruraux sont inquiets... Aucune Compagnie ne veut se charger des risques d'une assurances contre les sinistres occasionnés par la guerre, vous le savez comme moi... Voici à quoi nous avons songé. La Solidarité rurale est une véritable assurance mutuelle basée sur une combinaison dont vous apprécierez certainement la valeur. Nous proposons aux propriétaires fonciers qui auront confiance en nous — c'est-à-dire dans les chefs de la rénovation politique et religieuse du pays — de souscrire à une émission faite en banque. L'argent qu'ils nous remettront, nous nous engageons à le faire valoir, non dans les affaires françaises, ce qui serait d'un médiocre rapport et surtout ce qui ne répondrait en rien au but que nous nous proposons, mais dans une série d'opérations à l'étranger très brillantes et très sûres. Dans ces conditions, en cas d'accident, les porteurs de nos obligations seront toujours à l'abri des éventualités. Que l'invasion recommence, nos opérations toutes au dehors ne seront pas atteintes par le fait de guerre, et nous pourrons subvenir dans une large mesure au relèvement des maisons et des fermes, des castels et des chaumières. Depuis le plus humble paysan jusqu'au plus gros propriétaire, notre caisse garantira tous les intéressés.

Elle baissa la voix :

— Et puis je ne vous parle que des éventualités sinistres. Dieu merci ! il en est de plus douces... Vous
savez quel admirable élan semble porter en ce moment
la vraie France vers ses princes légitimes... Le mouvement peut se dessiner d'un jour à l'autre... L'argent
ne serait pas inutile... Et la caisse de la Solidarité rurale, sans compromettre en rien les intérêts des com-
manditaires, pourra faire de sérieuses avances... Hé !
mon Dieu, notre but sera toujours rempli... La plus
haute assurance contre l'invasion, ce serait encore la
fusion des deux branches qui ont fait le bonheur et
la grandeur de la France... le retour à la monarchie.

Les yeux de Peyroral lançaient des éclairs.

— L'œuvre est magnifique... Mais comment.. ?

— Comment vous pourrez y entrer ? rien de plus
simple... M. de Rochefière, le plus riche gentilhomme
de France ; M. de Marverie, que vous avez vu l'autre
soir et qui est mon ami d'enfance... qui a été presque
un tuteur pour moi... sont à la tête de la Solidarité rurale. Ils y ont mis une partie de leur fortune, et ils
engageront leurs amis... L'œuvre a des patrons, elle
n'a pas de secrétaire... M. de Rochefière a peu d'éloquence naturelle... Les mauvaises langues prétendent
qu'il en a de trop... M. de Marverie ne se croit plus
assez jeune pour exposer avec toute l'ardeur nécessaire le plan de campagne de l'œuvre aux sociétaires,
dont la réunion doit avoir lieu dans quelques jours...
Il a pensé à vous... Je l'y avais un peu préparé... Si
vous réussissez, vous entrez d'emblée dans le bureau
de l'Œuvre ; les avantages sont grands, on ne
vous demandera en échange que votre talent, qui est

bien connu, votre dévouement et votre activité dont j'ai cru pouvoir répondre.

— Eh bien, dit Peyroral, je suis prêt... Quand pourrai-je voir M. de Marverie ?

— Il va venir... C'était à lui que j'écrivais quand vous êtes entré... J'étais si sûre de votre acceptation... On a porté la lettre chez lui, rue Newton... Comptez qu'il ne tardera pas...

Peyroral se mordit les lèvres...

Une grande satisfaction sans doute d'être si vite en rapport avec M. de Marverie, mais en même temps une sorte de déception. Comment remercier madame de Villeségure aussi ardemment qu'il l'aurait voulu, sous le coup de cette visite qu'on pouvait annoncer d'un moment à l'autre ?... L'avocat se rappelait le sourire un peu ironique de M. de Marverie, ses allures de grand seigneur à la fois familières et tranquilles dans le salon de la comtesse. Impossible de risquer une scène d'effusion qui pouvait être coupée par l'arrivée de ce personnage correct, bienveillant et froid.

— Si je m'échauffe, se disait le méridional, si je parle de reconnaissance inaltérable, de dévouement infini, je parlerai trop fort, je ne pourrai plus m'arrêter... Et s'il entre en ce moment-là...

En quelques secondes, il avait acquis cette vertu rare, cette faculté maîtresse que les méridionaux s'assimilent si lentement : le sentiment du ridicule. Rien qu'à la pensée d'être surpris par M. de Marverie en plein dialogue brûlant, il sentait des rougeurs lui passer sur la face.

Brusquement il refoula les phrases enfiévrées, les épithètes flamboyantes qu'il avait préparées en chemin.

Tout un flot de paroles dont l'émotion rentrée l'étouffait. Il ne trouvait plus que de fades banalités.

— Vous êtes la bonté même...

Madame de Villeségure fit une dénégation légère. Puis, comme un roulement de voiture résonnait dans la cour :

— C'est lui, dit-elle avec un sourire... J'étais bien sûre qu'il viendrait sans retard. Il a toujours fait toutes mes volontés. Un gentilhomme de race et un parfait ami.

M. de Marverie entra dans le petit salon et alla droit à la comtesse sans paraître remarquer Peyroral, debout près de la cheminée :

— Vous m'avez fait demander, ma chère comtesse ; me voici... A quoi puis-je vous être utile ?

D'un mouvement de tête, elle lui montra l'avocat.

— Je tenais à vous mettre en relations immédiates avec M. Peyroral... Il était entendu, vous le savez, que je le sonderais au sujet de notre grande affaire... Le voilà doublement des nôtres. L'œuvre l'enthousiasme...

M. de Marverie fit un court salut à l'avocat, et, de sa voix brève :

— Ah ! Monsieur Peyroral, enchanté de vous revoir. Alors, notre chère comtesse a eu la complaisance de vous faire saisir le mécanisme de la Solidarité rurale ? Et vous croyez comme nous qu'il y a quelque chose à faire ?

— Certes, monsieur... de grandes choses, le relèvement du pays, le salut de la France... Les élections de février n'ont-elles pas prouvé que la bonne cause a jeté en province les plus puissantes racines. Notre

parti a le nombre, c'est la France même. Que man-
que-t-il aux nôtres ? Un terrain solide pour s'y reconnaître tous. Sans doute, quand notre plan sera connu,
quand nous nous imposerons par l'énormité des résultats obtenus, on essayera de railler notre œuvre en
nous accusant de l'avoir subordonnée aux mesquins
intérêts matériels. Mais je soutiens que ces intérêts
mêmes sont infiniment respectables et que nous ne
faisons pas déroger notre cause en l'associant à des
préoccupations positives. Nous ferons au contraire
œuvre grande, œuvre généreuse, œuvre démocratique
dans le sens véritable du mot que seule la monarchie
légitime a su comprendre et appliquer. Nous ne dimi-
nuerons pas l'idéal, nous le mettrons au service de
tous. Nous prouverons que la prospérité matérielle est
inséparable de l'ordre moral. La fleur et le fruit pous-
sent sur la même branche...

Peyroral avait précipité d'une seule haleine ce brillant
écho de sa conversation avec madame de Villeségure.
Sa voix montait chaude et vibrante dans le petit salon.
M. de Marverie écoutait, debout lui aussi, les yeux
fixés sur l'avocat, poli, souriant et froid. Quand Peyroral
eut fini :

— Bien... très bien... Cela ira...

Alors, Monsieur, c'est entendu, vous rédigerez notre
rapport... J'aurais désiré vous remettre les pièces à
l'instant même, mais c'est impossible... Nous avons
séance à Versailles pour la commission du budget, et
je suis forcé de quitter notre chère comtesse en la
priant d'excuser mon brusque départ...Ce soir, chez moi,
à neuf heures, si vous le voulez bien... Exactement,
je vous prie, mes heures de liberté sont limitées,

et il faudra une causerie assez longue... A tantôt, monsieur Peyroral...

Encore un salut bref, et le gentilhomme partit, reconduit par la comtesse malgré ses protestations. Quand madame de Villeségure rentra, Peyroral regardait les roses du tapis, si absorbé, qu'il ne l'entendit pas venir. Elle resta debout près de lui, pendant quelques minutes, singulièrement attentive comme pour entendre le bruit d'une âme dans le silence du petit salon. Puis, brusquement :

— Eh bien, vous avez le pied dans l'étrier... ne manquez pas l'occasion... Et si quelque détail vous embarrasse, comptez sur moi...

Peyroral tressaillit.

— Vous êtes un ange... mon bon ange...

— Oh ! dit-elle, passer ange d'un coup !... Comme vous allez vite en besogne !...

Ses yeux baissés regardaient ses mains nouées dans un subit embarras. Tout à coup elle aperçut la tache noire marbrant le petit doigt de la main droite. Elle eut un rire nerveux.

— Tenez, je ne suis guère dans le bleu... J'ai de l'encre au doigt... comme un magister... ou comme une maman... Oh! ne dites pas le contraire...

Et, lui tendant la main :

— Ni un ange ni votre bon ange... Une seconde mère tout au plus.

VIII

LA LETTRE

Dans l'arrière-chambre de la rue de Vaugirard, Peyroral frappait de grands coups sur la table, à main ouverte, soigneux de ne pas se blesser, mais s'échauffant pour faire la répétition générale du rapport établi sur les pièces remises par M. de Marverie. Sa voix ronflait, enveloppant les alinéas à effet d'un roulement de tambour.

Par moments de grands mots usés et boiteux, mais qu'il relevait en les cinglant d'une intonation méridionale comme on cingle une rosse d'un coup de fouet sous le ventre : « L'intérêt des classes laborieuses... Le lien naturel qui a toujours rattaché le paysan et l'ouvrier à la monarchie légitime... La réaction salutaire contre les paradoxes de l'esprit révolutionnaire qui a pénétré jusque dans la région des intérêts... »

Blaisette écoutait sans bien comprendre, les yeux penchés sur sa couture, s'éclairant au coin de la table d'une lampe à pétrole. Devant Peyroral, au contraire, deux bougies mettaient en pleine lumière les larges feuilles de papier couvertes de caractères allongés, jetés en désordre comme dans le feu de l'improvisation.

De temps à autre, la voix plus forte de l'avocat faisait trembler les flammes bleuâtres, rabattant la lumière en

ondulations qui glissaient jusqu'au linge étendu sur les
genoux de Blaisette. Alors elle relevait la tête et son
regard glissait vers son amant avec une admiration
vaguement perplexe.

Qu'il parlât bien, qu'il sût jouer de la phrase comme
les bergers de la vallée d'Ossau jouent du galoubet, elle
n'en avait jamais douté. Peyroral, c'était tout dire...
Mais elle était un peu troublée de ne pas saisir le sens
de ces périodes qui s'envolaient à tire-d'ailes, cognant
le plafond, se heurtant aux vitres.

Elle comprenait seulement qu'il ne s'agissait pas d'un
procès. Les mots d'entreprise financière, de caisse de
prévoyance générale, d'assurances mutuelles, la dérou-
taient... Tout à coup, après un passage en mineur, la
voix de Peyroral repartit, éclatante :

— « La caisse que nous allons constituer, messieurs,
n'est pas une entreprise particulière, une spéculation
privée comme il en surgit toujours après les grandes
crises nationales. C'est la caisse de la France, de la
vraie France... Elle représente, si vous me permettez
cette comparaison ambitieuse, la chaîne d'or unissant
les populations laborieuses de nos campagnes aux noms
les plus glorieux et les plus respectés de l'aristocratie
française... C'est vous dire que les zélateurs de cette
grande œuvre renoncent à tout bénéfice personnel et ne
veulent même pas une louange publique... J'obéis à
regret aux exigences de leur modestie. Je ne nommerai
pas les membres éminents du premier conseil de la
Solidarité rurale à qui nous devons le magnifique plan
de l'œuvre.

» L'avenir de la Solidarité est dès à présent assuré.
Nous étions déjà le droit, — le droit imprescriptible.

Nous serons bientôt la force, c'est-à-dire la richesse, non pas accumulée et stérile, mais débordante et bienfaisante, les millions circulant dans les mains les plus dignes et prouvant aux esprits obstinés que là où sont les principes, là aussi est la prospérité durable...»

Peyroral laissa retomber le dernier feuillet, et son sourire — le sourire banal mais avide d'applaudissements d'une danseuse qui a terminé sa pirouette — rencontra la mine anxieuse de Blaisette. Grisé par l'écho de sa parole, il devait se croire déjà au milieu du nouveau conseil de la Solidarité, et ce n'était sans doute pas cette surprise angoissée qu'il attendait. Il tressaillit et balbutia.

— Eh bien, ma chérie qu'est-ce qui te trouble?...

— Oh! dit-elle en joignant les mains, des millions... Tu es donc dans ces choses-là maintenant?...

Son mouvement de mauvaise humeur ne put tenir devant le mot de Blaisette. Il se mit à rire.

— Ces choses... ces choses... Tu en parles bien à ton aise, Blaisette!...

Et, la prenant dans ses bras avec un élan peut-être sincère?

— Des millions, oui, des millions... Et nous en aurons notre part...

Elle se débattit faiblement, puis répondit à ses lèvres :

— Je n'en demande pas tant... C'est ton cœur que je veux...

Les instructions de M. de Marverie étaient simples, et Peyroral ne devait avoir aucune peine à s'y conformer. La réunion du conseil serait d'abord tout intime ; Peyroral n'entrerait dans la salle qu'au moment où on le ferait demander. Ce serait d'un meilleur effet, et cette entrée un peu effacée aurait l'avantage de ne froisser aucun des nobles participants de la Solidarité.

— Je tiens à vous prévenir. Il faut vous attendre non pas à des hostilités, mais à des susceptibilités... à des scrupules, si vous le préférez, d'autant plus vifs que, dans notre monde, on a l'habitude de les exprimer moins haut... Vous n'avez pas de nom. Vous ne pouvez être qu'un instrument pour la plupart de ces messieurs... Il faut du moins le leur laisser croire au début.

C'était dans le cabinet de travail de son hôtel de la rue Newton que M. de Marverie donnait ces explications à Peyroral. Sa voix froide et concentrée s'harmonisait avec un décor très simple dont la sobriété était le seul cachet aristocratique.

Des murs sombres et une tenture d'un vert profond, deux paysages de l'École hollandaise ; quelques sièges et, entre les deux fenêtres, une vaste table d'ébène incrustée d'ivoire. Peyroral se sentait plus gêné que dans le petit salon Louis XVI de madame de Villeségure et cependant moins disposé à la révolte. M. de Marverie lui imposait avec sa hauteur, son sourire d'une politesse si discrètement ironique et la lenteur calculée de ses gestes. D'ailleurs, il avait foi dans l'homme, et le grand seigneur l'intimidait. Sa finesse native lui démontrait clairement qu'il était à la fois deviné et soutenu.

— Il se méfie... on dirait même qu'il est jaloux de moi... Mais il ira jusqu'au bout...

Cette assurance réconfortait l'avocat. Apparemment la promesse faite à madame de Villeségure par M. de Marverie était le résultat d'un effort, et cet effort, le

7.

gentilhomme ne voudrait pas en perdre le fruit. Il s'était s'en doute piqué d'honneur envers lui-même, car il dit à Peyroral :

— Vous êtes prêt, n'est-ce pas ?

— Oui, monsieur, je suis prêt...

— Vous plairait-il de m'indiquer les grandes lignes de votre rapport ?

Les grandes lignes ! C'était bien peu. Cependant Peyroral dut se borner à cet exposé rapide. M. de Marverie approuva sans réserve comme sans enthousiasme.

— C'est très bien... Vous tenez votre affaire...

Cette heure d'attente avant la réunion du conseil devait laisser à l'avocat le souvenir de la plus cruelle épreuve morale qu'il eût encore traversée. Pendant l'entretien avec M. de Marverie, il avait été soutenu par un réveil d'amour-propre, silencieux mais roidi. Le ton même de son protecteur, sa bienveillance sans chaleur, le soin qu'il mettait à rappeler de temps à autre madame de Villeségure comme pour bien prouver à Peyroral qu'il ne demandait ni n'acceptait aucune reconnaissance directe pour ses bons offices ; tous ces détails, peu importants quand on les séparait, décisifs une fois réunis, poussaient Peyroral à réagir. Mais, resté seul dans le cabinet au papier vert uni, au mobilier de chêne sombre, il ne retrouvait aucun point d'appui. Il sentait bien que sa destinée s'agitait en ce moment même, que les dispositions bonnes ou mauvaises des membres du comité changeraient la direction de sa vie. Sans doute, il pourrait retrouver d'autres occasions favorables ; mais celle-là, c'était la fortune rapide. Et comment s'en passer ? Peyroral tâtait dans sa poche une vingtaine de louis, tout ce qui lui restait des quinze cents francs gagnés au cercle de l'Olivier.

— Ce Paris, se disait-il avec épouvante, ce Paris, comme il mange !

Jacques Barbaste venait bien de lui annoncer sa réception à l'Olivier. Il pouvait s'y présenter le soir même. Mais gagnerait-il ? En ce moment, il doutait de tout.

Ce qui l'exaspérait, c'était de ne rien entendre, de rester là, devant ses papiers, dans une fausse attitude de méditation, pendant que le conseil faisait sa délibération secrète sous la double présidence de M. de Marverie et de M. de Rochefière.

— Ce Rochefière !... Pourvu qu'il ne les indispose pas en lâchant quelque grosse balourdise !

Il n'avait plus aucune reconnaissance pour le « premier gentilhomme de France » ; il oubliait sa bienveillante attention et son approbation éloquente au cours de la soirée de madame de Villeségure. Il ne voyait que le diseur d'énormités capable de faire sombrer la barque de la Solidarité rurale sous le poids de quelque échappée naïve.

Tout à coup la porte s'ouvrit. M. de Marverie appelait l'avocat :

— Monsieur Peyroral !

Il entra la tête haute, avec une contraction des traits qui crispait sa bouche et rendait un caractère énergique à sa physionomie fatiguée. M. de Marverie le présenta en quelques mots.

— M. Peyroral, qui a toute la confiance de notre collègue M. de Rochefière et la mienne, va lire le rapport général de l'exercice 1872.

M. de Marverie et M. de Rochefière s'étaient écartés

en même temps pour faire une place à Peyroral entre
eux deux. Il salua sans trop voir personne, commença la lecture de son rapport à voix assez basse.
C'était sa seule préoccupation depuis qu'il avait passé
le seuil de la porte, le point décisif sur lequel il s'efforçait de concentrer toute son attention ; ne pas partir
sur un ton élevé, ne pas s'exposer à détonner. Et,
grâce à cette précaution, il reprit peu à peu son sang-
froid. Quand sa voix tomba, soulignant le dernier
mot du premier alinéa, un peu vague et laborieux, il
discerna quelques figures dans le brouillard bleu qu'il
avait aperçu tout d'abord comme une barrière nua-
geuse. Des faces pâles et rases, assez insignifiantes, un
lot de figures usées au milieu desquelles la barbe
blonde et le profil bourbonnien de M. de Rochefière prenaient un relief sérieux. Peyroral se sentit rassuré.
Alors, lentement, en stratégiste habile qui ménage ses
moyens, il sortit une à une toutes les ressources de
son exubérance méridionale, glissant sur les chiffres
de détail d'une authenticité assez vague, s'attachant
aux arguments ronflants, aux totaux sonores. Et, à sa
grande surprise, il s'aperçut que ces derniers faisaient
plus d'effet que les périodes d'une portée politique et
religieuse. Quand le mot de « millions » passait dans
l'air, une sorte d'ondulation frémissante courait sur les
crânes chauves, des tics nerveux faisaient tressaillir
les petits favoris arrêtés au milieu des joues. Seul, le
duc de Rochefière gardait son perpétuel sourire, aussi
admiratif pour la partie idéaliste que pour le côté
positif du rapport de Peyroral. Une parole de madame
de Villeségure lui revint, toute nette :

   « Les intérêts matériels, voilà le terrain de l'avenir. »

La lecture finit au milieu d'un silence général. Mais, à l'animation des regards, au léger frisson des lèvres, Peyroral vit bien qu'il avait cause gagnée. M. de Marverie mit rapidement aux voix les conclusions du rapport.

— Les conclusions sont adoptées...

Adopté le rapport Peyroral, adopté Peyroral lui-même! M. de Marverie avait carte blanche. Cependant l'avocat ne comprenait pas encore bien, étourdi depuis qu'il n'était plus soutenu par l'écho de sa propre parole. Il fallut que M. de Marverie lui dît à mi-voix:

— Faites-vous présenter par le duc de Rochefière.

Le duc se prêta à la mission avec sa grâce souriante. Peyroral, toujours ému, entendait vaguement des noms de l'ancienne France, des rappels d'antiques gentilshommeries qu'il aurait crues éteintes. Et toujours le duc répétait la même phrase :

— M. Peyroral, un homme de loi, qui va devenir avec nous l'homme du droit.

Il devait être seul à comprendre sa phrase, mais il s'y complaisait visiblement, Peyroral continuait à saluer, énervé et ravi.

Quand tout fut fini, M. de Marverie conduisit Peyroral dans le cabinet qui lui avait servi de jardin des Oliviers, et, lui montrant le fauteuil :

— Vous êtes chez vous. Le vote de l'assemblée me donne pleins pouvoirs pour l'exercice courant, c'est-à-dire pour une année. J'ai le droit de vous installer comme secrétaire général : je vous installe. Vous aurez quinze cents francs par mois, cinq mille francs annuels de frais de bureau, et une part proportionnelle dans les bénéfices.

Peyroral commença une phrase de remerciements.

— Comment vous exprimer, monsieur...

Mais le gentilhomme l'arrêta court.

— Je vous ai déjà prié de ne pas me remercier.
J'ai accepté une mission ; je la remplis, rien de plus.

Il y eut un silence. La voix de M. de Marverie s'éleva
de nouveau, assez sèche.

— Prenez le service dès demain. Préparez une circu-
culaire pour recommander à tous les agents de la Solidarité de vous reconnaître comme secrétaire général.
Je la signerai à mon retour. Je m'absente pendant une
semaine, et nous arrêterons alors un plan de campagne. En attendant, mettez-vous au courant des menus
détails. Dans huit jours, monsieur Peyroral.

Rentré rue de Vaugirard, Peyroral ne parla pas a Blaisette des résultats de la séance. Il avait un front soucieux, presque sombre. Si bien qu'elle lui demanda en
plaisanterie, sans doute pour l'égayer, bien loin de
penser à une bonne nouvelle, sentant au contraire se
réveiller ses instincts de sœur de charité devant l'ombre d'un nouvel échec :

— Et tes millions, comment vont-ils ?

— Oh ! dit-il avec un sourire, ils se portent bien ;
mais je ne les tiens pas encore.

Il pensait en ce moment à madame de Villeségure,
à l'impossibilité matérielle d'aller lui annoncer en personne ce soir même la nouvelle de son succès. Ce qui
l'empêchait de se rendre rue François-Ier, c'était moins
l'heure peu convenable que la crainte de rencontrer
M. de Marverie. Il était là sans aucun doute, il rendait compte de sa mission à la comtesse, il faisait
montre de sa bienveillance effective pour le protégé de

madame de Villeségure. Et rien qu'à cette pensée, Peyroral sentait une colère ridicule déséquilibrer l'épanouissement de son bonheur.

— Allons, est-ce que je deviens jaloux ?

Le soir, il alla au cercle de l'Olivier, y passa une couple d'heures, perdit quelques louis, se coucha sur cette mésaventure et se réveilla plus calme que la veille. Cependant, avant de se rendre au siège de la Solidarité, il passa rue François Ier. La comtesse n'était pas là ou ne pouvait le recevoir.

Il laissa sa carte, alla à la Société, y passa l'après-midi au milieu des chiffres. Tous ces comptes l'égayèrent ; il avait l'instinct des affaires ; le bain d'or, même sous cette forme abstraite, lui chauffait la main et le cœur. Cependant une idée fixe le poursuivait :

— Elle a dû m'écrire...

En effet, le soir, Blaisette lui remit sans rien dire une lettre armoriée. Il dissimula sa joie, eut un rire indifférent :

— Ah ! ah !... cette bonne comtesse !...

Blaisette le regardait fixement.

Il lut sans aucune émotion apparente, mais son cœur palpitait d'orgueil.

« M. de Marverie m'a tout dit : votre éloquence, votre triomphe. C'est la fortune, en attendant la gloire. Je suis fière de vous. Venez demain pour que je vous remercie d'avoir dépassé mes espérances. »

Ce soir-là, Peyroral n'alla pas au cercle. Il éprouvait le besoin de se recueillir. Il fut très doux, presque caressant pour Blaisette. Elle se laissait faire sans résistance comme sans ardeur, l'observant toujours de son regard plein d'interrogations muettes.

Au matin, l'avocat s'habilla soigneusement, embrassa Blaisette, et, d'un ton à demi sérieux :

— Je ne te reverrai pas avant ce soir. Ah ! tu sais... je cours après les millions...

Dans la rue, il respira longuement. Une atmosphère de triomphe flottait autour de lui. La comtesse l'attendait pour le féliciter.

Tout à coup l'envie lui vint de la relire, cette phrase délicieuse dont l'écho chantait à ses oreilles. Mais la lettre n'était pas dans la poche de sa jaquette.

Il eut un instant de trouble, se frappa le front, puis se rappela. Il avait changé d'habit. C'était dans sa redingote de la veille qu'il avait serré la lettre de madame de Villeségure.

— Pourvu que Blaisette...

La tentation l'assaillait de rentrer, de reprendre le carré de papier havane dont l'odeur le poursuivait. Si, par hasard, Blaisette sentait un papier dans la poche de la redingote en la brossant ou en la serrant ! si elle avait envie de la lire ! Mais il regarda sa montre. Il était trop tard pour retourner ; la comtesse ne serait plus chez elle, ou bien des fâcheux surviendraient.

— A la grâce de Dieu !

C'était encore dans le petit salon Louis XVI et devant son bureau de travail que madame de Villeségure attendait Peyroral. On eût dit qu'elle voulait donner une solennité à cet entretien. Elle était habillée de moire antique et comme enveloppée par l'étoffe aux larges plis, sans ornements. Le corsage montait jusqu'à la naissance du cou, les manches étroites ne laissaient passer qu'une ligne de guipure blanche.

Elle répondit d'un léger signe de tête aux remerciements chaleureux de Peyroral. Puis, d'une voix dont l'émotion contenue rendit à l'avocat l'impression saisissante et décisive que lui avait causée la lecture de la lettre :

— Si j'ai été pour quelque chose dans votre succès, tant mieux. Mes vœux étaient avec vous, à défaut d'autre influence... Mais, dans la carrière où vous entrez, il faut toujours oublier le passé et ne voir que l'avenir. C'est de cet avenir que j'ai voulu causer avec vous...

Elle ajouta d'un ton plus froid :

— M. de Marveric m'en a priée...

— M. de Marveric ?... dit Peyroral.

— Sans doute. Vous savez que j'ai pleine confiance dans son expérience et dans sa loyauté. Il m'a promis de veiller sur vos débuts dans la Solidarité rurale, et je sais qu'il tiendra parole. Mais il est certaines questions toujours difficiles à traiter entre hommes. Les âmes délicates comme celles de M. de Marveric sont d'autant plus embarrassées qu'elles sentent la même délicatesse chez autrui. Une femme peut tout dire... et surtout une vieille femme comme moi...

Peyroral protesta du geste.

— Oh ! madame !...

— Mettons « une vieille amie »... J'ai donc accepté de vous confesser... M. de Marveric désirerait savoir comment vous vivez.

Peyroral faillit se troubler.

— Comment je vis ? balbutia-t-il.

— Oui... Comment êtes-vous installé ?... Mon Dieu, en arrivant à Paris on prend souvent le premier appartement venu, on se met en garni...

Peyroral respira. Il ne s'agissait que de son logement. Madame de Villeségure ne pensait ni à la Blaisette véritable ni à aucune Blaisette imaginaire. Il
n'avait à confesser qu'une moitié de la vérité, la moins
lourde. Aussi la confessa-t-il largement.

— C'est vrai, je suis encore en garni... Quelque chose
de bien simple... Vous savez; nous autres méridionaux... le luxe... la représentation !...

Il avouait la médiocrité de son installation, mettait
dans son mouvement d'épaules toutes les laideurs de
l'hôtel de la rue de Vaugirard, les murailles nues, le
mobilier boiteux et en même temps, comme contre-
poids, une certaine crânerie de dédain pour les tentures luxueuses, les meubles qui l'entouraient. Au
fond, son humilité était toute volontaire, faisait partie
d'un rôle. Dans le petit salon, près de madame de Villeségure, il se sentait assez fort pour faire preuve d'indépendance. La comtesse sourit.

— Oui, je sais... vous portez tous votre décor...
votre représentation avec vous... Les maisons ornées,
la belle ordonnance des appartements, ne vous disent
rien... Oh ! ne vous récriez pas... c'est trop naturel... Un goût de gens du Nord, ce goût-là... des gens
vivant renfermés, ne connaissant du plein air que les
intempéries et les tristesses... un goût féminin aussi;
mais qu'y faire ?

Paris est une ville du Nord et une cité très femme ;...
le luxe y est indispensable, c'est le plaisir des yeux pour
les visiteurs qui affluent chez tout homme nouveau ;
c'est aussi leur garantie matérielle et morale. On ne
croit qu'aux gens bien installés, bien meublés. Et il
faut qu'on croie en vous.

Peyroral avait repris son air humble et contrit, voilant son regard sous ses longs cils de Béarnais aux reflets de velours. Madame de Villeségure reprit, sans doute pour atténuer ce qu'il pouvait y avoir de pénible dans son insistance :

— Il faut qu'on croie en vous comme j'y crois moi-même.

Il leva les yeux sur elle, lui jeta un regard chargé d'une reconnaissance muette mais ardente. Puis, vivement :

— Vous avez raison... toujours raison... Je suivrai vos conseils... Je vais chercher un appartement convenable.

— Oh ! dit-elle, convenable ! ce ne serait pas assez... Corrigez-vous donc de cette indifférence... A Paris, tout ne compte pas; mais ce qui compte compte beaucoup... Il n'y a pas de nécessaire, il y a de l'indispensable... Et le choix d'un appartement est chose grave autant que la coupe d'un habit.

Elle se pencha vers l'avocat :

— Tenez, je vous ai deviné, méridional que vous êtes, incapable de prendre garde aux détails... C'est l'affaire des mamans de s'occuper de ces choses-là... J'ai pris des informations. On m'a signalé trois appartements qui pourraient vous convenir... rue du Cirque, rue d'Anjou, rue du Monthabor, car il faut que vous demeuriez sur la rive droite... dans le quartier du siège social...

Peyroral écoutait de toutes ses oreilles, plus surpris qu'il ne voulait le paraître et violemment ému. Comment ! la comtesse était descendue à ces soins maternels !... Elle s'était occupée d'un appartement, elle veillait sur son installation ! Une gratitude ardente et

presque sincère lui vint aux lèvres, l'épanouissement
de son amour-propre délicieusement chatouillé. C'était
sa revanche des froideurs de M. de Marverie, cette
tendresse enveloppante qui pensait à tout et capiton-
nait son nid.

— Ah ! madame ! si je n'aimais pas le luxe, vous
me le feriez aimer... Toutes mes pensées maintenant
sont les vôtres.

Elle eut une rougeur juvénile, un reflet transparaissant sous l'épiderme comme des lueurs d'aube sous les
derniers brouillards de la nuit. L'émotion la transfi-
gurait, rendait à Peyroral la vision d'autrefois. Il
voyait très distinctement une flamme grandir dans
les yeux de la comtesse... Mais brusquement elle se
leva, et, avec une sorte de froideur, tendit la main à
l'avocat.

— Je laisse passer le temps, monsieur Peyroral, et
mes pauvres qui m'attendent !... Il ne faut pas que
l'amitié fasse du tort à la charité...

Peyroral ne se trompa pas à la fausse réaction qui
avait arraché la comtesse à son fauteuil. De qui donc
avait-elle peur sinon d'elle-même ? Et, déjà rompu à
la tactique amoureuse, ayant pris ses grades en trois
visites, il n'hésita pas à savourer cette angoisse.

— Heureux vos pauvres !...

Il tenait la main de la comtesse, il la sentait frémir
dans la sienne. Et lentement il l'embrassa au poignet
pendant que la comtesse lui répondait avec une rail-
lerie assez maladroite dont l'accent sonnait faux :

— N'enviez personne.

Elle s'était reculée, dégageant sa main, ne prenant
pas garde que, dans son trouble, elle marchait comme

doit glisser un fantôme, d'une seule pièce, le regard fixe, les bras rejetés en arrière et semblant chercher un appui. Cette hallucination inconsciente la trahissait. Il y eut un éclair de triomphe dans les yeux de Peyroral.

— Elle fuit... elle a peur.

Il fut beau joueur, ne fit qu'un pas; mais, concentrant dans l'harmonie chaude d'une dernière phrase toutes les fanfares d'une vanité assez vibrante pour tenir lieu d'amour :

— Je vous obéirai... Mais il faut bien que vous sachiez comment je vous ai obéi... Quand vous reverrai-je?...

Elle releva la tête, eut un flottement des cils qui fit des moires blondes sur l'azur mouillé de son regard. Et, presque à demi-voix :

— Venez lundi.

L'avocat sortit la tête haute, le cœur gonflé d'orgueil, charriant dans ses veines toute l'effervescence méridionale. Il se sentait capable de tout, même d'une folie, même de répondre impertinemment à M. de Marverie s'il avait rencontré dans l'escalier le gentilhomme et son froid sourire. Mais M. de Marverie était à Versailles, et le grand air troubla Peyroral. Il fut pris d'un étourdissement en arrivant à l'avenue des Champs-Élysées et n'eut que le temps de s'asseoir devant la porte d'un café.

— Té ! dit-il quand il fut un peu remis, mon sang n'a fait qu'un tour. Est-il encore jeune, ce Peyroral. Du nerf, de la flamme...

Sur la flamme et sur le nerf, il versa deux verres de bière, boisson du Nord qu'il détestait, mais qui devait l'aider à faire pénitence.

Calmées par cette douche, ses pensées flottèrent pendant quelques secondes encore, puis se succédèrent en bon ordre, alourdies et lentes.

— Je suis maître de la situation. Mais il faut du sang-froid. Elle a peur, et, si j'ai peur aussi, ce sera du joli ! On ne fait pas plus une passion solide avec deux timidités, qu'un bon hymen avec deux virginités. Enfin, c'est ton affaire, mon vieux Peyroral.

Il descendit l'avenue des Champs-Élysées d'un pas ralenti, et, arrivé à la hauteur du Cirque, il tourna machinalement du côté de l'avenue Gabriel.

— Si je voyais un peu les appartements...

Il les vit tous avant de monter l'escalier de la Solidarité rurale. Et, pendant l'après-midi, il eut des visions flamboyantes, un rêve brillant et confortable d'appartements élégants, où il y avait l'eau, le gaz, des fauteuils à ressorts, des tentures,— et pas de Blaisette.

Brusquement cette réflexion lui vint qu'il aurait dû retourner rue de Vaugirard, ne pas laisser traîner la lettre de la comtesse. Il avança son départ d'une heure.

La chambre était en ordre ; Blaisette cousait près de la fenêtre ; les habits de Peyroral étaient pendus aux porte manteaux. L'avocat embrassa la jeune femme, puis négligemment, sans qu'elle se retournât, alla tâter la poche de la jaquette qu'il avait quittée la veille. La lettre était bien là. Mais Blaisette l'avait-elle lue ?

Il s'approcha de la jeune femme avec une inquiétude sournoise et caressante.

— Tu ne t'es pas trop ennuyée, Blaisette ?

— Oh ! dit-elle, j'ai trop à faire pour m'ennuyer.

Il eut un rire assez contraint.

— Bah ! dès que les millions seront venus, tu te
reposeras, ma chérie.

Elle secoua la tête :

— Rien ne presse... Quand la fortune entre, c'est
souvent le bonheur qui sort.

Il continua à sourire plus gêné encore. Impossible de rien lire dans les yeux candides et un peu tristes de Blaisette.

IX

UNE LEÇON

— Enfin, dit Peyroral avec impatience, quelle est
ton opinion sur l'affaire... Si je ne t'ai pas, je veux au
moins avoir ton avis... Réponds-moi franchement... Je
viens de te parler à cœur ouvert...

— Oh ! répliqua Lacaussède en secouant la cendre
de sa cigarette... Oh ! à cœur ouvert ! Tu m'as dit ce
que tu m'as dit, mais tu me caches ce que tu me
caches... La Palisse avait inventé cette franchise-là avant
toi, mon bonhomme.

— Comment !... je t'ai mis au courant de nos projets... Je t'ai expliqué tout le mécanisme de la Solidarité rurale... Je t'ai même livré le nom de nos principaux adhérents, bien qu'ils ne tiennent pas à paraître,
afin d'enlever à l'affaire toute couleur politique...
C'est une entreprise nationale et patriotique; pourquoi
l'entacher d'un vice d'origine ?... Je me suis adressé à
toi, te sachant à la fois bon républicain, bon Français
et bon camarade, pour te demander un peu de publicité dans les journaux de ton... de notre parti...

— Va toujours, dit tranquillement Lacaussède, tu
disais bien...

Peyroral protesta.

— Mais...

— Ne rougis donc pas... C'est bien naturel... Puisque la Solidarité rurale n'a pas de parti, tu n'en as pas non plus... Cause toujours, mon fils, je t'écoute...

Peyroral eut un geste de colère :

— Eh ! c'est fini... Je voulais te prouver seulement que je ne t'ai rien caché...

Lacaussède tendit les bras vers une eau-forte pendue à la muraille de son cabinet et représentant la naissance d'Henri IV dans la manière romantique de Deveria : l'enfant tenu à bout de bras par le sire d'Albret au milieu des courtisans prenant des poses.

— Tu l'entends, Henri IV! roi sans peur sinon sans reproche... prince véridique et qui n'as jamais fait de mensonge inutile... car, pour les tromperies utiles, tu n'y regardais pas de trop près... tu allais jusqu'à la demi-douzaine par jour... Reconnais ton fils, noble aïeul de la sincérité béarnaise... Les Peyroral n'ont pas dégénéré des d'Albret...

— Tu es fou, dit vivement l'avocat. Paris valait bien une messe...La Solidarité rurale ne vaut pas une réticence.

Le rire de Lacaussède grossit encore, puis tomba brusquement comme un ballon qui vient de se crever. Et, quittant sa table de travail, le méridional entraîna son compatriote vers la fenêtre ouverte sur les contre-forts de Montmartre.

— Ah çà! crois-tu faire poser un camarade... Je suis du Béarn, c'est vrai... mais je suis aussi de Paris et ce n'est pas pour rien que je bous depuis deux ans dans la grande marmite avec les amis... Quand la sauce est forte, on peut y jeter pêle-mêle les poissons les plus différents. Tous les morceaux de la matelote ont le même goût. Et c'est à une vieille pratique comme moi que tu veux monter le coup ! Ah ! tu as de belles dispositions. Tu serais Mazarin, Alberoni, Talleyrand, Pombal... Ce que tu t'es dégrossi en huit jours ! Tout de même tu as encore dans le nez du lait de Béarn... et, en te mouchant bien, on le ferait sortir...

Lacaussède paraissait furieux. Peyroral souriait d'un sourire gêné.

— Tu t'emportes... Tu prends mal les choses... **Moi** qui voulais...

— Tu voulais me mettre dedans.... me faire prendre des vessies pour des lanternes et la Solidarité fusionniste pour une entreprise nationale... Tu tournes autour du pot, tu essayes de m'empapilloter au lieu de me dire carrément : « Je mijote une grosse canaillerie **toute** truffée de compensations solides, une apostasie à 60 0/0... Veux-tu une cuisse de la grenouille ?... »

— Lacaussède ! dit Peyroral.

— J'ai donc l'air d'un professeur de morale, d'un monsieur qui ne comprend pas un mot aux petites infamies? Ah ! mon pauvre Peyroral, tu ne me connais guère; la fréquentation des grands criminels m'a fait des trésors d'indulgence. Sur cinq cents camarades que j'ai vus arriver à Paris et se pendre à mon cordon de sonnette de la rue Lepic, les neuf dixièmes ont sauté dans la grande marmite à pieds joints... Seulement c'était pour la plupart des imbéciles... Ils tirent leur coupe dans l'eau chaude sans graisse ni beurre. C'est pour cela que je les méprise, pas pour autre chose. Toi, tu vas piquer une tête dans un bouillon gras... Je vous honore tous les deux, toi et le bouillon.

— Alors, dit froidement Peyroral... pourquoi n'es-tu
pas des nôtres ?... Je ne te demande pas grand'chose...
Trois, quatre articles bien en vue... Et, pour ces arti-
cles-là, des parts de fondateur que tu pourras revendre
à prime...

Lacaussède eut un geste attristé.

— Peyroral, mon ami, tu me fais de la peine... Parbleu ! je sais bien que l'entreprise est bonne, puisque
je te félicite d'y avoir fait le plongeon, avec tes convictions... Vous y engraisserez, elles et toi... Seulement
du diable si j'en suis là... je ne suis pas un ambitieux,
moi... Je fais mes petites affaires avec ma petite conscience, qui est un peu grincheuse dans nos tête-à-tête,
mais qui se garde bien de se mêler des frasques de
mes camarades... Nous vivotons tranquillement, elle
et moi. Si je m'avisais de lui jouer un mauvais tour
elle se vengerait...

Peyroral sourit.

— Tu veux une grosse part... Tu l'auras... Je fais
ce que je veux... La Solidarité rurale, c'est moi...

Les sourcils de Lacaussède se relevèrent en point
circonflexe :

— Compliment !... Tu étais Henri IV tout à l'heure ;
tu es Louis XIV maintenant... La Solidarité, c'est toi...
Ah ! le gaillard, comme il se livre !... Détrompe-toi
pourtant ; je n'en veux pas, de ta grosse part. Je
manque d'estomac... Mais je te procurerai un bon
mangeur si...

— Eh bien ? dit Peyroral.

— Si tu as confiance en moi et si tu me parles carrément... Voyons, tu joues au plus fin, et tu as tort...
Tu me caches les tenants, les aboutissants : les racines

de l'affaire, les femmes qu'il y a dedans... Car il y a
des femmes, Peyroral... Il me serait doux de te l'apprendre si je n'avais la certitude que tu le sais mieux
que moi... Il y a une femme tout au moins... la
blonde mûre mais divine madame de Villeségure...
Suis-je renseigné ?

Peyroral avait déjà dominé sa rougeur, et, se rappro-
chant de Lacaussède :

— Soit! je te dirai tout. L'affaire est bien simple.
Une Société financière basée sur une association politique. Madame de Villeségure tient tous les fils. Pour
moi, l'entreprise est capitale. Il y va de ma fortune.

Il avait parlé nettement, lentement, avec une dureté
froide qui parut faire impression sur Lacaussède. Le
journaliste fixa son regard clair sur les yeux fébriles
de Peyroral.

— De ta fortune seulement ?

Peyroral fit un signe de tête.

— De ma fortune, pas davantage.

— Alors, dit Lacaussède, avec un soupir... alors,
c'est bien pis... Oh! pas pour toi, sois tranquille...
Je ne te plaindrais guère si tu étais à plaindre... Il
s'agit de Blaisette... La pauvre fille va être sacrifiée
à moins que rien, à un calcul d'ambition...

L'avocat protesta.

— Je ne songe pas à quitter Blaisette...

— Parbleu!... Mais ta fortune y songe pour toi...
Elle sait ce qu'elle a à faire, ta fortune... Elle sera
toujours levée avant ton amour... Voyons, il ne s'a-
git pas de cela, et je me mêle de ce qui ne me regarde
pas... Causons de ton affaire. Confiance pour confiance. Puisque tu te lâches, je vais me lâcher aussi...

Tu as été un imbécile en venant demander ma publicité.

— Un imbécile! répéta Peyroral; mais pourquoi?

— Parce que ma publicité ne vaut rien pour ton
entreprise... J'ai des lecteurs à qui l'on ne monte pas
le coup facilement, des gaillards qui n'ont pas encore
la fièvre. Ça leur viendra peut-être plus tard, dans
dix ans, quand la République battra son plein; mais,
pour le moment, tous rangés en vrais doctrinaires et
en gens qui se préoccupent d'idées, de principes, de
petites choses en l'air, et pas du tout de l'assiette au
beurre, comme dit le poète.

Ah! l'assiette au beurre, c'est au pays où tu viens
de planter la Solidarité rurale qu'elle va faire des fous en
attendant qu'elle fasse des heureux et jusqu'à ce
qu'elle fasse des victimes...

Rapidement, il ouvrit la fenêtre, et, montrant à Peyroral Paris étendu au pied de la butte Montmartre, dé-
coupa la grande ville en larges tranches.

— La géographie sociale... la géographie, il n'y a
que ça, mon bon... Rien à frire par ici dans le grand
îlot qui descend jusqu'à la Seine et qui est coupé carrément par la rue Royale et le boulevard Malesherbes...
Une population arriérée, des amateurs de chimères, un
peuple et une bourgeoisie capables, jusqu'à nouvel
ordre, de tenir à la République pour ses beaux yeux,
et rien que pour eux... Mais regarde à droite, Peyroral... Tu vois le faubourg Saint-Honoré... Et regarde
en face par delà ce grand fossé qui est le Louvre...
Tu vois le faubourg Saint-Germain... Eh bien, là-dedans, l'assiette au beurre fera tourner plus d'une
tête... Ah! si l'on pouvait plaindre ses adversaires dans

notre métier, comme je plaindrais ces pauvres gens!...
Les anciens partis ont la caboche détraquée, ils comptent
sur un coup qui va venir, qui est inévitable, mais qui
ne retardera pas la République de plus de trois ou cinq
ans. Et, sur les suites de ce coup ils sont prêts à aven-
turer leurs suprêmes économies... Ouvre les yeux, Peyroral... ouvre les oreilles... Du fond des bahuts vénérables où le noble faubourg serre ses louis à l'effigie de
Charles X... du fond des secrétaires en acajou massif
où la noblesse orléaniste entasse les pièces de cent
sous estampées des favoris de Louis-Philippe, une voix
s'élève... la voix des écus qui demandent à entrer
en danse...

— Tu crois? dit Peyroral l'œil ardent, tu crois?...

Il se livrait enfin, penché sur la rampe de la vieille
maison, les mains battant l'air comme pour saisir au
passage l'écho de cette fièvre dont lui parlait Lacaussède. Le journaliste le tira en arrière :

— Prends donc garde! tu te penches trop... Tu
pourrais avoir le vertige.

Et, comme Peyroral rentrait, le visage baigné d'une
sueur froide.

— A la bonne heure! Je vois que tu es convaincu...
Parlez-moi de l'éloquence de la géographie. J'espère
que tu saisis maintenant le mécanisme de la Solidarité... C'est à Paris qu'elle doit triompher. Les ruraux
boucheront les trous, s'il en reste. Mais la clientèle en
question n'est pas la mienne ni celle d'aucun journaliste républicain...

Adresse-toi au Moniteur des gogos, à la Gazette des
gens du monde, à l'Officiel du trône à compartiments
et de l'autel à double face, côté religion et côté Vénus;

côté Bourbon et côté d'Orléans, au journal qui donne
les nouvelles de S. S. Pie IX aussi exactement que
celles de la première danseuse du dernier ballet, le
seul organe qui empoigne tes futures victimes, parce
qu'il chatouille leurs chimères et gratte leurs déman-
geaisons...

— Très bien, dit Peyroral... Mais on n'entre pas là
comme dans un moulin... Où est l'escalier de service?...

— Tu veux dire l'escalier des services... Oh! ne
t'y trompe pas. C'est un escalier démontable comme
un jeu de patience. Tu pourrais tourner tout autour
des bureaux sans l'apercevoir... Il n'est pas là... Il
est dans le monde...

— Comment! dans le monde?...

— Hé! oui... Chaque rédacteur fait la commission
au dehors... On ne se contente pas de collaborer; il
faut rapporter, on rapporte... Adresse-toi au premier
venu... A Barbaste, si tu veux...

— Barbaste en est?

— Parbleu!... Il ne donne pas dix lignes de copie
littéraire par an. Entre nous, ça le gênerait... Mais
quelle copie financière!... Ça vaut de l'or, mon
cher... Si tu n'as pas d'or, inutile d'entrer en pour-
parlers...

— J'ai de l'or, dit Peyroral.

— Alors tu as tout; Barbaste et son journal, et les
opinions de Barbaste et la clientèle du journal de Barbaste. Va de l'avant, mon fils, profite de la veine.

Il eut un soupir.

— Je me ferais un scrupule de te donner un tas de
bons conseils si les gogos pouvaient échapper au sort

qui les menace... Mais quoi! On ne change pas la
destinée et l'histoire recommence toujours. Rappelle-toi
le camp du Drap d'or, Peyroral... la noblesse portant
sur ses épaules prés et forêts, maisons de ville et maisons de campagne pour faire honneur au maître... Eh
bien, c'est le même vent de folie qui souffle sur les
deux faubourgs... On attend le maître, on veut tenir
le camp du Drap d'or. Si tu ne jettes pas l'épervier, un
autre fera la rafle... Mais ce ne sont pas de méchantes
gens... Ménage-les, Peyroral...

L'avocat eut un geste large :

— Je les enrichirai...

Ce fut sur cette belle parole qu'il quitta Lacaussède,
en mettant dans sa poignée de main des remerciements
chaleureux. Une griserie le poursuivait; il chancela en
descendant les marches roides du vieil escalier. Il jeta
au cocher l'adresse de madame de Villeségure.

C'était pour ce matin-là qu'elle lui avait donné rendez-
vous : — lundi à dix heures ; — et, du fond de la
voiture, il essayait de repasser son rôle, d'échapper à
cette ivresse qu'avaient fait bouillonner dans son cerveau
quelques mots de Lacaussède à la fois ironiques et
vibrants. Mais il lui était impossible de séparer les deux
idées, celle de madame de Villeségure et celle de la
Solidarité rurale. Lentement, elles se confondaient,
s'aggloméraient; on eût dit qu'une main invisible pétrissait sous le regard fixe de Peyroral une statue de l'amour
lancé en plein vol sur la roue de la fortune. Il ne
s'agissait pas d'une allégorie, d'un être de raison, mais
d'une forme concrète que l'avocat aurait pu toucher du
doigt.

— Allons, murmura-t-il. Lacaussède avait raison.

Ma pensée est plus forte que moi. Je peux sommeiller ; elle travaille.

Il n'essaya plus de s'arracher à l'hypnotisme ; mais, la tête dans ses deux mains, s'abandonnant au bercement de la voiture, il entreprit de saisir la réalité... Qu'était-il en ce moment ? Que voulait-il ? Il voulait la comtesse. Mais madame de Villeségure était un moyen, non un but. Tout l'en convainquait, l'état de son propre cœur, l'état du cœur de la comtesse. Il se demanda avec angoisse...

— Est-ce que je l'aime ?

L'aimer, c'était sa crainte. Quand on aime, c'est une affaire faite ; on a perdu le poids, la mesure, le coup d'œil ; on se trompe en procédant mal sur une observation juste, comme en procédant bien sur une observation fausse... Mais la sincérité même de son angoisse lui prouva qu'il n'aimait pas.

— Pour la désirer, oui, je la désire...

Et elle, madame de Villeségure aimait-elle Peyroral ? Lentement il repassa leurs entrevues, ne cherchant pas à se faire illusion sur ses mérites personnels ni sur les motifs qui auraient pu rendre fatale la passion de la comtesse. Et, avec la même sincérité, il ne tarda pas à se convaincre que la comtesse n'avait eu aucun motif spécial de le préférer. Il n'avait ni le grand nom de M. de Rochefière, ni le grand esprit de M. de Marverie. Il avait apparu à madame de Villeségure en petit avocat de province se débattant avec gaucherie dans la société parisienne. Il eut un soupir de soulagement après cette constatation rigoureuse.

— Elle n'avait aucune raison de m'aimer — et elle m'aime... C'est la plus solide garantie. L'amour illogique est l'amour fort : je tiens la comtesse...

Cette conviction singulière de n'aimer pas et de savoir qu'il était aimé sans bonnes raisons, l'aidait à dégager la loi de sa destinée. Il devait traverser l'amour sans s'y attarder, l'amour-moyen étant pour les forts, et l'amour-but pour les faibles. Ce fut dans ces dispositions résolues qu'il passa le seuil de l'hôtel de Villeségure ; mais un valet de pied l'arrêta :

— Madame la comtesse est partie ce matin pour Versailles... Elle a laissé une lettre à l'adresse de M. Peyroral...

La lettre ne contenait que deux lignes : « Forcée de me rendre à Versailles afin de voir le ministre. Je travaille pour vous. Il s'agit d'enlever l'autorisation. »

Pas de signature. Ce faux oubli cachant ou plutôt découvrant une réelle angoisse fit sourire Peyroral. Il était bien un peu fâché de ne pas voir la comtesse ; mais rien ne pressait du côté des batteries amoureuses, tandis qu'il était urgent d'obtenir l'autorisation. La Société avait ses banquiers ; l'émission était toute prête ; un coup de grosse caisse dans le journalisme, et les gogos accouraient.

Mais ce coup de grosse caisse qu'il était allé demander à Lacaussède avec une naïveté dont il s'accusait, il eût été imprudent de le donner avant l'autorisation. On risquait de faire ressortir le côté politique de l'entreprise. Ce fut aussi l'avis de M. de Marverie, qui écouta le récit très arrangé de Peyroral.

— Mettez-vous en quête de ce Barbaste... Tâtez-le... Mais ne laissez rien échapper de décisif, sauf pour la commission... Qu'il soit sûr de la grosse part, nous

serons sûrs de l'article. On lui dira à la dernière heure
ce qu'il faut y mettre.

Tâter Barbaste, Peyroral n'aurait pas demandé mieux.
Mais où logeait-il? Au cercle de l'Olivier, on ne put
donner à Peyroral que l'adresse du journal.

— M. Barbaste viendra certainement souper comme
tous les soirs.

Peyroral passa au journal. Mais Barbaste n'était pas
là.

— Enfin, dit Peyroral, rien ne me presse. Je le re-
pincerai ce soir.

Il hésita pendant quelques secondes entre le désir de
monter au cercle et d'y tailler un baccara avec les
joueurs sortants du déjeuner. Mais une pensée fataliste
lui vint. Il ne fallait pas mêler le petit jeu au grand
et risquer de couper la veine. Il se décida à retourner
rue de Vaugirard.

— Blaisette se plaint que je la néglige... Voilà une
occasion superbe d'employer mon après-midi.

En effet, sans qu'aucune parole fût venue préciser le
caractère de son malaise, Blaisette témoignait depuis
quelques jours une irritation marquée. Elle répondait
avec moins de tendresse aux adieux de son amant; elle
l'accueillait avec moins d'ardeur à son retour. Sans
doute, elle se trouvait trop sacrifiée aux préoccupations
de Peyroral. Il sentait la persistance d'un reproche dans
ces yeux noirs dont la flamme semblait se voiler.
Puisqu'il avait quelques heures à perdre, mieux valait
les employer près d'elle.

En entrant, il dit assez étourdiment:

— Me voilà garçon pour tout un après-midi, Blaisette.

La jeune femme était assise près de la fenêtre, ses mains croisées sur l'ouvrage interrompu. Il y eut un étonnement dans son regard.

— Ah! dit-elle, tu es libre... Eh bien, nous allons sortir.

Il la regarda très surpris :

— Sortir?...

— Mais oui. J'ai un peu de migraine. Et puis il y a assez longtemps que tu me promets de me conduire au bois de Boulogne.

Peyroral réfléchissait, plus étonné que troublé de la demande. Son parti fut bientôt pris. Au Bois, à la fin de novembre, il ne risquait aucune rencontre. Et, en refusant de satisfaire ce caprice de Blaisette, il pouvait exaspérer les dispositions flottantes de la jeune femme. Ce n'était pas le moment d'aller au-devant d'un éclat.

Il fit bonne mine au caprice de Blaisette.

— Tu veux faire l'école buissonnière ; faisons-la... Je vais chercher une voiture.

En fiacre, il ne craignait rien. On peut toujours se dissimuler derrière un store ou dans le nuage d'une fumée de cigarette. D'ailleurs, il se fit conduire par prudence loin du lac, aux alentours de Ranelagh. Mais, arrivée là, Blaisette voulut marcher.

— On étouffe dans cette voiture... Remontons l'allée; le cocher nous suivra...

Peyroral ne résista pas. Le Bois était désert. Un ciel gris, un temps d'automne avancé n'avaient pas attiré les promeneurs. Mais Peyroral portait autour de lui son atmosphère lumineuse. Les paroles enfiévrantes de Lacaussède, la conviction perçant sous l'ironie des dehors enveloppaient toujours l'avocat d'une ivresse. Il goûtait le fruit et laissait l'écorce.

— Ces journalistes... Tous des maladroits ou des paresseux, incapables de profiter d'une bonne idée... Mais ils ont le flair; on peut s'en rapporter à eux pour le départ...

Peyroral pensait aussi à madame de Villeségure, à sa lettre si ardente sous son apparence contenue, à l'émoi profond que trahissait cette phrase : « Je travaille pour vous. » Il pensait même à Blaisette : il l'admirait si belle, si sculpturale, sur le fond tendre et fin du paysage d'automne.

— Une belle maîtresse, ayant tout ce qu'il faut pour distraire un homme écrasé par les grosses affaires...

Et l'idée lui venait de prolonger la situation, de garder Blaisette pour ses plaisirs comme il aurait madame de Villeségure pour son ambition. Naïvement il se reposait dans cette pensée, y trouvant une sorte de satisfaction morale, comme un brevet de générosité qu'il se serait donné à lui-même.

— Où Lacaussède a-t-il vu que je voulais sacrifier cette pauvre enfant ?...

Ces réflexions le réchauffaient, l'empêchaient de sentir la bise d'automne. Tout à coup un bruit de roues le réveilla. Un landau à demi découvert tournait le coin de l'avenue, et dans l'encadrement de la capote rabattue apparut une figure de femme que l'avocat connaissait bien...

De son coup d'œil vif et perçant Peyroral dévisagea la comtesse, malgré l'encadrement inaccoutumé du chapeau et du manteau de velours montant jusqu'au col.

C'était bien sa figure un peu large, ses lèvres roses

9

au dessin saillant, ses cils d'or transparaissant sous la voilette. Elle revenait de Versailles et traversait le bois pour rentrer dans le quartier François Ier. Rien de plus naturel. Mais quelle fatalité avait poussé Peyroral devant la calèche, presque sous les pieds des chevaux !..

Que le regard clair de la comtesse, ce regard qu'il devinait fixe et triomphant, se détournât un instant et reconnût Peyroral... Peyroral, avec une femme qui devait avoir l'air d'une grisette... Peyroral en bonne fortune... et tout s'écroulait à la fois. Plus de protection, plus d'avenir. Une chute irrémédiable...

Aucun moyen de fuir. Se jeter dans le taillis, c'était attirer l'attention, se perdre pour se sauver. D'ailleurs, Peyroral se sentait paralysé. Ce fut un instant d'angoisse inexprimable. Son cœur ne battait plus, et sa crainte se doublait d'une autre crainte. Il avait peur de crier, de tomber.

La voiture passa sans que madame de Villeségure détournât la tête. Elle n'avait pas vu Peyroral... Il était sûr qu'elle ne l'avait pas vu... Et Blaisette ne s'était aperçue de rien. Ce fut seulement au bout de quelques pas que le teint livide et la démarche chancelante de son amant la frappèrent.

— Eh bien, dit-elle, qu'as-tu ?

Il lui fut d'abord impossible de répondre ; les mots étranglaient.

Puis, avec une sorte de violence :

— Ce n'est rien... le grand air m'a saisi...

Ele eut une parole de femme alarmée :

— Tu veilles trop... C'est mauvais....

Il haussa les épaules, sur le point de s'emporter.

Puis brusquement il se calma en pensant qu'il manquait de reconnaissance envers la fortune et même
envers Blaisette... Ah ! la leçon avait été rude ; mais
puisqu'il en était sorti sans accident, elle pouvait et
devait être bonne. Grâce à Blaisette, il connaissait
maintenant tout le danger de Blaisette. Les idées de
partage auxquelles il avait failli céder tout à l'heure
étaient des folies. Le péril qu'il venait de courir pouvait
se représenter sous une autre forme. L'avertissement
ne serait pas perdu.

Il fut charmant pendant le reste de la promenade,
s'efforça de faire oublier à Blaisette son instant de défaillance et de mauvaise humeur. Elle acceptait les
caresses, émue, anxieuse, avec une complaisance qui
interrogeait.

En rentrant, Peyroral trouva une dépêche de la
comtesse, datée de Versailles même :

« Autorisation obtenue. »

Les larmes lui vinrent aux yeux. Cette dépêche,
c'était la fortune — et cette fortune, il avait failli la
perdre au moment même où elle s'offrait à lui...
Allons, la journée était complète !

Il partagea gaiement le dîner froid de Blaisette,
plaisanta son école buissonnière avec le trouble savant
d'un amoureux qui voudrait cacher son émotion.

L'anxiété de la jeune femme finit par céder à ces
apparences d'une tendresse toute désintéressée. Elle
eut un cri du cœur :

— Ah ! si tu étais toujours comme cela !... Tu as
tes yeux de vingt ans...

Blaisette disait vrai, mais derrière le rideau de ces
yeux pleins de flamme, une pensée âpre veillait.

L'avertissement du sort était décisif. Il fallait tenir
la comtesse, et la tenir si bien, qu'aucune révélation
ne pût compromettre la campagne entreprise.

— Comment ! dit Blaisette en le voyant prendre son
chapeau pour se rendre au cercle. Comment ! tu sors ?

Ce départ gâtait son bonheur. Peyroral l'embrassa en
souriant.

— Hé ! oui, j'ai un rendez-vous d'affaires... Ma
pauvre petite fille, on ne fait pas ce qu'on veut dans
la vie !

Et dans ce baiser, qui était la condamnation de
Blaisette, il mit l'ardente brutalité d'une tendresse
aussi âprement ressentie qu'une haine.

X

LE GRAND JEU

— Diantre ! se disait Peyroral, j'ai oublié de demander un conseil pratique à Lacaussède. Comment m'y
prendre avec Barbaste ? Il y a toujours une façon spéciale d'entrer en matières... même et surtout quand
les portes sont grandes ouvertes... Je me méfie toujours de ces portes-là. Les consciences de journalistes
à tout faire sont comme les chambres des belles-peti-
tes... On paye moins cher quand on se fait ramasser
que lorsqu'on entre tout droit. Enfin, à la grâce de
Dieu !...

En entrant dans le salon du jeu, il aperçut Barbaste, assis devant la petite table, et quelques pontes clairsemés.

— Il n'en a pas pour longtemps, attendons...

Il glissa sans se montrer dans la salle de lecture,
alluma un cigare et parcourut négligemment une
Revue. Dix minutes plus tard, Barbaste lui frappa sur
l'épaule, très cordial, le tutoyant d'abondance :

— Tiens, Peyroral... Qu'est-ce que tu fais là... Tu
ne joues pas ?...

— Et toi ?...

— Ma foi, non, la soirée est rude... Je renonce à
couper la déveine.

Peyroral bâilla :

— Moi, le baccara ne m'intéresse plus. Les petites soûleurs toujours les mêmes, dans le vestiaire des culottes, comme vous l'appelez, ça ne me dit pas... J'aime mieux les grosses émotions et les grandes affaires...

Barbaste se mit à rire :

— Tu en parles bien à ton aise !... Il n'y en a pas tant, de grandes affaires, sur la place... Le gibier est rare, et dans les buissons creux plus d'un chasseur traîne ses guêtres.

— Oh ! dit Peyroral, il reste bien quelques petits lièvres... J'en sais un que je tiens par une oreille... Quand j'aurai la seconde, il me suffira d'un coup de main... ou plutôt d'un fort coup de gueule...

Barbaste l'arrêta avec une pudeur semi-ironique, semi-sérieuse :

— Chut !... Coup de clairon suffit, quoiqu'il n'y ait pas de dames... Tout à ta disposition dans ce cas-là.

Brusquement il se dirigea vers la table, alluma un cigare, revint et, sans affectation apparente, changea de conversation.

— Figure-toi, mon cher, que j'avais la main... Eh bien, dix fois de suite...

Peyroral hochait la tête, vaguement intéressé, observant Barbaste, et se disait, en aparté !

— Tu veux jouer au plus fort, mon bonhomme... Mais tu restes, tu m'as compris...

L'avocat n'était pas pressé. Le journaliste non plus. Très enfoncé dans un fauteuil en cuir rouge, l'œil amusé, le teint rose, Barbaste savourait son londrès avec lenteur. Pendant une demi-heure le dialogue roula sur la cagnotte. Barbaste se désolait.

— Il n'y a que la cagnotte qui gagne... Vrai, il n'y a qu'elle... Nous avons fondé une véritable association philanthropique, nous autres les joueurs... Nous sommes les petits Manteaux-Bleus d'un tas de gaillards qui viennent ici se chauffer, s'éclairer, s'empiffrer de saine littérature et de mets succulents. La table dévore. Tu me diras que c'est son métier de manger... Mais enfin elle dévore quelque chose comme quatre-vingt mille francs par an. Et qui est-ce qui paie ça? les pontes, les malheureux pontes. Dire qu'il y a des journaux assez dénués de sens moral pour nous reprocher notre abnégation... pour prétendre que nous ruinons les familles. Ce n'est pas vrai, nous engraissons les particuliers!

— Cause toujours, pensait Peyroral, nous arriverons au sujet...

Ils y arrivèrent en effet, et à minuit ils le traitaient encore, les coudes sur le tapis de la salle de lecture absolument déserte. Barbaste réglait les conditions matérielles de la réclame...

— Il faut absolument 25,000 francs... 10,000 pour la caisse... 10,000 pour le directeur... et 5,000 pour moi... Encore suis-je coulant... Ah! si tu n'étais pas un camarade... Je demanderais 40,000 au bas mot à quelqu'un qui ne serait pas du Béarn...

— Ce quelqu'un-là se passerait de ton journal, dit sentencieusement Peyroral...

Barbaste cligna de l'œil :

— Se passer de nous... C'est facile à dire, tu sais bien que nous avons centralisé les coups de grosse caisse... Il n'y a qu'un tambour, il n'y a qu'une peau d'âne, il n'y a qu'une mailloche. Et tout ça est chez

nous, dans le Grand-Seize comme l'appellent les gens
mal élevés...

— Et les autres, dit Peyroral.

— Et les autres, répéta docilement Barbaste... Farceur, va !... Ça coûterait dix mille de plus ce mot-
là si ce n'était toi... Alors ça y est les vingt-cinq
mille...

— Ça y est... payables en titres quinze jours avant
l'émission... Si tu sais t'y prendre, c'est comme si je
te donnais quarante mille nets...

Les conditions fixées, Barbaste devint curieux. Peyroral
s'était très peu lâché sur l'affaire, promettant des renseignements détaillés pour le lendemain.

— Au moins, dit Barbaste... donne-moi un nom d'ad-
ministrateur pour que je les appâte, là-bas, à la direction.

— Eh bien, dit Peyroral, M. de Rochefière...

— M. de Rochefière, dit Barbaste en dessinant de la
main un salut dans le vide... Salut à la candeur millionnaire !... Où il y a du Rochefière, il y a de la
monnaie... Ah ! si ce gaillard-là achetait de l'esprit,
nous ferions tous fortune en l'achalandant.

Peyroral resta digne, parut n'avoir pas entendu les
réflexions saugrenues de Barbaste.

— Après-demain, n'est-ce pas ? sans faute !

— Sans faute !

Resté seul, Peyroral fit un geste de dédain :

— Quelle misère !... Tenir un pareil instrument et
l'user en détail... Si j'avais ce levier entre les mains,
je voudrais soulever le monde des affaires ou tout
casser... Ces gaillards-là pêchent du goujon avec un
épervier. Moi je ne me contenterais pas d'une petite
friture, je draguerais l'étang bien à fond.

Tout de même, les affaires étaient avancées. L'autorisation d'un côté, de l'autre l'appui du Grand-Seize. La semaine des événements : une veine, une série. Il s'agissait d'aller jusqu'au bout. Aussi le lendemain à onze heures se présenta-t-il avec une crânerie tranquille à l'hôtel Villeségure. Une consigne l'arrêta dès le rez-de-chaussée.

— Madame la comtesse est souffrante... Un simple refroidissement. Elle garde la chambre et ne recevra personne aujourd'hui...

Peyroral laissa sa carte et descendit tranquillement la rue François-Ier. Il était assez mécontent de garder pour compte son petit discours préparé d'avance, ses remercîments éloquents, tout une montée de reconnaissance dont il comptait se débarrasser ce jour-là. Une pensée le consola...

— Elle continue à avoir peur... Tout va bien...

Comme il tournait la rue, il lui sembla reconnaître le coupé de M. de Marverie, stores baissés... Oui, c'était bien la livrée... Il fit encore quelques pas. Puis une pensée lui vint.

— Il va chez la comtesse... Je saurai bien si on le reçoit...

Il se posta au coin de la rue, sûr de n'être pas vu et apercevant d'une façon distincte la grille de l'hôtel. Le coupé stationnait... Peyroral s'attendait à voir M. de Marverie redescendre; mais un quart d'heure plus tard le coupé était encore là...

— Décidément, se dit Peyroral... elle l'a reçu... Qu'est-ce que je fais ici ?...

Il reprit assez maussadement le chemin de l'hôtel de M. de Marverie.

9.

Le gentilhomme lui avait laissé un mot :

— Je ne suis pas sûr de vous voir aujourd'hui...
Faites le classement de la correspondance sans moi.

— Ma foi, dit Peyroral, je vais déjeuner... ça me re-
mettra...

Il se sentait une mauvaise humeur passablement
ridicule. Après tout, il n'y avait pas grand mal à ce que
madame de Villeségure reçût M. de Marverie même
quand sa porte était consignée. La vieille amitié et l'âge
du marquis expliquaient bien ce privilège. Mais les
dispositions fâcheuses de Peyroral ne cédèrent pas à
l'influence du déjeuner. Du premier service jusqu'au
dessert, il se sentit furieux d'avoir été éconduit. Et au
café il n'eut que la ressource de s'écrier :

— Je suis un imbécile !

Dans le cabinet de M. de Marverie, devant l'amas
de correspondances à dépouiller, Peyroral essaya de
secouer cette colère importune. Il n'avait donc pas re-
noncé aux susceptibilités vaines, aux révoltes puériles?
Il prenait un simple retard matériel pour un froisse-
ment d'amour propre. Quand M. de Marverie eût été
consigné, lui aussi, à la porte de l'hôtel de Villeségure,
les affaires personnelles de Peyroral y auraient-elles
trouvé quelque avantage ?

Il se faisait la leçon avec une certaine âpreté; mais
ses nerfs étaient plus forts que sa raison. Les enve-
loppes se déchiraient sous sa main, les longues feuilles
couvertes de chiffres se dépliaient avec un petit bruit
sec sans qu'il parvînt à fixer sa pensée sur les intérêts
de la Solidarité rurale. Les chiffres avaient l'air de
danser la sarabande. Il finit par s'apostropher directement, à la façon méridionale :

— Ah çà! Peyroral, est-tu un ambitieux ou un amoureux... un général ou un Dumanet?... Fais-tu la cour à
la fortune ou aux bonnes d'enfant?... Indigne de toi,
mon bon, tout à fait indigne...

Ce coup de poing asséné sur son orgueil ne produi-
sit aucun résultat sérieux. L'irritation persistait, si
vive et en quelque sorte si détachée de tout le reste,
que Peyroral finit par s'y intéresser...

— Qu'est-ce que cela veut dire ?...

La correspondance était dépouillée tout entière; mais
il avait besoin, pour la classer, du répertoire de M. de
Marverie. Le cahier n'était pas à sa place habituelle.
Peyroral remua un amas de papiers avant de le trouver.
Et comme il l'apercevait enfin, il vit en même temps
un petit carré de papier à lettre, couvert d'une écriture féminine... l'écriture de la comtesse...

Sa main n'hésita pas plus que son coup d'œil. Il prit
la lettre, la lut rapidement.. Quelques lignes pour
annoncer à M. de Marverie que l'autorisation était obtenue.

« Enfin, mon ami, c'est fait... La Solidarité est fondée... C'est une grande œuvre et qui resserrerait encore
notre union si nous pouvions être unis davantage
après tant d'années d'un si tendre dévouement...

— Sacrebleu... s'écria Peyroral en assénant sur la
table un coup de poing qui fit trembler l'amas des
papiers...

Il s'était presque blessé et avait brouillé toute la
correspondance. La douleur et une sorte de honte le
dégrisèrent.

— Ah çà! dit-il, je deviens fou... Me voilà jaloux
à fond maintenant... Encore, s'il y avait de quoi !..

Il prit le temps de reclasser la correspondance dans un ordre très méthodique, ne revint à la lettre de madame Villeségure qu'après cette douche volontaire. Et lentement il la relut, mot par mot, les yeux près du papier comme pour faire des découvertes entre les lignes. Ses lèvres se plissèrent dans une moue, et ce fut sans trembler qu'il remit le carré de papier satiné sous les autres feuillets. Il haussa les épaules :

— Il n'y a pas de quoi fouetter un chat... Alors, pourquoi ?...

Oui, pourquoi ce brusque emportement, ce juron, cette fièvre, ces accès d'une jalousie qui ne se prenait pas elle-même au sérieux ? Peyroral réfléchissait, courbé sous le poids d'une angoisse superstitieuse... Tout à coup il eut un cri de triomphe.

— C'est cela, parbleu ! c'est cela.

Pendant quelques minutes encore il resta en contemplation devant les papiers d'affaires, dessinant des arabesques dans le vide, du bout de sa règle, traçant des lignes imaginaires et souriant à quelque pensée douce. D'un dernier coup de règle il sembla poser un point.

— Ça y est.

Jusqu'au soir il resta courbé sur sa besogne, alignant les chiffres avec une entière tranquillité, expédiant les réponses aux agents et aux banquiers, rentré en possession de son parfait équilibre. À cinq heures, il partit sans attendre M. de Marverie, lui laissant un simple compte rendu des grosses affaires et une courte mention de l'accord conclu avec Jacques Barbaste.

Il ne rentra pas rue de Vaugirard, n'alla pas davantage au cercle, mais se fit conduire chez un coiffeur, demanda un coup de fer pour relever ses boucles

brunes. « L'artiste » s'extasia sur cette chevelure, se
lança dans des comparaisons qu'il supposait flatteuses.

— Monsieur a un cheveu superbe, un cheveu de
race... Tout à fait le cheveu de M. Mounet Sully...

— Ah ! dit Peyroral.

Il ne se fâcha pas ; il ne regimba même pas devant
les schampoings, les eaux de toilette, les huiles antiques
et autres propositions insidieuses. Les soins de toilette
l'exaspéraient d'ordinaire, mais ce soir-là il était résigné à tout. Il sortit de la boutique parfumé à outrance.
Il lui semblait traîner avec lui le fond de commerce du
coiffeur. Il se secoua dans la brise fraîche :

— Ça se passera au grand air !

Il entra dans un restaurant du boulevard, dîna
sobrement. Son regard était fixe et dur, chargé d'une
préoccupation froide. Après le café, il se fit apporter
de quoi écrire, et, laissant traîner la plume sur le papier
comme un écolier qui écrit un compliment, il traça
ces quelques mots :

« Il faut absolument que je vous voie ; il y va de ma
vie. »

Il contempla son œuvre avec une attention soutenue
et satisfaite. Les lettres s'enjambaient, les mots dan-
saient comme secoués d'une émotion.

Il était sept heures et demie. Peyroral alluma son
cigare, héla un fiacre, donna l'adresse de madame de
Villeségure. A huit heures, il sonnait à la grille de
la rue François 1er.

Le valet de pied lui répéta la phrase du matin :

— Madame la comtesse est souffrante...

— Je le sais, dit tranquillement Peyroral. Mais il s'a-
git d'une affaire urgente. Faites passer cette lettre.

Le valet de pied souleva une portière et disparut.
Peyroral l'entendit appeler une femme de chambre,
puis ce fut tout. L'avocat était dans le petit salon à
peine éclairé par la flamme tremblante d'une bougie.
On n'attendait personne ce soir-là ; pas de feu dans la
cheminée, une atmosphère si pénétrante que Peyroral
se sentit trembler.

Était-ce le froid ou l'émotion? Il n'aurait pu le dire.
Ces demi-ténèbres, cette pièce déserte où les meubles
prenaient des formes fantastiques l'impressionnaient
péniblement. Séparé de madame de Villeségure par une
cloison, le sentiment de la grosse partie qu'il allait
jouer lui revenait, l'assaillait. Il agissait à la fois en
homme fat et en homme superstitieux, en stratégiste
qui croit aux avertissements du destin autant qu'à
l'habileté humaine. Dans ce coup de folie, dans cet
accès de jalousie qui l'avaient si ridiculement torturé
pendant la moitié du jour, il avait bien cru reconnaître
un des avertissements précieux qui indiquent aux
grands aventuriers le moment de frapper des coups
décisifs. Ce n'était pas pour rien que cette fièvre
l'avait pris au cœur, à la gorge. Il y trouvait le mystérieux conseil d'aller de l'avant, de brusquer la situation. Et en même temps que le conseil, le moyen de
le mettre en pratique, le prétexte le plus plausible pour
forcer la consigne d'isolement.

Depuis quelques heures, il suivait un plan médité,
arrêté dans ses moindres détails. Mais ce plan reposait
sur un mélange de données positives et de conjectures
peut-être chimériques :

— Dans une seconde, se dit Peyroral, je saurai si je
me suis trompé.

Cruelle attente ! Il ne s'agissait pas seulement de madame de Villeségure, mais du flair de Peyroral, de son intuition... S'il s'était trompé, il n'était qu'un sot doublé d'un rêveur et il aurait la douleur de se l'avouer à lui-même.

Le valet de pied reparut :

— Si monsieur veut suivre la femme de chambre de madame la comtesse...

Peyroral eut un éclair dans les yeux, un regard triomphant pour les ombres qui semblaient se moquer de lui, dans les angles enténébrés du petit salon. Il avait bien calculé ses moyens d'attaque ; le premier obstacle était franchi !...

— Madame la comtesse attend monsieur dans la bibliothèque.,. Elle avait un léger refroidissement et elle n'a pas quitté le coin du feu de toute la journée...

Peyroral s'inclina au seuil de la bibliothèque. La comtesse lisait près du feu. Elle lui fit un léger signe de tête :

— Entrez, monsieur Peyroral.

Il s'avança, troublé, presque inquiet, dérouté par la familiarité tranquille de cette mise en scène. Mais à peine la porte se fut-elle refermée sur la femme de chambre que la comtesse se dressa, courut à Peyroral dans un élan plein d'angoisse :

— Eh bien... qu'y a-t-il?... que vous arrive-t-il?...

Il la regarda d'un œil dur, presque féroce, pendant que son cœur fondait dans une délicieuse montée d'orgueil. Ah! le piège éternel, la tentation irrésistible, la brusque envolée des pudeurs et des prudences de la femme quand elle se laisse saisir par un tourbillon d'inquiétude!... Celle-là connaissait la vie et savait l'état

de son propre cœur. Elle avait la science et l'expérience, et il avait suffi de lui tendre une embûche
grossière pour qu'elle abaissât elle-même les bar-
rières, pour qu'elle désarmât. La crainte d'un malheur
réel atteignant Peyroral avait eu raison en quelques
secondes de la comédie qu'elle jouait; la charité mettait à nu sa tendresse, la faisait resplendir dans ses
prunelles dilatées, l'épanouissait sur ses lèvres tremblantes.

— Eh bien, répéta-t-elle... parlez donc... Vous me
faites mourir... Est-ce que la Solidarité?...

Il fit un geste dramatique :

— Il s'agit bien de la Solidarité... Croyez-vous que
la fortune soit tout pour moi ? Vous me méprisez donc
bien ?...

La comtesse eut un cri du cœur :

— Moi vous mépriser ? moi !... Je ne comprends
pas.

— Vous allez comprendre... Je vous ai écrit qu'il
s'agissait de ma vie... C'est que depuis ce matin je
subis les plus affreuses tortures... Et c'est vous... vous
seule qui en êtes cause...

— Moi ! répéta-t-elle, moi !...

Elle paraissait stupéfaite, écrasée. Mais elle ne se
révoltait pas. D'ailleurs, Peyroral ne lui en laissa pas
le temps.

— Oui vous... Je me suis présenté ce matin à
votre porte. On ne m'a pas reçu... Et tout à l'heure...
on a failli encore me chasser... Et M. de Marverie
est venu ; vous l'avez reçu, si souffrante que vous
soyez...

— Comment ! dit-elle... que supposez-vous?

La voix de Peyroral prit une intonation ironique :

— Oh ! je ne suppose rien... Je n'ai pas besoin de supposer... Tout à l'heure un hasard m'a fait trouver la lettre que vous écriviez hier même à M. de Marverie... Les termes en sont assez clairs... Vous y parlez d'union... d'union ancienne et que rien ne peut resserrer davantage... Il me semble...

La comtesse était très pâle. Angoisse ou colère, les mots s'étranglaient dans sa gorge. Puis ce fut un débordement irrité :

— Vous êtes fou !... C'est vous qui me torturez indignement !... M. de Marverie a toujours été un second père pour moi... rien qu'un père... Vous nous outragez tous deux en ayant d'autres pensées... Ce que je lui ai écrit j'avais le droit de le lui écrire. Notre union morale est bien ancienne, en effet, et si elle est devenue plus intime, c'est pour vous... Depuis un mois je n'ai pas d'autre but que de vous ouvrir la route de la fortune, d'autre souci que d'aplanir les obstacles devant vous... Si j'ai reçu M. de Marverie ce matin, c'était encore pour lui parler de vous, de vous seul.

Brusquement elle s'arrêta. Une extase avait remplacé dans les yeux de Peyroral l'irritation factice de son arrivée dramatique. La comtesse comprit. Elle venait d'avouer. Ce secret qu'elle essayait de cacher avait jailli de son cœur sans qu'elle y prît garde, avait suivi le flux de ses inquiétudes. En répondant à Peyroral, en lui reconnaissant le droit d'être jaloux, elle jetait ses dernières armes.

Dans une réaction hautaine elle essaya de se ressaisir, et, reculant vers la cheminée :

— Vous êtes fou... Mais je suis encore plus folle

de vous répondre... Vous abusez, monsieur Peyroral...

La phrase voulait être blessante ; mais l'accent ému, l'intonation presque sanglotante corrigeaient l'âpreté des mots. Peyroral s'avança, les mains jointes.

— Pour moi, vous l'avez bien dit, pour moi seul... Oh ! oui je suis fou... je vous ai cruellement offensée... mais je ne me reproche plus rien... Votre tendresse m'absout...

Il était près d'elle, il avait saisi ses mains tremblantes.

— Je suis pardonné... Je le suis, n'est-ce pas... je vous en supplie, je me sens si heureux... ne mettez pas une tristesse dans ma joie...

Elle tressaillit. Un frisson la parcourut tout entière. Puis, essayant de se dégager :

— Oui, je vous pardonne... mais partez...

Il refusait d'abandonner ces mains frémissantes et les retenait :

— Partir.... déjà !.... Quitter le paradis à peine entrevu !...

Ses yeux brillaient, une flamme courait sur ses lèvres en feu, sur ses joues empourprées. Dans l'atmosphère ardente, le buste de madame de Villeségure se courbait comme une fleur sous un souffle d'orage ; une défaillance inconsciente la rapprochait de Peyroral.

Elle s'arracha violemment, s'enfuit :

— Laissez-moi... laissez-moi... J'appelle.

Le moment était décisif. Une angoisse traversa l'exaltation de Peyroral.

Si madame de Villeségure sonnait c'était fait de son audacieuse entreprise. Partie remise, partie perdue.

Mais ce n'était pas en vain qu'il avait fait sa cour au hasard. Dans la série qu'il traversait, les maladresses mêmes devaient venir en aide à la veine. En poursuivant madame de Villeségure il renversa la petite chaise placée près de la comtesse, la fit rouler à terre avec le livre.

Ce désordre involontaire, c'était le triomphe de Peyroral. La comtesse n'oserait plus sonner. La chaise à terre, le livre renversé... Un scandale plus irréparable qu'une chute... Elle ne cria pas, elle n'appela pas ; mais quand l'avocat la prit dans ses bras, elle lutta de toute sa personne révoltée, raidie dans une colère muette, se tordant sous l'étreinte.

Résistance inutile. La lutte même la livrait. Ce n'était pas l'attaque qu'elle domptait, mais sa propre résistance. Chaque effort pour repousser Peyroral l'unissait plus intimement à lui. Un abandon sortait lent et sûr de cette défense désespérée...

Le feu était presque éteint, une lueur apaisée remplissait la bibliothèque quand madame de Villeségure se releva avec un soupir si profond, qu'on eût dit le râle d'une âme. L'avocat était à genoux devant elle, couvrant ses mains de baisers.

— Ah ! dit-elle... Qu'avez-vous fait ? Assez d'autres vous donneront l'amour... Je voulais vous apporter la fortune et la gloire et disparaître quand je vous verrais heureux !... Je vous aimais comme une mère ; vous étiez mon enfant, mon petit enfant... Et voilà que vous avez changé votre jeune maman pour une vieille maîtresse !

— Je t'aime ! dit Peyroral... Ma vie, c'est toi ; mon avenir c'est encore toi... Ceux-là ont deux cœurs qui

peuvent séparer la flamme de la lumière et l'amour de
la reconnaissance... Je n'en ai qu'un, et il est à toi,
toujours à toi...

Elle le regarda avec une expression indéfinissable,
ressaisie par l'espérance, doutant encore et ne demandant qu'à croire, se mendiant à elle-même une illusion
suprême dans le miroir extasié des yeux de son amant.
Une rosée d'angoisse perlait sur son front, et, aux coins
des paupières, des larmes s'attardaient, arrêtant au
passage le rayon oblique de la lampe... Ses mains traî-
naient sur les épaules de Peyroral un geste anxieux,
égaré, comme une prise de possession incertaine et
aveugle. Brusquement son angoisse éclata.

— Toujours, n'est-ce pas ?... toujours... tu dis bien
vrai ?...

Ce tutoiement enveloppé et comme humilié encore
par une prière, c'était la victoire décisive de l'avocat...

Tout à l'heure il avait pris madame de Villeségure,
maintenant elle se livrait. Une fanfare d'orgueil adoucie et voilée par la réaction du plaisir fit vibrer sa voix
tandis qu'il répondait aux lèvres de la comtesse :

— Toujours !...

D'un mouvement d'oiseau effarouché qui chercherait
son nid entre les bras de l'oiseleur, elle cacha son front
dans le sein de Peyroral. L'avocat l'entendait sangloter
sur sa poitrine comme pour se faire mieux comprendre
de ce cœur qu'elle espérait attendrir. La ligne du cou,
grasse et un peu empâtée à l'attache de la nuque, se
gonflait à chaque soupir, et Peyroral vit une boucle
de cheveux gris se dégager des légers frisons qui l'entouraient, jetant un rappel moqueur des années au
milieu de ce duo idyllique. Dans la sujétion de l'amante,

la maman, comme disait madame de Villeségure, prenait sa revanche ironique.

L'avocat eut un frisson rapide. Mais d'un regard il
parcourut la chambre où s'étalait encore le désordre
de la lutte. A terre, le livre ouvert, la petite chaise renversée... On eût dit une scène de pillage. Peyroral
sourit.

— Après tout, la fortune n'a pas d'âge. J'ai violé la
fortune...

Et, avec une insistance perverse, comme pour faire la
leçon à ses pudeurs, il embrassa la boucle grise sur
la nuque frémissante de madame de Villeségure.

XI

MÉNAGE DE GARÇON

Jacques Barbaste s'était surpassé. Ce fut du moins l'avis de Peyroral quand il lut l'article de lancement, la *master page* sur la Solidarité. Un titre à sensation, « La Caisse noire. » L'auteur procédait par voie ironique, évoquant d'abord toutes les objections qu'on ne manquerait pas de faire à une entreprise assez audacieusement conçue pour éclore en dehors du berceau naturel des grosses affaires et pour prétendre se développer sans le secours de la haute finance. Point de Rothschild dans l'affaire, point de banquier israélite: aucune de ces ingérences traditionnelles qu'on est trop heureux de payer à millions comptants. Quel pouvait donc être l'argent qu'appelait à elle la Solidarité rurale? De l'argent obscur, l'humble argent de l'épargne, les gros sous du travailleur, les vieux écus du paysan, le fond des bas de laine, des tirelires, des coffrets de famille, la râclure des tiroirs bourgeois.

Voilà pourquoi cette nouvelle caisse méritait ce nom sinistre « la Caisse noire ».

— Oui, s'écriait Jacques Barbaste en faisant vibrer les grandes ironies de M. de Maistre dans le style de M. Prudhomme, oui, c'est là son nom vrai, son nom nécessaire, son nom indélébile. Caisse noire, car l'argent qui y entrera sera obscur, humble, crasseux. Il lui manquera le poli magnifique, l'auréole des écus qui ont passé directement de la Monnaie chez le banquier et que les grands financiers ont fait frapper avec les lingots entassés dans leur cave. Il sera noir car il sortira des mains calleuses, et les beaux-fils de la haute juiverie ne l'auront pas fait sauter négligemment sur le tapis vert des cercles.

Brusquement, son premier effet produit, Barbaste se retournait, et dans une envolée lyrique il attachait des ailes à cette caisse si habilement diffamée, la faisait planer sur la tourbe méprisable des spéculations véreuses.

« Loin d'être une injure, le nom de Caisse noire est le plus beau des éloges et la plus sûre des garanties pour le public, le grand public qu'appellent à eux les fondateurs de la Solidarité rurale. Il s'agit enfin, non plus d'enrichir quelques archimillionnaires qui ont tout de Midas, la vaisselle plate et les oreilles légendaires, mais de fournir à la petite épargne un terrain de ralliement, un centre! L'argent s'est montré timide depuis les cruelles épreuves que la providence ne nous a pas ménagées. La France laborieuse se recueille, tenant une main sur l'outil qui lui permet de gagner le pain de chaque jour, à la sueur de son front, et l'autre sur la bourse où s'entasse sou par sou l'épargne destinée aux jours mauvais. Mais cette prudence trop naturelle ne va pas sans une perte lourde à force d'être quotidienne. L'argent sommeille improductif et se refuse à courir les aventures par crainte des accidents. Tout va changer.

» Avant la création de la Solidarité rurale, l'inertie de l'épargne était un devoir. Désormais elle sera la pire

des fautes. Tous les bons pères de famille, tous les
sages conservateurs — les deux mots ne sont-ils pas
synonymes ? — pourront s'associer sans danger dans
cette mutualité financière qui a pour devise : « Tout
pour le travail et par le travail. »

Peyroral lut avec emphase à M. de Marverie ce morceau de littérature financière. Le gentilhomme fut assez
froid. L'appui du Grand-Seize ne le touchait guère ;
il y avait même dans ce premier achat de consciences
au début d'une œuvre qu'il concevait sans doute indé-
pendante et moralisatrice une compromission de nature à inquiéter ses scrupules. Il trouva que Barbaste
avait été un peu loin.

— Vous auriez peut-être dû le modérer, dit-il à Peyroral.

— Oh ! dit l'avocat, impossible !... Il voulait gagner
son argent.

Le sourire hautain de M. de Marverie fut la seule
réponse.

Les effets de voix du secrétaire de la Solidarité
eurent plus de succès auprès du duc de Rochefière.
Jamais le « premier gentilhomme de France » n'avait dit
un mot qui permît à Peyroral de se présenter chez lui ;
mais l'avocat jugea le moment opportun pour tenter
un coup d'audace.

L'article de Barbaste était un prétexte dont il ne
retrouverait pas avant longtemps l'équivalent pour entrer en relations avec M. de Rochefière. Une intuition
l'avertissait que son principal appui serait là quand il
aurait su se rendre maître de cet esprit élégant, nul
et malléable, véritable pâte de dupe généreuse.

Il mit en œuvre sa diplomatie des grands jours et

entra dans l'hôtel de la rue de Grenelle-Saint-Germain avec la mine discrète d'un humble agent se présentant devant son supérieur hiérarchique.

— Monsieur le duc, j'ai pris la liberté de vous apporter la première manifestation publique de la Solidarité rurale, comme on apporte au maître du champ le premier épi de la gerbe.

Il parlait en grand style, pompeux et fleuri. Autre flatterie à l'adresse du duc de Rochefière, que la solennité de plus en plus évangélique de sa causerie familière venait de faire surnommer « Calino prophète ».

Le duc fut bienveillant avec largeur et condescendant avec lenteur. La lecture de l'article de Barbaste le conquit tout à fait. Le mot de Caisse noire l'enchanta, car il avait le don et la joie de s'extasier devant les formules les plus vagues et de rester indéfiniment devant les lanternes magiques les moins éclairées, l'œil au trou, creusant le noir, sondant l'insondable.

Il félicita Peyroral d'avoir si bien inspiré les vaillants rédacteurs du Grand-Seize, le remercia au nom de la Solidarité rurale, fut tout à fait bon prince et grand prince. L'avocat témoigna une reconnaissance abondante et soumise. Pour achever de gagner le duc il n'hésita pas à lui livrer un coin, un petit coin de son plan, certain d'être peu compris et encore moins trahi.

M. de Rochefière hochait la tête avec dignité :

— Oui, c'est cela... faites grand. La Solidarité rurale n'est pas une caisse ordinaire. On n'a pas le droit d'être mesquin quand on travaille pour les humbles.

Aussi bien, certains côtés ingénieux du plan de Pey-

10

roral devaient frapper même un esprit vague et sans
pratique comme celui de M. de Rochefière. Le secrétaire général de la Solidarité rurale venait d'adresser
une circulaire intime et confidentielle à tous les supérieurs des congrégations.

— Il y a là, monsieur le duc, des trésors matériels
en même temps que des trésors moraux, de l'argent
qui dort, improductif, la sainte réserve de la charité.
Je n'ai pas hésité à offrir aux RR. PP. supérieurs des
conditions exceptionnelles. Nous ne demandons pas à
l'argent des congrégations de fructifier pour nous, mais
de nous porter bonheur.

Le duc se montra enthousiaste, sortit un à un ses
sourires des grands jours, ceux qu'on l'accusait d'avoir
notés sur les portraits du Béarnais. Il y en avait toute
une série ; l'encadrement des lèvres entre deux plis
droits et minces qui pouvaient passer pour le dessin
d'une grimace, le desserrement des mâchoires avec
une bouffissure des joues gonflées de bienveillance ;
d'autres variations ; et au bout de la gamme l'épanouissement décisif, le sourire Rubens, comme l'appelaient
les intimes.

— Il a volé ça dans la grande galerie du Louvre...

Volé ou non, le sourire fut très agréable à Peyroral.
C'était le contre-seing de sa victoire. M. de Rochefière
eut d'ailleurs une échappée tout aimable et pleine de
promesses.

— Vous êtes un homme de présent et d'avenir, mon
cher Peyroral... ; de présent pour nous... d'avenir
pour vous-même... Vous joignez l'habileté aux principes. Je serais heureux de vous voir tout à fait
des nôtres et mêlé à la vie politique comme au

mouvement financier de notre grand parti. J'y
songerai.

L'engagement avait son importance. Peyroral sortit
de cette entrevue un peu las, mais ravi. Il prit d'ailleurs une revanche agréable en racontant à madame
de Villeségure le lent dégel de M. de Rochefière.

— Il m'a dit de faire grand... C'est lui qui fait
grand... Il fait même immense... Quand il donne la
main, il y met autant de forme que l'Henri IV du
pont Neuf s'il lui fallait descendre de son cheval de
bronze...

— Chut! disait madame de Villeségure, chut!... Mes
fauteuils ont des oreilles, et ils pourraient s'aviser de
répéter tes plaisanteries à ce pauvre duc.

Au fond elle était enchantée. La verve de Peyroral
l'amusait; elle devinait le chemin fait en quelques
jours: la conquête de M. de Rochefière. Et, quittant le
tutoiement:

— Il a raison... Vous ne devez pas rester confiné
dans les affaires purement financières... S'il veut
vous aider, le chemin est tout tracé... Il peut vous
faire nommer conseiller général en levant le petit
doigt... Il fait la pluie et le beau temps dans trois
cantons. Tous les gros électeurs sont ses fermiers ..
Ménagez-le. Pas d'imprudence.

Et comme il souriait, elle le tutoya de nouveau afin
de mieux le convaincre:

— Si... ménage-le... pour toi, pour moi...

Il ne résista pas, accorda aux instances de madame
de Villeségure ce qu'il aurait fort bien concédé à sa
prudence personnelle, la promesse d'écouter toujours respectueusement M. de Rochefière, et de ne pas sourire

des aphorismes qui s'envolaient de sa barbe en éventail comme les bourdons d'une touffe d'herbe.

Il puisait une grande assurance dans les yeux de la comtesse, où, depuis la chute, veillait une flamme inquiète. Il ne se livrait pas entièrement; mais cette comédie souriante, ce brio méridional dont il avivait la première période passionnelle, l'aidaient à pénétrer plus profondément madame de Villeségure. Elle était femme du monde, — et d'un monde où elle avait pu exercer sa finesse native : mais enfin elle restait femme prête à tomber dans le piège inusable de la contradiction, à s'attarder, à s'épuiser, à répandre toute la rosée de ses pensées intimes sur le premier obstacle. Peyroral, à force de fausse franchise, obtenait ainsi une sécurité complète. Il joua l'amour inquiet, l'amour qui craint d'avoir offensé l'idole en ternissant sa dorure, et la comtesse lui fit comprendre qu'elle l'aimait de toute l'horreur qu'elle aurait dû lui témoigner. Il simula encore la passion qui a soif de recueillement et de solitude, et madame de Villeségure lui déclara fort nettement, bien qu'avec un grand emploi du vocabulaire sentimental, qu'elle ne consentirait jamais à séparer l'avenir et le présent de Peyroral, et que pour elle l'homme supérieur ne faisait qu'un avec l'amant.

Ce fut presque une tristesse pour Peyroral : ou plutôt il eut une défaillance : « Je ne suis donc pas aimé pour moi-même ? » se dit-il dans une dernière flambée d'amour-propre méridional. Mais il revint bientôt à un sentiment plus exact de la situation et de ses avantages. La passion de madame de Villeségure n'était pas, ne devait pas être une station dans l'école buissonnière de l'amour, mais une étape sur un chemin rectiligne,

l'échelon d'une échelle conduisant sinon au ciel du
Dieu de Jacob, du moins à une région intermédiaire
entre la terre et le firmament, au paradis des joueurs
heureux et des aventuriers ayant la veine.

Aussi bien, les consolations et les compensations ne
lui manquaient pas, même au point de vue matériel ;
madame de Villeségure était la maîtresse passionnée
qu'on rêve à dix-huit ans et qu'à trente on savoure
avec plus de science, sinon avec autant d'appétit. Les
entrevues hâtives, les rapides dînettes amoureuses toujours sous le coup d'une surprise possible, ne devaient
pas suffire longtemps à ses ardeurs tardives, et d'ailleurs
ne s'accordaient pas avec les nécessités de la situation.
Monsieur de Marverie pouvait toujours arriver, usant
de ses prérogatives de vieil ami. Comment lui défendre la porte ? Ç'aurait été mettre toute la domesticité
dans la confidence. Et M. de Marverie n'était pas le
seul habitué qui eût ses entrées familières dans ce salon
politique.

La comtesse cria un jour à Peyroral, dans un accès
de colère qui avait son éloquence :

— Vous recevoir chez moi !... Est-ce que je le peux ?
je n'ai pas de chez moi... L'hôtel d'une femme du
monde est une maison de verre... Autant vaudrait ha-
biter sur une place publique... La dernière des bour-
geoises est plus libre que la comtesse de Villeségure..

Peyroral comprenait. Il comprenait même admirablement, le fougueux Peyroral, Béarnais pour les hommes, Méridional pour les dames. Le nerf, la flamme
et des aises, voilà le Midi. Pas de place pour la flamme
et le nerf, pas d'aises dans l'hôtel de Villeségure. Impossible de flamber sans courir le risque d'être éteint

10.

par un courant d'air. Et le ridicule! et le danger Car
enfin M. de Marverie sachant tout, pouvait très
bien s'en prendre au secrétaire général de la Solidarité des effluves trop passionnés de l'ex-avocat de
madame de Villeségure. Certainement, il fallait en
finir. Avoir un appartement; bien mieux, un petit temple où la divinité pourrait descendre dans un nuage
et à une heure fixe... Oui, mais Blaisette!

Ah! Blaisette, c'était la grosse difficulté, le terrible
embarras. Comment lui faire comprendre l'utilité
d'une seconde installation — d'un appartement où il
lui serait interdit à elle de mettre les pieds ?

Impossible de lui donner l'adresse vraie. Peyroral
pensait bien à une combinaison assez simple : déclarer
à Blaisette qu'il était forcé de loger au siège même de
la Solidarité rurale. Il s'arrêta à cette idée.

Demeurant à la Solidarité il n'aurait plus qu'à venir
voir Blaisette à heures régulières. Sa maîtresse redevien-
drait ainsi une vraie maîtresse, ne serait plus un ménage
« à la colle ». Mais, sous cette forme atténuée, la nouvelle restait difficile à apprendre. Blaisette allait sans
doute se trouver mal, ou bien elle répondrait par une
scène violente aux explications de son amant. Derrière la demi-Parisienne déjà façonnée par l'atmosphère
ambiante, Peyroral soupçonnait toujours la fille du
clerc Isaby, l'enfant de la vallée d'Ossau.

Il gagna quelques jours en prétextant auprès de madame de Villeségure la terrible surcharge des affaires
de la Solidarité. L'émission marchait à merveille; les
souscriptions affluaient de tous les coins du territoire.
Ce travail de classement occupait toutes les journées du
secrétaire général. Dans le local de la Société, très heu-

reusement choisi rue de la Ville-l'Évêque, au milieu
d'un quartier ayant bon air et bien autrement respec-
table que la Chaussée d'Antin, tout un peuple d'employés
était déjà groupé autour de Peyroral ; l'avocat avait
déjà changé de titre, il était directeur sans responsabilité, mais avec tous les droits afférents à la fonction.
Impossible, au milieu de ce coup de feu, de choisir un
appartement, ni surtout de s'attarder aux détails de
l'installation. Mais, le classement terminé, vers la fin
de novembre, Peyroral sentit qu'il ne pouvait reculer
plus longtemps. Et, avec ce faux entrain dont il savait
voiler les résignations nécessaires, il annonça à madame
de Villeségure qu'il avait loué un appartement rue du
Mont-Thabor, au coin de la rue d'Alger, un de ceux qu'elle
lui avait indiqués elle-même d'après des renseignements
certains.

Une maison précieuse, faite à point pour les rendez-
vous amoureux. Pas de boutique, des rez-de-chaussée
servant de succursale aux commissionnaires anglais de
la rue de Castiglione. Au second étage, une modiste,
ce qui permettrait toujours à madame de Villeségure
d'invoquer un alibi. C'était le premier étage qu'avait
loué Peyroral. Quatre pièces et deux escaliers, les déga-
gements nécessaires à ce drame amoureux dont les
allées et venues ont souvent un imprévu de comédie.

— Fiez-vous à moi, dit madame de Villeségure; il
faut que vous soyez meublé comme il convient à votre
situation.

Elle lui indiqua un tapissier qui avait le sentiment
du mobilier moderne et cependant caractéristique, un
homme de génie réalisant la combinaison nécessaire du
style et de l'actualité. Elle découvrit des tapisseries, lui

envoya des occasions superbes et coûteuses. Il fit un peu la grimace quand il vit le total des notes, mais c'était une dépense une fois faite et dont il n'aurait plus à se préoccuper. L'argent ne lui manquait pas ; déjà, par l'entremise de Jacques Barbaste, il avait pu négocier d'avance plusieurs titres à prime, sans bruit, sans danger. Une grosse somme que le baccara avait à peine entamée et qu'il ne regretta pas de verser presque entière entre les mains des tapissiers. C'était un placement, une première assurance qu'il prenait contre ses propres entraînements.

Madame de Villeségure lui fit choisir aussi un valèt de chambre parisien, un garçon bien stylé. Elle lui donna à ce propos d'excellents conseils :

— Ne prenez jamais des domestiques arrivant de province... Ils ne sont pas plus sûrs, et ils sont bien moins adroits que ceux de Paris...

Il obéit, arrêta son choix sur un garçon d'apparence assez douce, mais qui lui plut par la façon très résolue dont il débattit la question des gages. Ce serait un domestique tout débrouillé. Madame de Villeségure avait raison. Peyroral se fiait de plus en plus aux intuitions de son amour. Il reconnaissait son action persistante dans les égards relatifs que M. de Marverie témoignait au directeur de la Solidarité et surtout dans la bienveillance effective du duc de Rochefière. Le premier gentilhomme de France, enthousiasmé par le succès de l'émission, s'occupait de tenir sa promesse ; Peyroral conseiller général du canton de Vancogne, dans le Blésois.

— Conseiller général, vous êtes sur le chemin de la députation... Soyez seulement propriétaire foncier, achetez un lopin de terre... Je me charge du reste...

Peyroral acheta un champ, eut sa cote de propriétaire.
Son instinct et madame de Villeségure l'avaient admirablement servi dans cette première passe.

— Ah! se dit-il, si je pouvais lui faire parler à
Blaisette!... Je suis sûr qu'elle arrangerait tout...

La combinaison n'ayant aucun côté pratique, il se
décida à parler lui-même. L'explication était bien préparée : depuis une quinzaine, il ne passait plus rue de
Vaugirard que la moitié de la nuit, cinq ou six heures.
Il partait au petit matin, sous prétexte d'écritures pressées, de correspondances à dépouiller avant l'arrivée
des employés, et ne rentrait que vers minuit, toujours
las, l'œil crispé, les lèvres lourdes; il embrassait Blaisette avec paresse et ne tardait pas à s'endormir. Leur
union avait une apparence de vieux ménage. Mais la
docilité relative dont Blaisette faisait preuve en ces
circonstances critiques n'était pas sans l'inquiéter. Il
songeait à ces pensées de « derrière la tête » dont
parle Pascal. Qu'y avait-il sous cette épaisse toison de
cheveux noirs, sous cet amas de boucles puissamment
enracinées sur la nuque ? Une méfiance, ou une résignation? Encore si Blaisette avait été sensible à l'argent!... Mais non. Peyroral avait eu beau mettre bien en
vue, dans le secrétaire, plusieurs piles de ces louis d'or
qui lui coûtaient si peu, Blaisette ne voulait prendre
que le strict nécessaire. Et elle avait un livre de dépenses, elle rendait des comptes à Peyroral... Blaisette
s'obstinait à se considérer comme une femme légitime
qui administre le patrimoine du ménage, non comme
une maîtresse qui « fait sa gratte » dans le pécule de
son amant.

Les craintes de l'avocat étaient très vives. Aussi
mit-il en avant toute sa verbosité naturelle pour adou-
cir et capitonner la nouvelle :

— Une nécessité toute provisoire, ma pauvre chérie... Quelques semaines à passer. Je me tue de fatigue, et tu m'as si peu !... Je ne t'apporte que mes
mauvaises heures... Jusqu'au moment où j'aurai mis
en état la Solidarité, je n'aurai guère que celles-là...
Mais les moments que je pourrai distraire seront pour
toi... si tu veux bien me recevoir...

Il la tenait dans ses bras en parlant ainsi, souriait
près de sa moue inquiète, suivait la fascination de son
regard dans le miroir angoissé de ses prunelles. C'était
la mise en scène qu'il avait choisie et longuement mé-
ditée. Au moins l'état d'âme de Blaisette ne lui échapperait pas. Mais la scène violente qu'il craignait fut
neutralisée par cet excès même de précautions. Sous
sa main, sous son regard, Blaisette ne sut que pleurer.
Un ruisseau de larmes lentes, puis une prière :

— Tu me jures de ne pas m'oublier ?... tu me jures
de revenir ?... Sinon j'irais te chercher. Aussi vrai
que je suis ta femme !

Il jura !... Et pourquoi n'aurait-il pas juré ? Il n'avait
aucune raison d'oublier Blaisette, aucun motif pour ne
pas revenir. Il se donna même la satisfaction d'un
rappel ironique de la phrase d'autrefois :

— Oui, tu es ma femme... ma petite femme...

Dès le lendemain il faisait transporter ses effets personnels au siège de la Solidarité rurale pour tromper
Blaisette et, le soir même, le domestique déjà installé
rue du Mont-Thabor venait les prendre... Quand Peyroral se réveilla le lendemain matin dans sa chambre

luxueuse, derrière les épaisses courtines de son lit
Louis XVI dont les fleurons dorés s'allumaient au court
reflet de la veilleuse, il eut un soupir de soulagement :

— C'est bon l'indépendance !

Il allait peut-être un peu vite en besogne ; il oubliait
que l'appartement de la rue du Mont-Thabor était un nid
et qu'on ne tarderait pas à y roucouler. Le sentiment
de sa chaîne lui revint bientôt. Les heures de rendez-
vous avec madame de Villeségure furent convenues. La
maîtresse de Peyroral viendrait le soir, à huit heures.
Le directeur de la Solidarité aurait congédié le valet
de chambre pour toute la soirée.

A peine arrêté, ce programme fut mis à exécution.
Madame de Villeségure avait hâte de voir cette installation qu'elle avait dirigée de loin, à la muette, à
l'aveugle. Il lui tardait d'avoir Peyroral bien à elle et
d'être tout entière à Peyroral. Ce fut un regain ardent
et dont l'intensité intéressa vivement l'avocat.

A vingt ans l'amour d'une femme est une romance
où murmure un rapide et léger accompagnement. A
vingt-cinq ans, la mélodie, plus ample, prend les allures d'un air de bravoure. Mais, au-delà de trente ans,
la passion ne se contente plus d'une seule ariette
et, débordant les étroites limites du morceau brillant, elle s'épanouit dans le développement sympho-
nique. C'était ainsi que chaque rendez-vous faisait
traverser à Peyroral les péripéties d'une mise en scène
compliquée.

Madame de Villeségure arrivait et tout d'abord chantait l'andante ému des frémissements et des angoisses,
le trouble de la femme du monde qui, en passant le
seuil d'une chambre d'aventure, laisse derrrière elle,

dans la nuit et dans l'inconnu, dans l'isolement et dans le danger, l'ombre apeurée de son honneur. Elle frissonnait tout entière, à demi cachée dans le sein de Peyroral, lui confiant, à défaut de paroles, l'aveu haletant de son cœur, qui battait à coups redoublés. Puis, quand elle s'était pénétrée doucement et comme embuée de calme entre les bras de son amant, elle étendait la transition en s'attardant à des attentions maternelles, à une lente revue de cet intérieur dont chaque détail gardait son reflet et portait presque sa signature. Sous le coup de la menace voluptueuse et de cette brutalité d'approches que dissimule mal l'amant le plus respectueux, elle mettait la seule pudeur qui lui fût permise sans ridicule dans la nonchalance cadencée qu'elle promenait autour de l'appartement.

Elle fuyait Peyroral de meuble en meuble, et en même temps elle caressait d'une main alanguie tous ces compagnons de sa vie de chaque jour. Et comme un feu follet dont la lueur s'exalte à travers les caprices de son vol, une flamme grandissait dans ses yeux jusqu'au moment où l'avocat n'avait plus qu'à ouvrir les bras pour qu'elle y tombât subjuguée.

Quand il était temps de quitter la rue du Mont-Thabor, c'était encore dans un attendrissement de sœur aînée que s'attardait la maîtresse de Peyroral. La maternité ralentissait son départ, comme elle avait voilé sa chute. Pendant quelques instants, madame de Villeségure restait debout au milieu de la chambre ; la honte était loin, et aucune ombre de remords ne frangeait l'or ému de ses cils ; mais elle laissait flotter son regard sur ce décor familier comme on traîne une caresse avec le secret désir qu'elle ne finisse jamais. Puis venait le flux des recommandations familières : moins d'indépendance apparente à l'égard de M. de Marverie, qui semblait trouver un peu rapide l'émancipation du secrétaire général ; plus de souplesse encore du côté de M. de Rochefière... Peyroral promettait et enveloppait sa promesse dans un baiser d'adieu.

Les apprêts et les détails de ces rendez-vous lui en déguisaient la monotonie. Toujours la même chose — mais quelle chose délicate et savoureuse ! l'amour d'une femme du monde, d'une comtesse !... Son sang de parvenu s'échauffait à cette pensée, bouillonnait dans ses veines. Et puis, vraiment, madame de Villeségure lui portait bonheur. Au cercle de l'Olivier, il faisait des bénéfices considérables.

La Solidarité rurale prenait un essor magnifique ; on avait tant d'argent que M. de Marverie se montrait inquiet, ne sachant trop comment on pourrait utiliser ces capitaux et leur faire rendre l'intérêt promis. Mais Peyroral n'avait pas de ces vaines inquiétudes. Il posait en principe que les gros capitaux trouvent toujours de gros intérêts.

— Les millions sont hermaphrodites. Ils font leurs petits tout seuls.

Enfin l'élection du canton de Vancogne s'annonçait bien. Comme l'avait prévu M. de Rochefière, le titulaire venait de mourir. Peyroral avait envoyé un homme sûr pour tâter le terrain.

Les affaires intimes prenaient aussi une allure plus rassurante. Blaisette semblait s'habituer à son veuvage. Elle recevait Peyroral avec une froideur tranquille, peut-être sournoise, mais dont il n'avait pas le temps de s'inquiéter. Il venait tous les deux jours, le matin, et laissait le fiacre à la porte. Il était un monsieur réglé, le classique monsieur de neuf à dix heures. Ce pèlerinage à la chapelle de son premier amour ne l'amusait pas toujours; une brusque rupture aurait mieux valu. Il se consolait en appliquant à sa passion défunte un mot du comte de Chambord très applaudi et très commenté en ce moment même dans les salons fusionnistes :

« Il faut noyer le poisson en le traînant au bout de la ligne... »

Ce que le prétendant disait de la République, Peyroral le pensait de Blaisette. Point de moyens violents, une exécution lente.

Sur ces entrefaites, il reçut la visite de son père. Pendant les premiers mois qui avaient suivi sa fugue, Peyroral avait envoyé des nouvelles à Pau mais n'en avait reçu aucune. A vrai dire, il n'avait donné que l'adresse de l'Olivier. Mais à peine installé rue du Mont-Thabor, il s'était empressé d'informer son père, en lui annonçant son nouveau titre. Quelques jours plus tard, le bonhomme arriva. Peyroral déjeunait. Le père et le fils s'embrassèrent cordialement, comme si rien ne s'était passé.

— Vous n'avez pas déjeuné, mon père? Et vos bagages?... Pierre va les prendre.

L'ancien receveur municipal, un petit vieux aux yeux clignotants dans la face ridée, calma Peyroral du geste.

— Ne t'inquiète pas... je suis descendu rue Montorgueil, à l'hôtel d'Albret... Je ne fais que passer à Paris... Tout de même je mangerais bien un morceau.

Il regardait curieusement la salle à manger et son arrangement luxueux. Au dessert il fut expansif:

— Tu es sur le chemin de la fortune, fillot... Tu as suivi ta voie, tu as bien fait...

Peyroral ne tarda pas à comprendre pourquoi son père était venu. Il y avait un bureau de tabac vacant, à Pau. Avec des protections on pourrait l'obtenir pour ce vieux serviteur de l'État, M. Peyroral père. Tout en savourant le chateau-yquem du dessert, le petit vieillard toussottait, étendait la jambe droite comme si elle eût été malade, parlait de sciatique attrapée sur le rond de cuir comme un vétéran pourrait parler d'une blessure.

— Voilà des services... d'honorables services... Tu devrais les faire valoir, toi qui as de si belles relations.

— Sans doute, dit tranquillement Peyroral... Comptez sur moi, père, en toute occasion... Mais ne craignez-vous pas qu'à Pau même !...

Le vieillard eut un redressement d'orgueil...

— Et ! pourquoi donc... Les Peyroral sont une des bonnes familles de la ville...

— Oui, ajouta lentement l'avocat sans quitter du regard le visage parcheminé de son père... il n'y a rien contre vous... Au contraire... mais moi...

— Eh bien... toi...

— Ma fuite... mon escapade.

Le vieux méridional se mit à rire :

— Tiens ! parce que tu es parti un peu vite ?... Mais on sait bien que les gens du Midi ne partent pas comme les hommes du Nord, le pied gauche en avant... Tu es parti des deux pieds. Tu es un bon Béarnais... Les foucades sont notre seconde nature à nous autres...

Peyroral promit de s'occuper du bureau de tabac,

et cet engagement pris, essaya inutilement de retenir
son père plus de deux jours.

— J'ai voulu t'embrasser, je t'ai embrassé, je m'en
vais...

Cette venue de son père fut pour Peyroral une grande
satisfaction, dans laquelle les sentiments de famille
n'avaient, du reste, rien à voir. Ce qui l'enchantait,
c'était de se sentir complètement oublié dans son pays
natal. Il ne tenait pas le moins du monde à rester
l'enfant de Pau. L'essentiel pour lui, c'était de ne laisser aucun souvenir dangereux, aucune de ces histoires
scandaleuses qui sommeillent dans l'esprit des provinciaux comme la couleuvre sous la mousse et qui se
réveillent au premier bruit des pas de la notoriété...
Rien à craindre. On n'avait pas songé à relier le double départ de Ludovic Peyroral et de Blaisette Isaby.
Le bonhomme lui-même ne se doutait de rien. Il avait
cru son fils en folie non pas d'amour, mais de fortune.

— Un coup de tête... une foucade...

Peyroral songeait qu'il pouvait maintenant préparer
sa candidature. On ne jetterait pas de bâtons dans les
roues. Et très habilement il fit vibrer la chanterelle
de la protection sur cet instrument admirablement
creux qui s'appelait le duc de Rochefière.

De ce côté, les plus gros moyens étaient les plus
sûrs, et les phrases les plus sonores seraient les plus
claires. Peyroral arrangea une petite comédie. Un
matin il arriva chez le duc dans un état d'agitation
presque violente ; l'œil, la lèvre, la chevelure même
secoués d'une émotion que contenait à peine le respect. Rien qu'à entendre son pas nerveux et crispé,
le duc pressentit un événement.

— Eh bien, dit-il en tendant la main à Peyroral, qu'est-ce donc ?

Déjà l'avocat avait pris cette main tendue, et, penché au-dessus, il semblait vouloir la baiser, jeté tout entier en avant dans une posture humble.

— Ah ! monsieur le duc ! je viens à vous comme à mon sauveur !

— Remettez-vous, mon cher, dit le duc de Rochefière avec une bonhomie bourbonienne, et comptez sur moi. Que puis-je faire pour vous ?

Naturellement et d'abondance le grand seigneur reparaissait, féodal en diable et prêt à revêtir l'armure de combat pour protéger son homme lige. Mais ce n'était pas d'un coup d'estoc qu'avait besoin Peyroral. Il voulait que le duc se dérangeât en personne pour le présenter aux électeurs de Vancogne.

— Les radicaux ont monté une cabale contre moi... Je suis nouveau venu dans le pays... Vous n'aurez qu'à vous montrer, monsieur le duc ; je réponds de la victoire, ou plutôt votre nom même en est le plus sûr garant. Toute bataille est gagnée pour la France et pour le droit quand on voit un Rochefière au plus fort de la mêlée.

— Sans doute, répéta le duc avec une gravité tranquille et une bienveillance délicatement épanouie par ce chatouillement à fleur d'orgueil ; sans doute, nous avons notre panache blanc comme le grand Béarnais. Mon illustre aïeul Tancrède Baudoin, qui fut à la première croisade, a écrit lui-même la devise de notre blason : Point de fière roche contre Rochefière.

Peyroral laissait le duc se griser de cette ivresse fa-

miliale, attentif et muet. Cependant il lui fallait une
promesse formelle.

— Alors, monsieur le duc, je puis espérer...?

M. de Rochefière passa la main sur le large éventail
de sa barbe blonde, comme pour y caresser un secret
memento.

— Dans huit jours, l'Assemblée prend quelques vacances. Nous partirons le samedi soir pour revenir le
mercredi, si vous le voulez bien.

— Ah! monsieur le duc, dit Peyroral, vos jours
seront mes jours.

— Eh bien, mon cher, c'est entendu...

Le dernier sourire, le sourire d'adieu. Mais l'avocat
ne voulait pas prendre congé sans mettre dans l'expression de sa gratitude un rappel de la Solidarité
rurale.

— Permettez-moi, monsieur le duc, de vous remercier encore une fois tant au nom de la Solidarité qu'en
mon propre nom... Il ne faut pas que le plus humble
ouvrier de notre grande Société subisse un échec qui
retomberait sur l'administration tout entière... Grâce
à vous, monsieur le duc, rien de pareil n'est à craindre. La Solidarité rurale vous doit une nouvelle gratitude.

— Enfin, dit Peyroral en quittant l'hôtel de Rochefière, enfin, cette fois, j'ai le pied à l'étrier. M. de
Marverie ne me fera pas descendre.

D'instinct il sentait des dispositions peu favorables
chez le grand ami de madame de Villeségure. Mais
déjà il possédait à fond les arrière-secrets du monde
aristocratique dans lequel il s'agitait. Si plébéienne que
fût devenue cette noblesse par son amour imprudent

et presque cynique des richesses, par ses appétits de
spéculations, elle gardait la pure tradition des hautes
classes ; elle savait vivre à demi-mot. On s'y entendait
par sous-entendus, par nuances ; on y évitait de parler
fort et de s'y expliquer rudement. Excellent milieu
pour un homme sans scrupules, désireux de fonder
son crédit sur la tolérance polie des uns comme sur
la complicité naïve des autres.

— M. de Marverie sera furieux, se disait Peyroral...
Mais je suis couvert par M. de Rochefière. M. de Marverie ne se risquera pas à lui donner un démenti. Mon
élection lui fût-elle cent fois plus désagréable, il ne s'en
expliquera pas avec le duc... Dans ce monde-là, une
explication est une inconvenance.

Le court passage du père de Peyroral avait donné un
heureux coup de fouet aux ambitions du secrétaire
général de la Solidarité. Il en resta cependant une trace
assez désagréable pour l'avocat. Un soir, vers cinq
heures, il reçut, rue du Mont-Thabor, la visite de Lacaussède.

Un appel de timbre vibrant, décidé, que Peyroral
entendit de son cabinet, et, dans l'antichambre, un dialogue vif et animé dont l'écho traversait l'épaisseur
dés lourdes portières :

— Si j'ai une carte ?... oui, quelquefois. Mais pas à
perdre. Qui il faut annoncer ? Lacaussède, parbleu !...
l'ami Lacaussède, Peyroral sera ravi de me voir... Ça
ne traînera pas !

Ça ne traîna pas, en effet. Peyroral apparut dans
l'entrebâillement des étoffes soulevées. Par exemple,
il n'avait pas l'air ravi. A part l'entrée toute méridionale de Lacaussède, qui ne pouvait d'ailleurs que cho-

quer légèrement un autre enfant du Midi, cette visite
n'avait cependant rien de troublant. Mais, sur le premier échelon de sa fortune, Peyroral sentait déjà l'horreur instinctive des parvenus devant tout rappel de
leur passé. Lacaussède, c'était le souvenir vivant des
années dures de Pau et des semaines mauvaises de
Paris. Pour ne pas se trouver en face de ce miroir gênant, de ce masque ironique, l'avocat renonçait aux
soupers du Cercle. Et voilà que le directeur de l'*Impartial* avait découvert l'adresse de son « pays », comme
il disait avec une affectation malicieuse.

— Comment ! c'est toi ? Entre donc...

Cette invitation était accompagnée d'un regard si
étonné, que Lacaussède ne put s'y méprendre. Et
comme l'avocat lui serrait la main :

— Ce cher Lacaussède !

— Ce cher Peyroral ! répéta le journaliste en se
laissant tomber dans un des fauteuils de moquette
soyeuse et chaude comme une fourrure... Ce cher Peyroral, comme il est content de revoir son vieux Lacaussède !... Et surpris aussi... Oh ! surpris à ne pas
y croire !

Brusquement il changea de ton ; et, poussant à
l'avocat une botte vigoureuse du revers de la main :

— Hein, farceur, tu te demandes comment m'est
venue la bonne pensée de tirer ta patte de biche ? Oui,
il n'y a pas beaucoup d'initiés. Tu habites dans l'in-
cognito, tu niches dans le mystère, tu es en concubi-
nage avec la solitude. Tu ne voulais pas me laisser
savoir, j'ai su.

Peyroral fit un geste nerveux :

— Mais...

— Oh ! ne cherche pas... Beaucoup trop simple pour une intelligence compliquée comme la tienne... Tous les grands politiques voient l'au delà ; le présent et le prochain leur échappent. Ils sont presbytes... Tu l'es, Peyroral... Mais je ne veux pas te faire poser. C'est le papa qui a fait sauter le couvercle du pot aux roses.

— Mon père ?...

— Hé ! oui, si tu voulais l'isoler en isolant ton secret l'un dans l'autre, il ne fallait pas le laisser loger à l'hôtel d'Albret ! Dans ces vieilles maisons où tout le Midi a passé, les murs eux-mêmes sont devenus méridionaux. Tout à l'indiscrétion et au bavardage. La moindre lézarde a des oreilles pour entendre et une bouche pour répéter. Donc, j'ai su que ton père était à Paris ; le sachant, je l'ai vu, et, le voyant, je lui ai extirpé l'adresse que tu caches si bien aux petits camarades.

— Oh ! dit Peyroral, comment peux-tu penser ?...

— Je ne pense pas, je suis sûr... Ah ! mon gaillard, ne fais donc pas l'enfant !... Eh ! mon Dieu, je comprends ; la jalousie est un beau sentiment. Ça corrobore l'amour... Tu as bien raison de vouloir tirer le rideau... Hercule aux pieds d'Omphale, Peyroral aux pieds de Blaisette... Tout tableau vivant est gâté par les témoins. En amour, la crainte des amis est le commencement de la sagesse...

— As-tu fini ? dit Peyroral... Tu vas, tu vas ! Blaisette n'est jamais entrée ici, entends-tu.

Lacaussède prit un air effaré.

— Pas de Blaisette !... Alors, qui donc ?

— Hé ! personne...

11.

Lacaussède se mit à rire.

— Oh! le vilain méfiant!... Personne?... Avec ça que je ne reconnais pas partout la main d'une infante! Mais vois donc le bel ordre de ton cabinet!... Mais enfonce donc dans tes fauteuils!... Moi j'y plonge et je trouve la femme... Candide enfant! Ce n'est pas toi, un Béarnais, qui aurais eu l'idée d'un pareil confortable... J'en connais, des compatriotes, qui se sont meublés suivant leur inspiration personnelle, sans se laisser conduire par une menotte de femme... Ils ont acheté des meubles en crin, des chaises en crin, des fauteuils en crin, des canapés en crin... Ah! on ne flotte pas dans le duvet quand ils vous offrent le siège de l'amitié... On est gaufré tout vif... Tandis que tes pouffs!... Des mottes de beurre qui ne fondraient pas! Il n'y a qu'un ange de l'autre sexe pour soigner ainsi les entours de l'homme aimé et pour prendre garde qu'il ne se cogne le coude aux angles des meubles... On ne peut rien se cogner chez toi, sois tranquille...

Il faisait sauter par brusques saccades les ressorts du fauteuil :

— Bien choisi, il n'y a rien à dire : Chloé sait capitonner la grotte où Daphnis se délasse avec elle des rudes travaux de la journée...

— Il n'y a pas de Chloé, dit Peyroral un peu pâle, agacé par le bruit du ressort qui gémissait sous le balancement nerveux de Lacaussède.

— Vrai? dit Lacaussède en se frappant le front... Vrai?... Alors qu'est-ce qu'il y a?

Il se dressa tout à coup :

— Parbleu! Imbécile que je suis... Il n'y a pas de Chloé... Il y a une Baucis...

— Une Baucis ? dit Peyroral...

— Eh ! oui, ça crève les yeux... C'est même pour cela que je n'ai pas vu tout d'abord... Ça n'est pas une jeune vierge parisienne à peine conquise par le Midi, un bouton de rose éclos sous les regards brûlants de l'ami Peyroral qui a déposé cette mousse dans le nid... Elle a l'âge des grandes passions, ton infante... des grandes passions et des petites attentions... Une vraie mère...

Il fourrageait à travers le cabinet, tâtant l'épaisseur des portières, soulevant avec précaution les têtières de guipures posées sur les meubles.

— Tu ne t'enrhumeras pas avec ces machines-là dans le dos. Ta Baucis connaît la vie et les courants d'air... Des doublures ouatées, du molleton partout. Et la propreté jointe à l'utilité... Une femme d'ordre... Compliments, mon vieux.

Peyroral haussa les épaules.

— Tu m'ennuies... Il n'y a pas de Chloé, il n'y a pas de Baucis, il n'y a rien ni personne... Je me suis installé à mon goût et d'après ma condition. Un homme d'affaires ne peut pas être logé comme un...

— Comme un journaliste... Achève... Dis-moi des choses désagréables pour détourner la conversation... *Sufficit*. Je me tais. Le bonheur est ombrageux et l'amour d'une personne d'âge, c'est le vrai bonheur. Tout de même, dis-lui de ma part que j'aurais bien besoin d'être dorloté comme ça... Une femme qui soignerait à la fois mon cœur et mes rideaux, je l'appellerais ma tante, et nous ferions tous les soirs notre bezigue en parlant de Louis-Philippe...

— Ta blague est drôle, dit Peyroral, mais garde donc ça pour le journal.

— Diantre ! et le mur de la vie privée ?... Tu veux
donc le démolir, conservateur illogique ?... Ah ! dis-moi,
à propos du journal, j'ai quelqu'un à te recommander..
Quelqu'un qui ne va pas du tout dans le journalisme...
Zacharian... tu te rappelles bien Zacharian, notre ami
de collège ?... Un fort en thème dévoyé chez nous. Il
se sert de sa plume comme d'une pioche. Je l'ai mis
à tout, aux tribunaux, à la critique d'art, à la gazette
de la mode. Fours sur fours. J'en ai assez : lui aussi.
Mais je ne voudrais pas le jeter sur le pavé. Un emploi dans une administration lui conviendrait. Tout est
plein. Je me suis dit : Peut-être Peyroral pourra-t-il le
caser dans un coin de la Solidarité rurale... Il fait la
pluie et le beau temps dans cette grande cassine. Et
ce sera une bonne action de plus au compte de la mutualité du Midi.

Peyroral parut gêné :

— Sans doute... Je me rappelle ce Zacharian... Un
grand, maigre, le nez fendu du bout.

— C'est cela.

— Représentant mal...

— Oh ! dit Lacaussède en riant, je l'habillerai...
nous l'habillerons...

— Sans doute, répéta Peyroral...

Mais il me semble... autant qu'il m'en souvient...
Il a eu des aventures, ce Zacharian... Enfin, c'est un
homme sans principes...

Lacaussède éclata :

— Sans principes !... Répète un peu... sans principes... Parce qu'il a eu des peccadilles de jeunesse...
Mais tout le monde en a eu...

Ah ! bien. Sans principes !... Mais c'est toi qui oublies le seul, le grand, le vrai principe... l'union des compatriotes... Tout pour les camarades dans le malheur.

— Je n'oublie rien, je dis que je ne suis pas le maître et que dans une Société comme la nôtre...

— Farceur ! Elle est jolie, ta Société ! Une souricière a gogos... Tu fais de l'esbrouffe parce qu'il s'agit de plumer de vieux serins qui n'ont pas mué depuis les croisades... Drôle de duvet ! Garde-le pour toi ! Enfin, ça suffit... C'est comme pour Baucis... N'en parlons plus. Ne parlons plus de rien.

Il avait pris son chapeau, il s'en allait. Peyroral essaya de le retenir :

— Qu'est-ce que tu as ?... Je ne t'ai pas refusé... Je te dis seulement...

— Diantre non. Laisse-moi tranquille. Je suis trop content au fond. Tu viens de me rendre mon indépendance. Une obligation de moi à toi, ça me liait. Une autre de toi à moi, ça me reliait. V'lan ! Tu me délies. On n'est pas plus aimable...

Il s'arrêta.

— Allons, sans rancune... Une bonne explication, ça fouette le sang.

Et sur le seuil de la porte, il embrassa d'un coup d'œil ironique le nid coquet dont chaque brin de mousse trahissait la main de madame de Villeségure, et gaiement :

— Au revoir, Philémon !

Après le départ de Lacaussède, Peyroral eut un vif mouvement de mauvaise humeur :

— Encore un ennemi. On croirait que je me suis fait celui-là à plaisir. Je pouvais toujours lui promettre.

Rien ne me forçait à tenir. Mais il m'avait irrité les nerfs avec ses réflexions saugrenues... Est-ce que vraiment cela sent la maîtresse ici, la Baucis, comme dit cet animal?

Il alla droit aux fauteuils, dérangea les têtières, bouscula la belle symétrie de l'appartement dans un accès de rage froide. C'était bien vrai. Madame de Villeségure le compromettait en laissant traîner derrière elle le reflet fixé de ses attentions maternelles. Pas naturel du tout cet amour de l'ordre chez un homme, chez un méridional.

Lacaussède l'avait piqué au vif. Mais, tout à coup, au milieu de l'exécution, un regard jeté sur la pendule l'arrêta. Il n'avait que le temps d'aller dîner et de revenir. La comtesse arriverait à huit heures.

Ce fut une douche sur ses velléités de révolte. Soigneusement il remit les fauteuils côte à côte, rangea les tabourets en belle ligne, replaça les têtières et les lissa avec la paume de la main. Sa colère avait tourné court, s'était dévorée elle-même. Il dit, en haussant les épaules :

— La pire folie est d'écouter un ennemi... Lacaussède m'a toujours envié. Baste ! je ne le crains guère... On ne se mange pas entre Béarnais.

XII

A DEMI-MOT

Pendant que Peyroral faisait les apprêts de son rendez-vous amoureux, Lacaussède redescendait la rue de Rivoli et se dirigeait vers la place de la Concorde d'un air mélancolique, secouant ses larges épaules, rabattant sur la chaussée une ombre rageuse et bizarrement tourmentée. Au tournant de la terrasse des Feuillants, il s'arrêta, frappa le bitume d'un grand coup de canne.

— Sacré Polichinelle... Et moi qui ai promis de dire toute la vérité à cette petite fille !... Il va falloir lui parler comme à un homme... J'ai juré...

Eh ! oui, comme à un homme : l'engagement de Lacaussède était formel. Toutes les herbes de la Saint-Jean y avaient passé... Le journaliste ne mentait pas dans le cabinet de Peyroral en parlant de la rencontre du vieux receveur municipal et du désir de caser Zacharian, le fort en thème.

Mais Zacharian et le receveur n'étaient que secondaires. L'adresse que Lacaussède avait fait semblant d'arracher au papa Peyroral, il la connaissait déjà par Blaisette, et c'était pour Blaisette qu'il s'était décidé à monter l'escalier discret de la maison de la rue du Mont-Thabor.

Tout ça, la faute à Zacharian... Ah ! ce Zacharian, ce pauvre diable sans principes, comme Peyroral l'aurait

maudit s'il avait pu deviner son rôle de lien dans le faisceau formé par la chérie Blaisette et par l'ami Lacaussède! Lien inconscient. C'était pour lui trouver un sort
que le journaliste peu désireux de se montrer dans le
hall de la Solidarité avait fait quelques jours auparavant
le voyage de la rue de Vaugirard. Il espérait saisir
Peyroral au saut du lit, lui expliquer sa petite affaire.
Il ne vit que Blaisette.

Elle parut effarouchée, rougit, pâlit, puis lui offrit
une chaise. Il refusa en souriant :

— Mais non... je suis très pressé.... Est-ce que l'ami
Peyroral dort encore ? Laissez-moi le secouer, ce pa-
resseux-là.

Il faisait mine de traverser la première pièce et d'entrer dans la chambre. Blaisette pâlit encore, l'arrêta
d'un geste :

— Peyroral ne demeure plus ici.

— Comment ! dit Lacaussède, plus ici ! Où donc,

— A la Solidarité; ses affaires le retiennent.

— Ses affaires ? reprit Lacaussède ému, presque scan-
dalisé... Je comprends encore pendant le jour... Mais il
ne fait pas d'affaires de minuit à six heures du matin.
En voilà un mauvais prétexte ?... Moi qui croyais le
trouver comme un vrai tourtereau... pelotonné au fond
du nid...

Brusquement les angoisses de Blaisette fondirent dans
un flux de larmes.

— Il n'y a plus de nid, monsieur Lacaussède. C'est
fini, allez, bien fini... Peyroral ne m'aime plus...

Devant cette douleur il s'accusa de maladresse, essaya de rattraper ce qu'il venait de dire. Il calomniait
Peyroral sans raison. La Solidarité était une grosse, très

grosse entreprise. L'avocat devait être extrêmement occupé.

— Ça sera l'affaire de quelques semaines... Il a dû vous le promettre... Une petite séparation... Et ça vous paraîtra bien meilleur de vous retrouver après.

— Oui, répondit Blaisette, il me l'a dit... Mais je sais qu'il ment... j'en ai la preuve...

— Ah ! bah ! dit Lacaussède...

Que Peyroral mentît, le journaliste en était aussi certain que Blaisette. Mais après tout un camarade est un camarade, et si l'enfant n'avait pas eu de preuve il aurait fallu la confirmer dans son doute. Tout changeait dès qu'elle connaissait le fond du sac, l'envers de la lanterne magique.

Il se rapprocha de la jeune femme dans un double élan de pitié et de curiosité, prit ses mains qu'elle n'essaya pas de défendre :

— Voyons, dites-moi tout... Un pays, c'est un confesseur naturel... Qu'est-ce qui vous fait croire que Peyroral vous trompe ?... Parlez-moi comme à un ami, comme à un frère...

Il avait mis un accent insidieux, une intonation caressante dans cet interrogatoire intime. Si c'était une épreuve, elle dut lui paraître convaincante. Blaisette ne tomba pas dans ses bras, ne se jeta pas à son cou, ne lui dit pas : — Vous êtes bon, vous ! comme n'aurait pas manqué de le faire une Parisienne ; mais, d'une voix sourde où sonnait une fureur angoissée :

— Il m'a menti... il ne demeure pas à la Solidarité...

Je l'ai suivi... je connais sa maison. Ah ! j'ai eu du courage... J'ai marché derrière lui... à dix pas. Je

me serais trouvée mal s'il était retourné... Et cependant j'aurais donné dix ans de ma vie pour qu'un pressentiment le saisît au cœur, pour qu'il se dît : Blaisette
est là... Mais il ne pensait guère à moi... Alors je l'ai
vu entrer dans cette maison... au coin de la rue
d'Alger et de la rue du Monthabor... et j'ai attendu
qu'il ressortît... Je l'ai revu une heure après... Il avait
changé de paletot... J'étais sûre, n'est-ce pas ? Mais
je n'ai voulu garder aucun doute. J'ai chargé un commissionnaire de demander si M. Peyroral ne demeurait
pas là... J'ai été fixée... Je sais tout, même l'étage qu'il
occupe.

Lacaussède écoutait curieusement.

— Ce scélérat de Peyroral ! Quel roué ! Et comme il
aurait ri de bon cœur s'il s'était agi d'une petite fille
de Paris, d'un crampon, d'une maîtresse bonne à
balancer ?

Au fond, Lacaussède avait le mépris du méridional
pour la femme, bête de somme ou bête à plaisir. Mais,
à Paris, Blaisette n'était pas une femme, c'était une payse.
Peyroral était impardonnable de la tromper. Cependant,
le journaliste voulut plaider la cause de l'avocat jusqu'au bout :

— Eh bien, ma chère amie, je vois là une marque
de méfiance... Un mensonge bien certainement...
L'amant le plus épris n'est pas forcé de tout dire... Il
est peut-être cachotier, Peyroral... La cachoterie n'est
pas un crime...

Blaisette secoua la tête :

— Oui... sans doute... Ce ne serait rien. Mais cet
appartement, s'il me le cache, s'il n'y reçoit pas sa
femme — car je suis sa femme, monsieur Lacaussède,

devant Dieu, devant sa conscience — c'est pour y recevoir une autre femme, sa maîtresse celle-là...

— Oh ! dit Lacaussède d'un ton qu'il voulait rendre
moqueur, Peyroral amoureux de deux femmes, c'est
invraisemblable... Vous voyez qu'il a du mal à l'être
sérieusement d'une seule.

— Je sais tout... j'ai surveillé sa porte... Qu'ai-je
à faire maintenant ? Il me délaisse... Il vient tous les
deux jours... une heure... Et il n'a même pas le
temps de voir que j'ai pleuré. Deux fois, j'ai vu descendre de voiture une femme voilée. Et Peyroral sortait
quelques minutes après elle... C'est bien concluant,
n'est-ce pas ?

— Une femme de quel genre ?..

— Grande, la figure voilée, allant vite... Oh ! mon
cœur a parlé, et je suis bien sûre... C'est ma rivale,
la femme qui me vole mon bonheur...

Lacaussède résistait toujours.

— Je suis sûr que vous vous trompez. Il a bien
autre chose à faire, le pauvre, que de vous être
infidèle.

Elle répéta avec obstination :

— J'ai vu...

Puis un nouveau flot de larmes, un afflux de sang
empourprant ses joues, une congestion de désespoir.
Lacaussède en fut ému.

— Allons... il ne faut pas voir les choses trop en
noir... Voulez-vous que je le déniche, moi, votre
Peyroral... que je lui fasse entendre raison... que je
le ramène l'oreille basse ?... Ce sera gentil de ma part,
allez ; car c'est un drôle de paroissien tout comme vous
êtes une jolie paroissienne.

Elle eut un geste égaré :

— Oui, oh ! oui, voyez-le... Mais pas un mot de moi... qu'il ne se doute pas...

— Parbleu ! me prenez-vous pour un enfant ?.. J'irai à mon compte personnel... J'ai un service à lui demander. Je tâcherai de lui en rendre un par la même occasion : celui de le ramener tout repentant à vos pieds.

Il était de bonne foi, le fougueux Lacaussède, en faisant à Blaisette cette promesse téméraire... Jamais il n'avait vu la fille du clerc Isaby aussi en beauté: la douleur lui allait bien ; la crise qu'elle traversait depuis quelques semaines avait affiné ses traits, donné à son teint une transparence savoureuse.

— On ne peut pas lâcher une maîtresse comme celle-là... Si Peyroral est un gredin, il a du goût...

Et, naïvement, Lacaussède se félicitait de son dévouement. Il l'aurait prise bien volontiers, la succession de Peyroral ; il se serait bien chargé d'essuyer ces paupières d'un ton si chaud, qui semblaient dans leur auréole de larmes des grains de raisin trempés de rosée. Mais il l'avait promis, il tiendrait parole. Une bonne morale, un sermon en quatre points, et Peyroral se déciderait à rendre au moins un brin d'illusion à Blaisette.

C'était sous l'impression de cette confiance candide que Lacaussède s'était présenté chez l'avocat. Dès l'antichambre, la vue du valet de pied ébranla ses espérances. Et en pénétrant dans le cabinet de Peyroral il se sentit démonté.

Ce confortable, ce luxe... Le gaillard s'était réfugié dans l'infidélité comme un rat dans un fromage. On ne l'en ferait pas sortir... De dépit, Lacaussède devint agressif. Ce fut ainsi qu'il accabla Peyroral d'allusions pour le moins inopportunes. Au grand air, le sentiment de sa maladresse lui revint :

— Coup double !... Je me suis fermé sa porte et je ne l'ai pas rouverte à Blaisette.

Le plus dur était d'annoncer à la jeune femme l'insuccès de la démarche. Elle devait attendre Lacaussède sur le quai, derrière les Tuileries, le long de la terrasse du bord de l'eau. Elle ne voulait pas qu'il revînt rue de Vaugirard.

Apparemment, avec sa délicatesse féminine, elle ne se sentait le droit de recevoir personne dès que Peyroral n'était plus là. Au milieu de ses colères, elle craignait de le rendre jaloux.

Lacaussède la trouva toute frissonnante sur le trottoir que balayait le vent d'hiver.

— Eh bien ? lui dit-elle avec fièvre.

Il fit un geste qu'il voulait rendre vague, mais où perçait une irritation mal contenue :

— Rien... Il nie tout... Nous nous sommes même un peu attrapés... Mais autant griffer un mur de prison.. Il est blindé, l'animal... J'ai frappé... ça sonne le plein.

— Alors, dit Blaisette... tout est perdu. Cette femme le tient.

Lacaussède eut un accès de fausse bonhomie :

— C'est vous qui y tenez... Il n'y a peut-être de femme que dans votre imagination. Moi, je n'en ai pas vu...

— Allons donc ! Je pourrais vous la nommer... Une femme du monde, une comtesse. J'ai lu une lettre d'elle... une lettre où elle lui parlait comme on parle

à l'homme qu'on aime... D'ailleurs, il la connaît depuis
longtemps ; il a plaidé pour elle autrefois, à Pau...
C'est madame de Villeségure...

— Oh ! dit Lacaussède sans témoigner la moindre
surprise et en faisant la moue du bout des lèvres. Oh !
si c'est madame de Villeségure, ne vous faites donc pas
de mauvais sang ; elle n'est plus jeune, elle ne peut
lutter contre vous...

— Oui, répondit-elle d'une voix profonde, oui, vous
auriez raison si Peyroral avait un cœur. Mais c'est avec
sa vanité qu'il aime... Tout est perdu.

Il la calma à force de bonnes paroles, lui donna raison, lui donna même des conseils de lâcheté, tant son
désespoir lui faisait peur. Quand il l'eut reconduite jusqu'à la rue de Vaugirard, la douleur de Blaisette paraissait un peu assoupie. Elle disait « oui » à toutes
les recommandations de Lacaussède : ne pas heurter
de front la folie de Peyroral ; le reprendre par les sentiments, le ramener tout doucement. Lacaussède poussa
même la générosité jusqu'à faire l'éloge du secrétaire
général de la Solidarité.

— Il n'est pas méchant. Il vous aime bien. Seulement, ne mouillez pas ces beaux yeux devant lui. Nous
autres, nous voulons du soleil partout, dans les prunelles de nos toutes chéries comme dans le ciel du
pays... Quand il pleut, ça nous éteint.

Les sentiments, la douceur, il y avait longtemps que
Blaisette en essayait. Peyroral l'avait frappée au cœur
le jour où il lui avait annoncé le changement de quartier, où il lui avait proposé de la laisser seule dans cet
hôtel meublé, dans ce logis d'aventure. Cependant, elle
avait accepté cette combinaison humiliante, par fai-

blesse, par lâcheté, par crainte d'une explication qui
tuerait son bonheur. Et chaque fois qu'il venait, pendant les dernières semaines, elle essayait de rester pa-
tiente et douce, de lui cacher les traces de ses longues
désespérances pendant les nuits sans sommeil, les nuits
stériles et délaissées où l'assaillait le cauchemar des
souvenirs d'enfance. Mais, depuis qu'elle avait découvert
le mensonge de Peyroral, elle voyait plus clairement
toutes les hontes de ce faux ménage.

Elle se sentait glisser aux misérables complaisances
de la maîtresse ; tout lui répugnait : les approches
rapides, l'intimité hâtive, l'amour à l'heure semblable
à un viol, les préoccupations de Peyroral regardant la
pendule au moment où il pressait Blaisette dans ses
bras. Autrefois elle trouvait tout naturel qu'il réglât les
dépenses du ménage ; maintenant, elle rougissait quand
il mettait la main à son gousset pour lui laisser quelques louis. Il lui semblait qu'il la payait.

Pourtant Lacaussède pouvait avoir raison. Ce n'était
qu'un moment cruel à passer. Peyroral se lasserait de
cette femme ; il reviendrait à Blaisette... Et elle se
promit de le recevoir le lendemain avec autant de
douceur qu'à l'ordinaire. Puisque la visite de Lacaussède n'avait servi à rien, il ne fallait pas que Peyroral
en soupçonnât l'origine... Mais le lendemain l'avocat
ne vint pas. Et quand Blaisette fut restée pendant la
matinée entière à regarder couler les heures, une réaction l'assaillit... Il n'était pas venu... Eh bien, c'était
elle qui irait le trouver... Elle attendrait que cette
femme fût là... Elle sonnerait, elle se précipiterait
dans la chambre. Personne ne pourrait l'arrêter... Et
devant sa rivale elle jetterait à la face de son amant

tous les noms qu'il méritait. Il faudrait bien qu'il l'entendît ou qu'il la tuât...

Mourir de sa main ! Ç'aurait été encore une douceur. Mais elle n'espérait pas tant. Elle ne comptait que sur une explication un peu violente qui mettrait fin à cette comédie humiliante. Que gagnait-elle à mentir dans sa soumission, comme Peyroral mentait dans son infidélité ?

Jusqu'à six heures de l'après-midi elle médita l'exécution de ce plan enfantin, les coudes sur ses genoux, comme autrefois dans la maison du clerc Isaby pendant les longues journées oisives où elle entendait la plume de son père grincer sur le papier avec un gémissement monotone. Elle se voyait montant l'escalier sans rien demander au concierge, arrivant à la porte, sonnant, allant droit devant elle...

A six heures, une fièvre la prit. Elle s'habilla et arriva en une demi-heure à l'angle de la rue du Mont Thabor. Il était trop tôt; elle savait que la nouvelle amoureuse, la femme du monde, ne venait pas avant huit heures... Elle marcha, revint et finit par choisir un poste d'observation. Le temps était couvert et froid; un brouillard glacé moirait la lueur tremblante des becs de gaz. Elle resta longtemps postée à l'encoignure de la rue d'Alger et de la rue de Rivoli, insensible à la bise glaciale qui soufflait sous les arcades. Aucune voiture ne s'arrêta devant la maison de Peyroral, aucune femme voilée ne disparut sous la voûte obscure. L'heure était passée. La rivale de Blaisette ne viendrait plus,

La jeune femme fit quelques pas dans la rue d'Alger déserte et noire, dit à demi-voix :

— C'est fini...

Qu'est-ce qui était fini. Sa colère ou son désir de vengeance?... Elle n'aurait pu le dire. Elle sentait encore de sourdes ardeurs ; ses mains frémissaient toujours sous le manteau de drap nouant leurs doigts d'un effort aussi cruel que pour serrer le cou d'une rivale. Mais une lassitude physique était sortie de cette longue station dans une nuit glaciale.

— C'est fini ! répéta Blaisette...

Elle avait peur de l'ombre, peur du froid, peur de ses propres pensées. Elle s'enfuit sous le coup d'une hallucination, arpentant à grands pas le trottoir de la rue de Rivoli. Sa marche précipitée semblait traîner un bruit d'angoisse sous les voûtes des arcades endormies. Deux sergents de ville s'arrêtèrent pour la regarder. Elle eut peur, essaya d'équilibrer son allure. Mais son trouble la secouait toujours d'un frisson involontaire. Autour d'elle, les hauts piliers carrés et lourds flottaient, la menaçaient d'un écroulement, les larges prunelles des becs de gaz vacillaient aussi, mettaient une houle de lumière au-dessus de sa tête.

Tout à coup, comme elle arrivait au tournant de la rue des Pyramides et se jetait en avant pour traverser tête basse le fossé d'ombre étendu au pied des ruines des Tuileries, elle s'entendit appeler.

— Blaisette !...

C'était Peyroral. Il rentrait chez lui, un dossier sous le bras ; et il avait été si surpris d'apercevoir Blaisette, que le cri lui avait échappé :

— Comment ! c'est toi, dehors ! à cette heure-ci... D'où viens-tu ?

Elle eut un balbutiement rapide. La vue de son amant la troublait toujours, et plus que sa vue l'écho de

cette voix profonde qui l'avait enchaînée par une chaîne
d'or. Si lâche qu'il fût, si indigne de son amour, c'était
Peyroral. Enfin elle trouva une explication.

— J'ai voulu sortir un peu, faire un tour du côté
des Champs-Élysées, et je me suis laissée attarder.

L'excuse était puérile, et Peyroral aurait eu le droit
de hausser les épaules. Mais il avait déjà commis une
faute en arrêtant Blaisette en pleine rue. Il n'en com-
mettrait pas une seconde... Il se contenta de hocher
silencieusement la tête comme un père satisfait d'une
réponse de baby. Un vague sourire errait sur ses lèvres
pendant qu'il détaillait le trouble de Blaisette sous le
bec de gaz du tournant de la place.

Un trouble, un désordre révélateurs prêtant à
d'étranges soupçons, Peyroral ne songeait guère à un
espionnage de Blaisette. Mais pendant cette heure
angoissée passée dans la bise de décembre, le vent avait
secoué son châle, ébouriffé son chapeau ; ses mains
fiévreuses avaient égratigné sa voilette. Toute sa personne agitée criait une fuite rapide, une toilette bous-
culée dans la hâte de l'heure et dans l'arrière-spasme
du plaisir, un retour de rendez-vous galant.

— Elle a un amant, se dit Peyroral.

Une joie lui montait au cœur... Blaisette ayant un
amant, c'était le salut, la délivrance pour tous deux.
Que de fois il avait maudit cette déplorable fidélité de sa maîtresse, cette constance impeccable et
implacable !

Volontiers il l'eût embrassée en la remerciant. Il
dut se contenter de se montrer très paternel.

— Tu as raison de te distraire un peu, ma pauvre
Blaisette... Sors, mon enfant, change d'air... Sans ces

maudites affaires je t'accompagnerais... A propos, je
suis bien satisfait de te voir... Je m'absente pendant
trois jours; je pars ce soir même. J'aime bien mieux
te le dire que te l'écrire...

— Ah! dit-elle avec une sorte d'empressement fiévreux, tu t'absentes...

Peyroral se sentit confirmé dans la pensée délicieuse
de ses soupçons. Blaisette n'était pas inquiète de son
départ. Elle y voyait sans doute quelques jours de
liberté complète. Il reprit, avec une insistance hypo-
crite :

— Oui... pour trois jours... Pense un peu à moi
pendant ce temps-là... Mais ne t'enferme pas, ma
chérie. Gare aux idées noires! Secoue-toi, sors comme
aujourd'hui... Les petites filles ont besoin de marcher
pour devenir de grandes femmes...

La place des Pyramides était déserte. Peyroral se
pencha, embrassa la jeune femme à travers sa voilette, sentit les joues brûlantes et les tempes moites,
tout à fait la fièvre qui suit les entrevues amoureuses
rapidement savourées. Le secrétaire de la Solidarité
rurale s'y connaissait. Il n'en mit que plus de tendresse dans son adieu :

— A bientôt, ma chérie... Tâche de te distraire.

Elle murmura :

— Adieu!

Il était déjà parti sans qu'elle eût bougé de place,
arrêtée et comme figée dans le nimbe tremblant
qu'étendait autour d'elle la réverbération d'un bec de
gaz. Il revint tout à coup et, à distance :

— A propos, tu n'as pas besoin d'argent?...

Elle secoua la tête.

— Non, il ne me faut rien.

Il pirouetta avec désinvolture, disparut dans la nuit, heureux sans doute d'avoir eu cette pensée délicate et d'avoir bien fait les choses.

Blaisette s'appuya à un pilier, étouffant de dégoût, écrasée d'horreur. La pensée abominable qui avait amené un sourire sur les lèvres de Peyroral, elle l'avait lue dans l'éclair brusquement apaisé de son regard... Cela, c'était le dernier coup, l'atteinte meurtrière! Il la croyait coupable, et il en était heureux. Doucement, d'une main paternelle, avec des attentions tendres, il la poussait vers l'abîme. Il voulait qu'elle devînt une fille perdue, une créature déshonorée. Quand elle serait tombée dans la boue, la conscience de Peyroral serait enfin satisfaite; il n'aurait plus ni inquiétudes ni scrupules.

Elle réfléchissait, les yeux hypnotisés par la lueur dansante du gaz dont le large cercle mourait à ses pieds, les mains battant l'air comme pour chercher un point d'appui... Mais tout était fini... Il n'y avait plus rien. Elle eut un soupir d'angoisse et dit tout haut :

— Ce n'est pas le bonheur qui est mort, c'est l'amour.

Un sergent de ville passa, la toisa de son coup d'œil de policier. Elle eut peur, traversa la chaussée, se jeta dans la rue des Tuileries. La voie était déserte. A gauche, les ruines du palais, accrochant des lambeaux de brouillard; à droite les arbres du jardin réservé étendant leurs bras de squelettes.

La folie de Blaisette grandissait. Il lui semblait qu'on

marchait derrière elle, que des fantômes s'attachaient
à ses pas.

Elle retrouva un peu de calme en arrivant au bord
du quai, s'arrêta devant le miroir du flot sur lequel
se détachaient les arches géantes du pont Royal, et
répéta :

— L'amour est mort; tout est mort.

Elle ne pleurait pas : elle avait seulement porté les
deux mains à sa poitrine d'un geste d'enfant malade.
Oui, tout était mort. Elle touchait la blessure d'où venait
de s'écouler la vie. Que faire maintenant? Son angoisse, sa colère, sa haine contre cette femme qui lui
volait Peyroral, elle avait tout perdu en quelques minutes. C'était le dernier lien qui la rattachât à l'existence. Le désespoir aurait pu la sauver; mais elle
ne désespérait même plus... Elle avait touché le
fond du dégoût. Le mépris la condamnait à mourir...

Lentement, dans le fleuve qui coulait à ses pieds
traînant de longues taches noires entre les bandes lu-
mineuses, elle voyait fuir et s'abîmer ses rêves. Au
bout du pont, au milieu de la première arche, il y
avait une brusque interruption de clarté, un précipice
sombre où les petites vagues tout à l'heure encadrées
par les lueurs errantes tombaient, disparaissaient. Et il
lui semblait que toutes ses illusions suivaient le même
chemin, s'enténébraient dans le même trou noir. Ce
flot qui scintillait avant de se perdre dans la nuit,
c'était son innocence souillée si vite, brutalement déflorée.
Cet autre flot qui suivait la pente, c'était sa candeur d'âme, cette naïve confiance que rien ne lui ren-
drait. Cette vague qui venait mourir, c'était l'amour de
Peyroral, et cette autre vague son amour à elle...

Elle n'avait plus rien à aimer, rien à croire, rien à espérer... Ce fleuve qui coulait, c'était le sang de son cœur... Pourquoi ne suivrait-elle pas la même route ? Le repos était là devant elle... Il lui suffisait d'étendre les bras et de jeter à la nuit le peu qui restait de Blaisette Isaby...

Une voix la réveilla. Un passant l'interpellait.

— Hé ! la belle fille !... C'est malsain de regarder le fleuve quand il fait si frais...

Elle se retourna, regarda le passant en face, le visage si décomposé, qu'il eut peur, balbutia, salua d'un grand coup de chapeau. Quand il fut loin, Blaisette s'arracha du parapet.

— Non, non, pas ici...

Elle était bien décidée à mourir. Mais elle ne voulait pas d'un suicide au milieu de ce Paris qui lui avait volé son bonheur. Elle avait la pudeur de la mort, et si léger que fût ce dernier sacrifice, elle entendait l'accomplir dans le recueillement et la solitude.

Son parti était pris. Une hallucination tranquille la poussait. Elle ne frissonnait plus, elle ne tremblait plus ; son âme se trouvait équilibrée entre l'irrémissible et l'irréparable.

Elle monta l'escalier, rentra, ferma à clef la porte de la première chambre. Puis, avec des précautions lentes, elle boucha les interstices des portes et des fenêtres, tamponnant dans chaque vide des morceaux de linge qu'elle déchirait. Quand tout fut clos, elle retira de la cheminée le réchaud de cuisine, le remplit de charbon, le mit au milieu de la pièce. Les préparatifs n'étaient pas terminés. Elle enleva sa toilette, pénétrée de brouillard, son manteau où brillaient des paillettes de givre,

jeta dans un coin son corsage, et sa robe. Elle prit
ensuite au fond de la commode son costume de paysanne
de la vallée d'Ossau, sa jupe à plis droits, sa capeline
blanche et noire. Elle fit bouffer ses cheveux en larges
coques, remit les anneaux d'argent.

Et pendant quelques secondes elle resta debout devant l'armoire à glace, se regardant comme elle aurait
regardé son cadavre.

Elle dit tout haut d'une voix qui sonna sinistrement
dans la chambre vide :

— Je vais retrouver père... il faut que père me re-
connaisse...

Le réchaud s'allumait. Une fumée légère montait en
spirale. Blaisette eut un frisson subit devant la glace,
la dernière convulsion de ce corps dont l'âme envolée
lui rendait le sacrifice si aisé. Et, s'étendant sur son lit,
le regard fixe, les mains jointes, elle entra dans la mort
comme on glisse au sommeil.

XIII

EN CAMPAGNE

Il est une heure où les rêves se laissent apprivoiser comme des abeilles et où il suffit d'étendre la main pour faire entrer dans la ruche l'essaim tourbillonnant des chimères. Peyroral, debout sur la terrasse du château de Rochefière, sentait planer au-dessus de sa tête le vol caressant de cette heure propice.

Le candidat du canton de Vancogne s'étalait avec une carrure de parvenu, égratignant des fortes semelles de ses souliers de marche les dalles aristocratiques qui semblaient garder dans les légères ondulations de leur surface polie le reflet des robes de velours et l'ombre des casques empanachés. Il n'était pas gêné par la masse énorme surplombant ses épaules, les tourelles, le toit Renaissance, la grande lanterne de marbre portant les armes de François Ier et agrémentée, grâce à un pieux anachronisme du duc de Rochefière, d'un large médaillon d'Henri IV. Toute cette bâtisse lui importait peu et il ne se souciait guère des rois de France. Il eut même un sourire en voyant la statue d'Henri enfant se profiler à travers les arbres dépouillés du parc, à quelques mètres de la terrasse.

— Et encore un... Je ne l'avais pas aperçu celui-là...

Mais son regard se releva, glissa par-dessus les massifs du parc, s'étendit jusqu'au Blésois dont les lignes molles se dessinaient sous un pâle ciel d'hiver. Il voyait distinctement Vancogne, un gros bourg aux maisons disséminées dans un fouillis d'arbres qui ressemblaient à une forêt de fagots mais qui devaient au printemps s'arrondir en nids de verdure.

Le clocher de l'église s'élevait seul au-dessus des toits dévalés, étalant ses briques sombres, rougeâtre et droit comme un obélisque rouillé. Et au delà, couchés dans les replis du plateau bas qui sommeille sur les rives de la Loire, les autres villages dont les noms insignifiants, les appellations sans sonorité, faisaient toujours sourire le béarnais Peyroral, plus familier avec les appels de clairon, les vibrations de fanfare des noms de là-bas :

— Sarmoise, Villadet, Pompeire !... Comme c'est fade ; on a l'air de se gargariser avec de l'orgeat...

Tout de même c'étaient ses conquêtes, ces villages pauvrement nommés. En trois jours il avait fait avec le duc de Rochefière une tournée triomphale dans le canton. Partout un fort parti s'était dessiné en sa faveur. Oh ! il avait pris ses précautions. Le patronage du premier gentilhomme de France lui avait été fort utile, mais bien plus encore les habiles manœuvres d'un certain Simon, qui servait d'agent électoral.

Un malin, ce Simon, et qui savait jouer de la Solidarité rurale aussi bien que Peyroral lui-même. Quand il était venu à Paris s'entendre avec le candidat, il avait tout de suite flairé la situation. L'avocat lui expliquait son programme avec une volubilité d'homme du Midi, s'emballant et essayant de l'emballer, faisant résonner à grand orchestre les chutes des alinéas :

« Tout pour la France et par la France. — Le parti de la conservation sociale et de la prospérité publique, voilà mon parti ; je n'en ai jamais eu d'autre. — Électeurs du canton de Vancogne, ce n'est pas un nouveau venu que vous choisirez pour représenter vos intérêts ; j'ai toujours été des vôtres... »

Le Simon baissait le nez, faisait de vagues hochements de tête, regardait la table et aussi un papier qui traînait là, devant lui.

Peyroral s'arrêta enfin, essoufflé.

Alors l'agent électoral montra un sourire pâle, une simple moire sur son visage de vieil huissier usé par les courses en plein air dans les campagnes du Blésois.

— Le programme est excellent, monsieur Peyroral. Mais nous avons mieux, encore mieux... Tenez, ceci.

« Ceci », c'était le prospectus de la Solidarité rurale. Avec cette appât, l'agent se faisait fort de remuer tous les appétits, d'acheter toutes les consciences.

— Et la mise de fonds ne vous ruinera pas, monsieur Peyroral. Il est plus économique de jeter aux yeux des gens un reflet doré que des poignées de liards...

Il expliqua fort nettement la situation. M. de Rochefière était puissant et personne n'oserait lui refuser une promesse en faveur de son candidat. Mais entre l'urne et la parole d'un paysan, il y a de la place pour la réflexion. Peyroral, nouveau venu, avait besoin d'un point d'appui sérieux. Il serait plus sûrement nommé comme principal moteur de la Solidarité rurale que comme protégé de M. de Rochefière.

— Il y a de l'argent dans ce pays-ci... beaucoup d'argent caché depuis le passage des Prussiens et que

ces maudits détrousseurs n'ont pas même soupçonné.
On respecte les caches, on ne vide pas les vieux bas ;
mais on en a grande envie... Nos paysans ne sont pas
empotés comme ceux de Bretagne et d'ailleurs. Ça
leur saigne le cœur d'avoir dans leur cave ou sous la
plaque de fonte de leur cheminée, des louis qui perdent
en ne rapportant pas... Ils guettent une bonne affaire...
Laissez-moi leur faire entendre que la Solidarité est
cette affaire-là et que le conseiller général du canton de
Vancogne réservera à ses électeurs le dessus du panier
de la prochaine émission ; je réponds de tout.

Peyroral n'avait pas permis positivement, mais il
avait promis de faire semblant d'ignorer, et Simon
avait largement exploité ce moyen d'action. L'avocat
s'en était bien aperçu en faisant sa tournée... Il venait
de se donner une peine bien inutile en étudiant les
grosses questions locales. Il arrivait ferré sur les chemins vicinaux, sur les irrigations, sur les octrois ;
mais à chaque village se renouvelait la même comédie. A peine avait-il abordé avec les principaux notables le détail des intérêts spéciaux, que ses interlocuteurs détournaient la conversation...

— Et Paris ?... et la reprise des affaires... On parlait
des Sociétés nouvelles... Qu'en pensait Monsieur Peyroral... Pouvait-on avoir encore confiance dans ces
gueux de Parisiens, assassins de gendarmes et coupeurs
de bourses ?

Au fond des yeux hypocritement voilés, Peyroral
voyait distinctement s'allumer la fièvre de la spéculation. Il y avait des paillettes d'or sous ces lourdes
paupières de paysans, encroûtées de hâle. Et bien vite
il faisait chorus avec les notables.

— Oui, tous des gueux, ces Parisiens!... des flibus-
tiers... La Société nouvelle à laquelle ses honorables interlocuteurs faisaient sans doute allusion n'avait
rien de commun avec cette haute pègre... Elle siègerait
à Paris parce que les banquiers sont là, et aussi la
Bourse, et encore les lignes télégraphiques ; mais il n'y
avait pas un Parisien dans l'affaire... Lui, il était du
Midi, du bon, du vrai, de celui qui a tant de rapports
avec les contrées laborieuses du centre de la France.

Il empâtait son accent, alourdissait ses phrases, se
lançait dans une audacieuse distinction :

— Il y a deux Midis, celui des cigales et des frelons,
où tout le monde parle et où personne ne travaille.
Ce n'est pas le mien!... Mon Midi à moi, c'est le
Béarn, où l'on ne parle guère et où l'on agit, le Midi
des fourmis.

Et le Midi des fourmis le ramenait à cette fourmillière
d'écus, la Solidarité rurale. Il donnait négligemment
quelques détails sur l'importance de l'affaire, recommençait ses tirades sur l'assurance mutuelle, sur les
garanties offertes par des opérations à l'étranger, allumait l'électeur comme il aurait chauffé un client. Les
plus prudents s'y laissaient prendre. Dans les poignées de mains qu'on lui donnait il sentait toujours la
même intention: une sorte de contrat qu'on essayait
de passer en atteignant le financier à travers le candidat...

Campagne vigoureusement menée, semence d'où
lèverait peut-être une moisson miraculeuse. La circonscription parlementaire d'où dépendait Vancogne
était vacante depuis six mois, mais il fallait attendre
un autre décès pour procéder au remplacement. Et

justement le vieux marquis de Signol, le député de
la circonscription voisine, venait d'être frappé de sa
deuxième attaque d'apoplexie :

— A la troisième, disait Simon, le marquis pourra
bien nous quitter... Et sur deux places il y en aura
facilement une pour le conseiller général de Vancogne...

Cette parole flatteuse bourdonnait aux oreilles de
Peyroral pendant qu'il regardait le pays étendu au
pied de la terrasse... Député! Pourquoi pas?... Il
valait bien ce sot magnifique, le duc de Rochefière!...
A défaut de fortune, il avait le talent... Et même la
fortune ne se ferait pas longtemps attendre... La Solidarité rurale était la poule aux œufs d'or...

Député!... Parbleu! Mais d'abord il fallait être conseiller. Le candidat républicain n'inquiétait guère Peyroral.
Il ramasserait avec peine quelques centaines de voix...
Il ne parlait dans sa circulaire que de principes, de
liberté, d'administration du pays par le pays même,
et autres fadaises... Il n'avait pas de Solidarité en
poche... Un autre candidat était plus embarrassant :
un propriétaire local, tout à fait en dehors de la politique, un certain Joseph Bitaub, qui, sans bruit, sans
propagande coûteuse, détacherait un fort groupe. Sa
candidature ne s'était produite que le lendemain de
l'arrivée de Peyroral. Simon en avait paru affecté.

— C'est fâcheux, monsieur Peyroral... Sans Bitaub,
vous passiez au premier tour... Il va diviser les voix,
et vous n'arriverez qu'à la majorité relative.

Rien ne convenait moins à Peyroral que de passer
au second tour et à long délai... Si le vieux marquis
avait sa troisième attaque d'ici là, comment se mettre

13

en campagne? A toutes ces réflexions Simon avait
hoché la tête avec une tristesse sympathique :

— Hé! oui! Qu'est-ce qui lui prend, à cet animal!
Un gaillard qui ne s'est jamais préoccupé des honneurs,
il y a quelque chose là-dessous. Ah! si je pouvais le
savoir ?

Simon n'avait encore rien su. Et Peyroral commençait à se rassurer :

— Bah! j'ai la veine... c'est comme au baccara...
Je n'ai qu'à prolonger la série... Deux jours encore
et je démolis le Bitaub...

Mentalement il combinait sa prolongation de séjour
à Rochefière, quand un bruit de pas sur le dallage so-
nore de la terrasse le fit se retourner. Un domestique
lui apportait le courrier.

— Deux lettres de Paris pour M. Peyroral.

Sur la première enveloppe, Peyroral reconnut l'anglaise haute et mince de M. de Marverie. L'autre écriture lui était inconnue.

Il décacheta rapidement la lettre du fondateur de la
Solidarité, et une expression de mauvaise humeur se
peignit sur ses traits. En quelques lignes assez sèches
M. de Marverie le pressait de revenir.

Les affaires de la Société ne pouvaient rester plus
longtemps en souffrance. Quelques membres du
conseil de surveillance étaient venus demander des
explications à propos des négociations ouvertes avec les
congrégations, et le secrétaire général pouvait seul
répondre. M. de Marverie avait pris rendez-vous pour le
lendemain.

— Les imbéciles! s'écria Peyroral... S'ils croient
que je vais les initier à mon truc!... Enfin je trouve-

rai toujours un biais... Mais comment quitter Rochefière au moment décisif ?

Machinalement il ouvrit l'autre lettre. Quelques
lignes, d'un style différent :

— Revenez vite... Il le veut... Et moi-même je
souffre d'être si longtemps sans vous voir...

C'était madame de Villeségure qui avait déguisé son
écriture... Une imprudence, cette lettre, donc, un témoi-
gnage d'amour. Mais Peyroral n'en parut pas autrement
flatté. Il fronça le sourcil. Loin de Paris et des séduc-
tions de la rue du Mont-Thabor, l'image de sa maîtresse
perdait beaucoup de son prestige.

— La voilà qui écrit maintenant! Je ne serai bientôt
plus maître de quitter Paris pendant vingt-quatre heures.
C'est me traiter en petit garçon...

Il se calma, réfléchit. Dans cette lettre déplaisante
il y avait un avertissement impossible à négliger.
M. de Marverie rappelait le secrétaire général de la
Solidarité...

C'était le partage des voix, le succès relatif de Bitaub,
à moins que Peyroral n'employât cette dernière journée
d'une façon décisive. Mais comment terminer une aussi
grosse affaire en si peu de temps ?

Le valet de chambre revint :

— M. Simon demande si M. Peyroral peut le recevoir...

— Sans doute, dit Peyroral... Faites-le entrer dans
ma chambre...

Il rentra. Peut-être Simon savait-il du nouveau... En
effet, l'agent électoral avait vu Bitaub, mais il n'en avait
rien tiré de bien clair :

— Il m'a déclaré n'avoir aucune hostilité personnelle
contre M. de Rochefière ni contre son candidat... Au

contraire, il serait plutôt dans les mêmes idées que
vous... Mais il y a une chose qui le tracasse.

— Laquelle ? dit Peyroral.

Simon eut un rire affecté :

— Oh! une chose si drôle!... Il a peur de la Solidarité... Comme j'ai l'honneur de vous le répéter... Ce
n'est pas qu'il condamne l'entreprise... il la trouve excellente... Mais il a peur qu'entre les mains des agents
que vous choisirez forcément dans le pays elle ne de-
vienne un instrument dangereux. C'est là ce qui le
chiffonne... Et j'ai eu beau le sermonner, lui dire que
vous étiez bien renseigné, que vous feriez de bons choix,
je n'ai pas pu arriver à le convaincre... C'est un homme
fin, mais qui a parfois la tête dure...

— Ah ! dit Peyroral, il s'agit encore de la Solidarité...

Il était devenu très grave, et ses yeux ne quittaient
plus le masque impassible de l'agent. Il comprenait
maintenant. Simon et Bitaub s'étaient mis d'accord pour
l'exploiter, pour lui tenir la dragée haute. D'autre part
il y aurait imprudence à se fâcher. L'élection au premier tour était absolument indispensable ; d'ailleurs,
si l'agent échouait dans sa tentative de chantage, il
serait capable de se venger. Mieux valait céder et faire
la part du feu.

— C'est bien... Voici ce que je propose à M. Bitaub
pour calmer ses scrupules... Il sera nommé agent
général de la Solidarité pour le département... En revanche, il se désistera publiquement dès aujourd'hui...

Simon hocha la tête :

— Pouvez-vous me mettre la chose par écrit ?

— Oui, dit Peyroral... Mais, donnant donnant. La
nomination contre le désistement...

Rapidement, il écrivit sur une feuille de papier à en-tête de la Solidarité la nomination de M. Bitaub comme représentant de la Société et signa la feuille. Simon attendait, l'air détaché. Peyroral lui donna le papier :

— Il me faut la réponse tout de suite...

— Ah! dit simplement Simon, vous partez ce soir...

Peyroral faillit rougir... Il était deviné. Mais il ne tenait plus aux finasseries, jouant cartes sur tables.

Simon reprit, plus discrètement :

—. Ce que je vous en dis, c'est pour que vous m'accompagniez au cas où il y aurait de petites difficultés dans les négociations... Vous m'attendrez aux environs... Et si la chose peut être vite rafistolée, ça vaudra mieux...

— Soit! dit Peyroral, partons...

Bitaub demeurait de l'autre côté de Vancogne, au bourg de Pompeyre. Il fallut traverser le parc et faire encore un kilomètre à travers les routes. Enfin les premières maisons du bourg apparurent, dressant leurs toitures d'ardoises au ras du versant. Les combles d'une bâtisse en pierre de taille dominaient ce groupe modeste.

L'agent électoral s'arrêta.

— Voici la maison de notre homme... Mais vous ferez bien de ne pas aller plus loin, monsieur Peyroral... Si M. Bitaud vous aperçoit, vous aurez l'air de venir à composition, et alors les conditions seront plus dures...

Peyroral fit un geste affirmatif. En effet, il ne devait pas aller plus loin. Seule sa fièvre l'avait poussé, la colère éveillée en lui par les deux lettres de M. de Marsiverie et de madame de Villeségure. Mais il eut un geste vague comme pour demander à l'agent où il pourrait

l'attendre. La route était déserte : un vent glacial
semblait tordre les vieux ormes aux branches grises de
poussière. A gauche, une bande de terrains fraîchement retournés et semblables à une pièce de drap
neuf : à droite, un bouquet d'arbres et une chaumière
délabrée.

— Oh! dit l'agent avec un demi-sourire et en montrant les ruines, vous n'avez pas l'embarras du choix,
monsieur Peyroral... Mais vous pouvez m'attendre ici...
Vous êtes chez vous... sur vos terres...

— Sur mes terres, s'écria l'avocat...

Il n'avait pas ri. Aucune gaieté ne lui était venue
aux lèvres devant cette chaumine dont le vent secouait
les pailles moisies. Une sorte d'émotion superstitieuse
le tenait debout, silencieux, presque haletant, au bord
de la contre-allée, au millieu des herbes sèches qui
s'effritaient dans la poussière grise.

— Oui, répondit Simon... Tout est à M. Peyroral...
la vieille cassine, les quatre arbres... Dans le pays, le
lieu s'appelle les Quatre-Plumeaux, parce que ces ormes-
là n'ont jamais pu pousser. Il vente trop fort et aussi
la terre ne vaut rien. L'ancienne route passait là, et il
y avait un carrefour.

C'est un cantonnier qui a racheté la chose à l'administration dans le temps et qui s'est fait bâtir une gué-
rite... Il n'a jamais eu le moyen de faire d'autres dépenses, le pauvre diable, ni surtout de dépierrer.
L'herbe qui a poussé là-dedans à fleur de sol n'a guère
jeté de racines. Quasiment de la graine d'aventure sur
du sol d'occasion. Aussi j'ai eu le tout pour un morceau de pain. Dame! Monsieur m'avait recommandé
d'aller à l'économie...

— C'est bien, dit Peyroral à l'agent avec une
sorte d'irritation : partez et faites vite... je vous
attends.

Pendant que Simon s'éloignait, Peyroral sautait de la
chaussée dans le champ. Uu vrai saut de propriétaire,
les deux pieds retombant d'aplomb, les talons accrochant le caillou sous la couche légère de terre végétale
apportée par le vent. L'agent avait raison : le sol était
dur.

— Tant mieux, dit Peyroral, ce sera l'assise de ma
fortune. A terrain caillouteux, maison solide.

Le temps était couvert; un vent froid balayait le
plateau ; les quatre arbres, — les quatre plumeaux,
comme les appelait Simon, secouaient leurs branches
avec un petit bruit énervant et sinistre. Peyroral entra
dans la chaumière. Une grande pièce rectangulaire
éventrée du côté du Midi, où un pan de mur s'était
effondré et laissant voir un coin de ciel par le trou de
la chaumière démesurément élargi.

L'avocat s'assit sur un tas de briques à l'abri de
l'angle resté intact. Son exaltation de tout à l'heure
était tombée. Il réfléchissait à cette série de mésaven-
tures fondant sur lui comme un vol d'oiseaux criards :
les deux lettres de rappel, le chantage exercé par Simon et par Bitaub...

Des complices assurément, des gaillards qui s'entendaient pour tirer parti de la situation... Il n'y mettait
d'ailleurs aucun amour-propre. Il regrettait, non d'avoir
cédé, mais d'avoir été forcé de céder si vite. Si Bitaub élevait de nouvelles prétentions, il faudrait en
passer par là, si exorbitante que fût la demande...
Cette élection au premier tour était absolument indis-

pensable... Ou conseiller général dans huit jours, ou rien...

Peyroral eut un brusque frisson ; il lui semblait qu'on venait de lui toucher l'épaule. En remuant dans l'angle étroit où il était assis, en faisant la pantomime de ses pensées, il avait accroché les branches d'un houx qui passait indiscrètement par la fente du mur lézardé. Il se dégagea d'un mouvement de mauvaise humeur, honteux d'avoir eu ce frisson superstitieux et retomba dans sa méditation. Simon tardait beaucoup. Est-ce que l'affaire était manquée ?

Un pas le fit tressaillir. C'était l'agent électoral.

— Eh bien, monsieur Peyroral, l'affaire est dans le sac... Donnant, donnant, comme vous le désiriez. J'ai laissé votre papier à ce vieux renard de Bitaub. Voici le sien :

Peyroral se pencha sur le trou béant de la cheminée et lut d'un coup d'œil le désistement de Bitaud, signé, bien en règle.

Simon riait d'un air finaud :

— Je vais porter la pièce au *Courrier de Vancogne*. Elle paraîtra dans le numéro de ce soir et nous ferons un tirage supplémentaire. Il y en aura pour tout le monde.

L'avocat ne répondit que par un signe de tête. Ce désistement, c'était la victoire. La journée s'achevait bien. Avant de partir, il cassa une branchette du houx qui lui avait fait une si belle peur, trois feuilles groupées en trèfle symbolique ; et en regagnant la route, il eut un sourire pour le quadrille mélancolique des vieux ormes. Ces témoins sombres avaient eu le reflet de ses plus secrètes pensées. Des amis, presque des complices.

L'explication devant les membres du conseil de surveillance fut un triomphe pour Peyroral. Il arrivait
nerveux, cassant, très mal disposé par son brusque
rappel. Ces allures le servirent. Plusieurs notaires parisiens, dépositaires de la fortune de quelques congrégations, s'étaient plaints de la concurrence qu'allait
leur faire la Solidarité rurale; et ces notaires, tous conservateurs inféodés aux grands principes comme aux
grandes familles, avaient trouvé des avocats jusque
dans le conseil. Peyroral prit la chose de très haut,
accusa les officiers ministériels de vouloir immobiliser
les biens de leur clients. Il trouva surtout un argu-
ment à effet :

— Où sont, messieurs, les véritables amis des congrégations? Faut-il aller les chercher dans les rangs
des hommes d'affaires? Mais la prudence, toute apparente, de ceux-ci est le comble de l'imprudence... Cet
argent immobilisé en France court les plus grands
dangers sous la forme que lui donnent nos détrac-
teurs. Grâce à Dieu, nous traversons une période salutaire et rassurante; chaque jour la majorité saine de
l'Assemblée nationale fait des progrès. Mais les mauvais jours peuvent revenir. Les religieux qui auront
eu confiance en nous pourront être atteints dans leurs
personnes... Les biens de la communauté seront du
moins intacts. Aucune forme de la légalité ni de
l'illégalité ne saurait les frapper...

Il eut un grand succès. M. de Marverie lui-même
parut convaincu. Il ne félicita pas Peyroral ; mais à la
fin de la séance il le présenta avec une certaine cordialité à un nouveau membre du conseil.

— M. Grivoil, mon éminent collègue de l'Assemblée

13.

nationale et de l'Institut... ; le grand archéologue dont les travaux sont la gloire de la France savante comme son excellent appui sera une nouvelle force pour la Solidarité...

Peyroral, complimenté chaleureusement par le nouveau venu, se mit en frais d'amabilité. L'homme lui était indifférent ; mais il représentait un sous-groupe au Parlement ; ce demi-savant doublé d'un demi-homme du monde et d'un demi-légitimiste — bien que ces deux syllabes « Grivoil » eussent une résonnance terriblement plébéienne — avait conquis une notoriété par l'originalité spéciale que lui communiquait cette combinaison. C'était un leader en passe de devenir ministre. Et avec une habileté instinctive, Peyroral flatta l'homme qui pouvait être forcé, le lendemain, de tout connaître ou d'en avoir l'air, en démontant le mécanisme de la Solidarité rurale. Le travail fut accompli avec une prestesse souriante, et l'archéologue qui avait restitué l'escalier du temple de Persépolis, s'extasia devant cette construction moderne, ce temple du Plutus conservateur destiné à une moindre immortalité.

Rentré chez lui Peyroral trouva une dépêche de Simon :

« Désistement Bitaub affiché. Effet immense. »

Il ajouta en plus petits caractères : *huit heures*, et envoya le tout sous enveloppe à la comtesse. Il n'avait plus qu'une course à faire : embrasser Blaisette, la rassurer si elle avait besoin de l'être. L'idée de l'amant soupçonné lors de la dernière rencontre continuait à le poursuivre.

— J'aurais dû la prévenir... Ç'aurait été plus prudent... Bah ! les choses ne peuvent pas en être là. C'est égal, je me serais peut-être évité une surprise désagréable...

Une surprise en effet, mais pas celle qu'il attendait. Comme il montait l'escalier de la maison de Blaisette, le concierge l'appela :

— Où va Monsieur...

Il s'arrêta, saisi, se montra en pleine lumière pour que le concierge le reconnût.

— Mais je vais chez moi...

Le concierge secoua la tête...

— Monsieur n'a plus de chez lui ici.

Peyroral commençait à se fâcher :

— Décidément vous ne me reconnaissez pas... Est-ce que madame ?...

— Madame, dit le concierge avec une singulier sourire... Ah ! bien, si c'est pour elle que vous venez... pas besoin de vous déranger... Il y a quatre jours qu'elle s'est suicidée, la pauvre madame.

L'avocat eut un cri :

— Suicidée !...

Le concierge le regarda d'un air curieux, l'œil insolent, avec un pli de malice au coin des lèvres :

— Eh ! oui... Elle n'a prévenu personne... Je vois que monsieur non plus n'était pas dans la confidence... Oh ! pas un suicide dans les grands prix : dix sous de charbon dans un réchaud de cinq sous... Tout le monde peut s'offrir ce luxe-là... D'ailleurs, c'est généralement comme ça qu'on en finit quand on a des peines de cœur et il paraît qu'elle n'en manquait pas, la pauvre jeune femme.

Un flot de sang empourprait le visage de Peyroral.

— Blaisette... morte...

— Pas tout à fait, reprit le concierge... Mais il s'en
fallait de bien peu... J'ai un peu lanterné... Tout de
même, en voyant grimper la particulière, je lui avais
trouvé un air drôle... Je me méfiais... Donc, une demi-
heure plus tard je suis monté et j'ai frappé à la porte...
Pas de réponse... Heureusement, j'avais la double clef
dans ma poche. Faut ça dans les maisons meublées.

Peyroral eut un geste...

— Au service de monsieur en pareil cas. Mais j'ai
bien cru y rester, moi aussi. Je n'ai eu que le temps
de casser un carreau ; la petite dame ne respirait plus ;
il a fallu que le médecin lui soufflât dans la bouche.

— Le médecin, dit machinalement Peyroral...

— Eh ! oui... Croyez-vous que j'aurais été chercher
le commissaire ?..... Merci, je ne tiens pas à ces affaires-
là dans la maison... Et puis , un médecin valait bien
mieux pour la pauvre petite dame... La preuve, c'est
qu'il l'a tirée d'affaire...

Des grosses gouttes de sueur perlaient sur le front
de Peyroral. Un soupir de joie gonfla sa poitrine :

— Sauvée !... Mais pourquoi n'est-elle pas restée ici ?
où est-elle ? Je veux la voir...

— Quant à ça, je ne sais pas où elle est... et si je
le savais, je n'aurais pas le droit de le dire à monsieur... La petite dame a fait enlever toutes ses affaires
il y a deux jours, en envoyant l'argent du loyer courant et un pourboire... Pour le reste, ni vu ni connu.

Peyroral attacha sur le concierge un regard dur,
presque menaçant. Mais l'homme ne se troubla pas et,
avec son ironie moqueuse :

— Dame ! moi, je ne sais rien. Si monsieur veut

s'adresser à la police, peut-être bien qu'on le renseignera... Je n'ai pas prévenu le commissaire ; mais les
mouches, ça sait tout...

Quand Peyroral se retrouva dans l'appartement de la
rue du Mont-Thabor, son premier soin fut d'envoyer le
valet de chambre en course. Pierre connaissait la consigne. Les soirs où monsieur l'expédiait ainsi, monsieur
voulait qu'il ne rentrât pas avant minuit. Et tranquillement il s'en alla après avoir ranimé le feu qui som-
meillait dans toutes les cheminées, remonté les lampes, donné le coup d'œil du majordome aux moindres
détails... L'avocat semblait guetter son départ d'un
œil irrité. Une fois seul, il fit deux ou trois tours
dans la chambre, s'arrêta devant un verre d'eau, brisa
à terre le verre et la carafe, poussa les débris du pied,
et tout à coup, tombant dans un fauteuil, fondit en
larmes.

L'angoisse qu'il avait dissimulée avec peine dans
la maison de la rue de Vaugirard sous le regard ironiquement hostile du portier se donnait enfin libre carrière. Le nom de Blaisette sanglotait dans son gosier
et sur ses lèvres. Quelle catastrophe imprévue ! Morte
ou non, Blaisette était perdue pour lui. Ce suicide
sans un mot d'adieu lui prouvait qu'elle l'avait deviné.
Peut-être n'avait-elle eu besoin que de l'intuition féminine. Peut-être quelqu'un l'avait-il avertie.

— Lacaussède ? pensa Peyroral.

Que ce fût Lacaussède ou le hasard, ou rien ni personne, le mal était irréparable. Blaisette avait voulu
échapper à l'abandon par le suicide. Peyroral répétait
au milieu de ses larmes :

— Moi qui l'aimais tant !

Il était sincère. Il oubliait que quatre jours plus tôt, il la souhaitait dans les bras d'un autre... Cette disparition de Blaisette c'était sa jeunesse qui lui disait adieu, qui le fuyait d'un vol irrité... Il se croyait détaché de cette enfant, il lui semblait que l'ancien amour était devenu une bonne amitié, et voilà que cet abandon lui faisait traverser les affres d'une jalousie déchirante...

De quoi était-il jaloux?... De la maladie, de la mort, de l'inconnu... Et d'un inconnu qu'il lui était interdit de scruter... Une pensée soudaine enfiévra ses joues et sécha ses yeux. Derrière l'amoureux atterré, l'ambitieux veillait... Et nettement il vit l'étendue de sa faute. Le jour où il avait rencontré la voiture de madame de Villeségure au bois de Boulogne, il croyait bien avoir mesuré la profondeur de l'abîme où pouvait le faire rouler son imprudence... Il se trompait... La rupture avec la comtesse aurait été un simple accident : le suicide de Blaisette raconté par les journaux, agrémenté de commentaires, livrant le nom de Peyroral à tous les échos pouvait être un désastre...

L'avocat sentit une vague reconnaissance pour ce concierge si insolent et si ouvertement hostile. Sa prudence et son aversion à l'égard de la police avaient tout sauvé.... Quelle ruine pour les espérances du candidat si son nom eût été accolé à une de ces histoires de grisettes sentimentales, toujours grotesques aux yeux des indifférents !... Et ce danger côtoyé d'aussi près, il y aurait folie à le provoquer de nouveau.

Peyroral se réveillait de sa crise, il gardait de cette angoisse une moiteur qui trempait sur ses tempes les racines de ses cheveux bruns, et dans tout son être il

sentait une surexcitation violente. Le verre d'eau dont
les éclats gisaient dans un coin de la chambre, allu-
més par les reflets du foyer comme les pierres d'un
écrin jeté à terre, n'avait pas suffi à le calmer.
Ses poings serrés meurtrissaient le bureau de palis-
sandre.

Un coup de sonnette discrètement modulé le fit tressaillir... Madame de Villeségure était là... Il se leva
précipitamment, courut ouvrir... La comtesse le salua
comme d'ordinaire d'un léger signe de tête, et passa
devant lui. Elle entrait toujours ainsi, glissant sur les
tapis épais tandis qu'il refermait la porte... Et toujours, au moment où il arrivait derrière elle avec une
lenteur respectueuse, elle se retournait, lui tendait ses
deux mains frémissantes pendant qu'un éclair s'allumait sous sa voilette encore rabattue. C'était leur céré-
monial amoureux, l'étiquette de leurs entrevues. Mais
cette fois Peyroral était en humeur brutale. Il arriva
traîtreusement, prit la comtesse à la taille, la jeta sur
le divan...

Elle se releva d'un bond, stupéfaite et furieuse. Dans
la lutte, son chapeau avait glissé, entraînant la voilette. Elle était tête nue, et un trouble sans nom se
peignait dans son regard... Jamais Peyroral ne lui
avait manqué ainsi. Toute sa colère éclata dans un cri :

— Monsieur, vous me traitez comme une fille !...

Il eut un mauvais rire pendant qu'une corruption
brutale mettait en plein relief sa face rude, ses lèvres
sensuelles, l'insolence de ses mains élargies, toute
cette grossièreté de l'homme qui va à l'amour comme
à un coup de folie, pour finir vite et s'en aller... Ah !
si la comtesse avait su lire sur cette physionomie vio-

lente qui livrait son secret dans un accès de sincérité
sauvage ! Elle n'avait qu'à fuir sans retourner la tête...
Mais elle ne vit rien — rien que les traces de larmes
qui cernaient les yeux de son amant. Et sa colère de
femme outragée fondit dans une brusque crise charitable. Comme jadis Blaisette, elle se laissait prendre
au piège infaillible de la pitié. Elle revint au tutoiement des heures tendres, avec le superbe mépris de
la femme pour les transitions logiques.

— Qu'as-tu donc, tu as pleuré ?

— Moi, balbutia-t-il... moi !...

C'était comme une douche tombant sur cette grossièreté qui tout à l'heure l'affolait. Il voyait maintenant
l'erreur de ses nerfs, tout en trouvant une excuse
dans cette série d'épreuves. Il n'en sentait pas la
moindre honte. Volontiers même, dans ce demi-sang-
froid qui le pénétrait peu à peu, il aurait épanché son
irritation en criant la vérité à la comtesse, en lui
montrant d'un haussement d'épaules qu'en effet il la
considérait comme une maîtresse de passage, une
aventure qu'on saisit et qu'on épuise. Volontiers il lui
aurait jeté à la figure le nom de Blaisette... Il se
souciait bien de son amour et de sa charité. C'était
Blaisette la passion vraie et Blaisette encore la vraie
pitié.

Trop tôt ! Il avait failli commettre une imprudence
irréparable. Par bonheur, la comtesse lui fournissait
elle-même le moyen de se tirer d'affaire. Ces traces
de larmes devaient servir. Et subitement il s'humilia
dans un récit larmoyant.

— Pardonnez-moi, je suis un fou... un misérable
fou... Vous savez que ma tendresse est faite de res-

pect autant que d'adoration... Mais je souffre tant
depuis ce matin... j'ai voulu réagir... Une mauvaise
nouvelle : ma tante Peyroral... la vaillante femme qui
a élevé ma jeunesse, frappée subitement... Et je ne
puis partir pour lui rendre les derniers devoirs... La
Solidarité me retient...

Jamais il n'y avait eu de tante Peyroral; ce nouveau
flux de larmes s'adressait à une créature imaginaire...
Mais qu'en pouvait savoir madame de Villeségure ?...
Elle avait apporté dans sa passion, avec des ardeurs
toutes plébéiennes, une sorte d'insouciance aristocratique pour les origines de son amant. Elle l'élevait
jusqu'à elle, mais elle ne voulait que lui. Jamais elle
ne lui parlait de sa famille. Il avait bien remarqué
cette négligence sans affectation; c'était un des motifs
de rancune qu'il accumulait sournoisement contre la
comtesse. En attendant, il convenait d'en profiter.

Madame de Villeségure parut très touchée. Son indi-
gnation était loin. Elle ne demandait qu'à pardonner.

— Pauvre ami !... Eh bien, je prierai pour elle...
Puisqu'elle t'a aimé, je l'aime aussi sans la connaître.

— Tu es un ange, répondit Peyroral en l'attirant à
lui, avec une tendresse respectueusement pressante
qu'elle n'essaya pas de repousser.

Ainsi fut ensevelie Blaisette Isaby, sous le nom fan-
taisiste de « tante Peyroral », dans le linceul amoureusement déroulé des caresses de son amant et des
consolations de sa rivale.

XIV

LE GRAND CÉRÉBRISTE

Une foule énorme remplit l'amphithéâtre de la clinique positiviste. La science libérale est représentée par ses principaux maîtres. Beaucoup de mondaines du tout-Paris ont traversé les ponts pour ne pas manquer cette solennité aussi intéressante qu'une première. Aujourd'hui, 12 janvier 1873, l'illustre docteur Gueipard, le grand cérébriste dont les recherches sur les maladies de l'encéphale sont populaires dans le monde entier, rouvre son cours que l'intolérance de la droite a fait interdire pendant l'hiver.

Les esprits sont très montés. Dans le parti bien pensant, le docteur Gueipard est considéré comme un monstre; le *Monde* le verrait brûler sans regret, et l'*Univers* apporterait des charbons ardents. C'est que Gueipard est un adversaire acharné de l'idéalisme. D'autres combattent certaines idées religieuses; il va plus loin : il veut faire table rase de toutes les métaphysiques. Il voit un caractère mental de la folie dans la construction des hypothèses arbitraires, et pour lui tout ce qui n'est pas matériellement prouvé est hypothétique. Il a intitulé cette théorie le « Positivisme cérébral ». Hors de l'équilibre encéphalique, point de

santé physique et morale pour le genre humain. Or,
toute conception métaphysique, fanatisme religieux,
monomanie ambitieuse, délire des grandeurs ou délire
amoureux, produit à court délai une inflammation de
l'encéphale. Le cerveau est la source de la vitalité
humaine, la métaphysique est l'ennemie du cerveau.

L'auteur de cette théorie abominable que M. l'évêque
d'Orléans vient de dénoncer à la tribune de Versailles
fait son entrée dans la salle. Les fidèles applaudissent;
les mondaines se penchent curieusement. Au physique,
ce n'est pas un monstre... soixante ans, les cheveux
blancs, la figure longue, le crâne ample et bien dé-
gagé, les lèvres minces, les narines austères : un inté-
ressant mélange de force et de distinction. Il n'a qu'un
des caractères du savant bourru, les sourcils en broussailles, formant bourrelet.

Il s'asseoit. Un huissier pose devant lui, à l'angle de
la chaire, une grande boîte de maroquin noir qui fait
chuchotter la foule : une surprise. Mais le grand cérébriste ouvre la bouche, et le silence s'établit. Sans aucune allusion aux incidents qui ont retardé l'ouverture
de son cours, l'illustre Gueipard commence par un résumé du positivisme cérébral. Il faut combattre la
métaphysique et les hypothèses si l'on veut assurer
l'avenir sur une génération délivrée des troubles encépha-
liques. L'évolution mentale de l'individu ne diffère pas
de celle de l'espèce; elle se produit en allant de l'état
théologique à l'état métaphysique, et de l'état physique à
l'état positif. La prédominance des hypothèses est une
prédisposition à la folie. Le positivisme est au contraire
une condition de santé intellectuelle et morale. Pour
assainir et fortifier l'humanité, il faut détruire les con-

cepts hypothétiques qui ont les passions pour origine ou pour appui.

Le grand cérébriste a terminé son exposé général; il ne lui reste plus qu'à donner le programme du cours de l'année 1873, et gravement il étend la main pour réclamer le silence.

— Nous avons déjà passé en revue les troubles de l'animalité pure, le contre-coup des appétits et des besoins matériels dans l'équilibre du cerveau. Le moment est venu d'aborder un ordre d'affections à la fois plus nobles dans leur but et plus dangereuses dans leur dérèglement; je veux parler des affections passionnelles. Toutes sont des formes de la métaphysique des hallucinations ou, je veux dire, des hypothèses admises comme des vérités évidentes, comme des faits palpables et produisant dans l'encéphale une surexcitation aussi fâcheuse que stérile. Les passions sont les grandes charmeuses et aussi les implacables meurtrières de l'esprit humain. Comme des abeilles qui détruiraient les alvéoles de leurs ruches, les passions déchirent la tendre enveloppe des cellules cérébrales, et dévorent cette admirable substance qui est l'âme même, l'âme faite pour les pensées simples, les idées vraies, l'âme qui reste intacte dans l'atmosphère de la réalité, mais qui tombe en déliquescence au souffle néfaste d'un faux idéalisme.

Les applaudissements éclatent dans l'amphithéâtre de la clinique positiviste. Les femmes ne sont pas les dernières à acclamer ce docteur sévère qui veut arracher ses ailes à la fantaisie et régler les battements du cœur humain. Au fond peu leur importe la théorie. C'est le virtuose qu'elles applaudissent, non le doctri-

naire. Hier, ne déchiraient-elles pas leurs gants à la
Sorbonne pour faire une ovation à Narsis, l'élégant dé-
fenseur de l'idéalisme à tous crins, à tout poil et à
toute plume, au professeur Narsis, qui a pris Dieu
sous sa protection! Narsis est un virtuose doux et insi-
nuant. Gueipard a plus d'austérité et de méthode. Tous
deux obtiennent les mêmes résultats. D'ailleurs, Gueipard est étonnamment convaincu. Tout le monde sait
que les passions n'ont jamais eu prise sur l'ennemi des
passions et qu'il ne les attaque pas par rancune personnelle. Sa jeunesse a été toute dévouée à la science ;
il n'a jamais voulu se marier, même après son
élection à l'Académie des sciences, quand il n'a eu
qu'à choisir entres les filles et les sœurs de collègues :
il vit rue de Madame, toujours seul, au milieu d'un
monde de préparateurs et de dissecteurs, dans un
vieux parc, une ancienne petite maison dont il a fait
un Clamart.

Le docteur Gueipard est un sage. On ne lui a jamais
connu d'aventures ; il ne s'est emporté que deux ou
trois fois contre ses collègues de l'Académie des sciences,
contre les professeurs ses émules qui parfois tentent
de creuser de nouvelles vallées ou d'introduire de nouvelles montagnes dans sa carte du cerveau. Sur ce terrain il est intraitable ; les circonvolutions de la pulpe
grise sont à lui et à lui seul ; il ne permet à personne
d'y toucher. Mais que de mal il se donne pour appuyer
ses théories d'expériences sérieuses ! Luttant contre
une matière molle et bien vite évanouie, il cherche à
la fixer sans en altérer les contours. Les anciens modes
de préparation ne lui suffisent pas, il en cherche sans
cesse de nouveaux.

On assure qu'il a fait cet hiver une découverte merveilleuse : la surprise, la grande surprise dont on parle depuis le commencement de la séance.

Justement, l'illustre docteur vient d'attirer à lui la boîte de maroquin placée à l'angle de la chaire. Mais, en habile metteur en scène, il ne se presse pas de l'ouvrir ; il la tient sous ses mains croisées et reprend avec lenteur :

— Vous le savez, Messieurs, c'est dans les lobes antérieurs du cerveau que se circonscrivent les affections passionnelles. Toutes habitent ce vaste domaine, mais chacune y occupe sa région limitée. Dans l'état normal, aucun trouble ne vient dénoncer cette localisation, la surface du lobe est unie. Mais que la surexcitation se produise, que la passion atteignant son plus haut période déséquilibre l'ensemble des facultés intellectuelles, et ce nouvel état moral qui est la folie produit un nouvel état physique qui est l'encéphalite. Et ici nous pouvons surprendre la nature sur le fait. Tantôt la pulpe se détend et s'affaisse ; tantôt elle se boursoufle et se tuméfie... Loi admirable, Messieurs, loi de sagesse et de raison qui est en même temps une loi d'expérimentation scientifique et qui me permettra à moi, très humble démonstrateur, indigne apôtre de cette magnifique théorie du positivisme cérébral, de vous prouver la toute-puissance de la nature. Qu'avons-nous besoin d'aller chercher des forces extérieures ? La nature sait tout et elle peut tout. Elle sait que l'esprit humain doit se développer dans le sens des idées simples ; et quand l'esprit humain s'égare, elle l'arrête en le supprimant. C'est une épreuve qu'elle rejette au néant. L'œuvre est lente, mais elle est sûre. Nul ne peut se soustraire à la loi.

La fin de la phrase est encore emportée par l'enthousiasme du public. Sur cette marée d'applaudissements, les dernières syllabes flottent pendant quelques secondes, suspendues entre ciel et terre. Tout à coup un grand silence s'établit ; le professeur ouvre doucement la boîte :

— Il ne m'en coûte pas, Messieurs, de vous avouer une de mes grandes tristesses, l'insuffisance et la fragilité de nos préparations anatomiques. Comment mouler sans la comprimer cette faible et délicate substance cérébrale ? J'ai dû chercher un procédé nouveau qui solidifiât la pulpe encéphalique sans en modifier l'aspect, sans effacer la trace des altérations... Je l'ai trouvé ; c'est la métallisation...

D'un geste brusque le grand cérébriste a ouvert la boîte de maroquin noir, et sous le pâle rayon de soleil qui tombe du plafond apparaissent des masses d'apparence métallique, les unes d'un blanc d'argent, les autres couleur d'or rouge, celles-ci bronzées, celles-là d'un ton laiteux et mat. Toutes les têtes se penchent avidement.

— Par l'injection métallique, nous avons enfin obtenu, Messieurs, des pièces résistantes, de durables témoins qui permettront de commencer par toute l'Europe la grande collection encéphalique... La lente pénétration galvanique n'en altère pas le contour, en respecte les moindres détails. Ai-je besoin d'ajouter, Messieurs, que nous pouvons étudier ainsi toutes les formes de la folie métaphysique ? J'ai déjà de merveilleux spécimens qu'ont bien voulu me confier les principales cliniques de Paris, celui-ci correspondant à la folie mystique, celui-là à la folie des grandeurs, cet autre à la folie amoureuse...

Les petites galettes métalliques, les demi-sphères aplaties, voltigent sous la main du professeur. Et son succès l'exalte, sa voix s'échauffe.

— Ceci n'est qu'un faible échantillon des expériences que nous préparons. Grâce au procédé nouveau, le positivisme cérébral est assuré de témoignages irrécusables... Tous les cas pathologiques aboutiront à cette chaire... Les mystères de la maladie, trop souvent stériles, s'éclaireront d'un nouveau jour en se fixant dans cette forme solide... Que direz-vous, Messieurs, quand je vous prouverai la triple alliance du dérèglement passionnel qu'on appelle l'amour, de la fièvre chaude poussée jusqu'au suicide et de l'encéphalite avec ramollissement des lobes ?... C'est l'étonnante combinaison dont je surveille depuis quinze jours la marche chez une malade hélas ! condamnée et dont je vous expliquerai les terribles ravages au jour prochain où l'autopsie montrera dans la première circonvolution frontale...

La main du professeur s'est abaissée : son doigt pointe vers la boîte de maroquin noir ; mais le geste s'arrête, ébauché ; la phrase s'interrompt... Il n'y a qu'un cri dans la salle : « Le docteur se trouve mal !...» On ouvre les vasistas, les huissiers se pressent autour du grand cérébriste. Il est très pâle ; ses mains ont un tremblement léger. Mais il se remet et s'excuse.

— Pardonnez, Messieurs, cette courte défaillance à mon émotion et à ma profonde reconnaissance envers le public qui m'a honoré de ses bienveillants encouragements, et à qui je donne rendez-vous pour lundi prochain au nom du positivisme cérébral.

Une triple salve d'applaudissements, un dernier sa-

lut au public, et le professeur, suivant un long couloir
voûté, vraies coulisses de la science, arrive à sa voiture, qui l'attend dans la cour de la clinique positiviste. Un huissier ouvre la portière, un autre dépose
respectueusement sur la banquette de devant la boîte
de maroquin qui contient les préparations anatomiques.
Et fouette cocher pour la rue de Madame.

L'illustre docteur, le grand cérébriste a fait bonne
contenance en disant adieu à son public. Il faut bien
soutenir l'honneur de la science. Mais le voilà seul
dans sa voiture, et une cruelle méditation l'absorbe, il
laisse échapper un juron heureusement couvert par le
bruit de la voiture sur le vieux pavé du quartier du
Luxembourg... Son regard vient de rencontrer la boîte
de maroquin où reposent les cerveaux métallisés. Et de
ses mains de savant, longues et grasses, il prend sa
tête à deux mains comme pour s'arracher l'encéphale du crâne.

La boîte osseuse, très large et arrondie aux tempes,
ne paraît pas devoir céder à ces tentatives du grand
cérébriste. Le docteur Gueipard se contente d'un diagnostic extérieur. Il tâte l'occiput et le sinciput, con-
state que l'enveloppe crânienne n'a pas subi de modifications et se demande avec angoisse comment une
hallucination a pu germer dans ce sage moule à sages
circonvolutions cérébrales.

Halluciné, le grand cérébriste l'était tout à l'heure
en plein amphithéâtre de la clinique positiviste. Au
moment où il parlait de cette jeune femme atteinte de
la folie passionnelle et d'une encéphalite, suite de la
fièvre chaude qui l'avait poussée au suicide, il avait
vu, distinctement, devant sa chaire, ce remarquable

14

sujet étendu sur la table des autopsies, le crâne ouvert,
montrant l'ouverture béante du coup de ciseau. Il
l'avait bien reconnue, couchée dans ses vêtements
blancs et noirs de paysanne béarnaise, le profil de
statue fixé et régularisé par la catalepsie, les lèvres
entr'ouvertes découvrant les dents serrées — telle en
un mot qu'il l'avait trouvée huit jours plus tôt dans cette
petite chambre de la rue de Vaugirard empestée
d'acide carbonique.

Ce soir-là, il était dans son laboratoire étudiant avec
passion et métallisant avec succès une série d'encé-
phales « communiqués » par l'asile de Clermont, quand
on avait sonné furieusement à la porte. Un cas grave,
une femme qui se mourait. Il voulait refuser d'abord...
Lui, Gueipard, le grand cérébriste, faire l'office de
médecin du quartier! Mais les mots de fièvre chaude,
d'asphyxie carbonique, l'avaient décidé. C'était un
sujet, une créature déséquilibrée rentrant dans sa clientèle. Et pendant le trajet, il hochait la tête, saluait au
passage les détails que lui fournissait le concierge
avec une abondance inépuisable.

— Une pauvre petite femme qui a passé un bien
triste hiver, monsieur le docteur. Je l'ai vue arriver à
Paris, fraîche comme une rose. Il y avait un Monsieur,
naturellement. Il y a même été longtemps. Puis, petit
à petit, il a cessé de venir régulièrement. Alors la
pauvre dame se mangeait les sangs, comme vous pensez bien. Elle pâlissait, pâlissait... Et de la croisée
d'en face, en faisant le ménage d'un autre locataire,
je la voyais rester assise devant la fenêtre, pendant
des heures entières, les mains sur ses genoux, quasi-
morte. Je vous demande s'il y a du bon sens à se tuer

comme ça pour un homme quand il y en a tant d'autres à Paris !... Enfin pendant cette dernière semaine,
le particulier n'est plus venu du tout... Oh ! j'en suis
sûr ; nous autres concierges d'hôtel meublé, nous sommes comme des bêtes à l'attache, sauf votre respect.
Nous ne bougeons guère... Et la petite dame filait un
coton de plus en plus mauvais... Elle parlait toute
seule, elle regardait les marches de l'escalier comme si
ç'avait été des personnes... Ce soir, elle allait si raide,
que je me suis douté de quelque chose... Mais j'ai
peut-être un peu tardé... La petite dame respire encore,
mais elle est pâle comme de la cire... Avec ça des
tempes qui brûlent... On dirait un fer rouge...

A ce bavardage le docteur Gueipard répondait par de
courtes formules scientifiques — folie passionnelle —
surexcitation locale — encéphalite... Son siège était
fait d'avance. Et en effet il avait trouvé l'état de Blaisette Isaby tout à fait conforme à son diagnostic. La
jeune femme n'était pas morte ; les poumons respi-
raient librement. Mais la suicidée n'avait pas repris
connaissance : une congestion cérébrale se déclarait.

Le docteur ausculta longuement la malade, savourant
ainsi le triomphe de son intuition. Encore une preuve
à l'appui de sa théorie positiviste. On ne se tue que
par folie. Les passions sont les grandes meurtrières de
l'humanité. Le sentiment déréglé qui s'appelle l'amour
avait causé chez cette jeune femme des lésions physi-
ques correspondant aux lésions morales. Cette encéphalite pour ainsi close dans l'agonie du suicide établissait
admirablement la connexité des deux affections. Libre
de passions, enfermée dans la vie régulière, cette
paysanne de la vallée d'Ossau aurait vécu de longues

années. Le docteur Gueipard admirait sa forte structure, son buste puissant. Il s'intéressait même, malgré lui, à cette beauté antique d'un si fier accent, à ce masque durci par les approches de la mort. En forme de moralité, il dit au concierge qui restait là, très ému :

— Voilà où mènent les dérèglements intellectuels. Il faut dominer ses passions, mon brave, si l'on ne veut pas être dominé par elles...

Le concierge salua l'aphorisme au passage, poliment. Puis, revenant à Blaisette :

— Elle sera longtemps malade, cette enfant-là ?...

— Oui, dit le docteur, une encéphalite du premier degré... bien caractérisée... avec rougeur externe et inflammation certaine dans la circonvolution spéciale... une superbe encéphalite...

Il soulignait les mots avec une sorte de gourmandise. Il ajouta :

— A-t-elle une famille ?... des amies ?...

— Rien du tout, dit le concierge... Ce n'est pas une de ces affronteuses qui s'acoquinent tout de suite à d'autres traînées. Je ne l'ai jamais vue causer avec personne dans le quartier. Quant aux visites, pas la queue d'une... Il va falloir l'envoyer a l'hôpital...

— Oui, dit le docteur Gueipard... d'ailleurs, impossible de la soigner ici... il faut un traitement normal.

Le concierge roulait sa casquette entre ses doigts :

— C'est qu'il y a besoin de protections maintenant pour entrer à l'hospice... Puisque monsieur le docteur a déjà eu la bonté de tant faire que de venir, il pourrait peut-être aussi me donner un mot pour un de ces messieurs des grands services.

— Sans doute, Broca, Vulpian...

Il y avait une hésitation et comme une rancune jalouse dans la voix de Gueipard... A quoi pensait le grand cérébriste?... A ses émules, aux autres spécialistes qui auraient la chance de posséder un sujet aussi remarquable, qui pourraient lire à livre ouvert cette magnifique encéphalite. Devait-il leur laisser la gloire des résultats après avoir fait lui-même la découverte ? Brusquement il se décida :

— Transportez la malade dans la première pièce... Je vais vous envoyer deux hommes avec un brancard... Puisque cette jeune femme n'a plus de famille ni d'amis, je me charge de la cure.

C'était ainsi que Blaisette Isaby avait été recueillie par le grand cérébriste. Oh ! la place ne manquait pas dans la maison de la rue de Madame, ex-folie du prince de Roche-Taillée, petite maison dix-huitième siècle dont les pavillons galants, les kiosques, les annexes, subsistaient tous. La dernière des la Roche-Taillée, guérie d'un cancer par Gueipard, lui avait légué cette maison dans un accès de reconnaissance suivi d'un accès de goutte qui aurait pu lui donner l'idée de révoquer son legs mais qui ne lui en laissa pas le temps. Le grand cérébriste se garda bien de rien démolir. Il se contenta de transformer en laboratoire la suite des pavillons. Les préparations anatomiques se faisaient au milieu des galants labyrinthes, sous les voûtes semées de Cupidons aux ailes d'azur.

On avait disposé un de ces pavillons pour Blaisette. Depuis quinze jours elle était là sous la garde de deux infirmières. On ne pouvait trop bien faire les choses pour une malade de cette importance — et de cette conscience. Chaque journée apportait une confirmation

14.

nouvelle au diagnostic du docteur. L'encéphalite prenait un admirable développement : prostration, cauchemar, délire... Le docteur avait pu appliquer l'ensemble
du traitement normal : sétons à la nuque, révulsifs
sur le cuir chevelu, la grosse artillerie de la thérapeu-
tique...

Oh ! oui, bien intéressante la malade ; si intéressante
que parfois le grand cérébriste se reprochait de s'en
occuper trop. Pour suivre ce cas magnifique, il négli-
geait les solennités officielles ; il avait manqué, l'autre
après-midi, la séance de l'Académie de médecine. Il
était resté pendant deux heures au chevet du lit de
Blaisette, suivant la marche d'une crise interne, symptôme d'un nouveau période. A vrai dire, devant cette
jeune femme couchée sur son lit de douleur, il accom-
plissait une besogne savante et sérieuse, il mettait au
point le développement oratoire qui devait faire courir
le frisson dans le brillant auditoire de la clinique positiviste et préparait des variantes. « Les passions sont
les grandes meurtrières de l'humanité. Comme des
abeilles qui s'acharneraient contre le parois de leur
ruche, les passions mordent et déchirent les cellules du
cerveau ; sous prétexte de doubler l'intensité de la vie,
c'est la vie même qu'elles dévorent... » Mais, tout en
méchant ses effets, le grand cérébriste ne pouvait s'empêcher de se dire que les passions devaient avoir un
bien agréable logement dans cette tête de Diane chasseresse et qu'elles étaient excusables de ne pas dé-
guerpir au plus vite.

Folie que tout cela ! La passion c'est l'encéphalite,
et contre l'encéphalite il n'y a que le traitement normal... Parfois encore le docteur pris d'un subit atten-

drissement trouvait bien lourde cette couronne de glace trempant les cheveux noirs de Blaisette, et bien cruels ces setons mordant sur la chair dorée de la nuque. Mais il se révoltait contre sa propre faiblesse. Il fallait aller jusqu'au bout du traitement normal. La crise définitive ne saurait tarder. Sans la réouverture de son cours, le grand cérébriste n'aurait pas quitté la rue de Madame, tant ces symptômes lui paraissaient concluants. Les deux tiers des probabilités étaient contre la malade. Gueipard ne gardait aucune illusion. Et là-bas, dans son milieu habituel, toute la férocité du savant lui était revenue ; il n'avait songé qu'à l'autopsie, à cette autopsie qu'il s'était arrangé pour la soustraire à Vulpian et à Broca...

Férocité légitime, égoïsme tout naturel. On a le droit d'être inhumain dans l'intérêt de l'humanité. Gueipard s'est présenté cent fois à lui-même ces arguments : ce sont les lieux communs de sa conscience.... Pourquoi donc a-t-il eu cette subite défaillance ? Pourquoi en ce moment même, dans la voiture qui le conduisait rue de Madame, sent-il une impatience nerveuse et pas scientifique ? Est-ce que son encéphale n'est pas purgée des petites faiblesses !

— Allons, dit-il brutalement, je vais la voir morte... Et l'autopsie me calmera... Je suis sûr de trouver dans les lobes de gauche...

Il tremble cependant un peu le grand cérébriste, en approchant du pavillon où agonise peut-être Blaisette Isaby, et il y a une sorte d'émotion dans le *hem* vigoureux dont il annonce sa venue. Une infirmière sort tout effarée :

— Ah! Monsieur, Monsieur..

Il la reprend par le bras :

— Eh bien... quoi ?... qu'y a-t-il ?

Il hésite à entrer, le docteur si pressé tout à l'heure, il voudrait faire parler l'infirmière :

— Ah ! monsieur, ce n'est pas notre faute, allez... La malade a eu sa grande crise...

— Elle est morte ? s'écrie le docteur.

— Non, monsieur, mais c'est bien pis !... le grand traitement, le traitement normal... Elle a tout envoyé promener... la glace... les sétons... Et elle s'est réveillée pour ça... Et elle a refusé de se les laisser remettre...

— Elle parle donc ?

— Oui, monsieur, elle a même toute sa connaissance...

Le docteur foudroie l'infirmière du regard :

— Toute sa connaissance ! et elle refuse le traitement normal !

L'infirmière gémit de nouveau :

— Ce n'est pas notre faute. Nous lui aurions remis la couronne de glace ; mais nous avons eu peur de déterminer une nouvelle congestion...

Gueipard n'en écoute pas davantage. Il entre... C'est bien vrai... La malade est étendue, presque assise sur son lit. Elle est très pâle, mais sans aucune contraction des traits. Elle a déjà interrogé les infirmières ; elle sait qu'elle est chez le docteur Gueipard, un grand médecin qui la soigne. Elle le reconnaît à sa rosette, à ses cheveux blancs, à toute cette solennité dont il s'entoure, et elle le salue d'un léger signe de tête.

— Je vous remercie, monsieur...

Il l'interrompt avec une feinte brusquerie.

— Il n'y a qu'une manière de remercier, mon enfant, c'est de guérir.

Blaisette a un léger sourire :

— Je suis guérie...

— Qu'en savez-vous?... Il faut guérir tout à fait... Pourquoi ne voulez-vous plus de glace autour du front?... Vous voyez pourtant bien que vous avez la tête fatiguée puisque vous avez dormi pendant quinze jours...

— Je n'ai pas dormi, monsieur le docteur... je suis morte...

— Comment! morte?

Le regard du docteur exprime clairement sa pensée; mais Blaisette remue ses longs cheveux noirs délivrés de tout frein.

— Je ne suis pas folle... Je l'ai été, je ne le suis plus... Mais je sais ce que je dis : je suis une morte qui revit.

Et, portant la main à ses tempes :

— Il n'y a plus rien qui vive là...

Ce nouvel effort l'a épuisée; elle glisse sur l'oreiller. Réaction salutaire; le pouls bat doucement, le cœur a des palpitations régulières. Mais la tête paraît étrangement lourde aux mains peut-être troublées du docteur. Et dans un reste d'hallucination, il lui semble que Blaisette a dit vrai, que ce front pur, délivré de sa couronne de glace, ce front de déesse endormie, cache un cerveau métallisé comme ceux de la boîte en maroquin, — un cerveau d'or rouge.

XV

LE RUBICON

Les semaines s'écoulaient, toutes remplies pour Peyroral par l'énorme travail matériel que demandait la
surveillance de la Solidarité rurale, dorées aussi et
comme ensoleillées par le succès de l'œuvre. Le nouveau
conseiller général du canton de Vancogne avait, par
surcroît, la charge assez fatigante des intérêts de ses
commettants, un métier de commissionnaire, de facteur
en pétitions qui absorbait ses rares heures de loisir
comme le sable boit les courtes averses. Mais il ne lui
déplaisait pas de brûler ainsi les étapes de ce qu'il considérait comme une période de transition. Et il
se serait senti heureux de faire flamber sa vie, si la
comtesse ne s'était trouvée là pour le forcer à mesurer
les heures et compter les jours.

Tendresse moins envahissante qu'écrasante et dont la
régularité était un poids lourd. Madame de Villeségure
se multipliait avec une ardeur infatigable. Depuis que
la femme politique servant une cause, s'était doublée
d'une amante, travaillant pour son amant, elle avait
abdiqué tout repos. En se vouant à Peyroral elle s'était,
à proprement parler et sans métaphore, condamnée à
perdre le sommeil. Les événements se précipitaient, la
coalition des droites contre le principat thiériste mar-

chait grand train. Madame de Villeségure, au centre de
la toile, dont elle voyait tisser les mailles, ne pouvait
se désintéresser de la bataille prochaine, sans abandonner
en même temps les intérêts de Peyroral. Sa faute lui
avait fait des devoirs nouveaux, des devoirs doubles.
Un même aiguillon la traversait, âme et chair, creusant une blessure voluptueusement saignante et impossible à cicatriser. Et maintenant une flamme veillait
dans son regard... ardente comme la préoccupation qui
lui brûlait le cœur. Ses rendez-vous avec Peyroral
avaient changé de caractère ou du moins de mise en
scène. Elle ne paraissait pas, comme au début de leur
liaison, laisser derrière elle un trouble, une épouvante; elle n'arrivait pas tremblante, en quelque sorte
amoindrie par l'apeurement. Elle apportait une fièvre.
Ses mains brûlantes qu'elle mettait d'un geste familier
sur le front de Peyroral, le mouvement convulsif dont
elle le serrait contre sa poitrine, faisaient regretter à
l'avocat la maman d'autrefois, ses attentions douces,
son lent attendrissement.

En ce temps-là — et c'était hier — elle lui permettait de respirer, elle ne s'imposait pas brusquement; elle
n'avait pas ces allures conquérantes et pressées ; c'était
elle qu'il fallait conquérir. Pourquoi ce changement,
ces chutes brusques comme un viol de l'amant par
l'amante?

— Qu'a-t-elle donc?

Bien vite, en vrai méridional peu au courant du
cœur des femmes, il glissait aux suppositions brutales
et s'en contentait. L'âge de madame de Villeségure,
l'empire des sens, la soif des voluptés matérielles
d'autant plus vives que la source est plus près de

tarir... La cause véritable de cet affolement apparent
lui échappait et, se fût-elle révélée à lui sous une forme
palpable, il n'y aurait rien compris. Il avait l'incurable
cécité des ambitieux qui vivent dans l'obsession de
l'idée fixe comme dans une chambre fermée. Madame
de Villeségure lui échappait. Certes, il jugeait utile et
indispensable de lui imposer cette grosse besogne politique dont il devait être seul à profiter. Il sentait très
bien qu'à ce point décisif de sa carrière la main de la
comtesse le soutenait encore et qu'en se retirant elle
le laisserait tomber. Cela seul l'aidait à supporter le
poids de leur liaison. Mais tout en profitant de ces
corvées matérielles qu'il n'avait pas besoin de forcer
madame de Villeségure à accomplir, tant elle avait le
sacrifice prompt et spontané; tout en retirant son bénéfice personnel de la campagne menée en faveur de la
Solidarité, il ne songeait pas à se demander quel bénéfice moral la comtesse y trouvait à son tour.

C'était là pourtant le grand secret, le dessous mystérieux de cette fièvre inépuisable. Quand madame de
Villeségure tombait dans les bras de son amant, allant
au-devant des caresses avec sa magnifique impudeur
de patricienne, un orgueil brûlait sous ses paupières
toujours levées. Elle n'avait plus de honte maintenant;
elle ne baissait plus les yeux; elle ne cherchait plus à
goûter le plaisir derrière un rideau transparent. C'est
qu'aussi elle n'allait plus à la volupté comme à un
fruit défendu, mais comme à une juste récompense.
Elle prenait son dû, elle se payait elle-même. L'homme
dont elle façonnait chaque jour l'avenir, dont elle
pétrissait la fortune, était son œuvre comme il était sa
joie. Elle ne lui demandait rien qu'elle ne dût lui

rendre au centuple. Dans les moments critiques de
l'abandon amoureux, ce qui lui venait aux lèvres
n'était pas le sanglot bégayant de la femme ramenée
aux sensations de l'enfance par l'agonie du plaisir,
mais des cris d'ambition, une sorte d'apothéose anticipée de l'homme qu'elle voulait admirer autant qu'elle
l'aimait.

Toute cette mise en scène restait inexplicable pour
Peyroral. Il ne savait qu'une chose, c'était que sa
maîtresse le fatiguait cruellement. Il sortait énervé
de leurs entrevues. Ces rendez-vous avaient le double
inconvénient de le forcer à mesurer le temps et de lui
faire regretter Blaisette. Celle-là au moins était la
vraie maîtresse d'un ambitieux. Peyroral s'en expliquait crûment avec lui-même :

— Une femme orientale. Une femme d'attente et non
d'attaque.

C'était vrai. Même dans le printemps de l'idylle, pendant les premières semaines de l'arrivée à Paris, Blaisette gardait toujours une certaine humilité expectante.
Elle n'allait pas au-devant des caresses, elle ne s'imposait pas... Oh ! comme Peyroral lui rendait justice
depuis qu'il l'avait perdue ! Ce n'était pas seulement
une sorte de remords angoissé qui s'était levé au fond
de son cœur ; c'était aussi un sentiment d'équité tout
nouveau.

Blaisette disparue, morte pour lui, renaissait sous
une double forme dans les visions troubles d'une imagination hallucinée. Il la revoyait en même temps
mourante et vivante ; il assistait à sa lente agonie,
aux affres de son suicide ; il lui arrivait parfois, dans
les jours de spleen, de regarder ses doigts comme pour

15

y chercher des traces de sang. Et pendant que le crime palpitait sous sa main, encore chaud, il avait la vision ironique d'une Blaisette jeune et souriante, d'une fille de la vallée d'Ossau dans tout l'éclat de la jeunesse et de la beauté, promenant autour d'elle un éternel printemps.

Cette image le poursuivait jusque dans les bras de sa maîtresse. Au moment où madame de Villeségure voyait à travers le mirage voluptueux l'apothéose de Peyroral, Peyroral ne voyait que Blaisette, et c'était l'amertume d'un regret qu'il buvait sur les lèvres enfiévrées de la comtesse. Divorce physique et moral que chaque entrevue, chaque union intime, rendaient plus évident et plus pénible pour Peyroral. L'avocat se raidissait cependant contre cette répulsion instinctive de tout son être. Jamais il n'avait été plus éloigné d'une rupture avec madame de Villeségure. Cette intrigue était une affaire de volonté. Il avait voulu avoir la comtesse, et il l'avait eue quand une solution s'était imposée. Il voulait la garder, et il la garderait tant qu'une autre nécessité ne se ferait pas jour. Mais il lui était plus facile de jouer la comédie de l'amour entreprenant que de dominer les rancunes de l'amour trop satisfait.

Les soirées au cercle de l'Olivier étaient devenues pour Peyroral un dérivatif nécessaire; il y usait cette colère nerveuse que lui laissaient à fleur de chair et à fleur d'âme les baisers de madame de Villeségure. Certes, il lui était pénible d'apercevoir le visage ironique de Lacaussède et de répondre au demi-bonsoir que le journaliste lui adressait d'un mouvement des paupières; mais il bravait ce désagrément pour retrouver sa distraction favorite. Il s'absorbait, jouait pendant des heures entières, les deux mains croisées autour de sa pile de jetons, les yeux fixes et comme hypnotisés par le reflet du tapis vert.

Dans le cycle des joueurs et surtout dans l'opinion impartiale des garçons de partie, Peyroral avait la réputation d'un beau ponte. Son calme restait admirable, du moins à la surface. Pendant qu'autour de lui les décavés faisaient éclater dans leur muette pantomime les différences de race et d'éducation, ceux-ci — les Parisiens — blêmes, le teint pâle, transparent et comme approfondi par chaque perte nouvelle, les yeux élargis creusant deux trous ovales dans le haut de la face; ceux-là — les méridionaux du Midi fougueux, — dévorant à belles dents les poils rudes de leurs moustaches ou traînant des mains aux doigts osseux comme des râteaux en sarments de vigne dans les broussailles de leur chevelure, le secrétaire général de la Solidarité paraissait insensible au flux et au reflux de la veine.

Son fatalisme le soutenait. Cependant il gardait quelques superstitions, comme le ciel le plus pur est traversé de nuées rapides. Un joueur reste toujours fétichiste. Peyroral, sans croire aux porte-bonheur, aux bagues, aux breloques, découvrait une correspondance sympathique entre la mise en scène des rendez-vous dont le contre-coup le jetait devant le tapis vert du cercle et la façon dont il était traité par les cartes. Si l'entrevue avait été occupée tout entière par la passion, si madame de Villeségure s'était montrée surtout amante, alors Peyroral était presque toujours reposé de ces voluptés un peu âpres par les caresses moins fati-

gantes de la fortune. C'étaient là ses bonnes soirées,
il revenait alors d'un pas allègre, faisant sauter les
louis dans les poches de son gilet, serrant avec précaution sur son cœur le portefeuille alourdi de billets. Mais si la comtesse lui avait fait subir ce qu'elle
appelait en riant sa préparation à la thèse, son examen
de politique ; si la Solidarité rurale, M. de Marverie,
le canton de Vancogne et la succession toujours imminente du vieux marquis de Signol, député de Loir-et-
Cher, avaient fait les plus grands frais de la séance,
alors la chance tournait. Peyroral voyait la pile de
jetons diminuer et fondre au reflet des grandes lampes
de bronze doré qui rabattaient une lueur jaune sur la
table de baccara.

Les ardeurs de madame de Villeségure avaient pour
écho les faveurs de la veine : à ses distractions ambi-
tieuses répondait une égale négligence de la fortune.
Peyroral se fiait à cette corrélation mystérieuse pour
modérer ou augmenter sa mise, et, à part de légères
variations dans le chiffre de bénéfices, son calcul le
trompait rarement. Il n'est cependant aucun critérium
infaillible. Peyroral ne devait pas tarder à s'en apercevoir.

Ce fut au début du mois de mars qu'il eut cette
preuve. La journée avait été lourde et bien remplie. La
veille, tombait l'échéance du second versement des
actions de la Solidarité rurale. Rentrées brillantes : la
caisse de Paris était pleine, les succursales de province
avaient aussi envoyé un fort contingent, partie en nu-
méraire, partie en chèques sur les grandes banques.
Pendant toute la journée le secrétaire avait dépouillé
les états provisoires, centralisés dans son cabinet et

dressé les comptes définitifs destinés à passer d'abord par le contrôle officieux de M. de Marverie, puis par le contrôle officiel du conseil d'administration. A six heures, quand il s'était arraché à la besogne, tout était terminé. Madame de Villeségure devait venir ce soir-là. Depuis huit jours un concours de circonstances fâcheuses l'avait retenue : le passage de parents de province, une fête de charité, un dîner chez les princes. Aussi était-elle arrivée avec les yeux que Peyroral connaissait bien, les yeux de la grande flambe, comme il les appelait irrévérencieusement, les lèvres plus pleines de baisers que de paroles.

Le secrétaire de la Solidarité se croyait donc toutes sortes de bonnes raisons pour agripper la veine en s'asseyant devant la table de baccara du cercle de l'Olivier. Cependant, dès le début de la partie, il sentit un malaise, une sorte de fièvre qui, chez lui, étaient le symptôme physique des pressentiments salutaires. Il attribua cette mauvaise disposition à la saison qui s'avançait : la soirée était très chaude, les valets de pied avaient dû ouvrir les hautes fenêtres, et le bruit du roulement des voitures sur la chaussée du boulevard se mêlait à l'écho monotone de la voix des garçons de jeu. Peyroral ne tarda pas à se rassurer. Il gagnait. Mais tout à coup la chance tourna ; du côté du tableau où était assis Peyroral, la déveine balayait les mises à grands coups réguliers. L'avocat faisait bonne contenance, trop bonne même, car une sorte de fièvre orgueilleuse l'arrachait à ses principes de prudence. Il avait vidé son portefeuille et il s'obstinait encore à ponter, murmurant entre ses lèvres sèches :

— Le critérium ne m'a jamais trompé. La chance
va revenir brusquement...

La chance ne revenait pas, et toutes les demi-heures
Peyroral faisait passer au caissier des bons de cinquante ou de cent louis crayonnés sur l'envers d'une
carte. Un valet de pied prenait le carton sur un plat
d'argent, rapportait les jetons avec le même cérémo-
nial. Mais cet ivoire se changeait bientôt en feuilles
mortes, et Peyroral décavé recourait à de nouveaux
emprunts. Une fièvre machinale le poussait; il luttait
contre la mauvaise fortune avec cette rage inconsciente
qui donne une régularité si étrange aux contractions
épileptiques du masque de certains joueurs.

Il aurait suffi de la moindre interruption, d'une observation du caissier, d'un conseil de camarade pour
rendre à Peyroral son sang-froid. Et peut-être alors se
fût-il décidé à sacrifier les vingt mille francs qu'il
perdait vers minuit. Mais la caisse n'avait garde de
faire des difficultés : le secrétaire de la Solidarité rurale était connu ; son titre répondait pour lui. Point
de camarade ni d'ami auprès de Peyroral. La vitesse
acquise l'entraînait, sans contre-poids. D'ailleurs, ces
vingt mille francs qu'il faudrait rembourser le lendemain à la caisse, il ne les avait pas. Ses fonds dis-
ponibles étaient engagés dans la Solidarité ; il était
souscripteur, lui aussi : il avait dû faire le deuxième
versement comme les autres intéressés. C'était au jeu
à combler le vide que le jeu venait de creuser.

A deux heures du matin, Peyroral perdait quarante
mille francs. Aucun banquier ne reprenait la partie ;
la salle se vidait ; en face de Peyroral, étendus sur le
canapé de cuir rouge, deux décavés s'étaient endormis.

Le gérant de la Solidarité rurale se leva et tressaillit
en reconnaissant Lacaussède à cheval sur une chaise
derrière lui.

— Comment ! c'est toi... c'est toi...

Le journaliste eut le petit battement de paupières
qui lui servait de salut.

— Mais oui... je suis la partie depuis une heure...
Compliments, mon petit, tu as de l'estomac... Et tu
sais, pour que je te fasse des compliments à toi...

Peyroral fit un mouvement de colère.

— Tu m'as porté la déveine... j'aurais dû me douter
que tu étais là...

Lacaussède le calma d'un geste doucement moqueur.

— Là ! là !... ne t'emporte pas. Au moment où je
t'adresse des félicitations sincères, tu cesses de les mé-
riter. Tu t'emportes, tu t'emballes, tu as tes nerfs.
Eh ! mon bon, pourquoi veux-tu que je te porte la
guigne ? Je n'ai pas de raison pour t'en vouloir... Je
ne suis pas Blaisette...

Peyroral tressaillit de nouveau :

— Blaisette... pourquoi me parles-tu de Blaisette ?...
Sais-tu si...

Il s'arrêta. Il allait peut-être livrer son secret. Peut-
être Lacaussède ne connaissait-il pas la tentative de
suicide de sa payse, la fille de la vallée d'Ossau...
Mais le journaliste était au courant, et, clignant des
yeux, il répondit avec une intonation dure :

— Si elle est vivante... Ma foi, je n'en sais rien...
Et puis, qu'est-ce que ça te fait ?... Ça ne te regarde
plus, ces choses-là, mon bon... Tu es maintenant un
homme d'âge, un homme d'expérience, un monsieur
posé... Tu ne t'emballes plus... qu'au baccara...

Peyroral regardait fixement Lacaussède. Impossible de pénétrer ce masque ironique. Si Lacaussède avait quelques nouvelles de Blaisette, il ne dirait rien. Donc ce n'était pas afin de causer du suicide de la fille du clerc Isaby qu'il s'était arrangé pour rester seul avec le directeur-gérant de la Solidarité. Alors, pourquoi ?

Une interrogation sortait des yeux de Peyroral, nette et brutale, allumée par le reflet de la crise que traversait l'amant de madame de Villeségure, Lacaussède se mit à rire.

— Ne m'avale pas... Tu n'aurais pas mon secret, et ce serait bien dommage... Viens plutôt prendre un verre de champagne aux fraises, et quitte cette mine d'enterrement. Que diantre ! Un gaillard de ton espèce est toujours gâté par la fortune, et, quand elle te fouette, c'est encore avec une verge d'or. Malheureux au petit jeu du baccara, heureux au grand jeu de la politique.

— Que veux-tu dire ? murmura Peyroral...

— Ah ! ah ! je t'intéresse... Parfait !... Eh bien, voici l'affaire en deux mots... Le vieux marquis de Signol est mort cette après-midi... Une attaque d'apoplexie... la troisième, la bonne... Et la succession ne tardera pas à s'ouvrir ; le conseil de cabinet s'en est déjà occupé... Apprête tes jarrets, heureux favori...

— Tu es sûr ! dit Peyroral. Signol est bien mort?...

— Sûr et certain... Tu as gagné un gros lot. Excellente la place vacante... Peu d'électeurs et des gaillards qui ne demandent qu'à se laisser convaincre par un richard comme toi. Avec quarante mille francs tu en verras la farce.

— Quarante mille francs, répondit machinalement Peyroral...

— Oui, quarante, trente-cinq... Qu'est-ce que c'est pour un financier de ta trempe?... Décidément, tu ne viens pas souper?... Je vois ce que c'est. Tu vas préparer tout de suite ta candidature... Au revoir...

Il pirouetta, saluant d'un clignement d'yeux et sans tendre la main à Peyroral. L'avocat eut un pli de lèvres. Cette attitude ironique le décontenançait.

— Un ennemi, oui, bien décidément un ennemi... Ça se voit à tout... Mais alors pourquoi est-il venu m'annoncer la mort du marquis de Signol !... Baste ! ces journalistes, c'est si fier d'être informé !...

Il faut que ça parle comme les perroquets causent. La nouvelle est importante... Voici le moment d'être député...

Sa fièvre avait changé de nature, était redevenue orgueilleuse et vantarde. En passant devant le garçon de caisse qui triait les bons, faisait son relevé, il lui jeta négligemment :

— Vous ferez passer chez moi demain, Joseph, de quatre à cinq...

Soudain, dans la rue, sous une pluie d'orage dont les dernières larmes s'égouttaient, le sang-froid lui revint ; il vit clairement la situation. Quarante mille francs, à payer à la caisse du cercle, quarante mille autres qu'il faudrait remettre à Simon pour engager sans retard les opérations électorales... Total : quatre-vingt mille francs à trouver.

Jusqu'au jour il marcha dans son cabinet de travail, ne songeant pas au sommeil, maintenu éveillé par la pensée de ces quatre-vingt mille francs dont il devait

15.

avoir au moins la moitié le matin même. Impossible
de s'adresser à madame de Villeségure. Elle était engagée à fond dans les opérations. Peyroral connaissait
son compte courant. Et d'ailleurs, comment lui em-
prunter de l'argent sans s'exposer aux soupçons les
plus injurieux?... Non, décidément, on ne pouvait
chercher de ce côté-là... A qui s'adresser? A M. de
Marverie? Il remonterait à la source des obligations
contractées par le directeur-gérant de la Solidarité.
Une dette de jeu? Madame de Villeségure elle-même
ne serait plus assez forte pour couvrir son protégé.

Peyroral réfléchissait, l'œil fixe, les poings crispés.
Il lui fallait ces quatre-vingt mille francs. Jamais nécessité plus forte ne s'était imposée. Si la caisse du cercle de l'Olivier n'était pas remboursée le lendemain, il
y aurait affichage, exclusion, scandale. Si l'agent électoral ne pouvait pas tabler sur une forte provision, il
se tournerait vers un candidat ayant à la fois des ressources et des chances plus sérieuses... Des deux
côtés c'était une question de vie ou de mort... Peyroral
ne gardait aucune illusion... En même temps un souvenir obsédant le poursuivait. Il revoyait la dernière
pièce qui lui était passée par les mains : un chèque
que M. de Rochefière lui avait remis pour la libération
complète de deux cents titres, soit quatre cent mille
francs à retirer du compte courant pour les reverser
au bureau des valeurs.

Quatre cent mille! Le chèque était en blanc au nom
et à la disposition de Peyroral; le duc, toujours grand
seigneur, le chargeait de toutes ses opérations... Il suffisait d'écrire quatre cent quatre-vingt mille francs au
lieu de quatre cent mille et de garder la différence...

Un emprunt forcé et, somme toute, un faux. Mais qui vérifiait les comptes de M. de Rochefière, sinon Peyroral lui-même ? Et alors où était le danger ? Les quatre-vingt mille francs seraient bientôt restitués ; il suffisait d'une opération heureuse. Et alors où était l'indélicatesse ? Peyroral répétait dans le silence de sa chambre ;

— Un emprunt... un simple emprunt... Une irrégularité sans importance...

Il se payait de sophismes, et, si fausse que fût la monnaie, il était encore heureux de la palper. La nécessité était là inéluctable. Au matin, il toucha lui-même à la caisse des comptes courants le chèque de quatre cent quatre-vingt mille francs, puis au bureau des titres versa les fonds de libération de deux cents titres. La simultanéité des opérations était fâcheuse, mais assurément elle passerait inaperçue dans ce coup de feu des grosses rentrées.

Peyroral travailla pendant toute la moitié de l'après-midi avec M. de Marverie, à quatre heures il revint rue du Mont-Thabor. Le caissier du cercle avait déjà envoyé un garçon de jeu. Peyroral régla les quarante mille francs, donna cinq louis au domestique, intérêt moyen. Quelques minutes plus tard arrivait une dépêche de Simon :

— Comité Blois réuni... Puis-je poser candidature ?

Peyroral écrivit quelques mots :

— Remerciements. Toujours prêt pour la cause... Serai à Blois après-demain...

Et, frappant de la main le paquet de billets gonflant son portefeuille :

— Cet argent va servir à la bonne cause... Je suis sûr que ce brave duc m'approuverait s'il connaissait mon petit emprunt...

XVI

FEUILLE A FEUILLE

Réunion intime ce soir-là dans le salon de madame de Villeségure. Le duc de Rochefière ; M. de Marverie ; puis le nouveau député de Loir-et-Cher, M. Ludovic Peyroral, le leader incontesté du centre-droit-centre-gauche-libéral-progressiste-conservateur ; M. Leroux (de Bernay), enfin M. Grivoil, l'archéologue éminent à qui tant de sanctuaires antiques doivent d'avoir retrouvé leurs perrons.

Il y a de l'animation et même de la fièvre dans l'air, sur les figures, jusque sur les meubles. D'ordinaire ils ont un tout autre aspect, ces fauteuils vénérables apportés du Béarn par le feu comte de Villeségure. Ils flânent à travers l'immense pièce aux murs sombres comme de vieux promeneurs dans un vieux jardin. Mais ce soir ils sont groupés dans une attitude sérieuse. Ils font cercle.

Et chacun des assistants, encadré par les hauts dossiers et les larges bras couverts de tapisserie au petit point, a sa physionomie particulière. Une satisfaction mal contenue gonfle les yeux souriants du duc de Rochefière, épanouit ses joues roses, s'étale même sur sa large barbe en éventail et donne à ce souvenir historique un reflet plus soyeux. M. Ludovic Peyroral garde la tenue

modeste d'un nouvel élu ; mais il y a une grâce assez
hautaine dans ses manières déférentes. L'enfant de la
vallée d'Ossau sait où il est, et sait aussi ce qu'il vaut.
M. Leroux (de Bernay) s'est transformé physiquement
en six mois. A mesure que la coalition conservatrice
a fait des progrès, il a modifié les détails de sa tenue.
Plus d'habits fantaisistes, plus de gilets de cocher
comme en porte l'austère Dulud, plus de cravate blanche
roulée en corde. Leroux (de Bernay) a maintenant l'aspect d'un parfait doctrinaire ; son frac boutonné cache
un gilet qui ne fait pas de plis sur le ventre ; sa cravate fine et mince dessine un trait blanc — ton sur
ton — au sommet du plastron immaculé, ses petits
yeux de maquignon normand rayonnent d'une solennité joyeuse. Le masque impénétrable de M. de Marverie est lui-même éclairé d'un rayon heureux. Là-bas,
du fond de son cadre, le portrait du feu comte regarde,
tout surpris.

Le centre du groupe est occupé par madame de Villeségure et par Grivoil, l'archéologue éminent. Le fauteuil de madame de Villeségure fait une pointe hardie
hors du cercle ; M. Grivoil sert tout à fait de pivot. Il
est assis près d'une petite table et tient des feuillets
imprimés d'un côté, blancs sur le verso. Ses lèvres
remuent — moins que les yeux de la comtesse très en
beauté ce soir-là — tout allumée d'une sorte d'admiration extatique. Et à chaque minauderie qui crispe les
coins de la bouche rasée du grand liseur répond un
battement de paupières, un coup d'éventail, un sourire
ou une moue délicatement épanouie de la grande dame.
M. de Marverie garde son attitude à demi bourgeoise,
sa concentration de sphinx orléaniste. La barbe de

M. de Rochefière a l'air de dialoguer avec celle du
Béarnais. Peyroral, penché à l'oreille de Leroux (de Bernay), laisse échapper de temps à autre quelques excla-
mations à demi saisissables et qui doivent aller jusqu'à M. Grivoil, car les belles oreilles du savant, à la
conque large, aux volutes élégantes, ont de courts tres-
saillements sous les longs cheveux gris tombant droit
comme un voile d'argent.

M. Grivoil lit les épreuves d'un article qui va paraître
dans une revue célèbre. Il s'agit du temple de Persépolis, d'un nouveau perron retrouvé — ce perron qui
sera désormais le plus beau fleuron de la couronne de
nos Sociétés savantes, comme Barbaste l'écrivait le matin même — des civilisations préhistoriques et de bien
d'autres choses encore. Cet article doit être la profes-
sion de foi définitive et décisive de l'éminent Grivoil
que les Berrichons ont élu sans lui demander d'autres
garanties que sa gloire. Ah ! comme ils vont être intéressés, ces électeurs naïfs, s'ils s'avisent de lire entre
les lignes des grandes pages aux caractères majestueux.

Le perron du temple de Persépolis est plus que le
fleuron cher à Barbaste. Il devient, sous la plume de
M. Grivoil, une large base sur laquelle la religion, la
famille et la propriété tiennent à l'aise.

« Je ne pouvais, continue le savant, je ne pouvais
mettre au jour ces marches magnifiques du marbre le
plus pur sans que cet escalier divin et sa blancheur
éblouissante me reportassent aux âges de foi, aux âges
de glorieuse théocratie où il a été construit. C'était
alors le beau temps de la monarchie persane : les travaux de la paix y alternaient avec les exploits de la
guerre, admirables, immortels comme eux. Les mê-

mes mains qui venaient d'assurer l'indépendance nationale taillaient le granit aussi facilement qu'un enfant
sculpte les blocs de neige; et tant que la foi est restée vivace, cette foi a produit des œuvres qui défient
les siècles et que la lente masse des années a pu
recouvrir, mais qu'elle n'a pas détruites puisque nous
avons eu l'insigne honneur et la joie à nulle autre
comparable de les retrouver aussi belles qu'au premier
jour, répondant par le sourire chaste du marbre blanc
au divin baiser du soleil asiatique. »

Il y a une pause, un silence. Puis les applaudissements éclatent, fusillant à bout portant l'éminent
archéologue qui n'en paraît pas gêné. Madame de Villeségure se multiplie; elle s'échauffe elle-même et
entretient l'admiration de ses invités. Les oreilles de
Monsieur Grivoil palpitent plus fort, entr'ouvrent le
voile argenté des cheveux pleureurs. Il reprend d'une
voix lente, mouillée, cristalline, où la chute régulière
des syllabes émues a la régularité de grosses gouttes
de pluie tombant sur le vitrage d'une serre ;

« Tant que la foi a duré — foi religieuse, foi politique intimement unies, solidement inséparables —
l'Asie-Mineure s'est couverte de monuments comme
une belle prairie se couvre de fleurs. Au contraire, de
l'oubli des saines traditions, de la prédominance des
appétits matériels mal déguisés sous le nom d'admis-
sion de tous aux emplois publics, datent une décadence
générale, un fourmillement de petites personnalités,
de petites ambitions, de petites visées remplaçant cette
admirable unité qui avait fait la monarchie persane
si grande dans la double poussée belliqueuse et artistique... Et là, devant ce sable éloquent qui semble

une poussière de civilisation, je pensais malgré moi, avec la haute impartialité de la science traversée par un réveil d'émotion patriotique, à une autre unité qui jadis chez nous a multiplié les capitaines éminents et les admirables ouvriers, qui a fait la France grande dans les luttes de la guerre et dans les arts de la paix, je pensais à cette admirable unité monarchique et religieuse remplacée par l'état atomistique, les misérables divisions de partis.

» Et je me disais : Non, l'unité de la France n'a pas dit son dernier mot ; elle n'a pas succombé sous le lent ensevelissement des siècles. La Perse a le perron du temple de Persépolis, noble relique d'une civilisation qui a glissé dans le gouffre du temps. La France a encore le palais de Versailles et le vaisseau de Notre-Dame. Il n'en faut pas davantage pour faire revivre un heureux passé dont les grandeurs s'appellent hier et dont les prospérités peuvent s'appeler demain. »

C'est fini, bien fini : la période académique retombe d'aplomb sur ses deux pieds. Et cette fois l'enthousiasme ayant besoin de s'épancher devient intime. Madame de Villeségure a pris les deux mains de l'éminent archéologue et les serre avec cette grâce aristocratique dont elle ne se départit jamais. Monsieur de Rochefière jette par-dessus sa barbe. « Comme vous avez bien parlé de la France d'Henri IV ! » Leroux (de Bernay), la main dans sa redingote, a pris une attitude de doctrinaire inspiré. Les deux mains de Peyroral sont en l'air, palpitantes d'admiration. Et Grivoil, troublé par l'averse de compliments, recule à travers le salon pour aller écrire une dédicace en tête des précieuses épreuves

que réclame madame de Villeségure, recule toujours
et heurte Monsieur de Marverie qui lui dit avec un
demi-sourire:

— Compliments, mon cher collègue... Je n'aurais
jamais cru que la science pût être aussi patriotique ni
le patriotisme aussi savant...

Grivoil recule, un peu effaré, flairant quelque félici-
tation à double entente. Mais Madame de Villeségure
l'entraîne après avoir adressé à Monsieur de Marverie
un regard chargé de reproches. Elle le fait asseoir
devant un petit bureau de marqueterie — le propre
bureau de Marie-Antoinette, provenant directement du
petit Trianon — elle lui tend une plume, et il écrit:

— A la femme de France qui fait le mieux revivre
les pures traditions du grand siècle, hommage d'un
patriote attristé, mais qui a cru voir se lever dans les
yeux de madame la comtesse de Villeségure l'aurore
de jours meilleurs.

GRIVOIL.

12 avril 1873.

C'est fait. Grivoil est maintenant enrégimenté dans
le clan fusionniste. On le traite en frère, bien mieux
en complice. La Solidarité rurale tient son argent; sa
conscience est enfermée dans le petit bureau de Marie-
Antoinette. Plus rien à lui cacher. Pendant que le
« patriote attristé et qui a cru voir se lever », etc...
met son paletot dans l'antichambre, Leroux (de Bernay) le rejoint et lui dit à demi-voix:

— Que je suis heureux de vous voir tout à fait
des nôtres!... Votre article sera un coup de clairon
qui ralliera bien des indécis. Tant mieux pour eux.
Le moment psychologique est venu. Feuille à feuille

c'est la devise ; dans un mois, le reste de l'artichaut...

Au même moment Peyroral, peu soucieux de la présence du duc de Rochefière, dit tout haut à la comtesse :

— Ouf! c'était dur... mais il le fallait.

La comtesse aussi paraît lasse et ravie; lasse du rôle fatigant qu'elle vient de tenir, ravie de la satisfaction de son amant. Il n'y a que le portrait qui garde son air étonné, et M. de Marverie dont le sourire moins hautain et plus triste que tout à l'heure glisse sur les tresses blondes de madame de Villeségure.

Oui, un dur travail. Peyroral n'exagérait pas. Gonfler un sot, lui donner de l'importance, en faire une sorte de personnage! Madame de Villeségure avait failli reculer devant la tâche. Oh ! son beau geste de colère quand l'avocat lui avait demandé d'inviter Grivoil :

— Ce savant, ce pédant, ce parleur intarissable... Vous ne trouvez donc pas qu'il y a déjà trop de fâcheux entre mon amour et vous?...

Il ne s'était pas découragé. Il avait sermonné madame de Villeségure comme une grande enfant, lui parlant avec une sincérité extraordinaire mais qui n'avait rien de compromettant. Sur le terrain de l'ambition, il ne craignait jamais de déchoir à ses yeux, de paraître trop ardent, trop avide, trop pressé. Et vaillamment il avait plaidé la cause de Grivoil :

— C'est vrai, me voilà député de Loir-et-Cher... et, comme tu dis, les espérances sont mûres... Au printemps nous pouvons compter sur la victoire... Mais qui me fera ma part? M. de Rochefière n'acceptera pas de ministère; tout au plus prendra-t-il une ambassade, afin d'y dépenser quelques millions au profit de la

bonne cause. M. de Marveric est trop indifférent pour
payer de sa personne. Il votera avec nous au jour
décisif, mais il ne se chargera pas d'un portefeuille,
et d'ailleurs ce n'est pas lui qui me tendrait la main.
Tandis qu'en gonflant, en soufflant Grivoil, en le portant dès aujourd'hui candidat ministériel, je m'assure
un point d'appui. Nous sommes dans les meilleurs
termes depuis que je lui ai expliqué le mécanisme de
la Solidarité rurale. Il peut à peine se passer de moi ;
il faut qu'il le puisse de moins en moins... Et rien à
craindre. C'est un solennel ; il jouera assez bien son
rôle extérieur pour en imposer à la masse et même à
nos collègues. Mais, au fond, c'est un timide ; il se
connaît ; il ne consentira pas à être quelque chose sans
avoir quelqu'un derrière lui... Et ce quelqu'un ce sera
moi.

Madame de Villeségure avait cédé. Bien mieux : après
ses premières résistances, elle avait mis une sorte d'ardeur fébrile à gonfler cette baudruche qui devait servir
de point d'appui à Peyroral. En deux mois, elle avait
fait passer le naïf archéologue par toutes les tentations
et toutes les extases, lui persuadant qu'il avait la plus
magnifique étoffe d'homme public, l'affolant, affolée
elle-même par le dévouement morbide qu'elle apportait
maintenant à la cause de Peyroral.

Cette fièvre de sa maîtresse effrayait parfois l'avocat.
Plus souvent elle l'amusait. Il avait des journées dures
et sans distraction. Le matin, le travail financier à la
Solidarité rurale ; l'après-midi les longues séances de
l'Assemblée. Impossible d'abandonner son poste de
secrétaire gérant ; les quatre-vingt mille francs à
reverser au compte de M. de Rochefière le tenaient par

une chaîne étroite; le baccarat ne lui avait rendu ni
les quarante mille francs de la grosse « culotte », ni
les quarante autres mille d'ailleurs fort bien employés
par Simon. Il fallait attendre une veine. A l'Assemblée,
Grivoil était absorbant ; il traitait Peyroral en secrétaire officieux, le consultant sur tout, le chargeant de
tout. Brisé de corps, surmené d'esprit et toujours
obsédé par le cauchemar troublant de Blaisette, l'avocat en arrivait à trouver une distraction féroce dans
l'étrange comédie que lui donnait le dévouement
passionné de madame de Villeségure. Assurément, elle
se compromettait, et plus qu'il n'était nécessaire.
Impossible de la modérer ; elle était toute à Peyroral ;
son salon ne retentissait que des louanges de l'avocat.
A peine se retenait-elle de parler de lui quand M. de
Marverie la fixait de son regard profond et triste.

Une chute rapide et en même temps laborieuse, une
âpre besogne dont le contre-coup vieillissait la comtesse,
donnait plus de dureté à son regard, élargissait le
cercle bistré de ses prunelles. Elle avait des nuits
anxieuses, des veilles où le fantôme de son passé lui
apparaissait essayant de l'arracher aux dépravations de
ce dévouement fou. Mais, au réveil, la passion la
ressaisissait tout entière, elle repartait d'un nouvel
élan avec l'aveuglement héroïque des dernières amours,
sachant qu'il n'y avait plus rien derrière ce caprice
qu'elle étreignait corps à corps, et tâchant de l'épuiser
pour se faire un trésor de sensations et de souvenirs.

Peyroral ne s'étonnait plus. Les accès fougueux, les
sursauts violents de cette passion se dévorant elle-
même le trouvaient souriant, empressé et assez habi-

lement froid pour qu'il gardât l'air d'un homme supérieur ne donnant que ce qu'il y a de meilleur en lui
dans les moments où un homme du commun se donne
tout entier. Que de fois, en sentant sur sa poitrine
brûlante la main à peine tiède de l'avocat, madame de
Villeségure se disait :

— Il sait mieux aimer que moi. Il m'aime avec sa
raison, avec son sang-froid, et moi je ne lui apporte
que ma fièvre.

Raisonnable, oui. Patient, oui, mais à demi résigné.
Il n'essayait plus d'alléger sa chaîne : il attendait l'instant propice pour la rejeter tout entière. Quand viendrait cet instant souhaité avec une ardeur dont la
comtesse n'avait qu'un reflet aux heures de délire
amoureux ?

Bientôt peut-être. Comme le disait Leroux (de Bernay) à l'innocent Grivoil, en usant de la métaphore à
la mode : l'artichaut était plus qu'entamé. Quelques
feuilles encore, et les coalisés seraient maîtres du plat
de résistance. . . . .

. . . .

. . . .

Huit heures et demie du matin. — Les portes de la
salle des séances de l'Assemblée nationale sont ouvertes par extraordinaire à cette heure hâtive, les
tribunes sont déjà pleines, et on fait queue dans les
couloirs. Les premières rangées de banquettes sont
garnies de belles curieuses. Pas un profil masculin.
Ainsi le veut le règlement parlementaire. Où se
seraient réfugiées l'étiquette et la galanterie, sinon
à Versailles, dans ce galant Opéra de la Pompadour
transformé en officine législative? Aussi bien, les

questeurs n'ont pas à se plaindre. Cette rangée de
spectatrices fleurit les corbeilles des loges d'une bordure éblouissante. Les plumes frangent les chapeaux
de leur écume multicolore. On s'est habillé comme
pour une première représentation, et ces toilettes du
soir ont dû être bien surprises de frissonner dans la
première aube.

Les hommes sont entassés dans le fond des loges.
L'atmosphère est étouffante. On entend des conversation bizarres où les observations sur la température
se mêlent aux prophéties politiques :

— Voilà un 24 mai bien chaud ! On ne fait pas de
révolution, même pacifique, avec une pareille température...

— Le temps n'y fait rien. Moi, monsieur, j'ai vu
juillet 1830. Les pavés de la place de la Concorde
étaient chauds à y faire cuire des œufs. Ça n'a pas
empêché de renverser les Bourbons.

— Et moi, j'ai vu février 1848. Il pleuvait. Louis-
Philippe est tout de même parti. Il est vrai qu'il a
pris un fiacre.

Sous ces galeries combles, l'Opéra de la Pompadour
s'étend, ni vide, ni rempli. Des députés vont et viennent ; les huissiers gardent les tribunes, le bureau du
président et l'hémicycle. Au bureau, les secrétaires et
les sténographes coupent du papier, essayent des plumes d'un air détaché et même mélancolique.

Une buée flottante, la buée de l'ennui parlementaire,
remplit le milieu de la salle et le fond de la scène
fermé d'une toile grisâtre. Seules, les lampes, dissi-
mulées derrières les rideaux rouges des portes de sortie, luisant par intervalles, allumées d'un brusque

éclair quand un courant d'air soulève les tentures, paraissent vivre dans ce milieu somnolent.

Brusquement, les rideaux tirés disparaissent dans une entrée qui ressemble à une déroute ; les députés se précipitent par toutes les portes. Un tumulte de voix confuses monte jusqu'aux tribunes, et partout on se penche pour regarder les groupes déjà rangés en ordre de bataille, la droite serrée sur les bancs, la gauche plus indécise et houleuse. On se montre les chefs de la grande attaque qui doit avoir lieu aujourd'hui même si M. Thiers ne se dérobe pas ; le duc d'Aigrefeuille et son sourire italien, sa bouche pincée aux coins retroussés en arc d'amour ; M. de Marverie, stratégiste des commissions, dont la haute taille et la belle tenue de gentilhomme imposent toujours ; M. Grivoil, qui se redresse comme s'il était debout sur le perron du temple de Persépolis ; M. Peyroral...

— Ah! oui, Peyroral, celui qui a parlé contre les adresses des municipalités...

C'est vrai, Peyroral a parlé l'autre jour, et avec un succès qui a justifié toute les espérances de madame de Villeségure. Il avait d'ailleurs choisi un sujet de nature à lui concilier les suffrages des personnages bien pensants. Peyroral a déclaré qu'on écrit trop à M. Thiers, et que M. Thiers répond trop. Peyroral estime que le chef du pouvoir exécutif doit se contenter d'être en relations directes quoique intermittentes, et rares quoique sympathiques, avec les élus de la nation... avec la nation même incarnée dans ses élus. Pour la première fois Peyroral a expliqué devant un grand public sa théorie de la vraie France. Il a parlé avec une douce ironie savamment conduite et relevée

par l'accent méridional. Un vrai régal de délicats. Et
comme ses collègues l'ont applaudi quand il a farci
sa péroraison de toutes sortes d'humilités insolentes et
d'outrageantes précautions à l'égard de l'hôte de la
présidence!

— Disons-le, Messieurs, disons-le tous à l'homme
éminent qui a bien voulu accepter notre délégation
souveraine : c'est parmi nous qu'il trouvera toujours le
seul point d'appui qui convienne à sa haute situation
personnelle comme au caractère de son mandat. Qu'il
ne se laisse pas égarer par un sentiment de complaisance irréfléchie pour telle ou telle fraction du pays.

C'est à nous seuls qu'il peut témoigner sans embarras
quelque déférence, c'est à nous que doit aller sa parole
s'il lui convient de rompre un silence qui doit lui pe-
ser. Qu'il vienne donc parmi nous, Messieurs, et, en
s'adressant à nous, c'est à la vraie France qu'ira cette
magnifique éloquence dont la tribune parlementaire n'a
pas perdu le souvenir... ·

Le président est venu. Il a obéi aux conseils de Peyroral; il témoigne sa déférence aux collègues de Peyroral.
Mais Peyroral et ses collègues en semblent assez peu
reconnaissants. Ils ont pris des attitudes mornes, poliment contrites. On dirait qu'ils assistent à une messe
d'enterrement pendant que M. Thiers parle de sa voix
claire, traversée de temps à autre par un filet de vi-
naigre. Peyroral surtout fait montre d'un abattement,
d'un affaissement solennels. En entrant, il a échangé
un coup d'œil avec madame de Villoségure assise au
bord d'une loge de premier rang, et tout de suite il a
pris cette pose concentrée.

A quoi songe-t-il, ainsi ramassé sur lui-même,

regardant le dos de Grivoil qui lui-même fixe ses gros
yeux ronds sur la jaquette élégamment coupée du coquet
duc d'Aigrefeuille?... Des pensées confuses roulent dans
son esprit. Il est assez ennuyé de sentir madame de
Villeségure derrière lui, étalant ainsi qu'à une première
sa beauté de plus en plus marquée par les angoisses et
les veilles. Elle perd toute prudence. Ne voulait-elle pas
le mener à Versailles dans sa voiture, à cette heure
matinale, le déposer à la porte de l'Assemblée. Il ne s'est
dérobé à cette manifestation dangereuse, à cet affichage
public, qu'en se faisant accrocher par Grivoil. C'est avec
l'archéologue éminent qu'il est venu ; c'est à lui qu'il
s'attache. D'ailleurs, il est bien entendu que le groupe
restera cohérent pour se soutenir quand l'heure sera
venue. Mais cette séance du matin n'est qu'une préparation. La procédure parlementaire ne permet n'y d'applaudir ni d'interrompre le chef du pouvoir exécutif à la
tribune. La seule manifestation possible est celle des attitudes contrites et profondément attristées, des épaules
rentrantes, des dos voûtés. Et le dos de Peyroral, ce dos
de Béarnais solide, à l'échine souple, aux vertèbres
régulières, à la ligne féline, semble servir de modèle à
tous les autres. Il est le plus gravement, le plus solen-
nellement arrondi. Le dos de Grivoil a l'air d'une arête
de montagne, celui du duc d'Aigrefeuille d'un sac rempli
de cailloux. Le dos de Peyroral est le vrai dos d'un patriote qui pleure sur ses désillusions et sur la déception du pays, mais qui est prêt à relever la fortune
nationale d'un coup de ses robustes épaules.

La muette protestation a été très remarquée. On dit
dans les tribunes, quand le président descend applaudi
par la gauche :

16

— Après les têtes rondes, les dos ronds.

Mais les coalisés n'entendent pas ces réflexions malsonnantes. Ils sont déjà réunis pour arrêter le plan de campagne de la séance de l'après-midi.

La conférence a été longue. En vrai Béarnais à qui la sobriété ne coûte pas, Peyroral mange des sandwichs à la buvette et les arrose de quelques verres de madère. Il faut prendre des forces pour la séance de l'après-midi. Les rôles sont sus; les coalisés rentrent isolément, car cette fois il faut éviter tout ce qui ressemblerait à une entente préalable. Leroux (de Bernay) est allé s'asseoir ostensiblement dans les rangs du centre gauche. Peyroral n'y met pas tant de façons : carrément, il s'assied derrière le banc du gouvernement afin de pouvoir surveiller l'hémicycle.

L'avocat est satisfait. Il vient de remplir une mission délicate. On l'a chargé de calmer M. de Rochefière, qui aurait voulu faire proclamer Henri V aussitôt après la chute imminente de M. Thiers.

Enragé, le brave duc. N'avait-il pas son papier en poche, sa proposition de loi prête à être déposée sur le bureau du président ! Le moyen de tout perdre. C'est Peyroral qui a conduit les négociations. Le duc s'obstinait avec ce fond de logique et de loyauté qui est la fleur des belles âmes :

— Mais si nous ne rétablissons pas sans tarder le petit-fils d'Henri IV, à quoi bon renverser M. Thiers ? Il a bien parlé, ce petit bourgeois.

— Plus tard, monsieur le duc, plus tard. Le maréchal préparera la transition et les logis. Il sera le fourrier de la Restauration.

Le duc s'est rendu difficilement. Peyroral a pris le

papier compromettant presque de force. Il lui a même
semblé que M. de Rochefière avait un haut-le-corps
devant cette familiarité toute plébéienne ; le fait est
que le noble duc lui a tourné le dos. Mais il s'en moque
bien, il a été récompensé par un sourire de M. d'Aigrefeuille, à qui il a remis le trop précieux autographe,
et, en ce moment, un sourire de M. d'Aigrefeuille vaut
cher.

Peyroral est content de lui ; si content, qu'il en devient presque charitable. Il profite de ce que la séance
n'est pas encore ouverte pour faire à madame de Villeségure l'aumône d'un nouveau regard. Elle lui sourit, très brave, toute rêveuse malgré les fatigues de
cette journée si lourde pour ses épaules de Parisienne.
Il salue et continue à passer la revue des loges avec
une distraction élégante. Mais tout à coup il pâlit,
atterré devant une vision : Blaisette est là, dans la même
loge que madame de Villeségure, mais à l'autre extré-
mité, appuyée contre la colonne, les mains croisées
sur le velours rouge.

C'est bien elle. Sur le fond sombre de la loge où
les figures masculines s'entassent dans un grouillement
de lignes confuses, se détachent la blancheur chaude
de son teint, ses joues d'un ambre opalisé et le cadre
de sa chevelure aux volutes d'ébène. Elle a une toilette de demi-deuil d'un goût sévère, mais de très
riche apparence ; un corsage mauve cuirassé de perles
de jais semblables à une coulée de diamants noir ; un
chapeau de satin violet à la passe garnie de pensées.
Et fixement elle regarde dans la salle.

L'avocat a senti un coup au cœur. Blaisette à Versailles ! Blaisette habillée en dame, comprise dans le

flot du tout Paris mondain ! Peyroral a failli se trahir,
tant son émotion a été violente. Mais la séance va
commencer ; le président est au fauteuil, le ministre
de l'Intérieur à la tribune ; les coalisés se comptent
du regard ; et jusqu'à la fin du discours Peyroral reste
accoudé sur son pupitre, la tête sur ses deux mains,
le regard dur, fusillant presque à bout portant le
ministre surpris. L'attitude est si provocante, qu'on
peut croire à une intention de réplique. Mais Peyroral
n'a pas le moindre désir de répliquer. S'il a dirigé
sur le ministre l'artillerie de ses regards, c'est pour
échapper à la tentation de se retourner, de regarder
Blaisette. Et quand le ministre descend de la tribune
il se contente de crier « La clôture ! » à pleins poumons.

La clôture et le dépôt de l'ordre du jour arrêté par
la coalition, Peyroral applaudit tout. Il a même un
« Très bien ! » délicatement modulé, pour Leroux (de
Bernay), qui vient annoncer d'une voix douce, sournoisement mouillée, la défection du groupe Leroux,
décidé à s'unir aux réactionnaires par tendresse pour
la République. Ce « Très bien ! » encourage Leroux,
le décide à aller jusqu'au bout malgré les murmures
irrités de la gauche, et l'avocat est si monté, qu'il ne
se calme même pas quand le vieux Dulud, l'austère
Dulud, réplique avec des vivacités de sanglier traqué
par une meute.

Peyroral interrompt avec une pantomime muette
mais éloquente, à tour de bras, à coups d'épaules. Il
prend tout sur lui: la déclaration de Leroux, le blâme
de Dulud; il associe même Grivoil à sa démonstration ;
il lui souffle un « Vous avez tort ! » du plus grand

effet. L'austère Dulud ferme les narines, relève sa
lèvre rude, ouvre la bouche comme pour répliquer à
cet interrupteur inattendu, puis s'arrête et quitte la
tribune.

Des votes coup sur coup, une succession de scru-
tins, un défilé dans l'hémicycle. Peyroral a quitté son
banc, se promène à pas réguliers mais fiévreux au
pied de l'escalier qui mène à l'urne ; on dirait qu'il
bat le rappel des indécis ; il a des éclairs dans le regard, une vraie tenue de possédé politique. Jamais il
n'a paru aussi convaincu, aussi ardemment implacable, et quand l'ordre du jour des coalisés a été voté,
c'est lui qui a apostrophé durement le ministre d'une
voix où vibre un accent acharné :

— Le ministère n'a rien à dire...

Le ministère a quelque chose à dire. Il parlera ce
soir. Grivoil a demandé une séance de nuit et, dédai-
gneusement, d'un dernier coup de boutoir, Dulud lui
a jeté l'adhésion du cabinet.

Séance à huit heures. Il faut dîner vite et mettre
les morceaux doubles si l'on veut revenir à temps.
Là-haut, dans les tribunes, le public est héroïque.
Personne ne bouge. Ce serait pour Peyroral l'occasion
d'aller saluer madame de Villeségure. Entr'actes du
Parlement ou de l'Opéra, ce sont les mêmes suspensions de spectacle régies par la même étiquette. Mais
il n'ose pas. Blaisette est là. Pour la première fois il
recule devant son œuvre et se jette dans les rues de
Versailles à la recherche d'un restaurant.

L'hôtel des Réservoirs est déjà plein de dîneurs.
Cependant on dresse pour Peyroral une petite table
dans un angle. Et là il avale de formidables bouchées

16.

au milieu d'une rumeur de tempête. On parle à toutes
les tables, l'appréciation politique des deux séances se
mêle aux réponses des garçons ahuris. — Dulud a
été très beau... — Bah ! au-dessous de lui-même. La
retraite lui fera du bien. — Et ce poisson, est-ce pour
demain ? — Monsieur, il y a encore de la sauce verte,
mais il n'y a plus de saumon. — Donnez toujours de
la sauce... — Hein ! est-ce drôle ? nous épuisons tous
les mois en matière de révolution... : février pour le
grand coup de balai de l'orléanisme ; juin pour la première Commune ; mars, pour la seconde... : juillet, pour
le cul-par-dessus-tête des Bourbons. Mai n'avait pas
encore servi. — Qu'est-ce que cela prouve ? Ça prouve
que le bon Dieu a bien fait de ne pas confectionner
plus de douze mois. S'il y en avait seulement vingt-
quatre, nous nous croirions forcés d'avoir des révolutions tous les quinze jours. — Vous avez tort de plai-
santer, l'affaire d'aujourd'hui c'est l'inconnu. Un bloc
de ténèbres dans le sillon de l'insondable, comme dirait
Victor Hugo. — Bien, mais ça ne devrait pas nous
empêcher de dîner.. Ah çà ! garçon, et cette sauce ?
— Monsieur, je me suis trompé. Il ne reste plus de
sauce, mais il y a encore une queue de saumon...

Peyroral écoute, surpris de ce papotage qui se répète
à toutes les tables autour de lui. C'est donc ainsi qu'on
pleure ses amis ou qu'on enterre ses adversaires en
politique, sans tambour ni trompette, rien qu'avec le
petit fifre de la blague ! Et, pour la première fois, il
en a le sentiment exact, de cette blague parisienne,
toute différente des grosses ardeurs du Midi. Les gens
qui sont là autour de lui n'ont pas pour deux sous de
méchanceté, comme dirait Lacaussède. Ils jouent à la

raquette avec le pouvoir, mais sans aigreur, sans âpreté. Pourquoi donc ces grosses colères en séance, ces violences fielleuses, qui, tout à l'heure, ont failli mettre les partis aux prises et qui dans quelques minutes les feront s'injurier encore ?... C'est que dans l'étroite enceinte de l'Assemblée nationale le levain méridional opère et fait lever cette pâte légère. Sans le Midi, point de haine tenace ni de démonstration ardente. Le duc d'Aigrefeuille en est, et aussi son lieutenant Marius Rocadamour, l'homme des grosses besognes et encore le fougueux poète à qui le ministère de l'instruction publique est promis : Anténor Grimblot. Il n'y a que Grivoil qui n'en soit pas. Mais Peyroral en est pour lui...

Brusquement Peyroral plonge le nez dans son assiette. Il vient d'apercevoir Lacaussède. Mais le journaliste ne l'a pas reconnu. Il est très exalté, parle haut au milieu d'un groupe. Il va s'asseoir dans la salle voisine, dont la porte est ouverte. Peyroral l'entend très distinctement :

— Ah! les misérables !... Nous condamner à douze heures de séance et nous faire dîner dans des conditions pareilles !... Je parie qu'il n'y a plus de canard aux petits pois !... Hein? garçon... — Monsieur, il y a encore de l'abatis aux navets. — Parfaite image du nouveau pouvoir exécutif entouré de son nouveau ministère...

Peyroral hausse les épaules. Encore un blagueur, ce Lacaussède, un Béarnais qui n'a gardé que la surface extérieure, la peau du bonhomme. Le député de Loir-et-Cher est tout marri de ne pas voir son compatriote plus attristé de la défaite de son parti. Mais lui-même

est-il un Méridional, plus sérieux ? Tout à coup il a
honte et regret de sa fugue. Qu'a dû penser madame
de Villeségure ? Singulière faiblesse d'un ambitieux qui
se laisse épouvanter et mettre en fuite par l'ombre de
ses remords, par le fantôme d'un ancien amour.

Il se lève, rentre dans le palais. Les couloirs sont
encore déserts. Mais sur son pupitre il trouve une
lettre que vient d'y déposer un huissier.

— Tout va bien. Maréchal pressenti... Il a accepté...

Il reconnaît l'écriture. C'est madame de Villeségure
qui lui fait passer cet avertissement. Et, cette fois, il
lui faut bien la remercier d'un coup d'œil furtif — pas
assez rapide pour qu'il évite de voir le profil de Blaisette assise au coin de la loge. Alors une colère le
prend, et quand l'austère Dulud vient remettre au président de la Chambre la démission de M. Thiers, le
sage, le prudent Peyroral est le plus furibond des furieux
qui demandent à grands cris l'élection immédiate d'un
nouveau chef du pouvoir exécutif. Il a empoigné Grivoil, arraché une signature au duc de Rochefière qui
répugne un peu à cette brutalité de manières ; c'est
lui qui dépose sur le bureau la proposition dont le
président de la Chambre se hâte de donner lecture :

« Les soussignés, vu la démission de M. Thiers, chef
du pouvoir exécutif de la République française, pro-
posent à l'Assemblée de procéder immédiatement à la
nomination de son successeur. »

Il y a des cris, des protestations indignées. Le président a oublié de donner acte de la démission. C'est
la faute de Peyroral. Mais le député de Loir-et-Cher
ne se trouble pas devant cet orage. Il reste debout
auprès du président. Quand acte a été donné, il pré-

sente de nouveau sa demande de scrutin. Et jusqu'au moment où le scrutin s'ouvre il reste impassible au pied de la tribune. Coup sur coup des orages éclatent. Un tonnerre de protestations indignées roule jusqu'au bureau, ébranlant les lourdes assises de l'estrade à l'instant où le président essaye de prononcer l'oraison funèbre de l'homme d'État démissionnaire avec les intonations malheureuses d'un faux apitoiement. Mais Peyroral garde son attitude résolue, une allure presque provocante qui paraît rassurer Grivoil et frapper le duc d'Aigrefeuille...

. . . .

. . . .

C'est fait. Une statue à terre, une autre statue sur le même piédestal. La besogne a été rude. Dans les deux camps on a les yeux brouillés, la gorge sèche, les membres rompus. Et tout le monde, vainqueurs, vaincus, l'opposition de la veille transformée en majorité gouvernementale du lendemain, les maîtres du pouvoir redevenus ses assiégeants, roule dans le même flot vers la gare du chemin de fer. Personne ne tient à coucher sur le champ de bataille ; les triomphateurs rentrent leur glaive au fourreau, les cadavres se sont dressés tant bien que mal sur leurs jambes. La représentation est finie. Demain, on s'étudiera aux nouveaux rôles ; demain, les libéraux habitués aux belles attitudes du gouvernement, aux mines silencieuses et profondes, reprendront leur ancien métier, la pose du boxeur en arrêt prêt à asséner sur la tête du premier ministre qui passera à portée le coup de poing de la revanche ; demain, les réactionnaires crispés depuis trois ans en des attitudes offensives, pelotonnés au

fond de leurs embûches comme des *bravi* au fond
d'une soupente de maison suspecte, se détendront,
s'épanouiront, feront librement jouer leurs muscles.
En attendant, on ne demande qu'à dormir, de part et
d'autre. Avant que les hommes eussent découvert la
République et la monarchie, Dieu avait inventé le
sommeil.

Là-bas, cependant, derrière la foule qui s'épanche,
veillent les ministres déconfits. En ce moment même
ils liquident les vieilles paperasses, soucieux devant les
monceaux de lettres, de pétitions, d'apostilles, songeant
à tous les protégés qu'une chute moins brusque aurait
permis de pourvoir, perdant au milieu du bourdonne-
ment des intérêts déçus leur belle dignité, leurs poses
de statues, sentant un fourmillement de regrets leur
mordre la chair, leur crisper l'âme. Et dans la foule
même les aspirants ministres se reconnaissent à leur
tenue pincée. Ceux-là ne crient pas les nouvelles aux
reporters d'une voix cassée de fatigue et d'émotion, ne
se précipitent pas vers le quai de la gare comme des
exaltés ou comme des fous, ne brandissent pas leur
canne comme des palmes triomphales ou comme des
tomahawks de Peaux-Rouges. Ils vont à pas comptés,
muets, sérieux et lents. Ils sentent derrière eux la
main de la fortune; ils ne demandent qu'à se laisser
arrêter au passage, séparés du vulgaire.

Peyroral est du nombre. Son intervention dans le
débat, la façon habile dont il a mis en avant Leroux
(de Bernay) et Grivoil, devraient lui assurer une part
du gâteau. Cependant il ne sait rien, on ne lui a rien
dit tout à l'heure; dans un couloir, il a frôlé le régis-
seur général de ce drame parlementaire, le duc d'Aigre-

feuille, le premier ministre de demain, et le duc ne l'a pas remarqué. Grivoil aussi est passé, mais l'air si las, si ahuri, si navré de sa victoire, que Peyroral a eu peur de lui parler. Cependant en ce moment même il doit y avoir des conciliabules entre les vainqueurs ; on doit se partager les portefeuilles et les sous-portefeuilles. Peyroral se dit qu'il est peut-être parti trop vite. Et involontairement il se retourne, croyant entendre le vol de l'occasion...

Ce n'est pas la fortune qui est là ; c'est Lacaussède. Les deux Méridionaux se trouvent face à face sous le même bec de gaz... Peyroral fait une grimace qu'il veut rendre agréable. Lacaussède gesticule tout de suite en agrémentant sa pantomime d'un sourire aimable et de paroles plus dures :

— Eh bien, canaille... eh bien, gredin... ça y est cette fois... Tu es arrivé à tes fins... Te voilà sous-secrétaire d'État pour le moins... Franchement, ça vaut bien ça, ton petit travail de la séance... Ce qui me fait plaisir, c'est que je vais pouvoir t'en pousser maintenant de ces bottes... à fond de train, à te crever la paillasse... Tout pour la République, il n'y a pas de Midi qui tienne !

Il fait le geste sans prendre garde aux députés de la droite qui regardent, scandalisés, ce groupe étrange. Mais Peyroral ne songe en ce moment ni aux députés, ni aux menaces de Lacaussède. Brusquement une pensée lui est venue, le brûlant comme un fer rouge.

— C'est toi qui as amené Blaisette... Tu vis avec elle...

Lacaussède hausse les épaules ;

— Crétin... Si j'avais le bonheur de couler des

jours filés d'or et de soie aux pieds d'un ange comme
cette fille-là, sois tranquille, l'univers entier ignorerait
ma félicité... Je ne conduirais pas la petite dans un
endroit aussi mal famé que ton palais de Versailles...
Et puis, tu comprends, si elle était enceinte... J'aurais trop peur pour l'enfant... Faut se méfier des
cages à singes...

Peyroral prend le bras de Lacaussède :

— Elle n'est pas avec toi... Alors, avec qui?

— Tiens, tiens... ça t'intéresse, mon gaillard, ce
petit cœur n'est donc pas tout en maroquin... Eh bien,
je vais te renseigner. Seulement, lâche-moi le bras...

Machinalement Peyroral lâche le bras du journaliste.
Lacaussède recule et vivement :

— Elle est mariée... Hein ça te fait de l'effet... Va
dormir là-dessus, grand vainqueur...

Lacaussède s'est esquivé ; il doit être déjà sur le
quai de la gare ; on sonne la cloche du départ. Mais
Peyroral ne songe pas à le suivre. Ce coup l'a frappé.
Blaisette mariée ! Il reste là immobile comme devant
une vision. Ne lui semble-t-il pas que la jeune femme
est là à quelques pas, qu'il reconnaît à la lueur du gaz
son profil fier, ses sourcils de Diane chasseresse, le
relief âpre de son corsage?

Ce n'est pas une illusion. Blaisette est bien là, en
chair et en os, donnant le bras à un vieillard aux cheveux blancs, roulés en grosses boucles de chaque côté
des oreilles ; sans doute le mari dont lui a parlé Lacaussède. Cette fois, il saura, il retrouvera la trace de
la jeune femme. Mais comme il s'élance, bousculant un
groupe de ses coreligionnaires politiques, il s'entend
appeler très haut au milieu de la gare :

— Monsieur Peyroral!...

La voix est essoufflée, un peu rauque. Cependant il a reconnu l'accent. C'est la comtesse de Villeségure qui est là, qui l'appelle tout haut. Elle a monté l'escalier en courant; elle tient son mouchoir sur sa bouche et, par saccades entrecoupées, elle crie à Peyroral :

— Quel bonheur de vous trouver!... On a besoin de vous ici... Restez! restez!...

Peyroral est très rouge, une sorte de colère honteuse étrangle aussi les mots dans sa gorge. Il devine bien qu'un motif urgent a seul pu décider la comtesse à s'afficher ainsi. Mais c'est une compromission irréparable. Peyroral devine le sourire de ses amis politiques qui connaissent tous madame de Villeségure et se détournent par discrétion. Une autre crainte plus poignante : Blaisette a peut-être entendu... La femme abandonnée regarde peut-être en ce moment la vieille maîtresse.

La comtesse est plus calme. Elle peut s'expliquer :

— On vous cherche partout... C'est en ce moment, c'est ici qu'on fait le ministère... Grivoil aura la sûreté générale, un département qu'on crée pour lui... Mais le pauvre homme n'ose pas accepter sans être sûr de votre concours; il y a réunion chez le duc d'Aigrefeuille, impasse Montbauron. Heureusement, j'avais une voiture et j'ai pu vous empêcher de prendre le train; demain il n'y aurait plus de poste vacant!

Le dernier coup de cloche sonne, la gare est vide; les portes de la salle d'attente se sont refermées sur la foule dont le courant emportait Blaisette. La destinée a prononcé. Peyroral saisit les mains de la comtesse et, avec cette ironie féroce dont il a le secret :

17

— Comment vous remercier?... Vous vous perdez pour me sauver!...

Mais elle secoue la tête, et violemment :

— Si je te garde, je n'ai rien perdu.

Le surlendemain, on lisait à l'*Officiel* la nomination de M. Ludovic Peyroral, député de Loir-et-Cher, au poste de sous-secrétaire d'État au ministère de la sûreté générale.

XVII

Dans son cabinet de travail de la rue Lepic, Lacaussède décachetait sa correspondance par grands coups
de pouce à la fois ennuyés et hâtifs : le pêle-mêle du
courrier matinal d'un rédacteur en chef, feuillets de
copie raturés, tailladés de larges traits de plume traversant le papier et souillant la page blanche du
verso, réclames autographiées sur de petits carrés
soyeux et s'échappant de longues lettres comme des
papillons d'une lourde tenture, billets de concerts aux
tons roses, épîtres de solliciteurs avec, pour en-tête, un
« Monsieur le directeur » soigneusement calligraphié,
faits-divers insignifiants ou gros crimes sur de petits
feuillets infinitésimaux arrachés à des carnets de reporter.

La pile diminuait rapidement sous les doigts de
Lacaussède, sans qu'aucune marque d'intérêt se peignît
sur sa physionomie aux arêtes encore vives, mais
couverte par la patine du boulevard et tout embuée de
scepticisme. Brusquement il s'arrêta devant une
lettre dont l'écriture fine et le parfum trahissaient la
femme. Deux lignes seulement.

« Venez aujourd'hui même, mon cher Lacaussède.
J'ai besoin de vous voir.

» Blaisette GUEIPARD. »

Il eut un geste anxieux.

— Qu'y a-t-il donc ?... Bah ! elle veut sans doute me gronder. Voilà deux mois que je ne suis retourné rue de Madame. C'est la faute, c'est la très grande faute de cet odieux métier. Comme la vie laborieuse devient vite la vie bête ! Les oisifs ont bien raison de se moquer de nous... Enfin j'irai à midi.

Il expédia le reste des lettres et prit la plume pour se débarrasser du premier-Paris. Les phrases s'allongeaient sur le papier comme des notes sur les portées de musique. De temps en temps Lacaussède relisait une fin d'alinéa, essayant ses effets de rhétorique courante sur l'écho familier du cabinet de travail. Des mots volaient, liés d'épithètes parlementaires, lestés de formidables adverbes qui semblaient leur pendre aux ailes :

« La grande mêlée constitutionnelle... le réveil de la France dictant sa volonté souveraine avec la force admirablement prudente des nations mûres pour la liberté... »

Il répéta, avec une demi-satisfaction :

« ... Mûres pour la liberté... »

Puis, d'un double trait, il ajouta :

« ... Vraiment mûres pour la liberté vraie. »

Tout à coup il posa sa plume et, assénant un vigoureux coup de poing sur la table :

— Gueux de Peyroral !

Était-ce la lettre de Blaisette ? était-ce la confection du premier-Paris, qui ramenaient Lacaussède au souvenir désagréable de son ancien camarade ? Il n'aurait pu le dire. En ce moment même le nom de Peyroral bourdonnait dans tous les échos ministériels et parle-

mentaires. Le sous-secrétaire d'État de la sûreté générale s'était fait en deux mois une situation prépondé-
rante. Sa main était partout ; il avait transformé le
candide et infortuné Grivoil en ministre à poigne,
voire à gourdin, soutenant la religion et la propriété à
coups de casse-tête.

— Gueux de Peyroral ! répéta Lacaussède. Il a laissé
le Nord conquérir cette pauvre Blaisette... Elle a le
cœur gelé maintenant comme une Française de
France... Et du diable si ce Gueipard avec sa métallisation... Gueux de Peyroral ! il aurait dû au moins me
prévenir.

Il s'arrêta, se fit la leçon à lui-même d'un ton sévère
mais juste.

— Allons, Lacaussède, qu'est-ce que c'est, mon
vieux ?

Oui, qu'est-ce que c'était ? Pourquoi ces regrets
inconvenants et tardifs ? Quelques mois auparavant
n'avait-il pas été heureux de retrouver Blaisette
sauvée par le docteur Gueipard, guérie, adoptée et en
même temps un peu cloîtrée dans la maison du grand
cérébriste? Les bras lui étaient tombés de surprise et
de joie quand on l'avait consulté...

Après avoir rappelé Blaisette à la vie, le docteur
Gueipard voulait la faire rentrer dans la société régulière en l'épousant. C'était Blaisette qui hésitait, par
reconnaissance, par affection même pour le savant dont
la main avait dompté son mal. Et il avait été convenu
que Lacaussède serait juge de ce singulier différend. A
cette date déjà il avait reçu un petit billet mystérieux
dans lequel Blaisette lui demandait de venir rue de
Madame chez le docteur Gueipard.

On ne lui avait pas laissé le temps de trop s'étonner. Blaisette, après l'avoir présenté au grand cérébriste, avait ajouté :

— Le docteur Gueipard est mon sauveur... Il a tenu ma vie entre ses mains ; il tient aussi mon passé... Il sait que j'ai eu un amant infidèle qui s'appelle Peyroral, et qu'il me reste un ami dévoué qui est vous.

Lacaussède regardait curieusement le grand cérébriste. Il l'avait vu souvent à son cours, dans l'amphithéâtre de la clinique positiviste, maniant les cerveaux moulés que ne doraient pas encore les injections métalliques. Sa voix âpre, ses sourcils en broussailles, toute sa personne crispée dans cette haine des passions qui étaient déjà une passion, lui avaient causé une impression extraordinaire résumée dans ce seul mot : « un mâle. » Oui mais un mâle tout en muscles, sans nerfs, sans côté sensible, blindé, cuirassé par la science... Et voilà qu'il le retrouvait suspendu aux lèvres de Blaisette, l'écoutant avec une tendre déférence, semblant recevoir sur ses cheveux blancs le rayonnement de cette jeunesse dont il avait ranimé la sève.

Ah ! la charmeresse et comme elle le dominait de ses yeux noirs, aux prunelles qui ne se dilataient plus, aux longs cils glacés d'un reflet mélancolique ! Elle revenait de la mort et elle avait gardé le souvenir de l'au-delà. Lacaussède ne pouvait s'y tromper. Cette jeune femme en robe noire, en petit col plat, en bandeaux ondés sur les tempes ne ressemblait pas plus à l'ancienne Blaisette qu'un jour d'automne ne ressemble à une après-midi d'été. Mais Gueipard n'avait pas à faire cette comparaison qui l'aurait peut-être inquiété.

La Blaisette actuelle était son œuvre. Il avait trouvé un cadavre, et il avait eu cette double joie de médecin et de père de voir renaître et puis grandir une Blaisette nouvelle. Il le dit à Lacaussède en termes toujours précis et scientifiques mais pénétrés d'une lueur d'idéal singulier chez l'apôtre des doctrines positivistes.

— Mademoiselle va peut-être trop loin en parlant de son passé. Elle n'en a plus. L'épreuve qu'elle a traversée lui a refait un corps neuf et une âme neuve : c'est une existence nouvelle qui va commencer pour elle. J'en ai un peu d'effroi et beaucoup de tristesse. Je sais ce que vaut mademoiselle et ce que vaut la vie. A mon âge, il serait ridicule de parler d'amour, mais je peux offrir une sérieuse tendresse et une protection sûre... Mademoiselle trouvera un asile inviolable près de moi ; mon nom en devenant le sien ne lui imposera pas d'autre obligation que de continuer à veiller sur cette maison qui est déjà la sienne, où elle a déjà accompli des miracles... Cependant elle hésite, elle n'a rien voulu décider sans votre avis...

— Oui, avait dit Blaisette... J'ai voulu vous faire juge de mes scrupules, monsieur Lacaussède... Nous sommes tous deux de la vallée d'Ossau... Vous avez connu mon père... Conseillez-moi, et parlez en toute franchise.

Lacaussède avait failli faire la grimace. Il est toujours dur d'être traité de frère par une jeune femme dans tout l'éclat de sa beauté. Mais bien vite il avait pris le ton et la physionomie de son rôle, cédant à l'influence du milieu, intérieurement ému par la tristesse résolue de Blaisette et par la tendresse

ardente de « l'ennemi des passions » à l'heure même
où la victoire paraissait décisive. Quant aux scrupules de Blaisette, aucun ne pouvait résister à
la parole entraînante et à l'excellente logique du journaliste.

— Elle avait, disait-elle, pour le docteur Gueipard
toute l'affection et toute la reconnaissance que méri-
taient son admirable dévouement à une pauvre fille
indigne de tant de bonté ; mais elle craignait de causer un scandale en s'unissant à un grand cérébriste
sur qui toute la France avait les yeux fixés et de
gâter la vie de son bienfaiteur sans trouver elle-même
cette parfaite quiétude, cet équilibre de sensations et
de pensées qui lui étaient nécessaires. D'où viendrait ce scandale ? Que craignait-elle ? Son aventure
avait passé inaperçue dans le grand tourbillon parisien.
Peyroral se garderait bien de l'ébruiter. Lacaussède
savait très bien par le concierge de la rue de Vaugirard que le gaillard avait pâli en recevant le conseil,
donné en matière de plaisanterie, de s'adresser à la
police pour retrouver la trace de Blaisette. Il aurait eu
trop peur de se faire donner sur les doigts par la belle
madame dont il était l'amant.

Et comme Blaisette hésitait encore, Lacaussède avait
été très éloquent, même inventif. Il connaissait la mort
subite d'Isaby ; il savait quelle trace profonde le clerc
avait laissée dans la mémoire de sa fille. Résolument,
à tout hasard, il avait invoqué le souvenir du vieil
Ossalais, qui serait si heureux dans l'autre monde de
cette réhabilitation, de ce retour de sa fille à la vie
régulière, au vrai bonheur... Blaisette avait cédé.
Quinze jours plus tard, elle était la femme du docteur

Gueipard. Un mariage sans éclat, annoncé seulement aux amis intimes du savant.

Lacaussède avait servi de témoin à Blaisette, et, en visitant pour la première fois la maison de la rue de Madame sous la conduite du docteur, il avait enfin compris d'où venait la domination de Blaisette. Il connaissait comme tout Paris la réputation spéciale du vaste capharnaüm où le docteur avait inventé les injections métalliques..... Une légende courait, confirmée par les rares observateurs qui avaient pu franchir le seuil de l'ancienne petite maison. Le triomphe du désordre, un pêle-mêle faisant songer aux mystérieuses retraites des anciens alchimistes, aux cavernes empoussiérées ou aux sombres greniers des chercheurs de pierre philosophale.

Et voilà qu'en passant de la maison d'habitation aux kiosques où s'élaboraient les découvertes, Lacaussède trouvait partout le même ordre, la même correction, une propreté méthodique qui le gênait dans ses habitudes exubérantes d'homme du Midi et en même temps le surprenait au point de mettre une émotion dans sa voix.

C'était donc cette petite Blaisette qui avait transformé le vieux laboratoire, appelé l'air, la lumière, chassé les araignées, fait le logis de la science aussi propre qu'un dortoir de couvent?

Le docteur Gueipard jouissait de la surprise de Lacaussède avec sa bonhomie un peu narquoise. Et tout à coup il lui dit :

— Vous ne vous attendiez pas à voir une vieille bête de savant tenir aussi soigneusement son intérieur... Eh ! Monsieur, ne m'en faites pas trop honneur... Je suis moins soigneux que soigné...

Il ajouta d'un ton pénétré :

— Ce qui rayonne ici, c'est l'âme de Blaisette...

Lacaussède eut un haut-le-corps, presque scandaleux :

— Comment! docteur, vous croyez à l'âme, maintenant?...

— Oh ! à celle de Blaisette seulement !

Ame froide, rayonnement pâle, qui s'harmonisait avec le demi-jour de la science et de la tranquillité de ces vieux bosquets.

Quand Lacaussède put questionner Blaisette seul à seul, il eut l'explication définitive de l'accord entre Gueipard et la jeune compagne qu'il s'était résolument donnée. C'était dans le cabinet du savant qu'il l'interrogeait très doucement, comme on palpe un enfant malade. Elle jouait avec la boîte en maroquin noir, laissant glisser ses doigts sur les circonvolutions des cerveaux métallisés comme sur les touches d'un piano, pendant que Lacaussède la félicitait d'avoir enfin accepté cette heureuse solution. Il était resté très nerveux ; superstitieux même, malgré ses années de parisianisme, avec une horreur instinctive pour la mort et le dégoût de tout ce qui la rappelle. Ces pièces anatomiques le troublaient. Brusquement il s'interrompit.

— Comment ! vous pouvez toucher cela... sans peur... sans dégoût ?...

Elle releva la tête et, lui montrant ses yeux profonds, d'un poli calme indiquant qu'aucune rosée d'émotion n'y était montée depuis longtemps :

— De la peur ?... Pourquoi ?... Ils sont morts... Du dégoût ?... Pourquoi encore... Je suis morte comme eux !...

Lacaussède protesta.

— Voyons, Blaisette. Au moment où vous commencez une vie nouvelle, où vous allez enfin oublier !...

Elle eut un singulier sourire.

— Oublier !... Est-ce qu'on peut?... Mon cœur est glacé; comment voulez-vous que je ne le sente pas? C'est un poids terrible que je porte là ! Oh ! soyez tranquille, je ne songe plus à me tuer. Je sais ce que je dois au docteur; mais il sera bien facile à contenter. A son âge, la tendresse n'est pas exigeante. Ce qu'il lui faut, c'est la partie intuitive et machinale de mon être, une maîtresse de maison qui sache tenir son laboratoire comme un pensionnat... Il paraît que cette Blaisette ordonnée, méthodique, existait chez moi. Je n'en savais rien, mon ami, et je pense que vous l'ignoriez vous-même... Elle existait, mais elle était cachée par l'autre, l'ancienne Blaisette, celle qui croyait à tant de choses et qui en est morte...

— Alors, dit Lacaussède, vous supposez que le docteur?...

— Je ne suppose pas, je suis sûre... Ah ! mon pauvre ami, comme je lui aurais fait peur, à cet excellent Gueipard, s'il m'avait connue il y a six mois seulement! Il se méfie des femmes; il les considère comme un mélange de perversité raisonnée et d'insouciance native... Par bonheur moi, je suis un phénomène. J'ai eu une encéphalite très remarquablement caractérisée. Gueipard m'a tirée de là par miracle, et il s'apprêtait à me renvoyer avant que je pusse reprendre tous mes instincts de joli monstre. Il m'a même avoué qu'il m'en voulait un peu de n'être pas morte, de l'avoir frustré d'un cerveau admirable pour l'autopsie... Mais j'étais encore trop faible pour partir, et j'essayais d'utiliser mes

après-midi en mettant un peu d'ordre dans cette maison
livrée aux araignées. Ce n'était pas très difficile, et
j'étais trop préparée. Expliquez ça, Lacaussède! Je suis
morte avec une petite âme ardente de fille du Midi ; je
ressuscite avec un esprit calme de gouvernante hollandaise. On peut me confier ce qu'on voudra... Un chalet
suisse, un laboratoire de Sorbonne, un vaisseau à trois
ponts ; je me charge de tout mettre en si bel ordre,
qu'on se mirera dans les murailles.

— Comme vous avez souffert! dit simplement
Lacaussède.

— Croyez-vous?.. C'est bien possible. Mais j'ai cessé
de souffrir... Je ne pourrais plus... Si j'ai hésité quand
le docteur m'a demandé de rester comme femme dans
cette maison où je ne pouvais que passer comme gouvernante, ce n'est pas par crainte d'être malheureuse
dans mon bonheur même... Une pauvre fille comme
moi, sans famille, sans ressources, ayant derrière elle
une assez triste escapade, doit remercier la Providence
qui lui assure une aussi belle revanche... Seulement, je
vous le répète, je ne crains plus le malheur, je reste-
rai tranquille désormais dans l'épreuve comme dans la
prospérité ; ce qui est mort en moi ne se ranimera pas
pour la douleur. Je n'ai donc pas eu une probité bien
merveilleuse en racontant au docteur l'histoire aventu-
reuse de ces six derniers mois. C'était simplement
m'en remettre au hasard du soin de choisir pour moi.
J'ai désiré aussi froidement vous voir arbitre entre la
tendresse du docteur et la crainte que m'imposait, non
pour moi-même, mais pour lui, cette sorte de mésal-
liance. Vous avez prononcé et, comme vous le dites, je
commence une vie nouvelle. Tout est pour le mieux ;

mais, si vous m'aimez, ne me demandez pas de la reprendre avec l'âme de l'ancienne Blaisette. Pour le docteur il y aurait une bien grosse surprise au fond du creuset, et pour moi ce serait une suite d'épreuves que votre bonne amitié ne doit pas souhaiter. Plus de drame dans ma vie, mon cher Lacaussède. J'ai ici des devoirs, et je les remplirai tous. S'il m'arrive de me pencher sur mon passé, ce sera avec des yeux secs et un cœur fermé. Il ne tombera ni une larme ni une goutte de sang sur ce qui a été et n'aurait pas dû être.

— Cette Blaisette, se disait Lacaussède avec mélancolie... Elle ne ment pas, elle s'est écrasé le cœur... Je la regardais l'autre jour à Versailles pendant la fameuse séance où ce gredin de Peyroral, cet abominable gueux... Elle n'a pas bronché... même en passant près de lui à la gare... Ah ! Gueipard peut être tranquille. Mais pourquoi diantre m'écrit-elle aujourd'hui ?

Cette pensée le poursuivait. Il s'absorba pendant un quart d'heure avec une sorte de hâte irritée dans la confection du premier Paris, puis sonna un domestique et, lui montrant la correspondance dépouillée avec la copie toute prête pour l'impression :

— Vous porterez tout cela au journal...

En entrant dans le salon de la rue de Madame il eut un regard anxieux pour la physionomie de Blaisette, le regard du reporter qui sommeille au fond de tout journaliste et prend des notes sur un calepin mystérieux. Mais Blaisette n'était pas changée; rien ne rappelait chez madame Gueipard l'ancienne maîtresse de Peyroral. Elle avait toujours la même expression souriante et froide. Peut-être un peu plus de dureté au coin des

lèvres, aucune trace de trouble ni d'angoisse. Elle
tendit la main à Lacaussède.

— Vous êtes bon d'être venu... Je vous remercie de
tout cœur.

Il embrassa cette main tendue, toujours poussé par
la curiosité investigatrice. L'épiderme de Blaisette
était glacé comme son regard.

Lacaussède s'assit, attendant. Ses yeux interrogeaient.

— Et notre savant, comment va-t-il...

— Bien, très bien... Mais une douleur le menace...

— Laquelle ? dit Lacaussède...

— Vous savez quel intérêt il porte à son cours...
Ce n'est pas une fatigue pour lui, c'est au contraire
son seul repos... le moment où il se trouve en communication directe avec le public... où il s'épanche...

— Oui, dit Lacaussède, il se retrempe. Les plus
grands amateurs de solitude sont trop heureux de
retrouver de temps en temps un auditoire sympathique. Le silence c'est le travail, mais l'écho c'est la
gloire.

— Oui, dit Blaisette ; il me l'a dit encore hier : —
« Avant de vous avoir, les heures que je passais à la
clinique positiviste étaient les meilleures de ma vie. »
Eh bien, on veut fermer la clinique... Enseignement
immoral, théories scandaleuses... N'a-t-on pas envoyé
à la dernière séance des gens qui ont crié, pro-
testé, insulté une partie du public ?

— Tiens, tiens, murmura Lacaussède, les agents
provocateurs, les lapins offensifs... C'est une pratique
connue, un vieux truc très déconsidéré... Et je ne vois
guère dans le gouvernement actuel, si mauvaise
idée que j'en aie, que... que...

Il balbutiait, pris d'une hésitation au milieu de sa phrase, regrettant déjà de l'avoir commencée. Mais Blaisette la termina avec sa froideur méprisante :

— Que Peyroral, n'est-ce pas... Eh bien ! oui... c'est lui qui a envoyé des agents provocateurs... C'est encore lui qui doit interdire le cours comme sous-secrétaire d'État de la sûreté générale... Grivoil ne voit que par lui...

Lacaussède leva les bras au plafond...

— C'est vrai, un jeu d'ombres chinoises... Grivoil est le pantin dont Peyroral fait marcher les bras et les jambes... Mais n'est-ce pas une véritable fatalité qui le rejette sur votre chemin !...

— Oui, dit Blaisette d'une voix profonde, une fatalité... il n'y a pas d'autre nom...

Lacaussède eut un cri de triomphe involontaire.

— Ah ! vous pensez toujours à lui...

Blaisette le regarda, étonnée :

— Non, vous vous trompez, mon ami ; je ne pense jamais à Peyroral... jamais, entendez-vous ?... Ma mémoire est obéissante depuis que mon cœur est mort... Elle va où je lui dis d'aller, pas ailleurs... C'est un hasard cruel qui remet Peyroral sur mon chemin... Il ne sait rien, n'est-ce pas ?...

— Rien, dit Lacaussède... Quand vous êtes venue à l'Assemblée nationale, le 24 mai, il vous a bien reconnue et il a tremblé devant vous comme devant un fantôme ; mais son angoisse ne l'a pas rendu imprudent. L'idée d'une enquête de police lui est certainement venue depuis qu'il dirige la sûreté générale, mais il n'aurait eu garde de mettre des agents en campagne... Tout espion se retourne contre son

maître... Non, comme vous dites, le hasard a tout
fait. En frappant Gueipard, Peyroral ne se doute pas
qu'il vous frappe.

— Je le crois comme vous... Mais le voilà sur ma
route... Et j'ai eu hier un pressentiment .. Cependant Dieu m'est témoin que Peyroral m'est indifférent... Je n'ai jamais cherché à tirer vengeance de
son abandon...

— Je le sais, dit Lacaussède... Vous m'avez même
fait promettre de partager votre indifférence... Je vous
ai juré le silence... comme homme et comme journaliste... Dame ! c'était dur...

— Oui, et je ne vous rends pas votre serment. Seulement, voici la pensée qui m'obsède... Il me semble
qu'en s'attaquant à moi d'une façon aveugle, à travers
Gueipard, cet homme va se porter malheur à lui-
même... C'est peut-être une idée folle, mais elle m'a
poursuivie pendant cette nuit entière... Voyez-le, et,
s'il en est encore temps, empêchez-le de donner suite
à cette persécution dangereuse... Dangereuse pour lui,
car moi rien ne peut m'atteindre et, quant au docteur,
il se consolera. Il a toujours l'étude. On ne fermera
pas son laboratoire.

— Comment ! dit Lacaussède, stupéfait, vous voulez
que j'intervienne, moi, un républicain ?

Sa surprise indignée tomba tout à coup devant le
clair regard de Blaisette :

— Vous avez raison. C'est un service à lui rendre...
il n'y a pas d'amour-propre qui tienne. Mais je connais le paroissien. Il s'est mis dans la tête de précipi-
ter ce pauvre Grivoil de folie en folie. Ce sera dur de
le faire renoncer à celle-là...

— Essayez toujours. S'il refuse, eh bien, il aura prononcé lui-même. Sa destinée s'accomplira.

Ce fut dans le vestibule de la salle des réunions de la commission du budget que Lacaussède se décida à aller attendre Peyroral. Il y avait grande séance, et le journaliste était sûr de rencontrer son compatriote. Pas plus long et beaucoup moins compromettant que de se rendre à la sûreté générale. Cependant, une exaspération lui vint pendant qu'il feuilletait des documents parlementaires sur le velours des banquettes.

— Si je me serais douté ce matin que ce gaillard-là me ferait faire antichambre ! Par exemple, c'est bien pour Blaisette ; elle m'a remué, parole d'honneur. Il me semble toujours que c'est un revenant qui parle.

La séance était finie ; les membres de la commission s'en allaient un à un, Lacaussède feuilletait toujours ses dossiers, regardant par-dessus les grandes feuilles imprimées. Pas de Peyroral. Enfin le sous-secrétaire d'État apparut, donnant le bras à un homme ventru que chaque pas faisait souffler. Il lui parlait à demi-voix, avec animation et un air de complaisance affectée qui frappa Lacaussède.

— Tiens, tiens, le voilà qui travaille Lajarre maintenant ! Qu'est-ce qu'il y a là-dessous ? Le même empressement qu'avec Grivoil. Est-ce qu'il voudrait permuter ?

Le nouveau ministre des douanes, ce Lajarre, un gros banquier de Bordeaux, entré après coup dans la combinaison. Il se traînait : le parquet gémissait sous son poids de goutteux. Peyroral ralentissait aussi sa démarche habituellement saccadée. Pas de changement dans l'expression de sa physionomie. Il avait seulement abattu ses moustaches, s'était fait une figure de doctrinaire. La redingote large, boutonnée jusqu'au col, le grandissait.

— Peyroral, dit Lacaussède à haute voix mais sans se lever, quand le groupe passa devant lui.

Peyroral tressaillit. Et, vivement, s'adressant à Lajarre :

— Vous permettez, mon cher ministre... Un mot à dire...

Lajarre lui serra la main et, de sa voix grasse :

— Faites... faites... il faut que je vous quitte. On m'attend au ministère... Mais à tantôt, n'est-ce pas ? Oh ! tout à fait en famille... Nous comptons absolument sur vous...

Un sourire passa sur le masque nerveux de Lacaussède pendant que Peyroral s'inclinait devant le cher collègue.

Les deux méridionaux s'abordèrent sans se tendre la main. La haine politique perçait sous la camaraderie d'habitude.

— Toutes mes excuses, dit Lacaussède, d'interrompre un dialogue d'Excellences... Mais je ne te retiendrai pas longtemps... Rien qu'un renseignement : est-il vrai que tu sois sur le point d'interdire le cours Gueipard ?

— Sans doute, répondit Peyroral avec une nuance de surprise. Il y a eu scandale. Le cours est immoral... les théories sont dangereuses...

— Tu blagues. Gueipard est un grand savant et un brave homme... Qu'est-ce qu'on peut lui reprocher ? Il prêche la haine des passions. Tu ne vas pas le frapper pour une théorie aussi bienfaisante ? C'est en plein dans l'ordre moral, ce petit boniment-là...

— Désolé, dit Peyroral, la résolution a été prise ce matin même par mon éminent collègue et chef hiérarchique M. Grivoil. Il n'y a plus rien à y changer...

— Pas même si je te le demandais au nom de Blaisette ?

Peyroral eut une geste brusque.

— Blaisette?... Qu'a-t-elle à faire là-dedans?

— Rien... Une idée à moi... Je m'intéresse à Gueipard, et j'aurais voulu...

— Désolé ! dit sèchement Peyroral. L'arrêté est signé. Il sera signifié dans les vingt-quatre heures. Tu n'avais pas autre chose à me demander ?... Non... Au revoir.

Quand Lacaussède arriva le lendemain dans l'après-midi rue de Madame, Blaisette lui tendit avec un pâle sourire une feuille de papier à en-tête officiel :

— Eh bien, mon pauvre ami, c'est fait... L'arrêté a été notifié hier soir au propriétaire de la clinique...

Lacaussède prit le papier et se mit à le lire par saccades rageuses.

— « En vertu des pouvoirs que nous confère le soin de veiller à la tranquillité publique... En raison des scènes regrettables auxquelles a donné lieu le cours libre du docteur Gueipard... Pour le ministre de la sûreté générale, le sous-secrétaire d'État, Peyroral... » Triple pierrot, va ! Ça parle de raison et de vertu... Si je ne m'étais pas retenu, je lui aurais dit son fait hier devant ce gros plein d'écus de Lajarre.

— Qui ça, Lajarre, dit Blaisette ?

— Un richard qui a pris le ministère des douanes

pour prendre quelque chose... histoire de n'en pas
perdre l'habitude. Très grand ami de Peyroral, et, de
plus, père d'une fille charmante qui lui ressemble
aussi peu qu'un lis à un chardon.

— Ah! dit Blaisette, une fille riche... fille à marier...

— Oui, Paule Lajarre. Elle sort du couvent... Je l'ai
aperçue à une fête de charité.

Il jeta le papier sur le bureau, prit dans sa poche
un numéro de l'*Impartial* du matin.

— Ça m'a servi toujours à quelque chose de le voir,
ce sacripant. J'ai pu lui donner le premier un avertissement... Tenez, voici la note. «On nous annonce que le
cours de l'éminent docteur Gueipard va être interdit
par ordre supérieur. Les théories physiologiques du
grand cérébriste auront paru subversives aux personnages
politiques qui dirigent la sûreté générale. Faut-il supposer que nos administrateurs voient d'un mauvais
œil la guerre aux passions si remarquablement conduite par notre savant compatriote? M. Grivoil passe
cependant pour n'avoir jamais eu que la passion des
escaliers. Encore les veut-il archéologiques. Quant à
M. Peyroral, sans connaître sa vie privée, nous affir-
mons dès aujourd'hui que son austère jeunesse s'est
consumée tout entière dans la passion du pouvoir. »

— Vous m'aviez promis, dit Blaisette...

— Je tiens parole... Ceci est un simple avis, pas
davantage. Ah! si vous me rendiez ma promesse, si
vous me permettiez de le démolir pièce à pièce! Il faut
si peu de chose! J'ai juré de ne pas entrer en campagne contre Peyroral tant que vous ne me l'auriez
pas permis... Voyons, le moment est venu, laissez-

moi libre... Ne vous a-t-il pas fait assez souffrir ? Et si je vous disais que la comtesse...

Elle secoua la tête.

— Pas encore... Qu'il m'ait frappée, c'est bien, et c'est bien encore qu'il frappe cette femme. Nous avions à payer toutes deux, moi, pour ma faute, elle, pour sa folie. Mais je veux qu'il s'arrête à nous. Le jour où vous croiriez qu'une troisième victime est menacée, vous n'avez pas de permission à me demander, mon ami, vous serez relevé de votre serment.

XVIII

LE PLAN DE PEYRORAL

Dans une intimité enlacée, au bord du canapé en velours de Gênes dont les cheveux dénoués dé madame de Villeségure cachaient les fleurs pâles comme une gerbe d'épis mûrs voile à demi la tendre floraison des bleuets, Peyroral expliquait à la comtesse la nécessité d'un suprême effort, la mise au point et au premier plan de la campagne fusionniste.

— L'œuvre actuelle n'est qu'un paravent... et très faible ! Un orage peut tout jeter à bas.. On table sur le Maréchal comme sur un soliveau. C'est fort bien ; mais les soliveaux cassent. Aucun avenir de ce côté. Tous nos ministres sont médiocres. Chaque matin je remonte Grivoil comme une horloge. Quand j'oublie, par hasard, de graisser les rouages, il commet quelque maladresse dans la journée même. Parole d'honneur, je ne suis plus un sous-secrétaire d'État : je deviens un régulateur. Ainsi de nos autres hommes politiques. Pourtant, ce ne sont pas des imbéciles. Grivoil lui-même a de grandes qualités, le sens des affaires, une conscience qui m'étonne... Mais l'œuvre est trop vague pour inspirer aucun dévouement solide. Il est temps de secouer tous ces gens-là en leur donnant un but précis. Quand ils sauront qu'ils travaillent non pour le Maréchal — qui est aujourd'hui, qui ne sera plus demain — mais pour une bonne monarchie capable de faire un bail, ils mettront plus d'ardeur à la besogne. Le moment est venu de constituer le comité fusionniste, celui qui ira à Frohsdorf négocier avec le roi légitime. Aucune opposition à craindre dans les régions officielles. Grivoil ne verra que par mes yeux, c'est-à-dire qu'il ne verra rien.

Les bras de la comtesse s'abattirent sur les épaules de Peyroral. Elle l'embrassa à pleines lèvres avec des caresses suppliantes qui semblaient demander une grâce dans un baiser :

— Merci, merci... et pardon !...

Il la regarda tout stupéfait. Elle avait bien par-ci, par-là des exaltations rapides ; c'était même le côté fatigant de son amour. Mais en général sa fièvre s'annonçait, ne tombait pas des nues comme un coup de foudre... Pourquoi cette ardeur dans son regard, ces larmes au bord de ses paupières ?

Elle reprit :

— Je t'aime, tu es bon ; et moi qui t'accusais, qui croyais que tu ne songeais plus à notre parti ! Il faut me pardonner, vois-tu.

Il ébaucha un geste d'impatience, puis brusquement une lueur sournoise passa dans ses yeux. Il était déjà calmé, et, prenant les mains de madame de Villeségure :

— Ma chérie !... tu me calomniais. C'est vrai, il y a longtemps que je ne t'avais parlé de la cause... Mais j'y pensais, j'y pense toujours, autant que toi...

Elle protesta avec un sourire heureux; et en même temps, dans sa voix haletante, sonnait l'écho d'une terreur lointaine.

— Non... oh ! non... Pas tant que moi... Vous autres hommes, vous ne savez pas ce que c'est que le remords... Et puis, tu n'as rien perdu, rien sacrifié en me prenant .. Moi ! j'ai jeté à la mer tout un passé de vertu... Il me faut bien une excuse, quelque chose qui calme mes angoisses.

Ah ! si je pouvais faire de toi l'ouvrier suprême de la grande œuvre, de la fusion des deux races, je ne regretterais plus, mon Peyroral, plus rien, plus rien...

Le *decrescendo* s'acheva entre les bras et sur les lèvres du sous-secrétaire d'État. Peyroral murmurait :

— Enfant... Ce que tu veux, je le veux... Ai-je jamais eu d'autres pensées que les tiennes ?

C'était dans la chambre de madame de Villeségure que sonnait ce tendre duo mêlé d'amour et de politique. La première aube commençait à luire. Une ligne blanche transparaissait derrière le rideau des arbres du jardin.

Maintenant la comtesse recevait Peyroral chez elle. La sécurité même de leurs amours avait forcé les amants à renoncer aux rendez-vous de la rue du Monthabor. Le sous-secrétaire d'État de la sûreté générale surveillé, épié par ces gredins de rouges, — et, qui sait ? peut-être par ses propres agents — ne pouvait plus recevoir de femmes voilées dans l'appartement de garçon, le nid aux écoles buissonnières. Madame de Villeségure aurait été plus sûrement compromise en cherchant à passer le seuil de l'ancien paradis qu'en accueillant rue François Ier l'élu de sa maternité ardente.

La connivence de la femme de chambre grassement payée, la clef de la serre communiquant avec le grand

salon, il n'en avait pas fallu davantage pour assurer aux entrevues des deux amants une régularité
toute nouvelle, mais singulièrement gênante pour
Peyroral.

Il entrait après minuit par la porte du jardin, trouvait la femme de chambre qui le guidait à tâtons, et
restait jusqu'au matin. Ces jours-là, il ne rentrait pas
rue de Monthabor, mais il se jetait dans un des fiacres
en maraude déjà nombreux dans le demi-brouillard de
l'aube, faisait promener pendant deux heures son
sommeil alourdi, prenait une tasse de café dans le
premier café ouvert, et enfin donnait l'ordre de le
conduire au ministère, où il arrivait à huit heures,
troublant de son pas matinal le silence endormi des
corridors.

L'huissier de service en train de mettre sa cravate
blanche devant la glace du cabinet ministériel — la
propre glace qui avait l'honneur de refléter pendant
quatre heures par jour les visages des solliciteurs
— regardait Peyroral avec une émotion respectueuse.

— Quel travailleur que M. le sous-secrétaire d'État !
On peut dire de celui-là qu'il a fini sa journée à
l'heure où les autres la commencent !...

Terrible corvée ! Mais Peyroral se défendait bien, ne
laissant percer sa lassitude qu'au sortir de l'hôtel de
Villeségure, quand la petite porte c'était doucement
refermée sur lui. Et, en ce moment même, près de la
comtesse, il semblait mordre dans le bonheur fatigué
de ses dernières caresses comme dans un fruit tout
frais fondant sous sa lèvre.

Il se dégagea enfin, revint au sujet qui lui avait

18

valu cette nouvelle rosée voluptueuse, et, quittant le
tutoiement :

— La composition du comité est tout indiquée...
M. de Marverie, M. de Rochefière... Aucune attache ne
les retient. Je n'ai pas besoin de vous dire combien
j'aurais été heureux de me joindre à eux pour représenter ce tiers-État laborieux que les cruels événements
de 1871 ont rallié aux saines traditions monarchiques.
Ma situation ne me le permet pas. Il faut cependant
que les classes moyennes aient un délégué...

— Sans doute, murmura la comtesse, sans doute il
le faut...

Elle était distraite. A la lueur des bougies qui se
consumaient sur la cheminée elle cherchait dans les
yeux de son amant le reflet de sa foi monarchique.
Mais un mot la réveilla.

— J'ai pensé à une personne... Et je voulais vous en
parler, car votre bienveillant appui est nécessaire. Il
s'agit de Théodore Lajarre, le nouveau député du Var,
le grand industriel...

Elle eut un brusque sursaut.

— Le frère du ministre des douanes... Lajarre, de
Grasse...

Elle paraissait stupéfaite à son tour, presque indignée... Et, vraiment, il y avait bien de quoi. Lui
demander à elle, comtesse de Villeségure, amie du
duc de Rochefière, de M. de Marverie, des derniers
représentants de la noblesse française, de patronner un
pareil homme, un plebéien, un marchand, de le faire
envoyer au roi avec une mission officielle !... Théodore Lajarre, ambassadeur de la vieille France auprès
de la vieille monarchie ! Il y avait six mois à peine

qu'il avait quitté le commerce de la parfumerie, ce
Lajarre, bien connu à Grasse. Et là-bas, sur la plus
large enseigne de la Grande-Rue on pouvait lire encore :

Théodore Lajarre. — Pommade et savons
Eaux de toilette.

La colère de madame de Villeségure éclata enfin dans
un mot :

— Jamais !... jamais !...

Peyroral fronça le sourcil.

— Pourquoi donc ?.. C'est un homme de principes
sûrs, possesseur d'une grande fortune honorablement
acquise, très aimé de notre sainte mère l'Église, cheva-
lier de Grégoire-le-Grand, baron dans la prochaine
fournée du Vatican... Vous êtes bien difficile, ma chère
amie...

Elle haussa les épaules :

— Vraiment, vous êtes fou... Vouloir que je me
fasse la protectrice d'un Lajarre !.. . D'ailleurs, suis-je
la maîtresse ? Vous savez bien que M. de Rochefière....

— Oh ! celui-là... en lui parlant d'Henri IV...

— Soit ! mais M. de Marverie...

— Ma chère amie, vous ne me ferez pas croire qu'en
vous y prenant bien...

Elle frissonna jusqu'à la moelle des os, et une angoisse se peignit dans son regard. Déjà elle avait vu
ce sourire sur les lèvres de son amant ; déjà il lui avait
semblé qu'un Peyroral tout nouveau sortait du mirage
de sa passion... Cette fois elle faillit se dégager,
rompre d'un seul coup tous les liens qui l'attachaient
à ce grand comédien... Mais il eut la brusque intuition

de la faute commise, paya d'audace. Et se levant,
s'éloignant de madame de Villeségure :

— Tu me mets à la torture... Moi qui croyais que
le véritable amour devinait tout, était la seconde vue
suprême !... Crois-tu donc que je te demanderais ce
nouveau sacrifice si je n'y étais forcé moi-même ?
Mais puisque tu ne veux pas me comprendre, adieu...
Je chercherai ailleurs... Je me sauverai autrement...

Il partait déjà, la saluant d'un sourire attristé. Elle
l'arrêta :

— Te sauver... Tu es donc en danger ?... Voyons,
parle. Tu n'as le droit de rien me cacher...

Il baissa la tête.

— Non, non... j'ai eu tort... je ne peux pas te dire...

Elle le prit par le bras comme un enfant, l'assit de
force sur le canapé. Et debout devant lui, le fixant de
ses prunelles ardentes :

— Parleras-tu ?....

— Eh bien, reprit-il avec angoisse, eh bien, la vérité est que je suis entre les mains de ce Lajarre. . Il
m'a rendu un grand service, mais que je paye cher...
Je me suis laissé engager dans une grosse spéculation...
J'ai perdu soixante mille francs... Tout à fait une dette
d'honneur dans ma situation. Et il me manquait les
deux tiers de la somme... Lajarre m'a sauvé la vie en
me les avançant. Sans lui je me serais brûlé la cer-
velle.

— Et moi ? s'écria la comtesse. N'étais-je pas là ?...
Pourquoi ne pas t'adresser à moi....

Il secoua la tête, et, d'un ton dramatique :

— Jamais ! je me serais cru déshonoré... D'ailleurs,
je comptais rembourser Lajarre dans la semaine. Je

n'ai pas pu. Sa créance est exigible à toute heure. Tu comprends, la dette d'honneur n'a fait que se déplacer... Et hier, il m'a demandé avec des larmes dans la voix, de vraies larmes, si le comité fusionniste ne voudrait pas accepter l'appui de sa très humble coopération... Ce serait le couronnement de sa carrière, l'orgueil de ses derniers jours... J'ai promis, j'ai eu tort ; mais faut-il manquer à cet engagement nouveau?...

Un nouveau frisson secoua le peignoir de la comtesse. Elle réfléchissait les mains nouées. Et, d'une voix profonde :

— Non, dit-elle... il faut tenir votre parole... Votre honneur m'est aussi cher qu'à vous... Comptez sur moi...

Peyroral eut un soupir de soulagement en montant dans le fiacre qui devait le promener doucement, lui faire faire un tour matinal au bois de Boulogne avant de le conduire au ministère :

— Après tout, je n'ai pas menti... Il est bien vrai qu'il s'agit d'argent entre les Lajarre et moi...

Il s'agissait d'argent en effet, mais pas sous la forme directe et brutale dont Peyroral avait parlé à madame de Villeségure. Jamais Théodore Lajarre, le grand parfumeur de Grasse, comme il aimait à s'appeler, n'avait eu occasion d'avancer au sous-secrétaire la somme considérable dont celui-ci venait d'entretenir la comtesse. Mais Théodore Lajarre était le principal arbitre des destinées de mademoiselle Paule Lajarre, l'oncle providentiel, l'oncle à héritage dont les futurs millions feraient le plus bel ornement du contrat. Rien à craindre du côté de ces espérances collatérales.

18.

Il était resté obstinément célibataire. Son commerce
même l'avait apaisé, alourdissant ses muscles, empâ-
tant ses nerfs. Puis, avec l'âge, dans la réaction de la
fortune faite, un spleen politique et mystique l'avait
envahi. Il était devenu légitimiste et clérical encore
plus ardent que son frère le banquier, maintenant
ministre des douanes. Dans le salon du ministère
très froid, manquant d'intimité, Peyroral avait jugé
d'un seul coup d'œil la situation. Paule Lajarre, sortie
du couvent, sans mère, sans aucun point d'appui féminin, mourait d'ennui aux côtés de son père. Elle se
laisserait marier quand son oncle, le vrai chef de la
famille, ferait un signe. Et cet oncle, Peyroral savait
déjà comment le prendre. Qu'il entrât dans le comité
fusionniste, qu'il allât seulement à Frohsdorf, et la
fusion ne réussirait peut-être pas; mais Paule Lajarre
épouserait Ludovic Peyroral.

La fusion, il ne s'en inquiétait guère. Il ne croyait
pas davantage au succès de son parti. Quand il com-
parait l'œuvre du 24 Mai à un paravent cachant le vrai
décor, il ne disait à madame de Villeségure que la
moitié de la vérité. Il n'y avait rien derrière le paravent.
Aucune illusion possible pour un gouvernant. Manque
de but et manque d'hommes. Peyroral n'avait même
pu galvaniser Grivoil. Le malheureux archéologue se
débattait dans le réseau des intrigues parlementaires
avec une gaucherie attristante, un désir d'astuce sans
cesse desservi par une naïveté de savant confit dans
la poussière des bouquins. Quant à Peyroral, il ne
manquait pas de talent ni de dispositions brillantes,
mais il avait encore un passé trop court et trop peu
de surface. Il avait dû renoncer provisoirement à la

gérance de la Solidarité rurale avant d'avoir pu reverser les quatre-vingt mille francs absents au compte
courant de M. de Rochefière. A vrai dire, il avait mis
là un homme de paille, ce même Simon, son agent
électoral dans Loir-et-Cher. Tôt ou tard il reprendrait
la place. Mais il préférait ne la reprendre qu'une fois
marié, tablant sur les millions des Lajarre pour
devenir commanditaire de l'entreprise.

Le projet avait un envers machiavélique qui lui
plaisait, souriait au côté puéril de sa nature méridionale. Théodore Lajarre le délivrerait de la comtesse;
mais la comtesse lui était indispensable pour la
conquête de Lajarre. Aucun résultat à espérer sans
elle. De là cette comédie violente, ce gros moyen
mélodramatique et d'un effet infaillible. Madame de
Villeségure avait promis : Théodore Lajarre serait
bientôt un des initiés du sanctuaire fusionniste de la
rue François Ier.

Deux jours plus tard, en effet, le portrait du feu
comte de Villeségure avait une nouvelle surprise. Le
parfumeur de Grasse était assis sur le noble velours
des vieux fauteuils du grand salon et causait familièrement avec le premier gentilhomme de France, le duc
de Rochefière. A quelques pas, Peyroral interrogeait
habilement S. Exc. Leroux (de Bernay), le nouvel ambassadeur de France près du Quirinal. M. de Marverie
semblait rêver pendant que la comtesse s'éventait avec
fièvre...

Autre chose que Grivoil, tout autre chose, le Lajarre.
Aucune gaucherie, une remarquable facilité d'élocution,
un soupçon d'accent. Mais une voix particulièrement
et comme suavement odieuse, à la fois abandonnée et

pateline, des intonations de sacristain, une parfaite
assurance de gentilhomme de vieille roche et en même
temps le goût de faire allusion aux origines de sa
fortune. On disait de lui qu'il avait deux paires de
chaussures pour se présenter dans le monde. Tantôt il
pirouettait sur ses talons rouges, tantôt il faisait sonner
brutalement ses sabots de parvenu.

En ce moment il racontait à M. de Rochefière les
origines de sa prospérité.

— De tout temps, monsieur le duc, oui, de tout
temps, nous n'avons eu dans la grande pièce de la
savonnerie, dans l'entrepôt, révérence parler, qu'un
portrait du saint roi martyr qui fût Louis XVI et un
portrait du saint pape martyrisé Pie VII, deux gravures
superbes et ressemblantes à faire venir les larmes aux
yeux. Jamais elles n'ont quitté la maison ni par vent,
ni par bourrasque, ni par mistral, ni par révolution.

Le duc écoutait d'un air grave. Madame de Villeségure se sentait au supplice; le mélange extraordinaire
de savons et de principes, cette fusion anticipée de la
légitimité et de la parfumerie, révoltaient toutes ses
pudeurs. Heureusement, Lajarre partait. Il ne voulut
pas faire ses adieux sans les souligner d'une façon
toute personnelle :

— Je ne saurais vous quitter, madame la comtesse,
sans vous remercier ainsi que notre excellent ami
Peyroral. Je vous dois d'avoir pu voir de près et dans
la plus charmante intimité mes chers et éminents
collègues.

Les chers et éminents collègues saluèrent au passage
Lajarre cérémonieusement conduit par la maîtresse de
la maison. Elle n'avait pas sourcillé sous le pavé reçu

en pleine poitrine. Mais lorsqu'elle revint, elle était pâle avec des taches ardentes aux pommettes. Quand elle passa près de M. de Marverie, le vieux gentilhomme mit dans son regard une expression tendrement apitoyée :

— Vous vous tuez !

Elle sourit avec contrainte, fit un geste de protestation et de surprise :

— Pourquoi donc?... Vous vous trompez. On ne meurt pas pour prendre à cœur les intérêts de son parti.

L'exaltation la soutenait. Elle s'assit près de M. de Rochefière et, d'un ton d'angoisse dont elle ne pouvait se rendre maîtresse :

— Eh bien, mon cher duc, vous l'avez vu notre... représentant du tiers... Daignez-vous l'agréer comme compagnon de route?

Le duc releva nonchalamment la tête.

Le cœur de madame de Villeségure battait à tout rompre. Il s'agissait du salut, de l'honneur de son amant. Dans la haute glace qui semblait creuser un nouveau salon en pleine profondeur de panneau, elle l'apercevait, sombre et fatal, causant du bout des lèvres avec S. Exc. Leroux (de Bernay).

— Sans doute, répondit le duc, il a d'excellents principes, ce Lajarre, et une franchise, une rondeur !... Je suis sûr qu'il plaira beaucoup au roi. Il a même un côté touchant, une fraîcheur d'émotion très séductrice, et avec cela beaucoup de bonhomie naturelle. Ce qu'il m'a raconté, vous savez des deux portraits qui protègent sa maison de commerce... le saint pape et le roi martyr... prouve une conviction sincère... la grande conviction des simples...

— Heureux les simples, dit madame de Villeségure;
ce sont les meilleurs messagers de bonnes nouvelles.
Je suis certaine que mon protégé se montrera digne de
votre excellent accueil.

Elle étouffait dans la réaction de ses angoisses. Ainsi
la Providence était pour elle ; M. de Rochefière était
séduit. Quant à M. de Marverie, son silence même en
faisait un complice résigné.

La soirée était finie. M de Rochefière partait. S. Exc.
Leroux (de Bernay) faisait demander sa voiture.

Comme Peyroral prenait congé, la comtesse lui dit
à demi-voix :

— Revenez.

Il s'inclina très bas; mais en se relevant il faillit
tressaillir. Dans le panneau de glace, il voyait M. de
Marverie debout, presque derrière lui, le couvrant d'un
regard dur, attristé, menaçant.

Ce regard était si aigu, que Peyroral eut l'impression immédiate d'une nouvelle faute commise par la
comtesse. Elle avait parlé trop haut. M. de Marverie
avait dû entendre.

Ah ! l'imprudente, l'exaltée ! Depuis la période critique qui avait précédé le 24 Mai, elle multipliait les
maladresses. Elle se perdait, elle compromettait Peyroral... Vraiment ce coup d'œil de M. de Marverie, froid
et dur, regard de juge plutôt que d'ennemi, lui était allé
au cœur, avait ranimé les susceptibilités qu'il croyait
mortes.

Quand il fut rentré par le petit jardin dans le silence
de l'hôtel, il trouva madame de Villeségure aussi fiévreuse, mais avec un éclair de bonheur au fond de ses
prunelles extasiées :

— Je n'ai pas voulu attendre... J'avais besoin de te revoir tout de suite pour te dire que M. de Rochefière est enchanté de son nouveau compagnon de route... C'est fait. Tu es sauvé...

Il ne répondit rien, il n'eut ni effusion de reconnaissance, ni transports savamment contenus. Mais saisissant la comtesse à pleins bras, il la prit tout entière dans une caresse et dans un baiser. Le sens exact de cette exaltation passionnée, de cet admirable dévouement lui échappait plus que jamais. Les esprits tout de volonté ne comprennent pas les âmes toutes de sacrifice. Une seule pensée lui était venue devant ce désordre où s'étalait le contre-coup des émotions de la soirée, ces lèvres lasses et cependant friandes, ces yeux noyés, ce relief provocant de la femme à qui toute émotion morale donne une sorte d'âpreté physique :

— Elle a voulu être payée ce soir même... Elle le sera...

Et ardemment, avec un élan tout semblable à un excès de conscience, dans une brutalité d'approches qui n'était plus de l'ironie, mais la ferme volonté de l'espérance, il semblait ranimer cette passion en ruines. Il soufflait sur les derniers tisons avant d'éteindre le brasier, humilié, furieux et en même temps férocement gai...

Sur ses joues brûlantes il sentait encore le regard de M. de Marverie mal essuyé par les lèvres de la comtesse et aussi cruel qu'un soufflet. Patience !... Lajarre, ambassadeur à Froshdorff, c'était Paule Lajarre bientôt fiancée à Ludovic Peyroral... Ah ! madame de Villeségure se vantait d'avoir sauvé le sous-secrétaire d'État de la sûreté générale. Eh bien, oui. Elle l'avait sauvé. Mais pas comme elle le croyait.

XIX

PAULE

Peyroral eut un rire léger en parcourant la troisième
colonne du journal qu'il venait de prendre dans la pile
des feuilles du matin :

—Oh ! oh ! Panurge, c'est évidemment notre homme...

Et lentement, avec des intonations amusées, il se
récita l'article. Un long titre imprimé en italiques
pour attirer l'attention : « *Comment Panurge voyageant au
pays des Gobe-Mouches fut fait parrain du Merle blanc,
et ce qu'il advint de ce compérage.* » L'explication
venait à la suite: « L'épisode voudrait et vaudrait un
Rabelais. Mais les Rabelais sont rares, à la différence
des Panurges qui foisonnent. Le mieux est donc de
raconter simplement une aventure qui pourtant n'est
pas simple. En ce temps-là on négociait depuis deux
mois, dans la République de l'Équateur en vue d'une
restauration monarchique. Il s'agissait de greffer
branche sur branche et cadets sur aîné. On avait con-
stitué un comité de neuf Équatoriens aussi bons mo-
narchistes que patriotes dévoués. Cela faisait bien
dans le paysage et donnait un champ d'opérations aux
espérances fusionnistes avant même qu'elles eussent
un corps. Plus de contenant que de contenu. On
ouvrait la caisse en attendant les capitaux. La ques-

tion délicate était le drapeau. La branche aînée tenait au sien ; la branche cadette avait des raisons solides pour en désirer un autre.

» Le temps passait ; pas de nouvelles, mauvaises nouvelles. Cependant un célèbre duc d'une des plus vieilles familles de l'Équateur réclama quelques explications aux Neuf. Les uns lui dirent que M. L'Aîné demandait à réfléchir ; les autres que M. L'Aîné réfléchissait. C'était blanc bonnet et bonnet blanc, au résumé drapeau blanc. Sur quoi le duc monarchiste prit son plus monarchique chapeau, et fut sonner à la porte du militaire éminent et bien disposé qui présidait aux destinées de la République. Il voulait prendre le vent. Le vent sentait la poudre. Le militaire éminent et bien disposé s'en expliqua avec tristesse. Le drapeau gâtait tout. Si M. L'Aîné rentrait dans la capitale de l'Équateur avec la croix et la bannière de sa race, les tromblons se chargeraient d'eux-mêmes jusqu'à la gueule et partiraient tout seuls.

» M. le duc allait arracher ses nobles cheveux touffe à touffe, quand on lui suggéra une idée : Le Roi avait résisté aux larmes des patriciens. Qu'on lui envoyât un homme du tiers, chargé de lui porter les vœux de la classe laborieuse, et peut-être il cèderait. Là-dessus on fit élection de Panurge, homme du tiers s'il en fut et, de plus, grand vendeur de pâtes odorantes. Il s'agissait de négocier ; on prenait un négociant. Rien de plus juste. Panurge tout fier se mit en route. Nous ne tarderons pas à raconter ce qu'il advint de son équipée. »

— Hé ! hé ! dit Peyroral, la presse devient spirituelle... Ce cher Lajarre a sa réclame. Mais pourvu qu'on l'ait nommé !...

19

On l'avait nommé. Tout de suite après la fantaisie sur Panurge, trois lignes très concises :

« Un des principaux membres du comité des Neuf, M. Théodore Lajarre, l'ex-parfumeur de Grasse, est depuis deux jours à Salzbourg. On assure qu'il s'agit de nouvelles négociations relatives au drapeau blanc...»

Cette fois Peyroral eut pour le journal un regard pleinement satisfait. Il portait une tendresse particulière à la presse à allusions, même quand il s'agissait d'un organe ennemi. C'était sa joie et un peu sa gloire d'avoir poussé le journalisme dans cette voie tortueuse de l'entrefilet envenimé et de l'article à sous-entendus, depuis qu'il dirigeait la sûreté générale. Pour échapper aux petites vexations dont il poursuivait la presse, interdiction de la voie publique, saisies provisoires et autres procédés savamment tyranniques, on était revenu aux finesses cousues de fil blanc des dernières années de l'empire. Il goûtait un contentement pervers à se mirer dans son œuvre; point méchant d'ailleurs, volontiers bon prince et prêt à protéger l'esprit tant qu'il ne devenait pas dangereux.

Aucun péril, dans l'espèce. Il ne déplaisait pas à Peyroral que l'ambassade de Théodore Lajarre à Salzbourg fût un peu raillée, pourvu qu'on en parlât. Lajarre n'avait jamais compté réussir, mais si le roi gardait le drapeau blanc il garderait, lui, la gloire indélébile d'avoir servi de trait d'union entre la branche aînée et la branche cadette. Il pouvait commander l'écusson des Lajarre : une enveloppe sur champ de gueules, une enveloppe d'or scellée d'une fleur de lis d'argent. Déjà les petits journaux lui en suggéraient l'idée.

Peyroral se leva vivement et salua avec une déférence toute hiérarchique. La porte de communication entre son cabinet et celui du ministre venait de s'ouvrir ; Grivoil était debout sur le seuil. Il tenait un journal, lui aussi, mais il le tenait moins bien que Peyroral. Sa main tremblait. Le sous-secrétaire d'État regarda son supérieur avec surprise.

— Qu'y a-t-il, mon cher ministre ?... Vous voilà tout ému...

— Ah ! mon cher Peyroral, dit l'archéologue en se laissant tomber dans un fauteuil... mon cher Peyroral !... C'est une joie délicieuse... Je viens de trouver dans un journal du matin — feuille légère à vrai dire et dont les principes moraux ne sont pas très sûrs, mais qui est en revanche d'une admirable fidélité aux principes conservateurs — le mot décisif, le mot suprême, le mot de la situation.

— En vérité ? dit tranquillement Peyroral...

Très vite, d'une voix secouée par l'émotion, Grivoil lut cette phrase mirifique : « Que la France ne s'inquiète pas du drapeau ! Tricolore ou blanc, qu'importe ? Le roi aura tant de larmes dans les yeux en entrant dans Paris, qu'il n'en verra pas la couleur. »

Et vivement il ajouta :

— C'est cela... c'est bien cela... tricolore ou blanc, qu'importe ?... Le roi pleurera, tout le monde pleurera...

Il pleurait, lui aussi, l'excellent Grivoil, les paupières gonflées, les prunelles nageantes. Devant ce flux Peyroral sentait une formidable envie de rire mal contenue par sa prodigieuse stupeur. Ah ça ! il y avait quelqu'un qui aimait la fusion pour elle-même, qui y allait bon cœur bon argent, bons pleurs. Et ce quel-

qu'un n'était ni madame de Villeségure uniquement
occupée de son amant, ni M. de Marverie de plus en
plus enfoncé dans sa misanthropie correcte, ni Leroux
(de Bernay) captivé par les beaux yeux de son ambassade; c'était le dernier venu des néophytes, le lévite
de la troupe. Grivoil !

— Nous n'en sommes pas encore là, mon cher
ministre, dit sèchement Peyroral...

Depuis quelque temps les puérilités de Grivoil le
navraient. Il était convaincu, le malheureux, largement,
abondamment convaincu de toutes sortes de choses
inutiles, excessives ; il attendait le succès de la fusion,
le retour du roi, le fameux cortège princier descendant
les Champs-Élysées et remontant les boulevards avec
une angoisse candide, une palpitation haletante. Il
n'avait cependant rien à y gagner. Sa chute était
imminente, quel que fût le régime définitif du pays.
La monarchie restaurée, aussi bien que la République
constituée, le renverrait à sa chaire en lui pendant au
cou le cordon de commandeur.

Oui, Peyroral avait fait cette étrange découverte, que
Grivoil était un imbécile et un honnête homme — une
dupe parfaite. — Il en devenait gênant. Ah ! si le Méridional avait pu le supprimer, repousser du pied l'es-
cabeau devenu inutile ! Mieux valait attendre, laisser
les événements se charger de la besogne. Peyroral
ajouta avec une ironie plus douce :

— Je partage d'ailleurs pleinement votre avis, mon
cher ministre... L'article a jailli d'une inspiration
toute patriotique. Si les négociations ont le succès
que nous désirons tous, nous aviserons à décorer le
rédacteur... J'en prends bonne note...

Il avait enlevé le journal des mains de Grivoil comme on prend à un enfant un joujou bruyant ou dangereux. Deux tailles de crayon bleu, une croix au coin du numéro, et la feuille qui avait fait pleurer l'archéologue alla s'enfouir dans un tiroir du bureau-ministre.

Le pauvre homme s'en alla comme il était venu, les mains tremblantes, le dos gonflé d'une grosse émotion. Devant Peyroral il subissait une fascination complète : les yeux du sous-secrétaire d'État semblaient le galvaniser. Peyroral plaisantait volontiers avec la comtesse sur ce pouvoir étrange.

— Quand il est à la tribune et quand je le regarde du banc du gouvernement, fixe, les yeux dans ses yeux, il ne dit jamais de bêtises... Mais si je m'attarde dans les couloirs ou si j'ai manqué le train, voilà un homme qui patauge...

Et, en effet, dans le ministère même, sur le terrain hiérarchique, Grivoil, à peine échappé à l'hypnotisme, reprenait le physique de son malaise moral ; sa démarche accusait le manque d'équilibre intellectuel, les sautes d'un esprit sincère, mais dévoyé, à tout jamais sorti de son ancien milieu et mal installé dans les régions nouvelles où il s'était aventuré. Peyroral le rappela.

— Quelques signatures, mon cher ministre.

Grivoil s'assit, et pendant quelques minutes on n'entendit que le murmure des grandes feuilles de vélin passées rapidement par le sous-secrétaire d'État, rapidement signées par le ministre. Ah ! cette signature de Grivoil, le fidèle miroir de son âme, ce n'était plus l'écriture hautaine et naïvement appuyée de la dédi-

cace des épreuves serrées dans le bureau **Marie-Antoi-**
nette de madame de Villeségure, mais un petit grif-
onnement nerveux, hâtif, replié sur lui-même et
comme honteux.

Quand le ministre fut décidément parti, Peyroral
resta longtemps rêveur devant l'éventail des papiers
dont les contre-seings de Grivoil formaient le pivot.
Puis, brusquement :

— Après tout, il a raison... Dans ce pays-ci, avec
un peu de rhétorique creuse on arrange bien des
choses... Il ne s'agit d'ailleurs que de gagner du
temps...

Il ouvrit sa serviette de maroquin, prit un carré de
papier. Deux lignes seulement d'une écriture haute,
mince et fleurie, vraie calligraphie de commerçant :

« J'ai vu le prince. Très touché. Rien de **précis.**
Promet accepter toute solution compatible avec son
honneur... »

— La belle fichaise ! s'écria Peyroral. Il faut mettre
un poisson dans cette sauce-là... Je m'en charge !

Le soir parut dans les journaux dévoués à la cause
une note portant que les meilleures nouvelles étaient
arrivées de Salzbourg. Dans un déluge de larmes, le
prétendant et l'ambassadeur des classes laborieuses
mais monarchiques auraient jeté les bases d'un accord
décisif. La note avait été rédigée par Peyroral dans le
sens des indications attendrissantes de Grivoil ; l'émotion du ministre portait ses fruits. Au sein du parti
fusionniste il y eut une période d'heureux étonnement. On ne croyait pas et cependant on voulait croire.
Après tout, la Providence se sert des instruments qu'il
lui plaît. Les plus humbles sont parfois les plus favo-

risés. Il était possible que ce Lajarre... Peyroral fut
vivement félicité de son idée vraiment géniale. C'était
lui qui avait complété le comité en lui adjoignant le
grand parfumeur. A lui l'honneur de la réussite définitive.

Trois jours plus tard, il fallut bien en rabattre. Une
autre note venant de Salzbourg, très sèche celle-là et
furibonde sous son apparence hautaine, servit d'écho à
la note de Peyroral. Il y était dit en propres termes :
« Le roi n'a rien promis que ce qu'il pouvait promettre
sans se donner un démenti à lui-même... » On comprit. Mais le but de Théodore Lajarre n'en était pas
moins atteint ; le parfumeur de Grasse avait acquis une
importance. On le ménageait dans les deux fractions
du parti fusionniste. Les légitimistes, en gens **du**
monde lents à ouvrir leurs portes mais impertur-
bables dans leur politesse à l'égard des admis, hono-
raient en lui le commissionnaire de M. de Marverie
et du duc de Rochefière. Quant aux oriéanistes, Lajarre flattait leurs rancunes très vives contre l'ina-
movible exilé, comme on l'appelait avec une pointe
d'ironie dans les salons dévoués aux princes. On ne lui
reprochait pas d'avoir échoué dans sa mission, heureux
de tout rejeter sur le prétendant. Il avait d'ailleurs une
façon malicieuse de raconter son entrevue, qui mettait
un sourire sur les lèvres des habitués de Chantilly.

— Le comte est courageux, très courageux... Cependant Monseigneur craint madame la comtesse... Madame
la comtesse écoute son confesseur... Le confesseur
craint la guillotine. Il a persuadé à madame la comtesse
de ne pas revenir à Paris tant qu'il y aurait encore
une place Louis XV... Car on dit toujours la place

Louis XV là-bas... On parle aussi de la Convention quand il s'agit de l'Assemblée nationale... J'ai cru qu'on allait me demander des nouvelles de Maximilien Robespierre et de M. Danton...

Ce persiflage faisait du sieur Lajarre un personnage fort goûté dans les cénacles du faubourg Saint-Honoré. En allongeant la transition, en dépensant à propos un peu de cette rhétorique creuse chère à Grivoil, Peyroral avait transformé l'échec de l'ambassadeur du tiers-État en campagne brillante dont les résultats avaient été annihilés par le seul entêtement et les seules frayeurs de l'entourage du prétendant.

— Vous voilà désigné pour un grand poste le jour où le parti conservateur aura son classement définitif, disait familièrement Peyroral à l'ancien parfumeur. Et le sieur Lajarre ne démentait pas son excellent collègue. Ce marchand, ce parvenu portait sa nouvelle fortune avec une aisance extraordinaire. Il parlait longtemps et bien, ou s'embarrassait dans un compliment ému avec une gaucherie savante, suivant le salon ou le cercle. Madame de Villeségure était presque seule à lui trouver l'air commun, l'odeur de boutique. Antipathie persistante dont Peyroral la grondait un peu — mais pas trop fort ni trop souvent. Il avait même fini par témoigner à ce caprice de sa maîtresse une indulgence qui aurait dû inquiéter madame de Villeségure :

— Ma chère amie, nous ne pouvons rien contre nos impressions... Elles nous tiennent, et nous ne les tenons guère... Puisque Lajarre vous déplaît, je vous éviterai sa présence...

Cette antipathie instinctive et pressentie servait ses

projets mieux qu'une indifférence mondaine. Il craignait toujours que le sieur Lajarre ne reparût sous
l'ambassadeur du tiers-état à Salzbourg et qu'une allusion bourgeoise à la nièce récemment sortie du couvent ne mît madame de Villeségure sur la voie
nouvelle suivie par son amant. Tout marchait bien de
ce côté. Lajarre le ministre était très suffisamment
conquis : Peyroral savait même qu'il avait quelque
hâte de voir sa fille mariée : au moins elle pourrait
faire office de maîtresse de maison les jours de grande
réception à l'hôtel des douanes. Quant à Lajarre le
parfumeur, Peyroral lui expliquait souvent les avantages considérables de l'appui mutuel dans les familles
nombreuses.

— Il faut se sentir les coudes, marcher la main
dans la main...

Ces images étaient bien un peu incohérentes. Ça ne
se tenait guère, ça ne s'enchaînait pas... Mais l'idée
avait une limpidité de cristal. C'était dans la main de
Paule que les deux grands acteurs politiques devaient
cimenter leur alliance.

Que pensait-elle, cette Paule Lajarre, cette échappée du couvent, une blonde d'un blond gris, presque
blanc aux lumières, et dont les yeux verdâtres
avaient le miroitement glauque d'une eau dormante ?...
Elle gardait dans le salon de son père une concentration mélancolique, un air rêveur et détaché. Le sous-
secrétaire d'État avait cependant remarqué qu'elle le
regardait à la dérobée avec une attention détaillée.
Peut-être son père l'avait-il mise au courant des projets
de Peyroral. Peut-être avait-elle été assez renseignée
par la fréquence des visites du sous-secrétaire d'État.

19.

Mais elle restait très froide en apparence, baissant les yeux, répondant par monosyllabes aux compliments du collègue de son père et de l'intime de son oncle...

Cette froideur troublait Peyroral. Il aurait voulu établir à l'avance une certaine intimité d'approches, prendre rang et date dans le cœur de la jeune fille. Le sieur Lajarre (de Grasse) à qui il s'en ouvrit cordialement eut un sourire assez fin.

— Vous êtes un grand politique, mon cher Peyroral; mais vous ne savez peut-être pas vous y prendre avec les jeunes filles ..

L'avocat répliqua par un autre sourire :

— Mais si... je vous assure que si... Je porte une vive affection à mademoiselle Paule et les tendresses sincères sont toujours éloquentes. Il me manque seulement une occasion...

— L'occasion viendra, dit tranquillement le sieur Lajarre.

La session parlementaire était rouverte. Des soins de toute espèce occupaient les journées du sous-secrétaire d'État. Le matin, il recevait régulièrement la visite de l'homme qu'il avait délégué à la Solidarité rurale, ce Simon, son ancien agent électoral. De ce côté, tout allait bien. Des rentrées régulières, de gros bénéfices. Par exemple, M. de Marverie, toujours encombrant et minutieux, difficile et pointilleux sur tout, trouvant les dividendes exagérés, fourrageant dans les correspondances et dans les registres. Peyroral en riait.

— Oui, je sais... Il flaire l'argent pièce à pièce pour savoir s'il ne sent pas mauvais..... Ces vieilles gens, ça a de si vieilles idées !

Simon aisait écho humblement, et de temps en temps coulait des regards sournois qui auraient fait réfléchir Peyroral si le sous-secrétaire d'État avait eu le loisir de s'en apercevoir. Déjà il expédiait des signatures en recevant Simon, et pendant le reste de la matinée c'étaient les solliciteurs ou les subalternes qui lui prenaient ses heures minute par minute. L'après-midi, il fallait aller à l'Assemblée, se tenir toujours prêt à soutenir Grivoil. Pas moyen d'abandonner le pauvre homme.

On eût dit que l'échec de la fusion était tombé sur lui de tout son poids. Madame de Villeségure avait supporté dignement la déconfiture de la mission Lajarre; dès que son amant survivait à ce désastre, tout était bien. M. de Rochefière semblait tout consolé des refus du prétendant par le superbe accent de ces refus. Il avait rapporté de Salzbourg une extase légèrement hébétée, une admiration qu'il exprimait avec sa fleur d'éloquence habituelle.

— J'ai retrouvé la voix d'Henri IV sur les lèvres d'Henri V.

Seul Grivoil gardait une attitude d'inconsolable Calypso. Les déceptions l'avaient cruellement vieilli en quelques mois. Sa faconde pédante, son abondance de normalien commençaient même à le quitter. Il cherchait ses mots à la tribune; il avait des suspensions et des absences. Il était suspect dans les deux camps, mais la droite le soutenait encore, lui évitait de répondre aux interpellations embarrassantes. Il y en avait une cependant, qui, remise de mois en mois, s'obstinait à reparaître : la question des enterrements civils permis ici, persécutés là, tantôt condamnés à se

glisser honteusement sous le voile du crépuscule, tantôt forcés à saluer la première aube. Ces inégalités de
traitement faisaient la partie belle aux interpellateurs,
leur permettant de greffer sans cesse des questions
nouvelles sur des faits nouveaux.

Le désespoir de Grivoil, ces enterrements civils
et leur queue parlementaire! Dès qu'on en parlait,
son teint devenait jaune, une angoisse passait dans son
regard.

— Il en mourra, disait plaisamment Peyroral.

Ce fut au début d'une nouvelle escarmouche de cette
nature que Peyroral dut obéir aux signaux télégraphiques du sieur Lajarre posté sur le seuil des coulisses
parlementaires. Il se leva pour quitter le banc du gouvernement. Grivoil, très ému, lui toucha le bras,
essayant de retenir son indispensable auxiliaire. Là-
haut, un membre de la gauche tonnait à la tribune,
parlait de petites vexations, de persécutions mesquines.
Tout cela parce qu'on avait forcé une famille dijonnaise
à enterrer son chef à six heures du matin en faisant le
tour de la ville... Peyroral hésita un instant. Mais là-
bas le sieur Lajarre multipliait ses signaux. Le sous-
ministre eut l'intuition d'un événement. Justement
Lajarre, le ministre des douanes, gardait la chambre
depuis deux jours. Son état s'était peut-être aggravé.

— Je reviens, mon cher ministre... l'affaire d'un instant...

Lajarre le ministre n'était ni mort ni même bien
malade. Le sieur Lajarre appelait Peyroral pour lui
mettre en main l'occasion, la fameuse occasion deman-
dée. Il y avait fête de charité au palais de la présidence, et Paule Lajarre s'y trouvait.

— Il me revenait de l'y conduire, mon frère étant
malade... Ma foi, je me suis dit : L'occasion est belle
pour cet excellent Peyroral, et je me suis esquivé
pour vous avertir... J'ai laissé Paule sous l'aile de sa
gouvernante; je vole la rejoindre... Arrivez derrière
moi. Je trouverai un prétexte pour vous laisser seul
avec l'enfant. Vous pourrez causer tranquillement. Un
vrai désert, ce palais.

Il souriait de son fin sourire de maquignon distin-
gué. Peyroral se décida.

Tant pis ! Grivoil se tirerait d'affaire, tout seul. Pour
une fois il nagerait bien sans aide...

Au palais de la présidence, tout se passa comme
l'avait arrêté le sieur Lajarre. Quand Peyroral eut présenté ses humbles hommages à la maréchale et acheté
quelques lots aux marchandes, il se mit en quête de
Paule Lajarre. Il la trouva sans peine, errant dans une
galerie silencieuse du triste palais, comme une princesse de tragédie dans un décor de l'ancien Odéon. Sa
gouvernante, une blonde Irlandaise, d'un blond encore
plus pâle que sa maîtresse, la suivait à quelque pas,
avec un mélancolique détachement de confidente. Le
sieur Lajarre eut un étonnement bien joué en apercevant Peyroral.

— Ah! bah! mon cher collègue, c'est vous... Enchanté... Paule, je n'ai pas besoin de te présenter
Monsieur...

Non, la présentation n'était pas utile. Paule Lajarre
fixait Peyroral avec une assurance tranquille, en
ancienne connaissance. Il aurait voulu plus de gêne,
plus d'émotion. Cette petite fille ne se troublait pas
devant lui; son teint restait aussi pur, ses yeux gar-

daient la vague paleur du costume clair et triste qui
enveloppait sa beauté naissante, robe de soie gris perle,
aux tons mats, chapeau de faille d'un violet passé,
avec une large guirlande de mauves rejetée du côté
droit.

Tout à coup le sieur Lajarre se frappa le front :

— Allons, bon ! j'ai oublié la commission des sucres...
C'est ta faute, petite fille, ta très grande faute. Il faut
au moins que je m'excuse... Je reviens tout de suite.
Mon cher collègue, je vous confie ma nièce.

Paule eut un court frisson quand Peyroral lui offrit
le bras. Et tout de suite l'avocat joua serré. Le moment
était décisif. Un encouragement subit et précieux, ce
frémissement de l'épiderme...

— Elle ne demande qu'à avoir confiance... Aidons-
la...

Justement Paule interrogeait le sous-secrétaire d'État
avec une intonation un peu moqueuse.

— Vous avez donc quitté l'Assemblée, monsieur Peyroral, pour venir à cette fête qui n'est pas gaie ?...
Et moi qui vous retiens ici... Avouez que vous regrettez
votre banquette. C'est si amusant de faire des lois...
et d'en défaire !...

Il baissa la voix, mit dans son accent éteint une
sincérité navrée.

— Vous êtes bien sévère, Mademoiselle...

— Pourquoi ? dit-elle ingénument.

— Parce que vous meurtrissez mes plus chères
espérances en parlant ainsi... Vous me confondez avec
mes collègues pour qui le pouvoir et les affaires sont
tout... Vous croyez que je n'ai plus de cœur, que j'ai
un portefeuille à la place...

— Oh! dit-elle avec un sourire qui semblait cacher
un commencement de trouble, le portefeuille n'est pas
inanimé... Il bat comme le cœur... Le pouvoir donne
des joies et des tristesses, des plaisirs et des amertumes...

Peyroral eut un geste brusque qui dut scandaliser la
gouvernante irlandaise.

— Vous n'êtes pas une enfant, mademoiselle Paule,
mais vous parlez comme une enfant sans savoir le mal
que vous me faites. Le pouvoir n'est rien, entendez-
vous? Et la richesse qui représente une autre forme de
pouvoir n'est pas davantage. La vérité, le bonheur,
c'est la communauté des affections et des peines avec
une compagne qu'on a librement choisie, qui vous a
librement préféré, et avec qui on suit doucement le
grand chemin de l'existence. En dehors des tendresses
ardentes et saines, de l'intimité des âmes qui battent
pour le même idéal, il n'y a que fatigues stériles,
déceptions angoissées, fruits pleins de cendres.

Elle le regardait de ses yeux clairs dilatés dans une
lueur pâle. A quoi pensait-elle en mirant dans les
prunelles de Peyroral les mauves languissantes de la
guirlande qui avait glissé sur ses épaules? Une surprise joyeuse naissait dans ce nimbe de froideur qui
l'enveloppait toujours, lui faisait une atmosphère presque
religieuse. Jamais sans doute on ne lui avait parlé ainsi.
Le milieu politique où elle vivait depuis sa sortie du
couvent, les conversations sérieuses, les allures diplo-
matiques des jeunes gens qui venaient faire leur cour
au ministre des douanes, tout donnait une étrangeté
séduisante à l'incorrection de Peyroral. Cependant Paule
se défendait encore.

— On dit tout cela dans les fêtes, dans les soirées...
C'est une mode et une tenue... Cela va avec l'orchestre.

Le méridional secoua brutalement ses fortes épaules :

— Eh bien, Mademoiselle, tant pis pour ceux qui
disent ces choses sans les penser... Ils se mentent à
eux-mêmes, ils courent après moins que rien, après
l'ombre de leur orgueil, comme dit le poète. Et tant
pis encore pour celles qui ne savent pas reconnaître
une parole sincère. Elles passent devant toutes les fleurs
de l'existence sans oser les cueillir.

Il s'exaltait, jouait son rôle avec une ardeur sans
danger. La grande serre où il avait entraîné Paule,
toujours escortée de sa fidèle Irlandaise, était déserte.
La jeune fille eut un rire nerveux, et, avec un mélange
curieux d'ingénuité et de coquetterie :

— En vérité, monsieur Peyroral, vous interrompez
toujours ! Savez-vous que c'est très mal ? Vous n'êtes
donc pas un jeune homme qui sait écouter ?... Vous
ne ferez jamais votre chemin...

— Comment cela ?

— Mais oui, reprit Paule Lajarre. Papa dit que c'est
le seul mérite des jeunes gens actuels... de ceux qui
ont grandi après le 4 septembre... Les autres, les anciens, savaient danser, à ce qu'il paraît; on assure
même qu'ils savaient causer... Ceux d'aujourd'hui ne
causent ni ne dansent ; mais comme ils écoutent bien !
On peut leur parler de tout, politique, diplomatie, finan-
ces ; ils ont le même recueillement, ils gardent la même
pose. On les laisse à dix heures assis devant une conversation sérieuse. On peut repasser à minuit, ils n'ont
pas changé de fauteuil ni de sourire. Vous comprenez ?
leur avenir est là...

Peyroral triomphait. Cet aveu ému le renseignait mieux qu'une confession explicite. Il avait rompu, en brusquant la situation, la glace légère, le mince vernis dont Paule Lajarre entourait son cœur. Il l'avait frappée et séduite par cette attaque violente, cette mise à nu de ses sentiments intimes. Elle l'aimerait, elle l'aimait déjà comme toute femme dont le cœur n'est pas encore pris doit aimer l'homme qui lui parle d'amour pour la première fois, d'un certain ton. Sa cause était gagnée. Cependant il voulait un gage. Et très bas, se penchant vers le bouquet de résédas qui coupait d'une tache verte striée de lignes rougeâtres le corsage de Paule Lajarre :

— Je ne sais pas écouter, dit-il tendrement... c'est vrai ; mais je sais entendre.

— Eh bien, dit-elle, si je vous ai fait de la peine, je veux vous consoler...

Elle prit une grappe de résédas et, la tenant entre les deux doigts de la main gauche :

— Au moins, dit-elle, jurez-moi que vous avez dit vrai...

Elle essayait de mettre un doute dans la voix ; mais une confiance naïvement attendrie brillait dans ses yeux :

— Je vous le jure, dit ardemment Peyroral...

Lajarre arriva au moment précis où Peyroral recevait la grappe fleurie. L'ex-ambassadeur à Salzbourg s'était bien gardé de se rendre dans aucune commission. Il avait tranquillement fumé un cigare sur le pavé du grand roi. C'était une manière de mesurer le temps. Il rentrait, le cigare étant fumé. Et sans paraître rien voir, il se confondit en excuses.

— Désolé d'avoir abusé de vos précieux instants, mon cher collègue.

Précieux en effet. L'ancien parfumeur ne croyait pas si bien dire. Peyroral en apprit de belles en rencontrant au milieu de la place d'Armes un de ses collègues, un sous-secrétaires d'État, la mine allongée :

— Où diable étiez-vous, mon cher?... Votre ministre vient de s'embourber jusqu'au cou... On croirait qu'il tombe en enfance, ce pauvre Grivoil... Heureusement, on a voté la clôture. Il n'était que temps!

Peyroral ne put retenir un vif mouvement de colère.

— Je ne peux pas être partout à la fois... D'ailleurs mon homme était stylé. Je lui avais indiqué l'ordre et la marche...

Il se reprit vivement :

— Nous avions approfondi la question ce matin, le ministre et moi... je ne prévoyais aucun incident....

— Eh bien, dit l'interlocuteur de Peyroral, l'imprévu arrive... Grivoil a été non seulement au-dessous de lui-même, mais encore au-dessous de tout. Il faudrait des termes spéciaux pour définir ce genre d'accident. Un ramollissement de tribune, une déliquescence oratoire.

Qu'avait donc commis Grivoil? Quelques bévues simples, larges, monumentales. A propos de ces enterrements civils qui décidément lui portaient la guigne, il s'était laissé aller à parler des « commencements néfastes de l'Assemblée nationale ». Vous jugez des rires de la gauche, de la stupeur de la droite. Puis l'emballage continuant, une esthétique d'archéologue lui était montée à la tête. Il avait déclaré avec une insistance étrange qu'en forçant les familles libres-penseuses à enterrer

leurs morts comme on enfouit les pestiférés il avait la
conscience d'affirmer l'ordre moral « dans toute sa
beauté ». Même tonnerre d'applaudissements du côté
des rouges ; même embarras de la droite. Enfin, grâce
au vote de l'ordre du jour pur et simple, Grivoil avait
pu se tirer d'affaire, mais sans les honneurs de la
guerre.

— Quelques victoires comme celle-là, et notre cher
collègue pourra retourner à Persépolis... Franchement,
il travaille mieux dans les temples que dans la politique
intérieure...

Peyroral avait déjà dominé sa colère. Après tout, mieux
valait qu'il n'eût pas été là pendant la déplorable échappée de Grivoil. Au moins il évitait toute responsabilité
directe. Il rentra au ministère pour voir le pauvre homme,
le réconforter au besoin. Mais il se heurta contre une
consigne. Grivoil n'avait fait que traverser son cabinet
et, de là, il avait passé dans son appartement particulier.

Le valet de chambre arrêta Peyroral :

— Monsieur le ministre a une forte migraine. Il ne
veut recevoir personne.

Peyroral n'insista pas, faisant seulement cette réflexion
que Grivoil aurait rendu hommage à l'hygiène et service
au ministère en restant couché le matin même. Aussi
bien le sous-secrétaire d'État était pressé. Rendez-vous
le soir même avec madame de Villeségure ; tout juste le
temps d'expédier les affaires courantes.

Le lendemain matin, à huit heures, Peyroral était assis
dans son cabinet ministériel, sommeillant à demi pour
se reposer de sa corvée amoureuse, quand le valet de
chambre de Grivoil entra sans frapper. Peyroral eut un
brusque sursaut, l'atteinte aiguë d'un pressentiment.

— Quoi?... Qu'y a-t-il?...

Le valet de chambre était très pâle.

— Je demande pardon à monsieur, mais j'ai voulu entrer tout à l'heure dans la chambre de M. le ministre. Je n'ai pas pu... Il faut que la porte soit fermée en dedans...

— C'est bien, dit Peyroral. Ne réveillez personne. Je vais avec vous.

La porte était close. Aucun bruit. Peyroral frappa doucement, puis plus fort. Le valet de chambre tremblait d'émotion.

— Monsieur qui a d'ordinaire le sommeil si léger!... Il faut que Monsieur se soit trouvé mal... Mais c'est une fatalité qu'il ait fermé sa porte...

— Écoutez, dit Peyroral, il n'y a pas de temps à perdre; il faut faire sauter la serrure...

Il avait retrouvé sa décision brutale et sa vigueur d'homme du Midi, très réveillé par cette étrange aventure. Une branche de pincette introduite entre les deux venteaux de la porte double arracha la serrure. La chambre était plongée dans une obscurité complète.

Le domestique courut à la fenêtre pendant que Peyroral marchait vers le lit dont les grands rideaux d'antique damas tombaient droit avec de gros plis semblables à des tuyaux d'orgue. Il tira la tenture d'un coup sec qui fit chanter les anneaux, et malgré sa force d'âme, poussa un cri.

Grivoil était étendu sur le lit, la poitrine traversée de trois coups de couteau. Sa main droite crispée tenait encore le manche de l'arme. Un suicide à l'antique, tout catonien. Le pauvre homme, comme l'appelait Peyroral, l'archéologue dévoyé dans la politique, n'avait pu survi-

vre aux cruelles épreuves morales, dont sa face pâle,
mal reposée dans la mort, portait encore la trace. Le
ridicule l'avait achevé. Et ce normalien retrouvant dans
ses souvenirs de collège l'ordonnance des grands trépas
historiques, avait eu le courage de disparaître sans bruit,
sans plainte, de creuser et d'élargir sa blessure.

Peyroral eut un court frisson devant cette victime des
ambitions maladroites et des convictions flottantes. Triste
mort, malgré sa grandeur stoïcienne. Les héros de l'an-
tiquité s'étaient frappés dans des cuves de marbre ou
sur des lits d'ivoire, sous des rideaux de pourpre deux
fois teints, devant les statues des aïeux ou devant l'azur
infini plein des dieux dont ils défiaient la colère. Et le
pauvre Grivoil, plagiaire tardif, succombait dans un décor
misérable, au milieu du faux luxe, des splendeurs d'hôtel garni des installations ministérielles, au fond d'une
chambre étroite qui avait déjà abrité le sommeil fiévreux
de plus d'un politique.

Le valet de chambre se lamentait. Brusquement Peyroral le fit taire. Derrière le suicide si tragiquement
comique de l'infortuné Grivoil il voyait le contre-coup
de cette sinistre aventure retombant de tout son poids
sur l'ordre moral. Il fallait absolument étouffer l'affaire,
parler d'une mort subite, d'une attaque d'apoplexie...
Pendant qu'il réfléchissait, debout au chevet du lit, il
sentit comme un clapotement sous ses bottines qui fou-
laient le tapis de haute lisse ; le sang avait imbibé la
laine, la pénétrant d'une rosée rouge. Et Peyroral se dit que
la vérité se révélerait tôt ou tard, coulerait comme avait
coulé le sang du mort. Mais on aurait évité le premier
scandale, Grivoil serait presque oublié. Une légende est
moins dangereuse qu'un fait-divers.

Il referma les rideaux, essuya ses semelles sanglantes au pied du lit, rajusta la porte, consigna le valet de chambre et fit jouer lui-même le télégraphe pour appeler le duc d'Aigrefeuille. Dans l'après-midi une note de l'agence Havas annonçait que l'honorable M. Grivoil, dont les dispositions morbides n'avaient été un secret pour personne au cours de la séance de la veille, avait succombé pendant la nuit à une congestion cérébrale.

XX

Debout, au bord du caveau où venait de descendre la dépouille de Grivoil, Peyroral terminait son discours funéraire. Il parlait après le représentant de l'Institut, après le directeur de l'École normale, après le délégué du Collège de France. Sa modestie lui donnait le dernier mot.

Mot grave et gravement prononcé :

«... Et maintenant, Messieurs, avant de nous séparer sur ce seuil de la mort qui est le seuil de l'éternité, saluons non pas la dépouille qui vient de la terre; qui, faite de poussière, rend à la poussière sa forme transitoire et vaine, mais l'âme immortelle déjà sur la route de cette patrie céleste, le divin asile des natures vraiment complètes auxquelles les satisfactions de la science, les sourires de la gloire ne sauraient suffire... »

Il eut un regard pour le ministère qui était là au grand complet, pour les délégués de l'Assemblée qui écoutaient chapeau bas, et reprit avec un accent de provocation :

« Notre excellent et admirable collègue était au nombre de ces âmes d'élite. Il avait l'intuition et l'amour et la passion d'un idéal supérieur. On peut dire qu'il a consumé sa vie dans la poursuite de cet au-delà si mé-

prisé par les adorateurs de la matière. Il a vécu chrétiennement, et c'est chrétiennement qu'il est mort. Si
rapide qu'ait été le coup d'aile de cet ange sombre qui
vient cueillir ici-bas la fleur spirituelle des élus, soyez-en
certains, messieurs, dans les ténèbres mêmes du trépas,
celui que nous pleurons a vu luire l'aube de l'éternité.
C'est une grâce que je souhaite à beaucoup d'hommes
éminents qui abusent des dons mêmes de la Providence
pour échapper aux devoirs imposés par ces dons précieux et se refusent à comprendre que, chez les esprits
supérieurs, l'humilité de la foi est la force suprême, si
j'ose m'exprimer ainsi, la force rayonnante et magnifique de la reconnaissance. »

Il y eut un murmure approbateur, une sorte d'ap-
plaudissement étouffé. Le duc d'Aigrefeuille, placé devant Peyroral, de l'autre côté de la fosse, leva la tête et
remercia son collègue d'un regard rapide... Un beau
regard, ardemment spiritualiste, trempé d'idéal, azuré
de foi... et comme on voyait bien que le noble duc
avait rafraîchi les saintes croyances de sa jeunesse dans
le caveau du suicidé Grivoil !

Peyroral ne parut ni surpris ni troublé de ce coup
d'œil. L'idée d'une ironie ne lui vint même pas. Il
était très satisfait, lui aussi, et de lui-même, et des
autres, et des choses qui s'arrangeaient à merveille.
Le discours qu'il venait de prononcer le mettait sur les
rangs pour la succession du malheureux archéologue.
En tout cas, il tenait la main de Paule Lajarre, et il la
tenait bien, à en juger par les tendresses que lui témoignait l'ex-parfumeur de Grasse.

En ce moment, dans la débandade presque joyeuse
que faisait au milieu du Père-Lachaise l'école buisson-

nière des députés heureux de ce jour de vacances, —
le premier et le dernier plaisir que leur procurât Grivoil, — c'était Théodore Lajarre qui s'attachait le plus
au sous-secrétaire d'État.

— Mon cher Peyroral, vous avez admirablement
parlé... Vous nous avez tous émus jusqu'aux larmes...
Quelle magnifique réponse aux matérialistes à la veille
de cet audacieux défi que veulent jeter à la société
chrétienne les enfouisseurs du docteur Gucipard... les
enfouisseurs... car je ne trouve pas d'autre mot...

— Oui, dit Peyroral avec tristesse, je ne pourrai sans
doute empêcher le scandale. J'ai voulu du moins l'atténuer... J'ai envoyé un de mes attachés présenter
quelques observations à la veuve de ce grand savant
doublé par malheur d'un grand athée. Il devait venir
me rejoindre ici...Tenez, le voilà... C'est le petit Roujeard...

Télégraphiquement Peyroral héla le jeune homme
qui errait au milieu des bosquets et des labyrinthes.
Lajarre s'en mêla, cria aussi : Hé ! monsieur Roujeard...
sans aucun respect pour le cercueil de ce pauvre Grivoil sur qui n'était pas encore retombée la pierre du
caveau. Il s'agissait bien de Grivoil ! Qu'avait pu répondre la veuve de ce docteur Gucipard, l'abominable
matérialiste mort d'une piqûre au doigt, d'un coup de
scalpel, imprudemment donné au cours d'une dissec-
tion ?

Grosse affaire, non pas la mort de Gucipard, mais
son enterrement. Une manifestation était à craindre.
Le quartier latin voudrait faire escorte au savant persé-
cuté par l'ordre moral. Pourquoi le service funèbre
n'aurait-il pas lieu en province, à Chartres, où était né

20

le défunt? Combinaison merveilleuse. Peyroral permettait les discours, autorisait le cortège, proposait même une escorte d'honneur... à Chartres... Tout à Chartres, rien à Paris.

Il comptait intimider la veuve. Une femme seule n'aurait pas l'audace de résister au ministre intérimaire de la sûreté générale. On se précipitait. Mais Peyroral, toujours prudent, entraîna Roujeard derrière une tombe, à l'écart.

L'attaché semblait ému.

— Eh bien, Roujeard!

— Je n'ai rien obtenu. J'ai cependant la conscience d'avoir fait valoir vos arguments presque aussi fortement que vous les avez présentés... Madame veuve Gueipard a écouté le détail de vos propositions très froidement. Quand j'ai eu fini, elle m'a dit, avec le même calme :

« Prévenez M. Peyroral que la veuve du docteur Gueipard obéira aux dernières volontés de son mari, et que ni la prière ni la menace ne feront céder Blaisette Isaby. »

Peyroral tressaillit et s'appuya au mur d'une chapelle funéraire d'un mouvement nerveux :

— Comment avez-vous dit?... Blaisette Isaby?

— Oui, monsieur le ministre. Je suis sûr du nom. Il est assez original pour qu'on ne l'oublie pas. Quant à la personne, jeune encore, grande, fort bien, ma foi... mais pâle, très pâle... On dirait une statue.

Peyroral domina son trouble.

— C'est bien, Roujeard; je vous remercie.

Il revint au groupe. Les figures étaient animées. Qu'avait dit la veuve Gueipard?

Lajarre interrogea vivement :

— Est-ce fait?

Peyroral secoua la tête :

— Nous n'avons rien obtenu, Messieurs... Une pauvre femme affolée... Pour éviter le scandale, nous risquerions de causer des troubles encore plus graves. Mais comptez sur moi. Si je renonce à empêcher cette odieuse cérémonie, du moins je l'isolerai... Je réponds de l'ordre.

Il avait un sourire sur les lèvres, et négligemment il prit le bras de Théodore Lajarre. Mais l'ex-parfumeur de Grasse eut un léger cri :

— Ah ça ! où vous êtes-vous frotté, mon cher?... Vous êtes blanc de plâtre...

Il ajouta en riant :

— Un vrai sépulcre blanchi.

Peyroral fit un geste de dégoût superstitieux. En écoutant Roujeard et sous l'atteinte du coup inattendu que lui avait porté le nom de Blaisette, il s'était appuyé contre le mur d'une chapelle, et le plâtre frais pénétré de l'humidité grasse avait marbré son habit noir de larges taches semblables à des moisissures. C'était comme une lèpre du tombeau qui se serait attachée à lui, l'aurait envahi traîtreusement.

Il se remit, garda une attitude fanfaronne, jusqu'au seuil du cimetière. Mais dans la voiture il reprit son masque soucieux. Quelle étrange aventure ! Ainsi Blaisette était la femme de ce docteur Gueipard qu'il avait dû frapper, de ce matérialiste abominable, de cet odieux athée ! Une réflexion lui vint à l'esprit :

— Elle a tout de même de la chance !... Gueipard était millionnaire... et il ne laisse pas de collatéraux.

Ah! s'il y avait eu des collatéraux, l'incident aurait
été vite réglé. On les aurait achetés, et leur volonté
eût prévalu sur celle de la femme. Mais le hasard
s'amusait à remettre directement l'amant et la maîtresse
en présence. Peyroral était bien forcé de céder. Cette
Blaisette, une paysanne, une sauvagesse, capable de
tout !

La voiture s'arrêta rue du Mont-Thabor. Peyroral
rentrait chez lui pour dépouiller ce harnais funéraire,
quitter l'habit et la cravate blanche. Mais une surprise
l'attendait : une lettre de madame de Villeségure.

« Venez vite. Je vous attends. »

Il haussa les épaules.

— Quelque folie!... C'est la journée des corvées.
Heureusement, je n'en aurai plus beaucoup comme
celle-là.

La réflexion le rendit pensif. Pour que madame de
Villeségure le demandât ainsi en plein jour, il fallait
une raison grave. L'idée lui vint d'une nouvelle dépêche
de Salzbourg... Ah! bien non, il en avait assez des
négociations fusionnistes. A quoi bon ennuyer la France,
inquiéter l'esprit public, fournir de la pâture aux reporters? Les intérêts conservateurs ne s'arrangeraient pas
d'une nouvelle campagne. Le grand intérêt de la conservation sociale est de conserver aux affaires des ministres vraiment conservateurs. Si, demain, Peyroral
était secrétaire d'État en titre, rien ne manquerait plus
au bonheur de la France.

Il arriva avec un air souriant cependant : il s'était
fait une figure de circonstance, celle d'un père qui se
dispose à gâter quelque enfant préféré. Mais il pressentit
autre chose que de nouvelles menées politiques dans

l'accueil de madame de Villeségure. La main qu'il prit
sans qu'elle lui eût été offerte était froide comme une
main de pierre.

Il se laissa tomber dans un fauteuil, affectant le
sans-gêne.

— Vous me voyez absolument las... Ce pauvre Grivoil,
ce n'est pas pour le lui reprocher, mais il m'a fait passer
une journée terrible... Malgré tout, je n'ai pas perdu de
temps pour répondre à votre appel... En quoi mon
humble présence peut-elle vous être utile ?...

— Indispensable, dit froidement madame de Villeségure. Veuillez lire ces deux entrefilets d'un journal que
je viens de recevoir, soulignés au crayon bleu par une
main sans doute amie. Vous seul pourrez me dire si le
renseignement qu'ils contiennent est exact...

Peyroral prit la feuille d'une main assurée. Le journal
de Lacaussède, l'*Impartial des gauches*. Mais, en dépit de
son sang-froid, ses yeux papillotèrent en parcourant le
double entrefilet :

« La mode est au dramatique. Après une série
de morts subites sinon violentes, telles que le décès de
M. Grivoil et celui du docteur Gueipard, on parle de
désespoirs non moins violents sur la frontière qui relie
le monde aristocratique et la haute administration. Un
de nos plus... vaillants fonctionnaires du haut de
l'échelle, arrivé à ce degré supérieur grâce au pseudo-
suicide d'une première amie — suicide qui a porté
bonheur à l'amant fugitif — serait sur le point de condamner à des larmes éternelles une autre amie, qui n'a
pas été étrangère non plus à sa rapide fortune. Il se
disposerait à enterrer sa vie de garçon et à dire adieu
aux amours qui ne servent plus à rien. »

Au-dessous :

« On commence à parler du mariage de M. Ludovic
Peyroral, le dévoué coadjuteur et le successeur désigné
de M. Grivoil, avec la fille d'un ministre en activité,
nièce en même temps d'un des membres les plus actifs
du comité des Neuf. »

Peyroral avait lu... Il leva les yeux, regarda la comtesse. Elle avait une simplicité tragique. Cependant ses
yeux interrogeaient comme malgré elle... Au bout d'un
silence :

— Ainsi, dit-elle... c'est vrai ?

— C'est vrai, dit simplement Peyroral...

— Vous épousez Paule Lajarre ?...

— Je l'épouse...

Il brûlait ses vaisseaux. Que risquait-il maintenant ?
La comtesse devait tout savoir. La note était du matin.
S'il ne l'avait pas lue, c'est que tout entier à la confection du discours Grivoil, il n'avait parcouru aucun
journal. La comtesse avait eu le temps de s'informer en
détail, puisqu'elle savait jusqu'au prénom de mademoiselle Lajarre...

Tant mieux ! En croyant nuire aux projets de son
ancien camarade, Lacaussède précipitait la solution.
Peyroral se trouvait dispensé d'explications prépara-
toires... Mais quelles justifications complémentaires
aurait-il à fournir ? Il attendait un interrogatoire avec
plus de curiosité que d'angoisse.

— Écoutez-moi, dit madame de Villeségure d'une
voix profonde... J'ai besoin d'une extrême attention et
d'une entière franchise... J'ai compris beaucoup de
choses depuis quelques heures ; j'en ai deviné d'autres.
Cependant je ne sais pas tout. Il est un point sur lequel

vous pouvez seul m'éclairer... En préparant ce mariage,
à quelle pensée dominante avez-vous obéi? S'agit-il
d'un caprice de cœur ou d'un calcul d'ambition?...
J'ai besoin de le savoir. Si vous aimiez Paule Lajarre, je
n'aurais rien à vous dire. Quand la passion commande,
il faut bien céder. Mais, si votre ambition était seule en
jeu, j'essayerais peut-être de vous garder près de moi,
sous ma main, dans l'intérêt même de votre avenir.
Quel but poursuivez-vous en recherchant l'alliance de
ces gens de finance? Êtes-vous un ambitieux vulgaire
ne songeant qu'à la fortune?...

Moi j'ai voulu vous donner, je vous donnerais encore
bien plus...

Peyroral fit un mouvement. Elle reprit, avec une
intonation plus saccadée et en même temps hautaine :

— Vous me croyez compromise... Vous pensez peut-
être que je ne puis plus rien, que je me suis fermé le
monde... Allons donc, mon cher!... Une comtesse de
Villeségure n'est pas une petite bourgeoise dont la
réputation se déchire comme une vieille robe à toutes
les épines de la médisance... Il y a des grâces d'État
pour nous autres... Je vous ai fait ce que vous êtes,
et votre fortune m'a coûté cher; mais je n'ai dépensé,
en somme, que les intérêts accumulés d'une longue
sagesse. Le capital reste intact : ce que je pouvais hier,
je le peux encore aujourd'hui... Mais c'est à vous de
décider. Si vous aimez ailleurs, partez... Si vous
n'étiez qu'ingrat, et si vous voulez votre pardon, eh
bien, demandez-le...

Sa voix tremblait; le rythme de la phrase, étrangement calme au début, s'achevait au milieu d'un cliquetis
de notes heurtées. Peyroral interpréta cette émotion

dans le sens d'un redoublement de passion. Loin d'être
détachée de son amant par la certitude d'avoir été jouée
indignement, la comtesse s'attachait davantage. La
jalousie la rendait plus tendre; la chaîne à moitié
rompue s'alourdissait... Peyroral ne l'entendait pas
ainsi. Puisque l'article de Lacaussède avait déterminé
une crise, il fallait que la crise provoquât un dénouement. Renouer avec madame de Villeségure! Non, cent
fois non!

Il en avait assez de sa protection humiliante, de ses
relations orléanistes, de son idéal juste milieu. Il se
moquait bien de son estime! Elle pouvait le traiter
d'ambitieux vulgaire. Il était de son temps; et du côté
des Lajarre il trouverait la grande force, l'instrument
par excellence, la fortune. Avec des millions il se
chargeait de devenir un plus gros monsieur que le
duc de Rochefière. Et pour avoir ses coudées franches
sur ce terrain nouveau il lui fallait rompre, briser
absolument avec madame de Villeségure, éteindre cette
nouvelle flambée de passion.

Le moyen était tout indiqué. Madame de Villeségure
lui posait un dilemme. Il répondit simplement :

— Je ne suis pas ingrat, et je voudrais l'avoir été
pour obtenir votre pardon... Mais je n'ai plus ce droit...
J'aime Paule Lajarre...

— Vous mentez ! dit la comtesse...

Les deux mots avaient sifflé lourdement, s'étaient
enfoncés comme un tranchant de hache dans la comédie sentimentale du sous-secrétaire d'État. Peyroral vit
avec stupeur qu'il s'était trompé. Lui si fin, si intuitif
d'ordinaire, il n'avait pas su lire cette fois dans le jeu
de sa partenaire. Où il avait cru voir de la passion

obsédante et suppliante, une colère se cachait. Tout montrait maintenant cette colère : la figure pâle comme de la cire, les lèvres sèches, les mains crispées. Le calme de tout à l'heure n'était qu'un masque. La comtesse reprit :

— Vous n'aimez pas mademoiselle Lajarre... Vous l'avez vue à peine, et d'ailleurs elle n'a rien qui puisse vous séduire. La vérité, c'est que vous ne m'aimez plus... que vous ne m'avez jamais aimée. Autrefois, vous croyiez en moi. Maintenant vous avez cessé d'y croire. Voilà l'irréparable. Le reste n'est rien... pour vous !

La colère de madame de Villeségure gagnait Peyroral. L'avocat se sentait furieux d'avoir été joué. Il ne demandait qu'à quitter la comtesse ; mais il aurait voulu partir avec un nimbe, une auréole, en gardant son prestige d'homme à passions, de don Juan fatal. Et voilà qu'elle l'avait deviné, qu'elle ne cachait plus son mépris, qu'elle lui parlait avec une haine dédaigneuse.

Sa grossièreté de parvenu, sa brutalité d'ambitieux, lui revinrent dans un plagiat d'impertinence aristocratique. Ah ! Madame de Villeségure le prenait sur un ton de comtesse, le raillait en grande dame ! Il serait grand seigneur, lui aussi, œil de bœuf, régence, talon-rouge ! Et avec une fausse négligence.

— Vous vous trompez, ma chère amie... Je suis sincère... Que voulez-vous ? on ne peut pas aimer toujours !... Notre liaison ne devait être qu'un caprice passager... A part ma reconnaissance et mon profond respect, qui sont inaltérables, aucun lien durable ne nous unissait... Vous n'êtes plus jeune, et moi je commence la vie...

Il s'arrêta devant le regard terrible qui pesait sur lui. Il ne lisait plus du mépris, mais de l'horreur dans les yeux glacés de la comtesse.

— C'est vous, dit-elle, qui avez tué ma jeunesse... Vous dites vrai, je suis une vieille femme...

Lentement, d'un geste nerveux, elle passa sur son front, sur ses joues, ses mains encore frémissantes. Et il semblait à Peyroral épouvanté qu'elle s'appliquait un masque sénile, qu'elle effaçait les dernières traces de cette jeunesse brûlée à la flamme d'une passion folle. Une dure physionomie de patricienne se dégageait, faisait éclater le léger vernis miné par tant de veilles et d'angoisses.

Une pitié saisit Peyroral, une prudence aussi. Ce n'était plus la même femme, et c'était une femme redoutable qu'il avait devant lui. Ne venait-il pas de commettre une faute en la blessant ?... Toutes ses menues habiletés de politicien, toutes ses grosses vulgarités de plébéien l'assaillirent à la fois. Il fit quelques pas d'un air timide, se rapprocha de madame de Villeségure. La comtesse ne semblait pas le voir. Il murmura :

— Madame la comtesse...

Elle le regarda enfin, mais comme on regarde au réveil, avec une surprise froide, sans colère. Il reprit, encouragé par ce calme :

— Ma chère amie...

Elle eut un brusque sursaut.

— Vous vous oubliez, monsieur Peyroral !

— Oh ! non, dit-il brutalement, je me rappelle...

Elle voyait sur ses lèvres ce sourire équivoque et mauvais qui deux fois déjà l'avait si cruellement an-

goissée. Dans ce temps-là, c'était une énigme trou-
blante. Maintenant elle n'avait pas besoin d'effort pour
la pénétrer.

Sans un mot elle étendit la main vers la sonnette
en attachant toujours sur Peyroral son regard redevenu
méprisant. Il pâlit, eut la pensée d'un crime. Elle le
chassait. Il aurait été heureux de la tuer. Puis, tout à
coup, l'idée de quelque piège lui vint. Madame de
Villeségure comptait peut-être se venger en provoquant
un scandale. Cette crainte lui rendit tout son sang-
froid. Il prit son chapeau, s'inclina très correctement :

— Adieu, madame la comtesse.

XXI

LA REVANCHE DE M. DE MARVERIE

Huit jours s'étaient écoulés depuis les adieux de Peyroral à madame de Villeségure, et il semblait que tout prît à tâche de démontrer à Peyroral l'utilité de cette crise, subie en apparence, imposée par un concours de circonstances toutes étrangères à la volonté du député de Loir-et-Cher, mais au fond impatiemment attendue, souhaitée même avec l'ardeur haineuse qui sort de toutes les réactions passionnelles.

La situation s'éclaircissait. Peu de temps encore, et Ludovic Peyroral pourrait rejeter le souvenir des étapes parcourues sur le chemin de la fortune comme un voyageur arrivé au but secoue la poussière de la route. A vrai dire, il n'aurait pas la succession de Grivoil. Mais c'était encore une simplification précieuse et qu'il se gardait de regretter. Le cabinet était au plus mal : il portait le poids des formidables avortements du gouvernement de combat. A quoi bon occuper un poste supérieur dans une combinaison destinée à durer si peu?

La grosse affaire du moment, l'affaire décisive et décidée était le mariage avec Paule Lajarre. Une fois maître de ces millions qui lui auraient coûté tout juste une scène de sentiment dans la grande serre du palais de la présidence et une tirade tragique dans l'hôtel de

la rue François 1er, il saurait bien fixer sa vie sur
quelque haut sommet dont aucun effort adverse ne pourrait la faire descendre. L'indisposition persistante du
ministre des douanes empêchait seule Peyroral de provoquer le consentement de mademoiselle Paule. Mais ce
n'était qu'un retard de quelques jours. La note de l'*Impartial des gauches*, l'indiscrétion offensive de Lacaussède,
n'avait pas compromis le futur neveu du sieur Lajarre.

Tout au contraire il y trouverait un prétexte pour
brusquer les choses dès que Lajarre aîné serait guéri.
Déjà il s'en était expliqué avec l'ex-parfumeur de
Grasse.

— Je veux dégager mademoiselle Paule de ces bavar-
dages insipides. Notre amour est de ceux qui s'avouent
à la face du ciel.

A la face du ciel et à celles de toutes les autorités
civiles et religieuses. Il n'y aurait jamais trop de témoins. Si flatté que pût être Peyroral du prompt résultat de sa campagne amoureuse et de la fascination
exercée sur Paule Lajarre avec la précision d'un tour de
force magnétique, cette fois il ne s'agissait pas d'un
caprice et il ne pouvait s'agir de mystère.

Le dénouement était prochain. En attendant ce renou-
veau d'existence, Peyroral avait du moins gagné un
avant-goût de félicité par la disparition de Grivoil et la
retraite de la comtesse. Il n'avait plus la double inquiétude d'un patron chancelant et d'une maîtresse obsédante. Mais il s'étonnait de n'en ressentir qu'une satisfaction incomplète. Il aurait voulu savourer par avance,
dans la liberté reconquise, l'ivresse du triomphe définitif. Et en dépit de tous ses efforts il n'était ni joyeux
ni heureux. Il avait beau savoir que la fortune était là

sous sa main. il ne la sentait pas palpiter, il n'éprouvait
pas la vive jouissance d'une première prise de possession. Au contraire, malgré les précautions multiples qui
devaient assurer son bonheur, il lui semblait toujours
qu'une ombre flottait entre l'avenir et lui... Était-ce
le fantôme de Blaisette ou celui de la comtesse?

Aucune nouvelle de madame de Villeségure. Peu de
temps après la scène décisive, Peyroral avait appris
très indirectement, par un collègue de l'Assemblée, que
la comtesse était absente. Mais quelle importance
avait ce départ? Il l'ignorait, et M. de Rochefière,
éloigné par son ambassade de Londres, n'était pas là
pour le renseigner. Quant à M. de Marverie, le vieux
gentilhomme devenait introuvable. Sans congé régulier
il n'avait pas paru à l'Assemblée depuis huit jours.
Cependant Peyroral avait besoin de le voir pour présenter Théodore Lajarre comme candidat à la succession de Grivoil dans le conseil de la Solidarité rurale.
Il se rendit à l'hôtel. Consigne formelle:

— Monsieur est souffrant... Monsieur ne reçoit personne...

Peyroral se décida à écrire. Deux jours plus tard, il
avait la réponse de M. de Marverie. Une simple note
au bas de sa propre lettre: — Demain matin à neuf
heures.

— Diantre! dit le sous-secrétaire d'État, le bonhomme redevient cavalier.

Dans la grande intimité banale du parlementarisme
comme dans l'intimité d'élite du salon de madame de
Villeségure, M. de Marverie avait toujours témoigné à
son collègue la même politesse un peu hautaine. Mais
il sembla à Peyroral, en pénétrant dans ce cabinet de

travail qu'il connaissait bien — qu'il connaissait trop
pour y avoir passé petit garçon, protégé, solliciteur !
— sentir un nouveau degré de froideur. Soit hasard,
soit calcul, M. de Marveric ne lui donna pas la main et
le laissa devant lui, de l'autre côté du bureau, dans le
double reflet de la fenêtre et de la glace Louis XIII au
cadre d'ébène.

Ce n'était pas le moment des vaines susceptibilités.
De cette dernière manœuvre dépendait la réalisation
des plus chères espérances de Peyroral. Et bravement,
avec une affectation de cordialité, il alla droit au point
délicat :

— Toutes mes excuses, mon cher collègue, d'avoir
pris la liberté de vous écrire et de forcer la consigne...
Mais vraiment j'étais inquiet... Vous êtes introuvable.
Heureusement, il suffit de vous voir pour être rassuré.

M. de Marveric inclina la tête en signe de remerciement. Peut-être Peyroral exagérait-il la bonne apparence physique du fondateur de la Solidarité rurale.
Le vieux gentilhomme était assez pâle, et un double
pli plus marqué qu'à l'ordinaire dessinait un triangle
tronqué de chaque côté de la bouche. Mais Peyroral
trouvait le terrain favorable comme chemin de transition et, par un détour à qui sa brusquerie enlevait
toute apparence d'affectation :

— Je n'ai même pas eu la consolation de vous rencontrer chez notre excellente et commune amie madame de Villeségure. Il paraît que la comtesse s'est
tout à coup décidée à un voyage.

Une ombre passa sur le front de M. de Marveric.
Durement, sans aucune des formules de politesse

qu'on emploie pour annoncer les nouvelles de ce genre,
même aux indifférents :

— Madame de Villeségure est partie pour plusieurs
mois... pour plusieurs années peut-être... Elle compte
faire en Italie un séjour dont on ne saurait prévoir
la durée...

Peyroral se récria :

— Comment !... elle nous quitte ?... Elle n'en a pas
le droit !... Nous, encore, ce n'est rien... Mais le parti,
mais la cause !

— Madame de Villeségure est lasse de la politique,
dit assez sèchement M. de Marverie... Son salon est
fermé, et peut-être ne le rouvrira-t-elle jamais...

— Une retraite alors, un exil !... Laissez-moi croire,
mon cher collègue, qu'il ne s'agit pas d'une détermination irrévocable et que vous-même, dont madame de
Villeségure a toujours apprécié la persistante amitié,
vous la ferez revenir sur une résolution assez grave...
En vérité, ce serait un deuil pour le parti...

— Un deuil, dit M. de Marverie, d'une voix profonde,
une grande tristesse et une menace... Il n'était pas
d'âme plus vaillante... Ce qu'elle soutenait était bien
soutenu, et il faut plaindre ce qu'elle abandonne.

Il sembla à Peyroral que l'accent de M. de Marverie
avait une âpreté particulière et pour ainsi dire une
hostilité directe. La nouvelle du départ de madame de
Villeségure était aussi de nature à l'embarrasser. Simple voyage d'agrément et de distraction, il aurait pu
en parler librement. Exil ou retraite, il n'osait prendre
légèrement cette absence ; et, d'autre part, comment
s'apitoyer ? Peut-être dans ces accès de folie que pro-
voquent les désespoirs amoureux la comtesse avait-elle

laissé échapper une partie de la vérité. Peut-être M. de Marverie avait-il deviné seul... Piège des deux côtés : affectation d'indifférence ou d'hypocrisie sentimentale. Peyroral aima mieux tourner court. Et, abordant le but principal de sa visite :

— Je suis très affecté, mon cher collègue, de la nouvelle que vous me donnez et désolé de faire diversion à des préoccupations qui sont aussi les miennes, croyez-le bien, pour vous parler d'intérêts matériels... Je vous cherche depuis huit jours pour m'entretenir avec vous au sujet de la Solidarité rurale...

— Ah ! dit M. de Marverie, vous voulez me parler de la Solidarité !... Cela tombe bien ; j'ai moi-même une communication à vous faire. Mais parlez le premier... Non, non, j'y tiens absolument, parlez le premier.

— Oh ! dit Peyroral, j'ai bien peu de choses à vous dire... La place de ce pauvre excellent Grivoil est vacante dans le conseil. J'ai un candidat.

— Lequel ? dit M. de Marverie...

— Théodore Lajarre...

Un sourire méprisant passa sur les lèvres de M. de Marverie.

— M. Théodore Lajarre ne sera jamais du conseil de la Solidarité rurale... Nous ne voulons que des hommes d'une moralité sûre...

— Oh! dit Peyroral, il me semble que Lajarre...

— Et présentant, ajouta M. de Marverie sans s'arrêter à l'interruption, présentant des cautions solides.

Le sang bouillait dans les veines de Peyroral. Que signifiait cette incartade directe, froidement conduite et d'autant plus sanglante. Il se contint cependant, essaya de répondre d'un ton calme :

— Vous oubliez, mon cher collègue, que je suis la caution de Théodore Lajarre. Je l'étais chez madame de Villeségure quand M. de Rochefière l'a accepté pour compagnon de voyage... Je le serai dans le conseil de la Solidarité...

— C'est ce que je pensais ! dit M. de Marverie...

Et comme l'avocat se levait, le sang au visage, les lèvres contractées, le vieil ami de madame de Villeségure le calma d'un geste :

— Ah ! pardon... Nous sommes ici pour causer, et c'est vous, si j'ai bonne mémoire, qui avez voulu y être... Causons. Il s'agit seulement de la Solidarité. Un point d'abord : N'avez-vous pas été, pendant toute la durée de votre gestion à la Solidarité rurale, mandataire personnel de M. de Rochefière ?

Peyroral pâlit mais fit bonne contenance.

— Mandataire, c'est beaucoup dire... J'ai accepté par complaisance de servir d'intermédiaire...

— Ne jouons pas avec les mots. Vous avez été mandataire de M. de Rochefière, notamment pour les versements relatifs aux souscriptions de la Solidarité...

— Eh bien, dit Peyroral... tous les versements ont été faits...

— Sans doute dit froidement M. de Marverie. Le but du mandat a été pleinement atteint. Par malheur en vérifiant les livres, j'ai trouvé les traces de... comment dirai-je ?... d'une escroquerie indirecte mais fort positive.

— Monsieur, dit Peyroral... est-ce à moi que vous parlez ?...

— Hé ! oui... Il faut bien que je nomme les choses pas leur nom, comme je vous nomme vous-même...

Aussi bien, elles se qualifient clairement. Vous avez été chargé par lettre de M. de Rochefière en date du... — vous connaissez la date mieux que moi... — d'opérer un versement qui pouvait varier de quatre cent mille à quatre cent un mille francs. A cette lettre était joint un chèque en blanc. Vous avez rempli ce chèque, — de votre écriture, s'il vous plaît — et vous avez touché quatre cent quatre-vingt mille francs. Le même jour, vous avez versé quatre cent mille francs pour M. de Rochefière. Vous avez gardé le reste.

Peyroral n'avait plus la figure empourprée. Il se sentait maintenant le sang au cœur. Des bourdonnements résonnaient à ses oreilles. Impossible de nier. M. de Marverie avait les chiffres. L'avocat les devinait, les lisait en lettres de feu sur un papier placé devant le fondateur de la Solidarité rurale. Il comprit qu'il était perdu. Cependant il n'était pas homme à s'abandonner aussi vite, et, résolument :

— Un emprunt, monsieur de Marverie... un emprunt inconsidéré fait sous le coup de nécessités urgentes... Je comptais pouvoir rembourser plus tôt. Mais dès demain, aujourd'hui même si M. de Rochefière est inquiet de cette bagatelle...

— Peste! dit de Marverie, vous traitez ce... comment dites-vous?... cet emprunt forcé de bagatelle! Un euphémisme, vraiment. Je dois vous prévenir que nous prenons plus sérieusement les choses, M. de Rochefière et moi. Vous avez commis une escroquerie, un abus de confiance, si vous le préférez, et vous auriez beau verser aujourd'hui les quatre-vingt mille francs absents, les preuves n'en seraient pas moins accablantes... Je dis « accablantes »...

— Ah ! s'écria Peyroral... qui donc a intérêt à
m'écraser ?...

M. de Marverie eut un nouveau geste :

— Nous n'en demandons pas tant, M. de Rochefière
et moi, car vous saurez que nous marchons de concert.
Ce que vous dit l'un, l'autre vous le dit aussi. Voici ce
que nous demandons : Sans bruit, sans scandale, vous
donnerez votre démission du conseil de la Solidarité,
cela va de soi, puis du sous-secrétariat d'État de la
Sûreté générale, enfin de l'Assemblée...

— Alors, dit Peyroral, vous me chassez de la politique ?...

— Nous ne vous chassons pas... Nous vous rendons
votre liberté... Veuillez remarquer, en effet, que vous
n'êtes plus libre. S'il nous plaisait de porter plainte
dès demain entre les mains du procureur de la République, croyez-vous que votre situation officielle vous
couvrirait ?

— Donc, si je refuse...

— Si vous refusez la plainte est prête... Elle est là
dans mon bureau... J'arrive de Londres. M. de Rochefière a signé.

Peyroral se taisait, moins atterré du coup qui l'attei-
gnait en pleine poitrine que stupéfait de la révélation
éclose dans cette crise. Au bord de l'abîme qui s'ouvrait
devant lui, une fleur d'évidence s'épanouissait, ironiquement flamboyante... Il n'était pas joué, il s'était joué
lui-même. Vainement avait-il établi son plan de campagne suivant les règles les plus sûres de la stratégie
ambitieuse. Une négligence secondaire, une simple
étourderie avait tout perdu.

Sa faute l'aveuglait maintenant. Et le remords

du capitaine perdant la bataille par son incurie personnelle était plus violent que les regrets de l'ambitieux
foudroyé dans son essor. Ainsi pendant de longs mois,
il avait vécu en perpétuelle observation, étudiant
chaque pli de terrain, et il n'avait pas songé un seul
instant à se retourner, il n'avait pas aperçu cette haine
vigilante attachée à chacun de ses pas comme l'ombre
au corps, traînant la menace sur chaque étape
parcourue. Il n'avait pas pris garde que le vieil ami de
madame de Villeségure, ennemi naturel de Ludovic
Peyroral, ne laisserait échapper aucune occasion de le
perdre le jour où il ne serait plus couvert par la toute-
puissante protection de la comtesse. Il s'était laissé
naïvement tromper par cette concentration mondaine
qui est la forme la plus haute, la forme civilisée de la
haine. Et comme un enfant il avait fait tomber
derrière lui, à l'un des tournants de la route, l'arme
propice à ces muettes exécutions.

Il leva sur M. de Marverie un regard chargé de toutes
les amertumes de la défaite et cependant résolu. Il lui
plaisait de faire face à l'ennemi et d'opposer une sorte
de sérénité désespérée au sourire ironique dont il croyait
sentir le reflet brûlant. Mais à sa grande surprise il ne
vit qu'une hauteur mélancolique dans les yeux du
vieux gentilhomme, une décision sombre sous la transparence de ces paillettes étincelantes qui décèlent chez
le triomphateur le plus dissimulé la joie des vengeances
personnelles.

Ceci le troubla. Il ne comprenait plus. Et comment
aurait-il compris ? Depuis qu'il faisait évoluer son ambition dans le cercle orléaniste, il avait pris toutes les
peines, il avait eu toutes les finesses, sauf la finesse et

la peine d'étudier le milieu où s'exerçait son **habileté**.
Aussi bien, il s'agissait d'une incapacité native, d'une
infériorité non d'esprit, mais de sentiments. Le
petit avocat, le fils du receveur municipal, le basochien
de Pau, le demi-paysan avait pu devenir, par une
étrange fortune, l'amant heureux de madame de Villeségure; la passion l'avait emporté sans le transformer.
Dans les bras mêmes de la comtesse, et quand il sentait le cœur de sa victime battre près du sien, il était
resté étranger aux mystères délicats de cette âme héroïque et tendre; il avait savouré l'amante, mais ses
lèvres s'étaient arrêtées à l'épiderme, et aucun baiser
n'avait pénétré jusqu'à la femme. Il avait donné à cette
passion fougueuse les interprétations les plus diverses;
il avait tout supposé, sauf que madame de Villeségure
pût l'aimer chastement, au milieu des égarements de
l'esprit et des emportements de la chair. Il n'avait pas
compris que la protectrice vigilante, la « mère » dévouée
survivait à l'amoureuse épuisée ou vieillie. Et pouvant
garder la plus sûre des amies, il s'était fait une ennemie mortelle de la femme méconnue autant que de
l'amante outragée.

Il avait méconnu madame de Villeségure et les déli-
catesses d'une passion dont les ardeurs matérielles
n'étaient qu'une forme transitoire. Il ne comprenait pas
davantage les tristesses de M. de Marverie, tout ce qu'il
y avait eu de résignation amère dans l'appui prêté à
l'amant fidèle de madame de Villeségure, tout ce qu'il
y avait d'amertume résignée dans l'exécution de
l'amant infidèle. Cet autre héroïsme lui échappait.
M. de Marverie dévoué à la comtesse jusqu'à soutenir
de sa propre main l'homme qu'elle avait choisi et jus-

qu'à souffrir à l'heure où cette homme se montrait indigne d'elle, était un phénomène qui dépassait sa
faculté d'intuition. Il ne devinait pas que sur Peyroral
tombé dans la boue au pied de cette double échelle dont
il avait si lestement gravi les échelons M. de Marverie
voyait le sang et les larmes de madame de Villeségure,
et que cette vision lui faisait ce front sombre, ces yeux
voilés.

Ce fut M. de Marverie qui rompit de nouveau le
silence, de sa voix brève, altérée d'une émotion dont
l'écho rendait l'arrêt encore plus décisif :

— Je vous ai dit nos conditions, monsieur Peyroral.
Veuillez me faire connaître votre réponse.

Peyroral tenta un dernier effort, sans conviction et
avec une certaine mollesse, comme une armée en
retraite vide au hasard ses caissons.

— Vous êtes bien sévère pour une erreur d'un jour,
une faute qu'explique sans la justifier, je le reconnais,
l'égarement du jeu, un égarement sans veille et sans
lendemain.

M. de Marverie fit un léger signe de dénégation.

— Ce n'est pas moi, Monsieur, qui suis sévère...
C'est vous qui vous êtes condamné vous-même. Pourquoi parlez-vous d'erreur, d'égarement ? Je connais
l'histoire entière de votre vie depuis le jour où vous
êtes arrivé à Paris avec une femme... une jeune fille...
disparue, n'est-ce pas ? tombée dans cet abîme au bord
duquel vous l'avez poussée. Vous avez toujours été un
homme d'aventure et d'expédients... Un de vos camarades vous a nourri d'abord ; puis ç'a été le jeu, puis
la politique.

Peyroral releva la tête.

— C'est bien, Monsieur, vous êtes prévenu contre moi : je n'essayerai pas de vous convaincre. Soyez tranquille : en perdant la confiance du parti et la vôtre j'ai tout perdu. Je ne tenterai pas l'impossible, et il n'était pas besoin des menaces pour me décider à la retraite. Laissez-moi seulement un délai et aussi le choix du moyen...

Et il ajouta avec une intention marquée :

— Je tiens à me frapper moi-même... C'est le moins que puissent m'accorder les volontés dont vous êtes l'organe.

M. de Marverie ne parut pas sentir l'allusion. Il y eut seulement une ombre plus épaisse sur son masque chagrin. Et, avec une sorte d'embarras :

— Faites à votre guise.

Peyroral rentra directement au ministère. C'était jour de réception ; l'antichambre était pleine, et, comme d'ordinaire, le sous-secrétaire d'État chargé par intérim de a sûreté générale reçut les solliciteurs. Aucun trouble extérieur. A défaut de la finesse intuitive qui devait lui manquer jusqu'au bout, cette crise avait réveillé son énergie. Sa pensée survivait, robuste, à l'écroulement de sa fortune, et, debout au milieu des ruines, il se demandait par quel chemin il sortirait de cet amas de décombres. Il avait concentré toute sa force d'esprit sur ce point, sûr de ne pas défaillir tant qu'il le fixerait comme le clown marche impassible sur la corde raide tant que son regard reste attaché au clou idéal choisi dans l'espace. Il oubliait tout, la blessure saignante de son ambition, son humiliation devant M. de Marverie, le regret cuisant des fautes commises, pour se poser cette question :

— Comment tomber?...

Comment et quand?... Il avait un délai moral, et il pouvait le faire durer autant qu'il lui plairait. Si ce monde aristocratique où il avait usé ses premières illusions lui échappait dans ses finesses de détail, du moins le saisissait-il d'ensemble. Il en connaissait les allures correctes et contenues; la crainte du scandale, l'horreur des exécutions à grand orchestre, horreur si instinctive et si profonde, que peut-être aurait-il pu, lui, Peyroral, braver les menaces de M. de Marverie si l'ombre de madame de Villeségure ne s'était dressée entre les deux rivaux. Politiquement, M. de Marverie n'oserait jamais se servir de l'arme ramassée dans les bureaux de la Solidarité rurale. Comme ami et vengeur de la comtesse, il irait jusqu'au bout des résolutions extrêmes. Mais sa correction persistant, même dans ce rôle, il préférerait assurément une conclusion amiable, le départ volontaire de l'homme rejeté par le parti.

Convenait-il d'employer ce délai, de l'étendre? Restait-il un espoir du côté de madame de Villeségure? Sa fuite même, son exil, étaient une réponse. Elle s'était retirée pour laisser agir le destin; et quand même elle aurait des regrets, quand même elle serait ressaisie, violentée par le réveil de l'ancienne passion, elle ne réparerait pas l'irréparable. M. de Rochefière, averti de l'infidélité de son ancien confident, ne lui permettrait jamais de reprendre sa place au sein du groupe fusionniste. La candeur même du premier gentilhomme de France le rendait inaccessible à tout compromis. Alors pourquoi tarder?

Quand Peyroral quitta le ministère, sa résolution était prise.

Le soir même eut lieu à l'Assemblée nationale un incident fort court et qui resta inexpliqué pour la grande majorité des collègues de Peyroral. Le cabinet ayant été pris à parti par un membre de la gauche au sujet des négociations fusionnistes poursuivies dans l'ombre, Peyroral refusa de répondre. Et comme l'interpellateur invoquait la responsabilité parlementaire pour obtenir une réplique, Peyroral, à demi soulevé sur son banc, dit d'une voix à peine émue quelques mots très simples :

— Mon honorable interlocuteur saura demain pourquoi je me suis refusé à toute explication...

Le lendemain la presse annonça que M. Ludovic Peyroral, en désaccord sur la politique intérieure avec ses collègues du ministère, avait envoyé sa démission de sous-secrétaire d'État au duc d'Aigrefeuille. On ajoutait que le jeune député de Loir-et-Cher, douloureusement frappé par l'échec de la fusion mais se trouvant trop compromis pour figurer dans l'évolution républicaine qui lui semblait inévitable, manifestait l'intention de résigner son mandat. En attendant, il prenait un congé de trois mois. Les indiscrets, les fidèles et les reporters qui se présentèrent rue du Mont-Thabor reçurent tous la même réponse : M. Peyroral était absent et n'avait fixé aucune date pour son retour.

XXII

L'AUTRE ENVERS

Peyroral n'avait pas quitté Paris. Au fond de son
appartement de la rue du Mont-Thabor il se reposait et
il attendait. La chute avait été assez cruelle pour qu'il
en ressentît le lendemain même le contre-coup physique : une sorte de prostration nerveuse avec la vague
sensation de meurtrissures mordant sa chair. Cependant
il eut encore le soin de mettre en ordre ses affaires.
Son passage au pouvoir n'avait pas été infructueux. Il
avait gagné à la Bourse, et même un peu au jeu du
cercle, cent cinquante mille francs, très liquides. Peu de
chose à coup sûr pour l'homme qui rêvait alors une
émancipation rapide et qui devait, avec l'appui de
Lajarre, accaparer la Solidarité rurale. Ces cent cinquante mille francs n'étaient que le minimum d'une
mise de fonds. Pour les conserver intacts, il avait commis l'énorme faute de ne pas désarmer M. de Rochefière
en le remboursant de son prêt forcé. Mais cette fois il
n'hésita plus. Il prit l'argent chez l'agent de change qui
le plaçait en reports, et le jour même déposa quatre-
vingts mille francs à la caisse de la Solidarité au nom
de M. de Rochefière. Cette restitution n'effaçait pas l'ancien
abus de confiance ; mais, au point de vue des poursuites

judiciaires, en atténuait singulièrement la gravité, précédant, si tardive qu'elle fût, la plainte de la partie intéressée.

L'ancien secrétaire d'État de la sûreté générale n'en restait pas moins à la merci de M. de Marverie. On ne pouvait guère le faire condamner, on pouvait toujours le poursuivre et le déshonorer s'il manquait aux conditions du pacte. Mais il n'y songeait pas. Sa retraite était sincère : il avait même tout intérêt à lui donner une apparence définitive.

Sûr de ne pouvoir plus vivre, quoi qu'il arrivât, avec ce groupe politique dont il avait fait son intimité, il lui convenait d'opérer une sortie publique. Il avait enfin une dernière raison pour ne pas exaspérer ses anciens alliés du parti fusionniste : la seule carte qui lui restât en mains, le mariage avec Paule Lajarre.

M. de Marverie ne lui avait pas ordonné de renoncer à cette union. Il gardait donc la ressource de trouver là une retraite dorée. Mais comment les Lajarre avaient-ils pris ce brusque coup de théâtre dont il avait été à la fois le héros et la victime ? Qu'ils fussent irrités ou stupéfaits, il fallait leur laisser le temps de digérer leur première surprise. Peyroral se donna à lui-même et fixa mentalement à Lajarre un délai de huit jours. Cette période écoulée, il se rendit à Neuilly, où l'ex-parfumeur de Grasse occupait seul une grande villa au fond d'un parc, près de la Seine. Lajarre passait là des après-midi entières à tailler des rosiers.

L'accueil du parfumeur fut de nature sinon à rassurer entièrement Peyroral, du moins à l'encourager dans cet assaut hasardeux. Il y eut un éclair de joie sur le visage de Théodore Lajarre quand il aperçut son ancien

compagnon de mêlée parlementaire ; et, lui serrant la
main avec une cordialité sans affectation :

— Ah ! ce cher ami !... Je savais bien qu'on le re-
verrait... Je pensais bien qu'il n'était pas à l'autre bout
du monde, comme on le disait méchamment... Nous le
retrouvons...

Peyroral eut un sourire, et, avec une réserve diplomatique, car la pensée de Lajarre lui paraissait moins
claire que sa joie :

— Vraiment, mon cher Lajarre ! on a prétendu...
Je ne suis pourtant pas de ceux qui se perdent... D'ailleurs, me voilà...

— Vous voilà, et vous êtes bien portant... Bon pied,
bon œil... Parbleu ! vous leur donnerez du fil à retor-
dre...

Mystérieusement il fit signe à Peyroral de se rappro-
cher et, après un regard jeté autour d'eux :

— Voyons... dites-moi tout... expliquez-moi le plan.
J'en suis, n'est-ce pas ?

Peyroral sembla étonné :

— Quoi... quel plan ?... Je ne vous comprends pas
bien, mon cher Lajarre...

Le parfumeur cligna malicieusement les yeux :

— Ne jouez donc pas au plus fin avec un vieux renard comme moi, un vieux complice, presque un oncle.
Comme si je ne devinais pas...

Peyroral pinça les lèvres :

— Je voudrais bien savoir ce que vous devinez, mon
cher Lajarre...

— Parbleu ! tout... Ce n'est pas pour m'en faire un
mérite. Un enfant devinerait comme moi. Vous avez
trouvé la situation du ministère mauvaise ; vous êtes

parti à la suite d'un coup d'éclat ; il y a un petit complot parlementaire sous roche, et vous m'apportez mon rôle. Eh bien, je suis tout prêt. Quel coup d'épaule faut-il vous donner pour votre rentrée ?

— Pas le moindre, dit assez sèchement Peyroral...
Votre raisonnement est excellent, mon cher Lajarre ..
Seulement il pèche par la base. Je ne rentre pas maintenant.

— Ah ! fit le parfumeur un peu étourdi. Vous ne rentrez pas au ministère ?

— Au ministère ni à la Chambre... J'ai pris un congé, je compte en user jusqu'au bout...

— Vous vous moquez de moi, dit Lajarre en faisant un geste moins cordial, mais aussi franc que celui dont il avait salué l'arrivée de son collègue. Vous vous moquez, ou bien vous vous défiez... Ce n'est pas gentil.

— Mon cher collègue, reprit Peyroral avec une impatience dans la voix, croyez que je parle sérieusement. Je n'ai aucun plan pour le présent. Je trouve la situation intolérable et je me retire... Soyez tranquille, tout ce que je perds, je le retrouverai.

— Hé ! dit Lajarre avec humeur, ce n'est pas sûr. On sait ce qu'on a, on ne sait pas ce qu'on aura. Que votre diablesse de République s'établisse, elle ne se chargera pas de vous faire regagner le temps perdu... Enfin, c'est votre affaire. Mais qu'est-ce qu'un homme actif comme vous va faire de son congé ? Il est vrai que vous avez la Solidarité rurale...

Peyroral, poussé dans ses derniers retranchements, jugea que les précautions étaient inutiles, et résolument :

— Je ne rentrerai pas à la Solidarité rurale pour le

moment... Nous verrons plus tard... Je vous le répète, je veux ma liberté entière...

— Eh bien, dit Lajarre stupéfait, et moi? N'était-il pas convenu que j'entrais dans la Société?

— Avec moi, oui. Mais il faut de toute nécessité qu'un de nous deux attende l'autre. Je regrette infiniment que ce soit vous...

— Merci du regret ! Il me semble que vous pouviez bien vous l'épargner. Mon plan était fait. Campagne de la saison : je vous mariais avec Paule en automne, et tout de suite nous refondions la Solidarité. Il y a des millions dans cette affaire-là, bien comprise...

— Mon Dieu ! dit tranquillement Peyroral, la moitié de votre plan se trouve remise. Il vous reste l'autre.

Théodore Lajarre secoua les épaules et regardant Peyroral lui dit avec une tranquillité singulière :

— Ah ! bien non... Tout se tenait...

Peyroral n'éprouva aucune surprise. Depuis quelques secondes, son dialogue avec Lajarre lui donnait l'impression d'une causerie entre dominos masqués. Il fallait que l'un des deux interlocuteurs se démasquât le premier. C'était Lajarre. Mais l'avocat jugea opportun de crier à la trahison.

— Comment ! votre parole... votre engagement?...

— Tiens, répliqua le parfumeur, je peux vous retourner la phrase... Et votre engagement et votre parole?... Quand vous m'avez communiqué vos vues sur Paule, vous m'avez fait deux promesses : l'une implicite, celle de rester dans une situation digne de votre fiancée...; l'autre explicite, celle de me faire entrer avec vous à la Solidarité rurale. Donnant, donnant. Vous déchirez un double du contrat, je déchire l'autre. Et c'est moi

qui ai le beau rôle. Je vous refuse pour raisons solides ; vous vous mettez dans le cas d'être refusé pour
un simple caprice.

Peyroral fit un signe formel, presque violent.

— Je vous demande pardon, mon cher Lajarre. Je
n'agis pas par caprice; ce que je fais, je dois le faire...

Il jouait le grand jeu, à tout hasard, espérant que son
ancien prestige lui viendrait en aide. Mais un mouvement du parfumeur lui enleva toute illusion. Le cher
collègue se réfugiait dans la bonhomie, redevenait
méridional et oncle de comédie pour sortir de ce pas
difficile.

— Alors, touchez là, mon cher collègue. Pas de compromis avec le devoir... Je vous approuve... Vous avez
mon estime ; mais vous n'aurez pas ma nièce.

Peyroral se sentait envahi par une colère. Il s'était
attendu à bien des déboires en se décidant à faire cette
visite délicate, et ce nouvel échec n'offrait rien d'imprévu.
Mais la forme du refus l'irritait encore plus que le fond.
Lajarre ironique et bonhomme l'exaspérait. Il lui dit
crûment :

— Ce n'était donc qu'une affaire ?...

Le parfumeur se garda bien de se fâcher ; mais, gardant sa sérénité narquoise, se maintenant avec habileté
sur l'excellent terrain du cynisme commercial :

— Hé! mon cher, comment l'entendiez-vous donc ?...
Avez-vous cru vous fiancer à une Montmorency ou à
une grisette?... Grande dame ou piqueuse de bottines,
on peut faire un mariage d'inclination pure; mais, hélas! Paule Lajarre n'est que Paule Lajarre... fille et nièce
de commerçants laborieux qui ont fait fortune en se
sentant les coudes... Deux par deux, c'est la devise des

Lajarre, et elle nous a conduits assez loin. Trois par trois, ce sera le mot d'ordre du départ pour une nouvelle étape. Le mari de Paule doit être le troisième. Si ç'avait été vous, tant mieux ; ce n'est pas vous, tant pis ; nous en trouverons un autre et qui se chargera du relais. Un esprit aussi supérieur que le vôtre doit comprendre cela à merveille, en y réfléchissant. Eh ! mon Dieu, je ne m'abuse pas sur nos origines. Elles ont joliment besoin d'être transformées pour se trouver en conformité parfaite avec nos opinions. L'appui familial achèvera notre fortune. Allant de l'avant, vous étiez notre homme. Vous arrêtant, vous ne l'êtes plus. Ce n'est pas nous qui vous abandonnons, c'est vous qui restez assis pendant que nous marchons.

— Voilà qui est très bien, dit Peyroral avec un sourire forcé... Que vous ne m'aimiez pas pour moi-même, monsieur votre frère et vous, je le comprends à merveille... Mais il me semble que mademoiselle Paule...

— Oh ! dit Lajarre avec une sorte de négligence... soyez sans crainte... Paule sait ce qu'elle doit à sa famille... Elle a bien par-ci, par-là quelques velléités romanesques. Mais le cadre, le milieu y sont pour tout ou presque tout... Ma foi ! mon cher collègue, craignant que vous n'eussiez disparu et voulant éviter à Paule le contre-coup d'une catastrophe, nous avons pris une précaution que vous ne sauriez blâmer... Nous avons envoyé l'enfant chez une excellente amie à nous, madame de Mantes... Elle y sera fêtée, entourée, distraite... Si elle a besoin d'oublier, elle oubliera...

Peyroral faisait encore bonne contenance en quittant le sieur Lajarre, mais il chancela en se retrouvant sur

le quai de Neuilly, et, au bout de quelques pas, il dut
s'asseoir sur la plinthe de pierre supportant la grille
d'une villa. Il n'était ni atterré ni bouleversé de sa rupture avec les Lajarre. En livrant cette dernière bataille,
il avait calculé toutes les chances de défaite, et elles
étaient nombreuses. La légère irritation, toute physique
et nerveuse que lui avait causée le masque gouailleur du
sieur Lajarre ne survivait pas à l'entrevue. Au fond, la
situation était simplifiée, et Peyroral sentait bien qu'elle
devait l'être, que les deux tiers écroulés de son édifice
ambitieux devaient fatalement entraîner le reste. Mais
l'opération accomplie lui laissait le cerveau vide et
comme une émotion béate de tout l'être. Il se cherchait lui-même sans se trouver; sa pensée semblait fuir
sous les doigts pressant la boîte osseuse, meurtrissant
les tempes. Autour de lui, les arbres du quai, les massifs de l'île, semblaient plus vivants que lui.

— Ah! dit-il tout haut dans le grand silence du parc
désert, après un violent effort qui l'avait appuyé à la
grille, on peut donc être mort et rester debout?

Il n'avait ni douleur, ni colère, ni aucune de ces
révoltes où se manifeste la vie du cœur. C'était bien
une mort qu'il sentait ou du moins une léthargie, un
engourdissement si profond, une telle mortification physique et morale, qu'aucun aiguillon ne lui paraissait
pouvoir réveiller l'âme somnolente, la chair endormie...
Un réel malheur et une petite surprise, cette rupture
du mariage Lajarre, un accident à peu près inévitable!
Mais depuis huit jours Peyroral vivait avec la pensée
de cette dernière partie à jouer, et il suffit d'un grelot
pour faire chanter les tambourins vides. Le grelot parti,
plus rien.

L'air vif du bord de la Seine ranimait cependant Peyroral, faisait monter un peu de sang à ses joues. Il continua à suivre le quai, descendit jusqu'à Madrid. Là,
apercevant la porte du bois de Boulogne, les taillis bas
étagés autour du jardin d'acclimatation, il rentra, séduit par le recueillement. Mais le bois ne lui offrait dans
cette partie silencieuse qu'une contagion de paix lourde
et de muet accablement. Il le traversa de son pas lent
qui semblait traîner derrière lui le poids des espérances
meurtries et des illusions fauchées dans leur fleur. Aussi
bien, il n'essayait plus de lutter, mais se laissait emporter par la marche comme une branche morte s'abandonne au courant de l'eau. Son cerveau lui paraissait
déséquilibré ; ses pensées avaient un flottement pénible
à force d'instabilité. Et machinalement il essayait de
leur donner un point d'appui, accrochant son regard
aux branches d'acacias, aux chevaux des cavaliers, déjà
plus nombreux aux coins du bois, aux roues des calè-
ches rayant le sable fin des avenues.

Un soleil très parisien, fin, délicat, joli, glissait sur le
paysage, allumant çà et là le cristal d'une lanterne de
voiture, dessinant un profil d'amazone. Peyroral allait
au hasard, toujours accablé. Tout à coup, au tournant
du pré Catelan, il salua une femme en noir étendue
dans un landau découvert. La femme lui répondit par
un léger signe de tête.

La voiture passa. Peyroral était resté à la même
place, étonné de son audace, stupéfait de l'écho qu'elle
avait trouvé... Il avait salué Blaisette, et Blaisette lui
avait répondu. Car c'était bien elle : impossible d'en
douter. Sous ses voiles de veuve, le regard de Peyroral
l'avait reconnue plus vite que sa pensée. De là ce salut

involontaire, presque machinal et qui aurait été impudent sans cette naïveté inconsciente.

Quand il revint à lui, un regret terrible le saisit. Il avait laissé partir la calèche ; il n'avait pas poussé la témérité jusqu'au bout. Où était maintenant la voiture de Blaisette?... Étrange rencontre, entrevue stérile et qui n'aurait pas de lendemain... Mais cet élan tout spontané lui laissait une émotion délicieuse, une chaleur de cœur dont les effluves le caressaient. Il ne cherchait pas à analyser ses impressions intimes. Son extase lui suffisait. La main appuyée sur sa poitrine il multipliait le contre-coup des vibrations intérieures.

— Allons, dit-il, tout n'est pas mort...

Il recommençait une nouvelle période d'isolement ; lentement il remontait la pente de ses souvenirs comme on remonte le cours d'un fleuve, et en voyant ce qu'était l'ancien Peyroral quelques mois plus tôt, il ne trouvait pas que le Peyroral nouveau eût le droit de maudire la fortune. Il était vaincu, il avait été chassé du champ de bataille ; mais sa déroute même ne l'empêchait pas d'être un autre homme que le petit avocat du barreau de Pau, le basochien infime, le débutant sans avenir.

Ses anciens patrons, ses nobles amis, avaient fermé sur lui les portes du salon aristocratique où ils le jugeaient indignes de rentrer. Mais ce renvoi ne le diminuait pas tant qu'il demeurait dépourvu de sanction. Et cette sanction, Peyroral était sûr que ni M. de Marverie ni M. de Rochefière ne songeraient à la poursuivre. Tout scandale retomberait sur le parti, et, dans les conjonctures critiques traversées par la cause fusionniste, le déshonneur de l'ancien secrétaire de Grivoil serait un embarras nouveau.

Ainsi, il lui fallait recommencer la partie, mais avec des cartes excellentes et une habileté de main qu'il ne se serait pas soupçonnée quelques mois plus tôt. Son affaire restait belle. Le domaine politique lui étant fermé il gardait d'autres champs d'exploration et d'activité. Le barreau lui avait fourni ses premières armes ; il y passerait l'époque de transition, le temps nécessaire à une transformation complète. Il était sûr de sa parole comme d'un instrument éprouvé ; il deviendrait, quand il lui plairait, un avocat à renommée tapageuse et à gros honoraires. Le premier procès à sensation le mettrait hors de pair. Et le reste de ses économies, les quatre-vingt mille francs gardés intacts lui permettraient d'attendre cette occasion décisive. L'avenir ne l'embarrassait pas. Il se ferait inscrire dès la rentrée au tableau de l'ordre et il serait Mᵉ Peyroral comme il avait été le député Peyroral. L'un valait l'autre.

Une perspective de travail. Son double passage à la Solidarité rurale et au sous-secrétariat d'État l'avait formé, dégageant du méridional écervelé le bœuf patient façonné au labeur assidu. Il ne reculait pas devant les longues veilles sur les dossiers, et déjà il s'était remis à la tâche, piochant les jurisconsultes, essayant de corser cette science d'école qui a l'éclat et aussi la légèreté d'un vernis. Mais dès la troisième nuit, une hallucination vint le saisir, l'arrachant à l'étude... Il ne se croyait plus dans son cabinet de travail ; il ne voyait plus devant lui les lourds in-folios à couverture massive ; le fond de la pièce s'ouvrait et dans un décor ensoleillé, sous les arbres du bois de Boulogne, Blaisette passait, baissant la tête, répondant par un signe amical au salut instinctif de son ancien amant...

22

Peyroral eut un tremblement des lèvres ; une sueur
froide mouilla ses tempes. Il réagit cependant, essaya
de se replonger dans la lecture du Dalloz, et même de
traiter son malaise par l'ironie :

— Que diable ! je ne suis pas Faust... elle n'est pas
Marguerite...

Malgré lui, le livre glissa de ses mains, et jusqu'au
matin il réfléchit, ressaisi par une angoisse... Il s'était
bien promis pourtant après sa violente émotion du
bois de Boulogne d'oublier cette rencontre, de ne plus
songer à Blaisette. Mais en ce moment, dans une flambée de mémoire, l'énigme dansait comme saute une
étincelle au-dessus d'un brasier. Avait-il été le jouet
d'une illusion ? Blaisette avait-elle réellement répondu
à son salut inconscient ? et si elle avait fait volontairement écho, n'était-ce pas la preuve que son
cœur vivant répondait encore au cœur ranimé de Peyroral ?...

Il essaya de chasser cette pensée sans y parvenir. Il
s'était cependant fait dans le bois même et après la
première saveur de ces effluves baignant ses tempes
les plus violents serments du monde. Sans doute,
c'était bon, c'était excellent de n'avoir pas été diminué
par la mauvaise fortune, de se retrouver capable d'ardeur amoureuse après la neutralité forcée et les âcres
dégoûts des mois passés entre le pouvoir et madame de
Villeségure. Mais Blaisette était le dernier caprice après
lequel il lui fût permis de courir... Comment pouvait-il
songer encore à elle, après les hontes et les misères de
leur idylle dans la mansarde de la rue de Vaugirard ?

Il y songeait cependant ; il était bien près de s'avouer
qu'il ne pensait qu'à elle. C'était comme un appétit

passionnel survivant à tous les autres, dominant le
goût du pouvoir écrasé dans sa première fleur, l'ambition greffée sur une autre tige et n'ayant encore que
de timides bourgeons.

— Blaisette m'a-t-elle reconnu ?...

Il se posait cette question vingt fois par jour dans la
solitude où il avait recommencé à s'enfermer. Et la
réponse absente lui faisait l'esprit distrait, l'âme vide
et fiévreuse... Aucun calcul pratique, aucune idée de
spéculation... Il était ressaisi physiquement. La revoir... la ravoir, revivre quelques minutes heureuses.

Il luttait vivement contre la tentation. Le troisième
jour, il céda, envoya un homme sûr s'informer si
madame Gueipard était toujours à Paris... Et cette
lâcheté commise, il en éprouva une sorte de réaction
joyeuse, une moiteur de délivrance... Il était décidé à
aller trouver Blaisette, à se jeter à ses pieds, à lui
demander la confirmation de ce regard dont elle lui
avait fait l'aumône, sans le savoir peut-être. Il repassait
son répertoire des grandes circonstances ; il lui semblait d'ailleurs que les mots ne lui manqueraient pas,
qu'il serait naturellement éloquent, étant sincère...
Mais la réponse du messager l'accabla :

— Madame Gueipard est partie depuis quelques jours
et pour un ou deux mois... Elle n'a pas laissé d'adresse...

Peyroral chancela sous le coup. Ainsi, en hésitant, en
essayant de dominer sa passion, il avait perdu l'occasion
de la satisfaire ; il avait laissé s'éteindre ce rayon qui
lui promettait peut-être une aube nouvelle des anciens
jours... Il renvoya un autre agent, et reçut la même
réponse. Madame Gueipard était partie sans dire où elle
allait...

L'avocat sentit un accablement profond. L'obsession
l'avait ressaisi tout entier. Plus Blaisette s'éloignait de
lui, plus il revivait dans un mirage ardent et stérile
les péripéties de l'ancienne idylle, ses extases et ses
transports. Il ne pouvait plus douter que sa vie détour-
née des ambitions immédiates par la dernière crise
n'eût été ramenée par un brusque remous aux enthousiasmes juvéniles de la passion... Blaisette avait sa
revanche bien plus complète que celle de M. de Marverie.

Comment la retrouver? où la ressaisir? Il osait à
peine s'interroger lui-même, de peur de glisser à
quelque nouvelle faiblesse... Et, en effet, à peine la
pensée de Lacaussède lui fut-elle venue, qu'elle s'imposa
plus forte que tous les raisonnements. Le journaliste
devait savoir où se trouvait Blaisette... Il n'avait jamais
été l'amant de la jeune femme. Peyroral en avait maintenant la certitude... Mais il était toujours un ami...
Et malgré ce levain de rancune qu'aurait dû laisser dans
l'âme de l'ancien sous-secrétaire d'État le souvenir des
coups échangés dans la mêlée politique, le lendemain
matin il entrait dans la maison de la rue Lepic.

Il traversa l'antichambre sans même prendre la précaution de demander si Lacaussède était seul. Jamais
il n'avait eu tant de fièvre. Son impatience tournait à
la folie nerveuse. Il retrouva cependant un peu de sang-
froid et une timidité assez habile devant le clair regard
et la poignée de main du journaliste.

— C'est moi, dit-il...

— Parbleu! répondit Lacaussède en riant, je le vois
bien... Tu n'as pas changé en quinze jours.

— Cela t'étonne peut-être de me voir...

— Je ne m'étonne jamais de rien. Tout a une raison.

La surprise n'est que la mauvaise tenue de l'expectative.

— Mon Dieu! dit Peyroral avec un embarras à moitié joué... C'est la politique qui nous a divisés... Je me retire de la politique, et je viens te dire que je ne t'en veux pas...

— Mais, répliqua Lacaussède vivement, tu es bien bon... je ne m'en veux pas à moi-même... Ça serait autrement grave...

— En somme reprit Peyroral... tu m'avais donné un bon conseil, celui d'entrer au barreau. Ma voie était là... j'en suis sûr, et je reviens sur mes pas... J'espère que désormais rien ne nous divisera plus...

Laccaussède ne releva pas l'allusion; et très simplement:

— Alors, tu quittes décidément l'Assemblée?

— Décidément... Tu assistais sans doute à la séance où j'ai donné ma démission. Ce n'était pas une fausse manœuvre. J'ai dit adieu au Parlement comme au ministère....

Lacaussède ne manifesta aucune incrédulité. Sans connaître les détails de l'exécution, il devinait bien que Peyroral avait été brisé par madame de Villeségure. Mais, très poliment, il sembla adhérer à l'hypothèse d'une retraite volontaire :

— Ma foi! tu te presses un peu trop... Ton parti en a dans le ventre pour plus longtemps que tu n'imagines... La République des républicains a besoin de mûrir quelques années encore sur la planche monarchique... Il y avait à faire pour toi et les tiens. Tu peux me croire; je te parle en toute cordialité. Ennemis quand il le faut; camarades toujours...

En effet, aucune trace de haine ne semblait subsister

22.

entre ces deux hommes que divisaient cependant le
sourd mépris du politicien pour le journaliste et la
rancune du républicain à l'égard du conservateur. Tout
au plus une curiosité veillait-elle au fond des yeux de
Lacaussède. Quant à Peyroral, sa fièvre même, l'obsession de retrouver Blaisette le rendaient sincère, empor-
taient ce qu'il pouvait garder de souvenirs mauvais, et
en même temps le troublaient jusqu'à l'empêcher de
trouver ses mots. Il balbutiait au moment d'aborder
l'explication décisive. Lacaussède s'aperçut de son malaise :

— Tu es fatigué... Ah ! dame ! le pouvoir, c'est dur...
On s'use rapidement, on se vide jusqu'aux moelles...
Baste ! tu pars à temps... Tu te retrouveras...

— Qui sait? dit Peyroral avec accablement. Le temps
n'est rien. Je ne regretterais pas des années, encore
moins des mois... Mais ce que j'ai méconnu, le retrou-
verai-je...? La fortune est une fille publique; on se
l'attache en la cravachant. Mais quand l'amour outragé
a ouvert ses ailes, comment le faire revenir?

— Un accès de poésie!... s'écria Lacaussède. En es-
tu là mon vieux?

En vrai méridional il riait d'un œil et pleurait de
l'autre. Il n'avait pas la moindre pitié pour Peyroral;
mais son compatriote l'intéressait comme un bon
acteur. Il réagit cependant, et, d'un ton très sérieux,
quand Peyroral lui eut répondu par un signe de tête
affirmatif :

— Eh bien, je te crois... mais pour qui en es-tu là?...
Précise...

Peyroral le regarda d'un air de reproche.

— Peux-tu le demander?...

— Mais oui... je ne te savais pas si profondément attaché à la comtesse?

— Je n'ai jamais aimé la comtesse...

— Merci pour elle... C'est donc pour quelque autre que je ne connais pas?

— Tu n'es pas généreux, dit Peyroral... Je n'ai jamais aimé... Je n'aimerai jamais que Blaisette...

— Ah! s'écria Lacaussède avec un accent triomphant... voilà donc pourquoi tu es ici? Tu viens me demander où elle est...

Peyroral rougit.

— Quand cela serait?... Tu me le dois bien...

Lacaussède eut un haussement d'épaules.

— Je ne te dois rien..., absolument rien... Nos comptes sont réglés, Dieu merci!... Mais raison de plus pour que je sois neutre et pour que je laisse se débrouiller ta volonté et ton destin..., ce qui est tout un parfois...

Il ajouta d'une voix grave qui contrastait avec l'ironie de ses premières paroles :

— Alors tu veux revoir Blaisette, tu veux la revoir absolument?...

— Absolument...

— Tu as bien réfléchi?...

Peyroral rougit encore :

— Mes angoisses et mes veilles ont réfléchi pour moi... Il faut que je la revoie.

— Soit! dit Lacaussède... Aussi bien, elle ne se cache pas... Et puisque cette entrevue est inévitable, il vaut mieux qu'elle ait lieu là-bas... Blaisette est retournée dans la vallée d'Ossau. Elle est aux Eaux-Bonnes...

Peyroral eut un sourire de triomphe nuancé d'une vague colère.

— Ah! la nostalgie!... Mais que va-t-elle chercher là-bas?... des regrets stériles, des cendres de souvenirs... J'ai mieux à lui rendre...

Lacaussède le regardait attentivement.

Il reprit, après un silence :

— A ton aise... Tu n'avais pas autre chose à me demander?...

— Non! dit Peyroral... tu me sauves la vie... et quo qu'il arrive, merci...

— Il n'y a pas de quoi

XXIII

LE BERCEAU

Blaisette s'arrêta au bord de l'esplanade, laissant derrière elle la ville de Pau, ses vieilles maisons et ses rues pavées de galets. A ses pieds, la vallée s'ouvrait, mollement étendue jusqu'à la barre bleuâtre des Pyrénées : le Pic du Midi semblait fondre dans la blancheur ardente de l'atmosphère : le ruban argenté du gave scintillait comme une moire changeante tramée de rayons de lune et brochée d'azur.

Elle avait croisé les deux mains sur sa poitrine et, les lèvres entr'ouvertes, les yeux fixes, elle paraissait moins en extase qu'en arrêt devant ce berceau de son enfance. Il y avait une sorte d'attente dans son attitude énigmatique. Point d'alanguissement, aucun souci de la mise en scène. Malgré la coupe élégante de la robe noire et du mantelet sombre, malgré le parisianisme du chapeau de deuil coquettement drapé d'un léger voile de crêpe, la veuve du docteur Gueipard n'avait en ce moment rien d'une parisienne : ni l'attendrissement devant les beautés de la nature, ni l'admiration érudite coupée de citations et de bâillements, ni la niaiserie instinctive qui pousse certaines voyageuses à faire des grâces devant les nuages errants et à se mirer dans l'émail du ciel bleu comme dans la glace de leur psyché.

L'enfant de la vallée d'Ossau, la paysanne rude, issue du granit pyrénéen reparaissait sous la jeune femme à peine échappée à la serre mondaine. A cette heure bénie du climat méridional où le paysage prend l'inconsistance de ces profondes perspectives formées au bord de l'horizon par le groupement des grandes nuées, elle était la seule âpreté du décor. La poussée hardie des seins, saillant sous l'étoffe noire et soulignés par les mains croisées, les épaules légèrement pointantes, le corps non pas infléchi mais jeté en avant et soutenu par le seul enracinement des petits pieds dans le dallage de l'esplanade, donnaient à Blaisette un contour arrêté, le dessin d'un effort.

Était-ce une aspiration ou un défi, cette dureté silencieuse du premier tête-à-tête avec le génie du pays natal doucement couché dans la vallée blanche et bleue, les épaules appuyées sur le duvet des neiges éternelles, le front perdu dans les nuées ? Blaisette n'aurait pu le dire. Elle se roidissait avec une force inquiète contre ses premières impressions, moins séduite par la grâce épanchée du décor qu'étourdie par la fièvre du retour.

En ce moment même, les yeux noyés dans la lumière blanche, elle songeait aux mystérieux envers de son départ. Elle revivait par la pensée les derniers mois, les mois tour à tour vides et brûlants dont la succession rapide l'avait enfin ramenée à son berceau. Elle n'y était pas venue d'elle-même. Une force l'avait poussée, force lente qui avait peu à peu pétri sa volonté, l'avait faite à son image, comme la terre grasse

pétrie sur le tour par les potiers de la vallée d'Ossau.
N'avait-elle pas toujours cédé? Elle se revoyait dans la
petite chambre de la rue de Vaugirard faisant ses
préparatifs de suicide, sa toilette funéraire, mettant
comme un suaire sa robe de paysanne. Elle voulait
alors échapper à la honte, aux remords, se purifier
en se punissant. Mais la destinée ne l'avait pas permis. Blaisette s'était survécu à elle-même. Un miracle cruel l'avait sauvée.

Elle se trouvait ensuite chez le docteur Gueipard,
sa malade d'abord, son rare et précieux sujet, puis la
gouvernante de cette maison abandonnée, l'ange de
l'ordre, comme il l'appelait, enfin la femme du savant,
toujours et partout sa chose. Une vie stagnante, im-
personnelle, abdiquée, presque heureuse. En ce temps-
là, il lui était doux de ne pas penser, de ne pas sentir... Quand elle rangeait les livres poudreux, quand
elle promenait ses mains glacées sur les cornues, les
alambics, les bassines de cuivre rouge, les creusets de
platine, toute la batterie de cuisine de la science, elle
aimait à se sentir une vie froide aussi concentrée que
la vie des objets matériels. Elle n'avait pas besoin
d'oublier, elle ne pensait jamais au delà du cercle de
l'heure présente et de l'occupation actuelle. L'affection
même de Gueipard n'avait rien qui pût la troubler, si
profonde et parfois si poétiquement extasiée que fût
cette passion du savant. Lorsqu'à la fin du jour elle
entendait le célèbre fondateur de la clinique positiviste
lui dire d'un ton de doux reproche qu'elle était le
grand remords de sa carrière, son charmant et terrible
aveu d'idéalisme — un aveu en chair dorée, en yeux
noirs, en mains de statue — elle écoutait avec un

vague sourire aux lèvres cette chanson flottante, presque lointaine.

C'était tout. La pensée de cette affection pure, de cette tendresse paternelle ne mettait pas un frisson sur son épiderme. Elle vivait au sein d'une tranquillité lourde, mais avec le sentiment d'une délivrance. La solitude de la vieille maison de la rue de Madame pesait souvent sur ses épaules et, parfois, au milieu des tâches les plus légères, il lui semblait porter un fardeau écrasant : une main la pliait, la faisant toute faible. Mais si elle était lasse, elle n'était plus angoissée : elle n'entendait plus battre son cœur. Quand le docteur Gueipard avait été dépossédé de sa chaire, quand une fatalité avait remis Peyroral sur le chemin de Blaisette, elle n'avait senti qu'un réveil de fierté et aussi la conscience d'un double devoir à accomplir. Son calme n'avait pas été troublé un seul jour.

Elle s'attachait à cette existence méthodique, à ces occupations lentes et régulières, buvant la vie comme le sable boit l'eau. Elle aurait voulu demeurer toujours ainsi aux côtés et dans l'ombre du docteur ; et, après l'accident du laboratoire, cette piqûre de scalpel dont l'effleurement empoisonné l'avait faite veuve, après les tristesses de la lutte soutenue contre les profanateurs officiels, elle avait cru retrouver une atmosphère aussi enveloppante, un aussi sûr abri que par le passé. Elle s'était essayée à reprendre seule la vie étouffée, assoupie, sans aspirations comme sans regrets. Mais, pendant qu'elle refaisait de ses mains lentes le lit de sa léthargie, une tentation l'avait envahie, chaque jour elle se sentait conquise plus intimement par le désir de revoir la campagne ossalaise.

Vainement essayait-elle de se convaincre qu'elle aurai
tort de partir :

— Pourquoi retournerait-elle là-bas ?... Irait-elle rou-
vrir les plaies fermées et ressusciter les douleurs mortes... Son asile était à Paris, dans la calme maison de
la rue de Madame.

Mais plus elle s'efforçait de s'enraciner dans
cette terre d'oubli, mieux elle sentait la puissance de
l'entraînement instinctif vers les montagnes où elle
était née. Elle écrivit à Lacaussède, qui lui répondit :

— Ne prenez conseil que de vous-même...

Elle s'était décidée, après quelques essais de distraction matérielle, quelques sorties, des promenades au
bois de Boulogne. Elle était partie pour le Midi... Sous
sa toilette de veuve, dans ses ajustements de Parisienne, changée comme elle était par les péripéties
accumulées des derniers mois, elle n'avait à craindre
aucune rencontre. Sa maturité précoce déroutait d'a-
vance le hasard. Elle était d'ailleurs très courageuse; en
touchant le sol béarnais elle avait retrouvé sa belle vaillance, elle était redevenue Blaisette Isaby, la paysanne.
Aussi avait-elle parcouru sans peur le quartier où jadis,
sous la garde de sa tante, sous la conduite d'Ursule,
elle promenait son lourd esclavage d'ouvrière... Et
comme aux jours heureux, elle avait erré autour du
parc; elle s'était même assise sur le banc où Peyroral
lui avait si souvent parlé d'amour.

Qu'avait-elle trouvé dans ce minutieux réveil de
mémoire ? Elle ne pouvait encore préciser ; ses impressions accumulées, manquant d'air et de lumière, palpitaient comme une couvée d'oiseaux frileux... Là,
devant le paysage, elle était plus librement, plus lar-

23

gement heureuse. Rien qu'à voir les montagnes, son
cœur recommençait à battre dans sa poitrine. Elle respirait à pleins poumons l'air de la vallée, avec une
sorte de griserie qui embuait ses paupières d'une rosée
légère. Maintenant elle pensait à Louvie. C'était là le
terme de sa course, le point idéal qui l'attirait. Mais
elle était arrêtée par une sorte de terreur superstitieuse, par cette ombre de remords qu'elle traînait encore et qu'elle voyait distinctement quand elle mettait
son âme au soleil.

Elle était résolue cependant, elle voulait seulement
gagner du temps, espacer un intervalle entre les deux
grandes étapes de sa course.

Elle traversa Louvie à la nuit tombante, cachée au
fond de la voiture qui la conduisait aux Eaux-Bonnes.
Un court frisson, un frémissement perdu au milieu
des ténèbres. Quand elle se réveilla, le lendemain
matin, à l'hôtel Richelieu, elle ne sentit aucune fatigue de ce voyage précipité. Elle avait retrouvé ses
nerfs et ses muscles de montagnarde. Mais rien qu'à
regarder la ville resserrée sous ses fenêtres, un écœu-
rement la saisit. Cette propreté de casino, ce parisianisme des rues bien alignées, des maisons hautes et
proprettes, du jardin Darald, aux apparences de square,
lui causaient une impression d'ennui. Et par une réaction toute naturelle, sa pensée la reporta vers Louvie.
C'était là qu'elle devait être. Pourquoi n'y était-elle
pas ? Sur le sol béarnais, elle retrouvait la franchise
impétueuse de sa nature de paysanne ; elle ne témoignait ni intérêt ni indulgence aux mesquineries de la
civilisation. Il lui semblait que là-bas, dans cette campagne endormie qu'elle avait traversée à la nuit close,

elle avait laissé le meilleur d'elle-même, ce commencement de satisfaction amoureusement savouré au bord de l'esplanade.

Elle réfléchit. Elle pouvait se hasarder dans la rue de Louvie sans danger de rencontre. Pour les paysans, les visiteurs d'été sont des êtres anonymes, des passants ayant tous le même nom et la même figure. Mais en descendant à la misérable auberge du bourg, elle se trahirait... on aurait le temps de l'étudier, de la reconnaître. Il fallait donc chercher un abri, un asile dans la campagne environnante. Détail secondaire. Dans le rayon des villes d'eaux, on a tout en payant. Quand elle s'adressa au bureau de l'hôtel, la réponse ne se fit pas attendre.

— Madame désire une maison pour la fin de la saison dans la banlieue, du côté de Louvie... Nous avons ce qui convient à Madame : un petit castel anglais, style de la reine Anne, tout meublé, vue magnifique à mi-côte, dans la montagne, excellent air. Les maîtres sont partis pour l'Italie en laissant deux domestiques.

Le lendemain Blaisette était installée dans le castel anglais, style de la reine Anne. Et le jour même elle descendait à Louvie. C'était un dimanche; mais cette coïncidence ne l'effrayait pas. Elle passerait encore plus inaperçue dans le pêle-mêle d'un jour de fête. A peine son cœur battait-il plus fort quand elle arriva à la place. L'idée du rôle qu'elle voulait jouer jusqu'au bout la soutenait. Elle résistait à ses impressions, contenant cette envolée joyeuse qui, à l'heure matinale où elle avait quitté les Eaux-Bonnes, faisait chanter son âme comme un oiseau prêt à ouvrir ses ailes.

Elle entra dans l'église, où l'office venait de finir.

regarda le chœur, les vieilles chapelles, la voûte obscure, d'un air de touriste intéressé. Cependant ses mains tremblaient un peu quand elle prit l'eau bénite dans la vasque de pierre. Et au sortir de l'église, dans la tiède atmosphère de la place, elle sentit fondre son masque de froideur.

Ce n'était pas une vision, cette fois, une hallucination, comme dans le laboratoire de la rue de Madame. Elle retrouvait Louvie; elle pouvait croire qu'elle ne l'avait jamais quitté : la danse commençait, il y avait des ménétriers sur la place, les râclements de violon faisaient sauter les petites vitres des cabarets; les garçons avaient mis leurs habits de fête; les filles portaient tous leurs bijoux. Elle reconnut dans un groupe Conception, Espérance, les amies qui jamais plus ne reconnaîtraient Blaisette. Elles ne lui parurent pas vieillies. Rien n'était changé autour d'elle, qui était si peu la même...

Une peur la prit, la crainte de ne pouvoir se dominer, de se jeter dans la ronde, de crier : « C'est moi, Blaisette Isaby! » Elle quitta brusquement la place, suivit la sente en arrière du village.

En quelques minutes elle fut devant la maison de son père et, par-dessus le mur de pierres sèches, elle regarda longtemps les fenêtres ouvertes. L'habitant actuel devait être à la fête; aucun bruit dans la chaumière ni dans le jardin, où les plates-bandes dessinaient toujours les mêmes arêtes maigres... Blaisette ne cessait de contempler la rampe derrière laquelle l'avaient épouvantée les yeux fixes de son père mort. Il se serait levé; elle l'aurait vu debout, l'appelant, lui faisant signe de rentrer, elle n'aurait pas été surprise... Mon Dieu! si tout cela était un rêve ! si elle s'était imaginé avoir vécu ces cauchemars accumulés, l'idylle

meurtrière avec Peyroral, la fuite, les tristesses de
Paris?... Pendant quelques minutes, elle l'espéra, détachée de sa propre mémoire, faisant effort comme au
réveil des mauvais songes, regardant, attendant... Mais
un coup de vent enleva son voile de crêpe, lui en souf-
fleta les joues, et elle vit bien qu'elle n'avait pas rêvé.

Elle crut entendre un pas dans le sentier et, s'arrachant, s'enfuit comme une criminelle.

Ce soir-là, Blaisette eut une nouvelle crise de mémoire avant de s'endormir. Elle avait trop violemment
secoué ses nerfs. Les impressions, les sensations tombaient goutte à goutte sur sa fièvre, comme une pluie
lente, sans qu'elle pût savoir dans le brouillard humide
qui l'enveloppait si elle éteignait son malaise ou si
elle en alimentait le foyer... Mais le réveil eut des
alanguissements et des mollesses délicieuses. Reposés
dans le repos même de Blaisette, les souvenirs de la
veille reparaissaient avec une fraîcheur toute nouvelle.
Les minutes évanouies se survivaient en un parfum
subtil, c'était comme un bouquet de printemps épanoui
dans la chambre de la jeune femme et lentement effeuillé.

Après le déjeuner, elle sortit encore ; mais, cette
fois, elle suivit la ligne ondulée de la colline au lieu
de descendre dans la campagne. Les roches pelées,
couleur de rouille, s'étageaient autour d'elle ; les cailloux roulaient. Dans ce bain d'air échauffé par la réverbération du soleil sur les parois nues de la colline
Blaisette sentait un étrange bien-être. Il lui semblait
qu'on lui brûlait la plante des pieds à travers ses
minces bottines de Parisienne ; la roche natale l'enra-
cinait. L'idée de rester là, toujours, dans la grande
lumière, comme les figuiers qu'elle voyait accrochés

23.

aux pentes, lui mettait un frémissement sous l'épiderme. Elle se retrouvait petite fille ainsi qu'au temps ou elle courait sur ces arêtes dorées avec des bonds de chèvre. Ses sens rajeunissaient. Et tendant ses mains au soleil, les arrondissant avec une grâce avide, elle semblait cueillir un rayon dans une caresse.

A un tournant du sentier, elle s'assit pour embrasser Louvie d'un nouveau coup d'œil. Mais la perspective avait changé. A quelques pas de Blaisette une grille couronnée d'une croix, les contre-forts d'un mur de pierres dévalant des deux côtés de la roche, et dans cet enclos les taches blanches des pierres tombales répandues sur le versant comme les grandes pages d'un album déchiré. Ainsi jeté sur la colline, le cimetière coupait l'horizon, cachait les deux tiers du bourg.

Blaisette tressaillit, joignit les mains. C'était vrai : les siens étaient là... Et non seulement le clerc Isaby qui reposait maintenant près de sa seconde femme, près de la fausse Blaisette... mais encore la première « maîtresse Isaby... » Le jour du convoi de son père, Blaisette avait revu cette tombe.

Un frisson la secoua. Elle se leva, se drapa dans ses voiles de deuil. Mais la grille était fermée et le cimetière désert. Dans le Midi, les lieux de sépulture sont presque toujours des champs de solitude. La vie bouillonnant sur place n'a pas le temps de refluer jusqu'au lit de la mort.

Madame Gueipard envoya une grosse offrande au curé et lui fit demander une clef du cimetière... Elle était catholique et veuve ; elle avait besoin de se recueillir au milieu des impressions mélancoliques... Le curé prit l'argent et envoya la clef... Ce fut avec une sorte d'ar-

deur maladive que Blaisette suivit le chemin du champ
de repos. Cette nouvelle épreuve l'attirait et l'inquiétait en même temps. Mais à peine eut-elle poussé la
grille, que toute sa fièvre s'apaisa. Elle était venue
avec un dernier ébranlement de ses nerfs de demi-
Parisienne, et au milieu des tombes elle retrouvait sa
sérénité robuste, son équilibre moral de montagnarde...

Elle n'eut pas de peine à reconnaître la tombe de sa
mère ; tout au fond, le long du mur, une pierre blanche
et nue. Là encore elle n'eut aucun accès fébrile, aucun attendrissement dramatique. Elle retrouvait les idées calmes
et les impressions positives de sa race ; de cette tombe ne
montait jusqu'à elle qu'une mélancolie placide. Le cimetière tout entier dormait dans la sérénité d'une après-
midi de soleil ; les cigales faisaient entendre leurs maigres chants sous les buissons desséchés ; des haleines
lentes et comme dorées passaient dans l'air limpide...

Blaisette se laissait aller à une béatitude somnolente,
debout, en pleine clarté, chauffée par la double réverbération du mur blanc et de la blanche pierre... Et
cette épreuve qu'elle redoutait avait été si douce, que
dès le lendemain elle revint, et encore les jours sui-
vants, bornant désormais ses promenades à ce coin
désert de la montagne. Elle y passait des heures lentes,
d'une mélancolie pleine de délices. Ses stations se renou-
velaient ainsi, toutes semblables. Aucun incident n'en
dérangeait l'ordonnance... Une après-midi cependant,
comme elle s'apprêtait à partir, debout devant la tombe
de maîtresse Isaby, la tête haute, ses voiles rejetés en
arrière et l'encadrant d'une auréole sombre, elle entendit un pas derrière elle, et en même temps une ombre
jaillit éclaboussant la muraille.

Elle se retourna, et sans un mot, sans un geste, les mains toujours croisées sur la poitrine, elle recula, s'appuya au mur de l'autre côté de la tombe... Ses yeux gardaient une surprise élargie comme une épou vante... Peyroral à Louvie, Peyroral devant elle !..

Il était très pâle, avec des taches roses aux pommettes. Il la regardait aussi fixement; sous la jaquette son cœur battait, faisant palpiter l'étoffe. Il s'approcha, les mains jointes :

— Je vous en prie... ne me fuyez pas... écoutez-moi...

C'était bien lui... Sa voix semblait avoir convaincu Blaisette... Elle répondit doucement, après un court battement de paupières.

— Je vous écoute...

Elle écoutait en effet, les épaules toujours appuyées contre la muraille du cimetière, les mains croisées sur sa robe, attentive, presque encourageante. Peyroral eut un geste de remerciement suppliant.

— Ah ! Blaisette, que vous êtes bonne de ne pas me chasser comme un misérable, comme un fou !.. L'autre jour déjà, au bois de Boulogne, vous m'avez fait l'aumône d'un regard...

Il interrogeait, gardant son habileté et sa ruse jusque dans cette crise passionnelle. Mais Blaisette ne répondit pas. Il poursuivit, un peu troublé de ce silence, enhardi cependant par l'écho de sa propre voix, par cette éloquence de l'amour sincère dont il sentait le contre-coup intérieur :

— Vous m'avez deviné, n'est-ce pas ?... vous avez compris tout mon repentir... Depuis que vous m'avez quitté, Blaisette, je traîne le poids de ma folie... je suis un corps sans âme... Depuis que je vous ai revue, je n'ai plus qu'une pensée, celle de vous retrouver, d'implorer mon pardon à deux genoux... J'ai su que vous étiez ici... j'ai quitté Paris, je vous ai cherchée partout : aux Eaux-Bonnes, à Louvie... Enfin j'ai découvert votre trace... et me voici à vos pieds, et je vous dis :

— Blaisette, oublions le passé, recommençons la vie... L'avenir nous appartient, et nous y mettrons tant de bonheur, que les amertumes du souvenir s'y noieront dans un fleuve de félicité...

Son chapeau avait roulé près de lui, le vent des Pyrénées soufflait dans ses cheveux. C'était plus que jamais le beau Peyroral, mûri par la vie, faisant flamber dans son regard le feu sombre de l'expérience et la flamme rouge des grandes passions. Blaisette le regardait avec une stupeur tranquille. Ainsi c'était l'homme qu'elle avait aimé, l'homme pour qui elle avait failli mourir ; mais elle cherchait en elle-même un lien qui les rattachât tous deux — eux qui avaient été pendant ces mois cruels la même âme, la même chair, et elle ne trouvait rien.

Peyroral, le beau Peyroral avait été tout pour Blaisette. Elle avait quitté, pour le suivre, son pays, sa famille ; et une catastrophe les avait séparés, et quand un hasard les réunissait, ils étaient aussi étrangers l'un à l'autre que s'ils ne s'étaient jamais connus... Peut-être même ne le connaissait-elle pas. Son attitude fiévreuse, la violence de ses gestes, l'âpreté des mots entrecoupés qui s'échappaient de ses lèvres, tout cela jurait avec la paix du cimetière, avec le recueillement de l'âme de Blaisette, plus calme encore que le champ de repos. Il ne l'effrayait pas, il l'étonnait.

— Alors, dit-elle, vous m'aimez toujours ?...

— Toujours !... Plus que le ciel et la terre ; plus que tout... Et vous, Blaisette, me détestez-vous encore ?....

Il y avait un accent de triomphe, une sorte de victorieuse ironie dans la voix de Peyroral. En même temps il tendait ses mains ouvertes, avides de pardon et pleines de caresses. Blaisette l'arrêta :

— N'ajoutez rien... Vous avez prononcé le dernier mot... le mot qui nous sépare et qui vous condamne. Je ne peux même plus vous haïr. Ma haine est morte. Mais si vous êtes sincère et si vous souffrez trop, il vous reste une ressource. Imitez-moi. Enfermez-vous, allumez un réchaud ; le hasard vous sauvera peut-être en passant par là, et alors vous n'aurez plus rien à craindre. Il ne vous restera qu'à ensevelir votre cœur, comme Blaisette Isaby a enterré le sien dans la tombe de sa mère...

Et se détachant de la muraille comme une statue de sa niche de pierre, elle passa près de Peyroral, elle le frôla même des plis de sa robe sans un frémissement, sans une pitié. Elle emportait sur ses lèvres pâles le secret d'apaisement et de délivrance. La terre natale avait parlé.

FIN

TABLE

IMPRIMERIE CHAIX, RUE BERGÈRE, 20, PARIS. — 17268-3.

Paris. — Imprimerie Du Rose, 2, rue Auber.